ヴィクトリア朝世紀末の

言語とデカダンス

リンダ・ダウリング 著

森岡 伸 訳

英宝社

目次

略語、注などについて

＊　本文中の西暦年数、世紀を指す数字については漢字表記である。ただしオリジナルタイトル（英語）と併記してある部分についてはアラビア数字としてある。

＊　原注では著者、作品名の部分はオリジナルな形で掲載してある。なお本文中の固有名詞、作品タイトルについては原注での言及がない場合、必要と思われるものについては初出で原語を添えた。特別な用語、概念などについても読むうえで助けとなりそうなものは原語を括弧にして加えてある。

＊　作品からの引用文の邦訳は原則訳者によるが、既にある幾つかの翻訳は参考にした。ペイターの『享楽主義者マリウス』については工藤好美氏のものを、「文体」については前川祐一氏のものを、イエーツの詩とアーネスト・ダウスンの詩の幾つかについては、それぞれ高松雄一氏ならびに南條竹則氏のものを参考にさせて頂いた。

ヴィクトリア朝世紀末の

言語とデカダンス

序

これまでのヴィクトリア朝の世紀末研究といえば、オスカー・ワイルド(Oscar Wilde)やオーブリー・ビアズリー(Aubrey Beardsley)といった人物たちを取り上げて、昔も今もデカダンスとして知られるある種の傾向と彼らを結びつけ、そこに扇情的で派手な色合いの文化的エピソードを見出すことだった。ルパート・クロフト・クックの『豹たちとの祝宴』におけるワイルドの描写もそのような調子が支配的であり、今なお残る古臭いデカダンスの最後の例かもしれない。そこに描かれているのは、男娼から男娼へと渡り歩き、寝椅子に身体を沈めて詩と芸術と古代ローマについて飽かずに語りながら、砂糖漬けのチェリーを自分の唇から隣の若者の唇に押し付け、選んだ相手を連れてほろ酔い加減で夕暮れの闇に消えてゆくワイルドの姿である。(「オスカーは相手が欲しくなったら一切糸目をつけない[1]」)。そして多くの定説同様、この描写もそれなりの真実を含んでいる。なぜなら、このクロフトクックの全資料が、一八九五年のワイルドの同性愛裁判の法廷記録であり、とりわけデカダンスも裁判にかけられたという意味では、今なお象徴的な記録でもある。

(1) Rupert Croft-Cooke, *Feasting with Panthers: A New Consideration of Some Late Victorian Writers* (New York: Holt, Rinehart and Winston,1967), p.274.

しかしこの種の旧来のデカダンス観の多くは、噂話やゴシップの類でしかなく、単に語り伝えられる中で消えてゆく運命のものだ。だからこそ近年、巧みな工夫としての芸術や文学への礼賛という観点からデカダンスを解釈する、より本格的な見方が出てきたとも言えよう。これはマイケル・

リファテールが「巧みな工夫の誇示[2]」(ostentation of artifice)と呼んでいるところのもので、ワイルドの描くスフィンクス、アーサー・シモンズ(Arthur Symons)のバレエの少女、そして次に挙げるようなセオドール・ラティスローの蘭の花などに表出するデカダンスである。

手つかずの百合の花の銀色の唇も、輝くバラの深い胸元も歓びを与えることはない、霜や雪からガラスで隔てられ、なじみのない熱が祝ってくれる花々と比べれば。[3]

このデカダンスは、中断とパロディと文体の錯乱という、いわば一つの対抗的詩学であり、ワーズワース的自然というより、草木、花のシンプルな世界へのどんなセンチメンタルな見方にも含まれる形而上学への批評になっている。デカダンス作品の中で生き延びるこの種の世界は、言ってみれば遅延の世界、躊躇と対立と消耗の場でもある。

(2)　Michael Riffaterre, "Decadent Feature in Maeterlinck's Poetry," *Language and Style* 7 (1974): 15.
(3)　Theodore Wratislaw, "Hothouse Flowers," *Orchids* (London: Leonard Smithers, 1896), p.23.

デカダンスを対立する詩学もしくは批評と見る立場は、様々な批評家達のさまざまな論文で散見されるが、どれも内容的に十分な展開はないものの、本来の意味での啓発力を備えている。この考えは例えば文体の人工性へのリファテールの発言、あるいはヴィクトリア朝の特定の作家達の主題は自然ではなく「自然を主観的な状態の指標に昇華させる」ことだとするＪ・ヒリス・ミラーの主張[4]、あるいはまたデカダンス文学は自然の世界に直接、疑問なしに向き合うことをせず、少し離れたところから見る世界、言うなればすでに巧みな工芸品と化した世界を扱う、とするガヤトリ・スピヴァク (Gayatri Spivak) の主張などに説得力を与えるものだ[5]。そのどれもが地に足のつかない文学上のゴシップから離れて、言語や文体という真に問題性を有する領域へと向かう動きから力を得ている。とはいえデカダンスを巧妙な工芸品の礼賛として見る考えは言語論的でも文体論的でもない。というのもそのような洗練された議論の下にも古い見解から引き継いだ文化的見方があるように私には見える。ルージュとガス灯の明かり、蘭の花と媚薬からなるデカダンス、つまり知的距離を多少気取ってはいても、以前の扇情主義のどぎつい光をなお映し出すようなデカダンスである。

（4）J. Hillis Miller, "Nature and the Linguistic Moment," in *Nature and the Victorian Imagination*, ed. U.C. Knoepflamacher and G.B. Tennyson (Berkeley and London: University of California Press, 1977), p. 445. ミラーは「言語的時間」を「表現の手段である筈の言語が問題含みとなり、調べ、探り、それ自体テーマ化すべきもの」となる時間と呼んでいる（四五〇頁）。本稿では私は「ポスト文献学的時間」という言葉を使いたい。というのもこの言語的達成とその根源にある公的な性格を文献学という特定の全体の中で強調したいからだ。

（5）Gayatri Spivak, "Decadent Style," *Language and Style7* (1974): 227-34を参照。ごく最近でマリリン・ガデス・ローズ (Marilyn Gaddis Rose) は「言語とのデカダントな愛憎関係」を「余剰性

エントロピーのつながり」の内にある情報理論から受け継いだ言葉で説明しようと試みた。ローズの "Decadence and Modernism: Defining by Default," *Modernist Studies* 4 (1982):195-206. を参照。**John. R. Reed**, *Decadent Style* (Athens: Ohio University Press, 1985) はデカダンスの定義として創作、詩、音楽、グラフィック・アートなどに広く適用できる総合的なものを大胆に提案している。リードの見解によれば、デカダントなスタイルとは媒体が何であれ、フォームを転覆、破たんさせるような細部の過剰がその特徴であり、そのことで同時に観る側に対してもまた微妙な予期せぬレヴェルで作品の統一性の再構築へと参加させる。一方で、スザンヌ・ナルバンシアンは、ある種批評的対抗運動の意味で、デカダンスを倫理的「倒錯、逆説、困惑」を表現するものとする従来の見方を復活させた。これまでデカダントとは見なされなかったドストエフスキー (**Dostoyevsky**)、ジェイムズ (**James**)、ゾラ (**Zola**)、ハーディ (**Hardy**)、そしてコンラッド (**Conrad**) などの小説もその文脈で論じられている。**Suzanne Nalbantian**, *Seeds of Decadence in the Late Nineteenth Century Novel* (New York: St. Martin's, 1983) を参照。

とまれ、以下に展開する文学のデカダンス理論は言語と文体に向けての方向転換のすべてを網羅している。というのも私の見方では、デカダンスとは文化的理論であっても元来は言語的危機から生じたものであり、それは大陸由来の新しい比較文献学によってもたらされた言語を巡ってのヴィクトリア朝的姿勢の危機のことなのだ。すなわちボップ (**Bopp**) やグリム (**Grimm**) や新文法学派 (**Neogrammarians**) の新しい言語科学が、自立する言語という不安をかきたてたからである。つまり人間の価値や経験から切り離された普遍的な音声ルールに従うシステムとしての言語のことだ。

それは文明のヴィクトリア朝的理想の根幹を揺さぶった。かつてコールリッジ(Coleridge)が一般的な書き言葉として、とりわけシェイクスピア、ミルトン、ジェイムズ王聖書(King James Bible)の英語と一体化してみせたあの理想のことである。文学のデカダンスの直接的背景には次にミシェル・フーコーが記述したような新しい言語的秩序の静かな登場があったのである。

> 言語のありようを示す形式上の変化とはおそらく、発音や文法、そして意味論などに影響を与える変化のことである。その変化は速いので、言語が既にその変異をあちこちに拡散していても、それを話している当の人間にもはっきりとは分からない。分かるのは間接的に、ほんの短い瞬間だけであり、しかも否定的にである。つまり使用してきた言語がそれとすぐわかるような本質的な陳腐さを見せることによってしか分からない。ある文化にとって、その言語が厚みを増し、特別な重苦しさを帯び始めてきても、それが表現において透明でなくなってきたと積極的に自覚するのは多分不可能だ。人は談話の最中に、苦労すればなんとかわかるような隠れた標識でもない限り、その言葉（使っている言葉）が純粋な推論性に還元できない世界へ拡がりつつあるのをどうして知り得ようか。[6]

（6）Michel Foucault, *The Order of Things: An Archaeology of the Human Sciences* (New York: Vintage, 1973), pp.281-82.

『事柄の秩序』での自立言語に対するフーコーの透徹した見方の背景に一つ間違いなくあるのは、フェルディナン・ド・ソシュール(Ferdinand de Saussure)の通時的と共時的という画期的な区分が、そこから不可避的に生まれる形而上学的分断も含めて、一つの歴史的事件になることをフーコーが認識していた点だ。というのもソシュールが、原因としての歴史もしくは説明としての歴史という観念そのものを疑問視して近代思想に手を加えた時でさえ、彼自身の仕事も比較文献学で培った訓練によって、とりわけ新文法学派の初期の輝かしい仕事によってこそ可能だったからである。この洞察がフーコーのディスコース理論の出発点であり、そのことで彼はただちに以下の頁で私が懸念するようなどんな事からも距離を置くことになる。しかしフーコーは、我々と同じソシュール言語学に由来する形而上学の崩壊の側から書いており、また言語を自立した、なんら他のロジックに服さない意味の体系としてみるジャック・デリダ (Jacquee Derrida) やジル・ドゥルーズ (Gilles Deleuze) といった思想家達の立場に沿って語っている点で、私の議論の遠い地平に一つの位置を占めている。今日あるフーコーのディスコース理論やデリダの解体批評も文学デカダンスに憑りついたあの自立言語という亡霊に他ならないからだ。

　しかし私が辿る議論の向かう先はフーコーやデリダではなく一八世紀の初頭である。この時代はジョン・ロック (John Locke) の『人間知性論 (*Essay Concerning Human Understanding*)』(一六九〇年) や連想に軸足を置いた経験主義的認識論とともに、その先に新たな言語理論の出現を見据えている。つまり言語をロゴスと捉える、あるいは語 (words) やコトバ (speech) を神の、もしくは神によって授かった知性の発現としてとらえる、昔ながらのいかなる考え方にとっても足元を脅かしかねないような新たな言語理論のことである。というのも、ロックの認識論から言語の唯物的な考えが始まったのであり、それがコンディヤック (Condillac) の過激な連想主義あるいはホーン・トゥック (Horne Tooke) の思弁的な語源探索のように、今や物理的法則で支配された宇宙にあってもう一つの物理的現実でしかない存在へと言語というものを導いていった。一方、J・G・ヘルダー (J. G. Herder) が一七七〇年のすぐれた懸賞論文『言語起源論 (*On the Origin of Language*)』で展開したのは、この種の懐疑的でかつ強く還元主義的な言語観とは対立する精神だった。もちろんイギリスでもラウス主教 (Bishop Lowth) やモンボド卿 (Lord Monboddo) のように一面それを先取りする動きもあることはあったのだが、このヘルダーの論文と共に私がロマン主義的文献学と呼ぶ動きが生まれてくる。

直接的には文明のヴィクトリア朝的理想に貢献するものではあっても、ロマン主義的文献学はそれ自体ロゴスの理論だった。というのも、ヘルダーの理論はある意味言語を社会の中に置き直し、言語、即ちコトバ (speech) を民族の声 (*Volksstimme*)、つまり国家なり国民なりの内的精神を外に向けて発現するものと捉えることで言語のキリスト教的考えを救い出そうとするものだった。コールリッジの言う書記英語をイギリスの、あるいは国家の知識人の共通語 (*lingua communis*) と見なし、また遡ってそれをシェイクスピアや欽定英訳聖書にまで及ぶ文学的伝統の最も崇高なる具体化とする見方の背後には、このヘルダーの言語理論の権威が控えている。そしてコールリッジの共通語の考え方から来ているのが、英語を世界言語とするヴィクトリア朝の見方であり、帝国主義の野望の中にあってシェイクスピアやミルトンの言葉こそが先進的なイギリス文明の価値観を遠い地球の隅々へ届けるもの、という確信だった。

しかし当のロマン主義的文献学の伝統は、コールリッジの理想主義を通してヴィクトリア朝的な崇高な文明観を触発したが、その水面下をゆく対抗的な言語理論によって遂には崩壊をむかえることになる。というのもヘルダーの民族の声の考え方は、言語を国民の生きたコトバ (living speech) と同一視するもので、まず口語方言 (spoken dialects) の強調に繋がってゆき、それが新しい比較文献学をもたらし、更には新文法学派の学者達の研究にあるように、音声についての探求を動機づけ、言語を全くもって自立したシステムとする見方に繋がってゆく。こうした中でコンディヤックやトゥックの懐疑主義や唯物主義がとりわけヴィクトリア朝的不安の源として再び現れてくる。なぜなら、自立的言語としての英語は、普遍的な音声的法則に従順に従いながら人間的価値の領域とはまったく別個に発展してきたものとなり、もはやヴィクトリア朝文明の共通語とは受け止められず、誇り高きイギリス文化の運命の歴史内ロゴスとは見做せなくなるからだ。

　新しい比較文献学は、この文脈においてヴィクトリア朝の文化的危機を呼び込むものだった。そして様々な結果がその危機には随伴したが、それを寄せ付けまいとしたマックス・ミューラー (Max Muller) のような人達の勇敢で絶望的な試みとあわせて、以下の頁で辿ることになる。しかしヴィクトリア朝の言語的危機から生じる文学のデカダンスは崩壊や分裂の光景を前にしてあからさまに対立の構えを見せるものでは決してなかった。そのままでは新言語科学がたまたま抱える一つの荒涼とした暗示としか見えないものを文学的利点へと転換させることで、破綻した残骸から何ものかを救い上げようとする試みだった。つまりその暗示とは、書記言語、すなわち偉大なイギリス文学の作家達の文学言語とは、生きた話しコトバに対して既に一つの死んだ言語でしかないという考えだ。それゆえ私のデカダンスの記述は、ウォルター・ペイター (Walter Pater) の『享楽主義者マリウス(*Marius the Epicurean*)』(一八八五年)や他の彼の後期作品において英語を古典語のようにして使用するという、即ち新しい言語科学からすればもう死んだものとしか見えない文学言語に遅まきながら逆説的に活力を与えようとする試みと、その試みの背後に広がる話から始めることになる。

私のこの研究は、二つの特別奨学金から支援を得ている。一九八二―一九八三年はロックフェラー人文特別奨学金により、イギリスの幾つかの図書館で一年間の研究が可能となった。一九八四―一九八五年はアレグザンダー・フォン・フンボルト奨学金により、一九世紀ドイツ言語学についての研究を完成することができた。ロックフェラー財団とアレグザンダー・フォン・フンボルト財団には、ここで謹んで感謝の意を表したい。あわせて、私の研究に個人的な善意とともに支援下さった方々にも同様の感謝をお伝えしたい。エジンバラにおいて、大学図書館での特別コレクションの利用の為に便宜を図って下ったエジンバラ大学のピーター・ジョーンズ教授。コローニュでは、興味深い会話で私の研究を助け、親切なもてなしで私の一年間の滞在を有意義なものにして下さったフンボルト財団側ホストのジョン・エリクソン教授。それからゴットフリート・クリューガー博士、グドラン・アンフット氏、タニア・クライン氏、以上の皆さんは必要な時に的確なサポートで私の研究を手伝って下さった。

他にお世話になった方々にも触れておきたい。まずは、元ブラウン大学、現ハーバード大学の教授バーバラ・K・レウォルスキー教授である。氏は私の学位論文指導教授で研究の基礎を指導下さり、それが、後にわれわれ二人が予想もしなかった企画として実を結ぶことになった。ニューメキシコ大学その他の仲間達は助言や助力を惜しみなく提供してくれた。とりわけジェイムズ・バーバー、ウィリアム・C・ダウリング、ウェンデル・V・ハリス、フィリップ・ヘリング、ヒュー・ウィットマイヤーには謝意を表したい。また原稿の最終的な手直しでの議論で私に大変参考になるコメントを寄せてくれたウィスコンシン大学マディソン校のジェイムズ・G・ネルソン、さらにテンプル大学のダニエル・T・オハラにもお礼の気持ちを伝えたい。最後になるが、スコットランド国立図書館のスタッフの方々、そしてニューメキシコのジンマーマン図書館・館間貸借部門長でもあるドロシー・ウォンズモス氏には文献書誌学的な仕事の範囲を超えてあれこれとご助力を頂いた。感謝申し上げたい。

第一章　ロマン主義的文献学とヴィクトリア朝の文化

魂とは息である。
—テニスン、『イン・メモリアム』

ウォルター・ペイターの後期作品にこそ彼のヴィクトリア朝作家としての重要性があることが一層明白となった今日でさえ、『ルネサンス研究』（一八七三年）が相も変わらず彼の最も有名な作品である。この書のとりわけ悪名高い箇所は言うまでもなく「結語」である。これはペイターの意図しない新しい唯美主義の宣言とみなされてしまい、彼に知的快楽主義者、あるいは若者を堕落に導く者、という思わぬ評判を与えることになった。よく知られているように、彼が『ルネサンス』の第二版（一八七七年）でこの「結語」を削除したのも、「これを手にした若者に誤解を与えぬように」ということだった。[1] しかしまた誰もが知るように、この削除は全く効果がなかった。というのも、この「結語」は世紀末のある特定の若者たちの想像力に刺激を与え続け、ついにはデカダンスとして知られる文化運動の霊感の書と受け止められるまでになったからだ。後のオスカー・ワイルドの言葉によれば、ペイターの『ルネサンス』は「デカダンスの精華であり、それが書かれたとき最後のトランペットが鳴り響いた筈だ。[2]」

（1）Walter Pater, *The Renaissance: Studies in Art and Poetry*, ed. Donald L Hill (Berkeley and London: University of California Press, 1980), p.186n.

（2）Quoted in *The Autobiography of William Butler Yeats* (New York: Macmillan, 1965), p.87.

あるレヴェルで『ルネサンス』のペイターのうちに、一九世紀後期イギリスに大きな影響力を振るうことになるあの審美主義論者の姿を見るのは間違っていない。その「結語」が情熱的経験に満ちた人生へと背中を押す誘惑の声であり、また「風変わりな染料、変わった色彩、奇妙な香り」の魅力を不思議に暗示する限りは、オックスフォードやケンブリッジなどの若い学生等の人生を変える運命にあったからだ。しかしこれは文化の表面をかすめる審美主義である。要するにオスカー・ワイルドの緑のカーネーションであり、ギルバート&サリヴァンの『ペイシェンス(***Patience***)』(一八八一年)の審美主義である。それはヴィクトリア朝の抱える様々な態度や考え方の水面下に潜む危機から一時的に現われたものにすぎない。この深い危機にあって重要な役割を演じるのは『享楽主義者マリウス』の方のペイターなのだ。彼は衰退する帝国ローマの人々の様子を描いている。ちょうど円形劇場に腰を下ろしながら彼らが見つめる先では、

> 強い太陽の照りつける中央の闘技場は数時間にわたる見世物の間、ここかしこに流された大きな赤い血の斑点を消すために、白い肌着をつけた少年の集団によって、折々清めの砂がまかれた。親切な見物人たちは少年たちのために、ネロからの高価な贈り物である銀メッキと琥珀でできた格子越しに胡桃や小銭を投げて奪い合いをさせ、動物の苦しみを見て悦ぶ遊びの間にも、見物人の上に花や香料の雨が降った。(3)

この『マリウス』においてすら、我々の注意を圧倒しそうなのは表面のデカダンスである。ペイ

ターが描いているローマの場面は怠惰と豪奢と苦痛のそれであり、文明的に考えられるデカダンスのまさに本質を体現しているように見える。しかしイギリスで文学のデカダンスを生み出すことになる根底的な想定の危機の鍵はペイターの描いているその対象ではなく、彼のその描き方にあった。つまりその凝った遅延と繊細な躊躇いであって、多くの同時代人にペイターは英語を古典語のように書いている、と言わしめた彼のその文体である。その意味合いを充分理解すれば文学的デカダンスの推進役としてのペイターの実際の役割を理解することができるだろう。ポスト文献学時代の最初の重要なヴィクトリア朝文学作家として、書記言語もしくは文学言語としての英語とは人工的方言つまり化石化した死んだ言葉に他ならないという新しい言語科学の宣言に同調してみせることで芸術につかの間の勝利をもたらそうとした作家として、である。ペイターの企ての本質を考えると、ヴィクトリア朝に深い知的危機として現れるその原点へと我々は立ち返ることになる。つまり二百年あまり前のロックの認識論と共に現れた危機である。

（3）Walter Pater, *Marius the Epicurean: His Sensations and Ideas*, 2 vols.(London: Macmillan, 1914), I: 235.

＊

ロックの『人間知性論』（一六九〇年）がもたらした重大な脅威、即ち正当な宗教信仰や世界の神学的前提への脅威は直ちにそれとわかるものだった。一八世紀の中頃までには、ロックの穏当なキリスト教はデイヴィッド・ヒューム (**David. Hume**) の才気走った懐疑論に取って代わり、信仰の崩壊は哲学論争のおおっぴらな主題となっていた。その危機感はもちろんペイターが登場する次の世紀で更に深まることになる。しかし、あからさまな懐疑主義と唯物主義へのこの大きな流れの中にあって殆ど注目されなかったのは、実際彼の著作が殆ど付随的な文脈で言葉の問題を取り上げたせいでもあるが、言語のとりわけ神学上の見方への脅威だった。ロックが知らないうちに危険に晒していたのは、ロゴスとしての神という考え方、つまり人間の言葉は神の知、もしくは神の言葉に参与しているという考えである。例えば『人間知性論』第三巻において、本筋からは離れたところでこう述べていた。

> それはまた少しばかりわれわれの考え方や知識の根源へと導いてくれるかもしれない。言ってみれば、われわれの使う語はいかにわれわれの共有の観念に依存［原文のまま］していることか。また行動や考え方を表わすのに使われるそれらの語がいかに感覚から離れてしまい、そこからなぜそうなり、そしてはっきり知覚できる観念からより難解な意味へと移ってゆき、われわれの感覚で捉えられないような観念を表わすようになったのか。というのも「印象」(*Image*)、「理解する」(*Apprehend*)、「納得する」(*Comprehend*)、「従う」(*Adhere*)、「思いつく」(*Conceive*)、「教え込む」(*Instill*)、「嫌悪」(*Disgust*)、「混乱」(*Disturbance*)、「冷静」(*Tranquility*) などは、全てまさに感覚で捉えられるものから始まって、そして何らかの考え方を表すようになった語の例である。*Spirit* とは第一義的に息のことである。*Angel* とは使者のことだ。それは疑いない。しかしもしその起源まで遡れば、全ての言葉

について、もはやわれわれの感覚でつかめない事柄を表す名前が目の前にあって、そこにはもともとは感覚で捉えられるような考え方からの飛躍があったことを見出すだろう。(4)

しかしロックの見解には、言語は思考から発生するという極めて正統的な前提の持つ力がなお感じられる。従って正統性への攻撃は、より過激なロック的連想主義をロックに投げ返し、この想定を逆立ちさせて、思考は言語から生まれると宣言するような言語理論から始まる。言語上の観念論と唯物論との間の、後に至ってロマン主義的ならびに「科学的」文献学者の間で交わされる一九世紀の大論争の大部分は、事実上ロックに続く一八世紀の様々な後継者たちの間で見られる軋轢の中に先取りされていた。例えば唯物的な立場は前出のアベ・ド・コンディヤックが『人間認識起源論』(一七四六年)で宣言した「観念は記号と結びついていて、これから私が証明するように、観念同士が互いに結びつくのはこの手段に、よってのみだ(5)」という言葉に見て取れる。確かにコンディヤックに窺える急進的な懐疑主義はただちに新たな言語理論として形をなすことはなかったが、より直接的な形としては語源をあれこれ推測して考える活発な動きをとりわけイギリスにおいて促すことになる。多数のアマチュアの文献学者グループが一種のコトバ遊びを競い合い、それをウィリアム・クーパーは「にわか文献学者たちが一生懸命／ハアハア言いながら時空を超えてコトバを求め／家庭でもそして夜遅くまで／ゴールへと、ギリシャへと、そしてノアの箱舟へと探索に向かう」と詩で揶揄している。(6) にも拘わらず、そのように言葉の由来、派生を無邪気に遊びのネタとして使うやり方は、言葉と観念の関係の物質的で、恣意的な性格を強調してしまい、ジョン・ホーン・

トゥックが一八世紀末に提案することになる明白に懐疑的で唯物主義的な分析の基礎を用意することになる。有名な宣言のなかで彼は述べている。「ラテン語の霊魂アニマとは肉体の息のことに他ならない。逆に言えば、ソウルとは物質が起源である、スピリットがそうであるのと同じように[7]。」

（4） John Locke, *Essay Concerning Human Understanding*, ed. Peter H. Nidditch (Oxford: Clarendon, 1975), p.403. ハンス・アースレフ (Hans Aarsleff) は *The Study of Language in England, 1780-1860* (Princeton: Princeton University Press, 1967), p.33 で、この直接関係ない一節がその後の言語の歴史において持つことになった重要性を強調している。

（5） Etienne Bonnot, Abbé de Condillac, *An Essay on the Origin of Human Knowledge, Being a Supplement to Mr. Locke's Essay on the Human Understanding*, trans. Thomas Nugent (London: printed for J. Nourse, 1756; reprinted New York: AMS Press, 1974), p.7. 強調筆者。ハンス・アースレフは、フランスの言語学思想の重要性を扱ったシリーズの中で、M・H・エイブラムズやルネ・ウェレックなどが提出したドイツ中心的な伝統的ロマン主義的言語理論や言語史について激しく反発している。読者はアースレフの *From Locke to Saussure: Essays on the Study of Language and Intellectual History*(Minneapolis: Minneapolis University Press,1982) を参照。本研究は主に伝統的なドイツ中心の見解に従っているが、その理由は文学と言語へのヴィクトリア朝の態度に関係してくるからである。またヴィクトリア朝の人々は、間違っていたにせよ、ロックの理論とロマン主義の理論との間には決定的な裂け目があり、更にそのことの責任の多くはドイツの文献学にあると勝手に思いこんでいた。アースレフの研究は端的に言って歴史の歪みを正そうとするものだが、我々としては同様に興味深い誤りの歴史をここで扱うことになろう。

(6) William Cowper, "Retirement" (lines 691-94), in *The Poems of William Cowper*, ed. John D. Baird and Charles Ryskamp, 2 vols. (Oxford: Clarendon, 1980), I: 395. 語源学的には子音は価値が低く、母音はもっと低いという一八世紀には当たり前の考え方は、伝統的にヴォルテールに帰せられる。並びに Samuel Johnson, "Preface to the Dictionary," in *Selected Poetry and Prose*, ed. Frank Brady and W.K. Wimsatt (Berkeley: University of California Press, 1977), p.279 参照。「この［発音の］不確かさは母音で最も頻繁に起きる。母音は大変気まぐれに発音され、また偶然や体裁によって変形される。どの地域でもそうであるだけでなくどの言語でもそうだ。したがって、語源学者にはよく知られているように、一つの言語から別の言語を推論する際、母音にはあまり注意が払われない。」

(7) John Horne Tooke, EIIEA IIEPOENTA, or, *The Diversions of Purley*, 1st ed. (London, 1786), quoted in L.A. Willoughby, "Coleridge as a Philologist," *Modern Language Review* 31 (1936):179n.

そのような一八世紀に新しく登場してきた唯物主義が今度は逆にそれが契機となり、一七七二年にＪ・Ｇ・ヘルダーの手になるベルリン・アカデミー懸賞論文『言語の起源について』をもたらすことになる。逆説的だが、ヘルダーのこの時の表向きのターゲットはそのような言語的唯物主義ではなく、ロック的経験主義がもともと疑問視したところの旧来のロゴス理論だった。そしてとりわけ言語的に説明し切れない根底部分に今なお言語の起源は神とする見方を適用しようとする一八世紀の理論家たちに対してであった。しかしヘルダーがこの古い神学理論に反対するのは、様々な唯物的な見方に対して自分なりのロゴス論、つまり言語の起源は人間の歴史の境界の内側で作用する人間の知性にあるとする考えをぶつけたい思いからに他ならなかった。この本質的に三つ巴の闘い、つまり唯物主義、神学的な正統的立場、そして新しいロマン主義的な言語理論の三つの中にあって、特にヘルダーは自身のロマン主義的で人間主義的な見解を擁護し確立すべく正統派と唯物主義の戦略とを取り込んでいったのである。

ヘルダーの言語解釈が正統的なロゴス信仰を世俗化しているその程度は、ところどころ肝心な点で言語唯物主義者等の経験主義的な発見によって強化されていて、それはヘルダーが先輩の一人でイギリス国教会の主教でもあるロバート・ラウスを利用したやり方を吟味すればよく見えてくる。ラウスの『ヘブライ人たちの聖なる詩について』（一七五三年）はヘルダーの言語に対する考えにとって刺激となった。なぜならそこには不安定な論理統合の明白な痕跡が見て取れたからである。つまり、両立しえない姿を取って現れる筈の二つの観点をうまく処理し切れないでいる姿を瞬時にそこに読み取ったのだ。イギリス国教会の聖職者でありキリスト教信者でもあるラウスの立場としては、ヘブライ語は神によって魂を吹き込まれたものという正統な見解が存在する。つまり「天から放射してくるもの、即ち神の真理を司るものであり、地上と天上との間を取り持つもの」なのだ(8)。しかしヘルダーは、実際のラウスのヘブライ詩の扱いについて漠然としたある考え方の兆候を認めることができた。つまり似たような想定に哲学的に馴染んだヘルダー自身や他の作家達の考えによれば、結局はヘーゲルの過激な歴史主義の内に表れてくる類の、即ち特定の時と特定の環境によって形成されるような特定民族の独自性という考え方のことである。ラウスの説明では、ヘブライ人の言語と詩は、神の霊感であると同時に特定地域の所産であって、従ってそこでは例えばパレスチナの山の多い地形でのヘブライ人の体験から洪水とか奔流のイメージが湧き上がってくる。

（8） Robert Lowth, *Lectures on the Sacred Poetry of the Hebrews*, translated from the Latin by G. Gregory, 2vols (London: printed for J. Johnson, 1787; reprinted New York: Garland, 1971), l: 46-47.

ヘルダーの『起源論』の内にロマン主義的な文献学の発生が認められるとすれば、それは彼がラウスの逆説を明るみに出そうとした際のその大胆さの故に他ならない。例えば、ラウスにとって、ヘブライ語の高度に比喩的な性格は間接的にそれが神のインスピレーションであることを証明するものだった。しかしヘルダーにとっては当の比喩も言語の歴史的起源自体から生まれ、そしてある種の言語的混乱に至ったのであり、そのことは言語の起源を神とするいかなる考え方に対しても逆に作用していった（「そんな混乱を招くような言葉に頼らねばならないほど神は語彙と観念が乏しかったのか？」）[9]。別の箇所でヘルダーは言語的構想から議論を提出している連中に同様の戦略を用いて反駁している。たとえばＪ・Ｐ・シュスミルヒ (Süßmilch) が一七七六年の自身の『人間言語の起源が神にあることの証明 (*Bewise, daß der Ursprung der menschlichen Sprache göttlich sey*)』

で主張したのは、あらゆる言語のあらゆる音声はたった二〇字ほどの文字に還元できるという事実に神の節約的な配慮がはっきり見て取れる、というものである。ヘルダーは次世紀の新文法学派の探求を予兆させるような鋭い音声感覚を働かせて、また弱々しい弁神論の余地を少しも見せない歴史感覚で、これを即座に一蹴する。「二〇どころか、どんな言語もその生きた音が文字に全て還元できるようなものはない。全ての言語は一切例外なくこのことを示している」(ヘルダー、『起源論』、九二―九三頁)。

(9) J.G. Herder, *Essay on the Origin of Language*, in *On the Origin of Language: Jean-Jacque Rousseau, Essay on the Origin of Language; Johann Gottfried Herder, Essay on the Origin of Language*, trans. John H. Moran and Alexander Gode (New York: Frederick Unger, 1966), p.149.

同時に、生きたコトバ (living speech) の音声へ向けてのヘルダーの集中は単に論争上の便法といったものではなく、シュスミルヒの文字を巡っての神意による節約という主張への反応として終始現れたものだった。というのもヘルダーが生きたコトバの内に見るのはロゴスの新しい形而上学の基礎に外ならなくて、今日我々としては彼の主張には話しコトバの価値を書いたもの (writing) の上に置く姿勢の始まりを見る。これはその後ロマン主義的文献学のみならず次の世紀の科学的なつまり比較文献学を巡る支配的な衝動として生き続けることになる。この議論は特に昔の作家たちがアダムの言語とみなしたヘブライ語の議論として始まり、また極めて明白に書記アルファベットは完全に、またそれゆえ好タイミングで、話し言葉 (spoken language) の全ての音声を含むものだ、というシュスミルヒの主張の本質的な欠陥を晒している。もちろん伝統的なヘブライ文字では、文字化されるのは子音部分だけであり、ヘルダーによれば、こうなるのはヘブライ語の母音がまさに生きた言葉を具体化したものであり、書かれた指標ではとらえ切れないからである。「彼らの音声は実に生き生きと発音され、その言葉の息は魂に満ちてエーテルの様であり、文字に含まれたものを蒸発させそれから巧みに逃れる」(ヘルダー、『起源論』、九四－九五頁)。

このような個別の議論、つまり単一の古代言語の正書法の習慣を説明するだけの議論においてさえ、新たな形而上学の輪郭を覗き見ることは可能だ。というのもヘブライ語は一つの死語であり、少なくとも子音構造だけを文字に移し替えてミイラ化しているのではない。「どんな死語も生き返らすことなど出来ようか？　言語が生き生きしていればしているほど、人はそれを文字に移し替えようなどと考えることは少なかったし、分類化されていない自然の音へとより自発的に向かう」(ヘルダー、『起源論』、九三頁)。そして書記化を逃れながらそれ自体が音でもあるヘブライ語の母音はまさにヘルダーにとって「生きた」ものだった。なぜならそれは人間の息を吐きだす行為そのものであり、見えない形を取って、子音の摩擦とか耳障りな休止を伴わずに、人間の深い所から出てくるものだからである。こうして、生きた人間の息は、ヘルダーの説明によればまさに書き言葉の死んだ文字に「魂」を与えて命を吹き込むものなのである。しかしまさにこの点でヘルダーの理論は言語の観念的な説明に常に待ち受ける障害と出くわすことになる。その理由は言語を息と同一化することで概念が物質的なものから派生するということ、つまり精神とか思想は音そのものの避け難い本質に依存していることを認めることになるからだ。ヘルダーの思い切りの良い解答の出し方は、彼の『言語起源論』がなぜその後こんなにも強い影響力を振ったかを説明してくれるかもしれない。彼の主張では、言語が生まれてくるのは純粋に理性からでも物質からでもなく、思惟 [*Besonnenheit*] が「あらゆる感覚のチャンネルを通して魂に染み込む広大な感覚の海」の中で感覚のイメージを前にしてそれを受け止め、同時に与えるような顕著な指標 [*Merkmal*] から生じるのである。そのようにして思惟は「一つの波動を選び出し、それを捉え、それに集中し……その結果これはこれであって他とは異なることを知るに至る」（ヘルダー、『起源論』、一一五―一一六頁）。こうして言語はただちに思考と一つのものになる。

> 人間によって特徴的な目印としてとらえる羊の鳴き声はこの思惟の力によって羊の名前となった、たとえ人の声がそれを口にしたことがなかったとしても。人はその鳴き声で羊とわかった。これは心に抱かれるサインであって、それによって人は一つの観念を思い浮かべたわけだ―そしてその観念こそ言葉以外の何であろう。そして人間の言語とはそのような言葉の集合以外の何であろう……言語が創り出されたのだ！（ヘルダー、『起源論』一一七―一一八頁）

しかしそのような起源を言語に設けることでヘルダーは本当に別なもの、すなわちロマン主義的文献学を創りだしたのである。言語は、プロメテウス的態度で神から引き剥がされて、人間の魂の内に改めて置き直される。しかしそこでは相変わらず非物質的な知性の息吹を呼吸することになる。これは言語理論であると同時に人間の理論、つまり人間の文化と歴史、ロマン主義的文献学の考え方に要約できるようなあらゆるものについての理論でもある。今日でも言語を操る生き物としての人間に向けてのヘルダーの雄弁な歓びは魅力的だ。「統一と一貫性。バランスと秩序。一つのまとまった全体。一つのシステム。思惟と言語の、考え創造する力をもった生き物」（ヘルダー、『起源』、一四七頁）。これは『言語の起源』で初めて表明された言語観であって、一九世紀において極めて強い影響力を発揮することとなる。しかしその「言語の生き物」(a creature of language) という語句が含意して見えるように、ヘルダーの説明における人間と言語の関係は不吉な可能性を孕んでいる。もし言語が人間を造るのであれば、造り直された言語は人間を人間でなくしてしまうこともあり得る。

もし、こういった観察の後も、人間が言語の生き物であることをいまだ否定しようとする者がいるなら、その人はまず自然の観察者から自然の破壊者へと方向転換すべきだ！全ての調和から不調和へと歩むことになろう。諸々の力を揃えた人間のこの素晴らしい全体構造を台無しにしてしまい、人間の五感の素晴らしさを乱し、人間という自然の傑作を欠乏と空白に、弱さと動揺に満ちた生き物にしてしまう。（ヘルダー、『起源』、一四七頁）

もちろん今から思えば、ヘルダーはある種のまだ考えられていない言語の自立性の理論をここで思い描いているのは明白だ。それは、コンディヤックやホーン・トゥックの直線的な唯物主義におけるように、音と意味の、コトバと知性との分裂の徴候となり得る。事実、言語の相対主義と恣意性へと突き進んでゆく予感がヘルダーの言語の起源についての歴史的な見解にも、また言語は「ある特定の国、ある特定の時代と状況にあって……人々の見方や考え方と一致してくる」という確信にも取り付いているように見える。ちょうど数年以内にサー・ウィリアム・ジョーンズを動かし、そのことでボップやグリム、そして新文法学派を経てソシュールをもその方向に導くことになる見事な比較研究にあるように、ここでの歴史的もしくは科学的言語学の捉え方は自立言語の最終的な見方と分かちがたく結びついているように見える。

　しかし、これは後から見ての話だ。というのも、その出現時点ではロマン主義的文献学は殆ど困難なく自らの歴史主義の不安定な意味合いに対して免疫性を見せたからだ。例えばサー・ウィリアム・ジョーンズはサンスクリット語やギリシャ、ラテン語の背後に単一の源言語（Ur-language）を覗き見るが、それはしばらくの間は、歴史の移り変わりの背後にあって、その根底に存在する人間の普遍性を新たに保証してくれるものとして働いた。そしてジョーンズ自身、自身の比較言語学研究と共に、ロマン主義的な詩の表現理論に重要な貢献をすることができたのである。[10] しかしドイツのロマン主義的文献学がS・T・コールリッジ他の後継者によってヴィクトリア朝の人々に届けられた時、最も強力な救いの目印となり、ヴィクトリア朝思想に最大のインパクトを与えたのは、ヘルダー言うところの個々の言語をそれぞれの文化の声とし、言語そのものをフォルク・スチム、即ち国家なり国民なりの内的本質を外に表現したものとするヴィジョンだった。この意味において、フォルク・スチム理論はそんなロマン主義的文献学の完成を表わしている、つまり神のロゴスを人間の歴史の境界内に再配置するということである。

(10) ジョーンズは、M・H・エイブラムズが『鏡とランプ』で述べたように、様々な表現理論の流れを一貫した理論にまとめあげたイギリスの最初の人である。(M. H. Abrams, *The Mirror and the Lamp: Romantic Theory and the Critical Tradition* [New York: Oxford University Press, 1953].) ジョーンズは彼の重要な論文 "Essay on the Arts, Commonly Called Imitative" (1772) でアリストテレス的模倣詩学を論駁しているが、その手法はラウス主教が特に推奨した比較による方法である。

＊＊

新しく登場するロマン主義的文献学を背景にして眺めれば、文学史における幾つかの基準ともなる挿話が突然新たな光のもとに現れる。主なものとしてはコールリッジが『文学評伝（*Biographia Literaria*）』（一八一七年）で詳しく述べてすっかり有名になった詩語を巡ってのあのワーズワースとの間の論争である。あの論争で我々は後にヴィクトリア朝的な文脈を形成することになる話しコトバと書いたもの、言語と文化についての本質的に対立する見解に初めて出会う。そこで文学および文化のデカダンスの諸問題が切迫感と黙示録的恐怖感を伴って議論されることになる。こうして、ワーズワースが『抒情民話集』（一八〇〇年）の序文で「詩人たちの共通の遺産」[11]と呼んだところの一八世紀の文学上の慣習を真っ向から否定し、純化された田舎の話しコトバの方を支持したことが、ヴィクトリア朝世紀末文学における中心的な対立軸を用意することになる。特に時代的かつ文体的にも、一方に一八八五年のペイターの『享楽主義者マリウス』があり、またもう一方にイエーツの一八九八年の黙示論的エッセイ「肉体の秋(The Autumn of the Body)」があることで括られる世紀末文学作品群に見られる対立である。というのも一九世紀末に再び現れた言語の対立するモデル、すなわち書記言語と話しコトバの対立は多くの世紀末作家達の間に自意識的で精緻な文学的デカダンスを取るか、それとも債務からの自由を強く目指す一八九〇年代のバラッド・リヴァイヴァルを取るかの選択を迫ることになるからだ。これら世紀末に現れた二つの様式は一九世紀の半ばに台頭してきた文献学上の革命によって顕著に形成されたものだが、文学上のデカダンスも一八九〇年代のバラッドもその出自を世紀初頭に間違いなく求めることができる。一方はコールリッジの共通語の考えであり、もう一方はワーズワースによる声への情熱的な回帰である。

(11) William Wordsworth, "Preface to *Lyrical Ballads* (1800)," in *The Prose Works of William Wordsworth*, ed. W.J.B. Owen and Jane Worthington Smyser, 3 vols.(Oxford: Clarendon, 1974), I:132.

ワーズワースの純化された田舎のコトバという新しいスタンダードへの革命的な訴えには、ヘルダーのようなロマン主義者に見られる貴族趣味的規範や文学上の作法などを強烈に拒否する姿勢が同様に見られる。しかしよく見てみると、そこにはある重大な違いが同時にある。まず、ワーズワースの素朴な基準はヘルダーとは違ってロマン主義的理想主義者の言う国民の概念に依存していない。ジーン・W・ルオフが言うように、ワーズワースが詩人を人間に語りかける人間として描く時、彼は昔ながらの普遍的な人間精神と経験の考えに訴えているのだ。[12] あのサミュエル・ジョンソンが『ランブラー六〇号 (*Rambler No.60*)』で、「人間の状態には偶然的で分離可能な装飾や変装を別にすれば、一様性があり、だから善か悪かという可能性は稀で、等しく人間に共通のものである[13]」と言ったあの信念である。しかしそのようなオーガスタス朝的前提は、ワーズワースの言う話しコトバの直接的で、あふれ出るような表現力を強調する姿と妙に一致する。同じく、ワーズワースの表現詩学は基本的に異質な心理学的、哲学的な要素、とりわけ顕著な例としてはディヴィッド・ハートリー (David Hartley) の連想主義を取り入れることで複雑化している。というのもワーズワースが自身の「人々の真の言葉」(the real language of men) の採用を弁護するとき、ドン・H・ビアロストスキーが説得的に述べているように、彼はその「真の」をハートリー的な意味で使っている。[14] この文脈での「真の」は「事物から受け止めた感覚と結びついた言葉」を意味する。ワーズワースの「真の言葉」はそれを意味する度合いによって、ヘルダー言うところの言語を魂の「顕著な指標」とする考え方から決定的に離れてゆく。

(12) Gene W. Ruoff, "Wordsworth on Language: Toward a Radical Poetics for English Romanticism," *Wordsworth Circle* 3(1972): 204-11. を見よ。

(13) Samuel Johnson, *Essays from the Rambler, Adventurer and Idler*, ed. W. J. Bate (New Haven and

London: Yale University Press, 1968), p.110.

(14) Don H. Bialostosky, "Coleridge's Interpretation of Wordsworth's Preface to *Lyrical Ballads*," *PMLA* 93 (1978): 912-23. を見よ。

しかしワーズワースがこれら多様で相容れない考えを混合したことで招いた重大な結果は、自身の孤立だった。まず彼は英文学の伝統からの離脱という形でそれを感じる。もちろんワーズワースは、そうたやすくミルトンや英語聖書を不要とはできないので、あらゆる英文学の伝統を拒否するわけではない。消え去るべきは「不純で、にせの言葉使い」であり、全ての「雑多な見せかけの技法であり、古い習慣であり、象形文字のような判読不能で不可解な言葉」（ワーズワース、『散文集(*Prose Works*)』、第二巻：一六一－二頁）である。しかしこれらを退けることで、ワーズワースはグレイのソネットを退け、ポープの『メシア(*Messiah*)』を、さらにはジョンソン（Johnson）やプライアー(Prior)の韻律的なパラフレーズも退けることとなる。こういった人物達を拒否する詩論は、コールリッジも後に認めているが、英文学の中核を排除する方向に近づいてしまう。間違いなくそれはコールリッジも認識しているように、新しい詩人達にとってだけでなく、その名に値するどんなイギリスの文化観にとっても、かけがえのない「詩人たちの共通の遺産」であり、等しく共有されているというだけで活力に満ちた特別の遺産なのである。

先輩詩人たちからの孤立というワーズワース自身の感覚は、今や自分の言語媒体そのものからの離脱感によって高まり、それが時に恐ろしいまでに深まってゆく。コトバの詩的妥当性を巡っての不確かさや、描く対象世界を解きほどく言葉の力への強い相反感情がワーズワースの『墓碑銘論（*Essays on Epitaphs*）』（一八一〇年執筆）の根底を占めるようになる[15]。ここでワーズワースの表向きの目的は墓碑銘的な文学形式の復活であり改良である。しかしこうして墓碑銘に魅了されることで、かってワーズワースが田舎のコトバに委ねていた人間の文学的価値を保証してくれるありようの方にはっきり比重が向かってゆく。なぜなら、ワーズワースも後に納得するように、葬式の際の必然的にゆっくりと骨の折れる彫刻的な碑文作成は、碑文を詠う詩人の抑制された素朴な詩的言語を奨励するからである。さもなければ「そのような碑文を刻んだ碑の形や中身そのものが……このような機会に心の伝達媒体に、あるいは葛藤する情熱のすばやい変化に屈した当の作者を咎めるように見えるかもしれない」（ワーズワース、『散文集』、第二巻六〇頁）。従って、ここには通常の文学作成法の諸々の欠点からは完全な自由な書き方があって、いわばワーズワースの言う「学問に励む人たちの世界に閉じ込められた誇り高い書き方」とは全く違う（ワーズワース、『散文集』、第二巻五九頁）。階級に縛られた文学形式とは異なり、墓碑銘的な文章作成は墓地に足を運び入れるどんな人々にも開かれている。ぱたぱたとはためく、表面だけ印刷された書物の頁とは異なり、墓碑は心の深い所で切り取られた永久的なものだ。とりわけ、そこではハートリー的な意味で言えば、言葉は事物と物質的につながることで、それらと直接的かつ「真の」関係を維持している。詩人は文字通りモノに書き刻むことで、言葉をモノに固定できるのである。

（15）これまで無視されてきたこれらワーズワースのエッセイについての最近の批評としては、Frances Ferguson, *Wordsworth: Language as Counter-Spirit* (New Haven and London: Yale University Press, 1977), p.29. 及び Geoffrey Hartman, "Wordsworth, Inscription, and Romantic Nature Poetry," in *From Sensibility to Romanticism: Essays Presented to Frederick A. Pottle*, ed. Frederick W. Hilles and Harold Bloom (New York: Oxford University Press, 1965), pp.389-413. を参照のこと。

しかしながら、田舎の墓碑銘の持つ階級を超えた永遠性と田舎コトバに基づいた詩の永続的な価値との間のアナロジーへの期待の底には、言語そのものへの強い不安、即ち油断ならない言葉の自立性とはかなさへの不安が潜んでいる。

言葉は良きにつけ悪しきにつけ、ぞんざいに扱うには恐ろしすぎる道具である。とりわけ外界の思考に対して支配力を有している。もし言葉が（以前使われた比喩を繰り返すだけで）思考の肉化したものでなく単なる衣服であるとしても、それらはきっと災いとなるだろう。昔の迷信の時代の話にもあるように、ちょうどそれを身につけた人間の真っ当な心を破壊し、そこからその人間を引き離す有毒な衣服のようなものである。言語というのは、よしんば磁力、あるいはわれわれが吸う空気のように、静かに鼓舞し、糧となり、そして消えてゆくということはなくても、一種の対抗精神であり、間断なく音をたてずに働きかけ、狂わせ、転覆させ、荒廃させ、損ない、解体させる。（ワーズワース、『散

文集』、第二巻八四 - 八五）

言語へのこの本質的な不安を前にすると、ワーズワースの『抒情民謡集』の序文のあの自信に満ちた宣誓は無邪気なほど空想的に見える。『墓碑銘論』は、後のヴィクトリア朝の人々が更にせっぱつまった終末論的調子を帯びた文学的デカダンスとして聞くことになるあのロマン主義的ロゴスを巡る士気喪失の音色を響かせている。ワーズワースのこの言語上の対抗精神は、ペイターの冒涜的な「文体における魂」に姿を変え、この対抗精神の感覚的姿をほのめかすような声はデカダンスの中心的なトポス、すなわち運命の書の頁に付きまとうことになろう。

ワーズワースが言語のうちに不安を掻たてるような自立性と物質性を感じ取っていることは、彼がいかに言葉と思想を同一化するヘルダー的信念から遠いかを示している。近年スティーヴン・K・ランドが優れたエッセイで述べているように、ワーズワースの詩学の全体的な動機を形成しているのは、実に危険なほど自立的な言葉の力を制限し抑えようとする、その絶えざる努力にある。つまり、田舎の農民の素朴なコトバ (simple speech) や様々な行事への回帰、すなわち詩を彼らの言葉の表現ではなく言葉になる前の感情と同一視する方向への回帰である。[16] ヘルダーのような人物の創ったロマン主義的文献学では、精神的なものが結局物質的なものに勝るべく話しコトバは書かれたものの上位に来る。しかし田舎のコトバを慣例的な文書より上に置くワーズワースの主張は、ただモノ、即ち文字を超える形で魂を呼び込もうとしているだけにも見える。というのも言葉には常に気がかりな物質性がついてまわるからだ。言葉は碑銘のような書かれたモノの内で抑制され、石のような素朴なものへとなり得る。つまりランドも示唆するように、田舎のコトバをモデルとすることで、言語は読者と詩人の感情との間にわずかな言葉の介在しか許さないほど透明になり、まさに「われわれの吸いこむ磁力か空気」のように透き通ってくる。だが言葉とその抑えられない連想に対するワーズワースの不信（この点で彼はあきらかにロックの継承者になるが）が極めて大きい為、彼は言葉を、混乱や崩壊や解体をもたらし、魂と対立する毒性あるものとして説明することになる。

（16）Steven K. Land, "The Silent Poet: An Aspect of Wordworth's Semantic Theory," *University of Toronto Quarterly* 42(1972-73):157-69.

　このように、ワーズワースは言葉とモノの啓蒙運動的な対立を崩壊させて新たな言葉とモノの「具体的」な統一への転換を目指したわけではなく、言葉からモノもしくは感情への対象軸の転換を求めたのである。しかし言葉になる前の「心の言語」へのワーズワースの優先は沈黙への後退であり、「まさに詩にぴったりの主題であるという理由で必然的に言語を凌駕してしまうような状況を詩を通して組み立ててゆく慎重な試みでもある。はっきり言葉にならないということは、彼の詩的虚構の中での単なる工夫ではなく、彼の詩学が依って立つ意味論の必然的な相関物なのである」（ランド、「沈黙の詩人」一六八頁）。ワーズワースが感情に与える優先が人々の間で広く信じられている感情の共通性によって維持される限りは、詩人は人々の真の言葉を信頼できるし、「沈黙の詩人」の意図を知らしめてくれる雄弁な状況さえ信頼できる。しかしオーガスタン的普遍的命題に対する信頼が崩れていけば、それらを埋め合わせる純粋に伝達の為の詩的様式としての自然のコトバや沈黙の可能性は変形をこうむるだろう。

自身の詩学を馴染みのない存在論に据えながら、ワーズワースはこうして言語の外に存在する経験と価値の世界にコミットすることになる。充分「有機的な」感性を通じてひたすら誠実に求めながら、沈思の習慣は最後には、「自然、しかも互いに繋がった形だからこそわれわれがその存在へ話しかけられ、またその理解にしても、もし見る側がその存在の健全な連想の中に身を置くなら、必然的にある程度啓蒙され、そのことで彼の趣向や愛情も改良されてゆくに違いない、そういった自然の」色々な事物や情調の記述を生み出してゆくだろう（ワーズワース、『散文集』、第一巻一二六頁）。しかし、ここで言語の*う*ち*に*表現化される精神の共同体は、順序的にはっきりとその表現の前に存在したわけだ。詩人や読者が言語で一つになろうとするのは、まず彼らが「本質的な情熱」と「基本的な感情」を最初認めたからなのである。そしてこれはワーズワース自身の言葉の使用において決定的な矛盾である。詩的ヴィジョンを言語の外の世界に委ねることで詩を言語の背信行為から守ろうとするのは、結局詩によって社会を蘇らせるという目的を放棄するのと同じことになってしまう。

詩語に関する限定的な論争として今日文学史では伝えられているが、ワーズワースが後にコールリッジと対立した際のより大きな問題は、結局文学的言語は精神的再生の動因としてみることが出来るかという点である。つまりワーズワースが自身の詩への落ち着かない懸念に付きまとう精神的共同体の二次的な表現としてではなく、そのような共同体をあらしめる手段として見做せるかどうかという問題である。ワーズワースの『墓碑銘論』の言語観の水面下には、言語と文化の関係や、人間生活には高貴で永続的なものが可能かという点についての殆ど抑えられない不安がある。他方、これと対立するコールリッジの見方には、言語と文明を同一とみなす大きな視点があって、この同一化が崩れるのは唯一ヴィクトリア朝の文化的価値観が内部崩壊する時であり、その時には文学のデカダンスが「世紀末」の姿を取って現われるだろう。

また、ヴィクトリア朝の言語ならびに文明観に決定的な役割を演じることになるドイツ文献学の最初の深甚な影響をコールリッジには見ることが出来る。一七九八年から一七九九年にかけてウィリアムとドロシーのワーズワース兄妹が小さなゴスラーの町で殆ど隔絶した生活を送っていた頃、コールリッジは当時ドイツの主要な大学町であるゲッチンゲンに居を定めた。そこで彼はゲッチンゲンの優れた知性であり、広い範囲で古典に共感を寄せつつ探求に勤しむ「古代学」の父とも言うべきC・G・ハイネのグループとの知的交友関係を得る。その範囲は言語、文学、歴史、神話、哲学、地理、芸術に及んだ。以下はカーライルにとって憧れの人ともいうべきハイネの姿である。

古典研究の新しい時代の創始者であり、古典の文字通りの意味を超えて決然と翻訳を試みた最初の人物であり、古代人の書いたものの内に、言葉だけでなく、いや個別のそれぞれの意見や記録だけでなく、その魂と性格、生き方や考え方までを読み込もうとした。あの古い時代に世界と自然がどのように人の精神に写し取られたのか、一言で言えば、どのようにギリシャ人やローマ人は、今のわれわれ

のように人間たりえたのか、それを読み取ろうとした。(17)

過去へのこの格調高い理解、その影響は明らかにヘルダーやラウス卿の考えを木霊させながら、コールリッジを通過して決定的にウォルター・ペイター、ライオネル・ジョンソン、そしてオスカー・ワイルドへと及ぶことになろう。

(17) Thomas Carlyle, "The Life of Heyne"[1828], in *The Works of Thomas Carlyle*, 30 vols.(London: Chapman and Hall, 1899; reprinted New York: AMS Press, 1969), 26:350-51. カーライルはここで *Foreign Review* の為にハイネの伝記を批評している。

コールリッジがゲッチンゲン滞在中に個人的に知ることとなるハイネの古代学は、直接的にはヘルダーの信念から来たものだった。つまり一つの国なり文明はその特別な環境によって条件づけられた独自の内的生命を有し、それは言語なり文学なりに最も特徴的かつ完全な形で表現されるという信念である。コールリッジをして、言語こそ「かくも美しく、かくも神々しいもの」(18)と確信させたのはロマン主義的文献学だった。つまり彼が後にイギリスで出会うこととなるフリードリッヒ・シュレーゲル (Friedrich Schlegel) やヴィルヘルム・フォン・フンボルト (Wilhelm von Humboldt) の作品も含めて、ゲッチンゲンで会ったヘルダーやハイネの言語思想がそれだった。そしてコールリッジは、次に自分に続くヴィクトリア朝の人々に英語は固有の美と独自の重要性を有すると説得することになる。コールリッジがロマン主義的言語学から得た個別の洞察は―ウィロビーが証明しているようにその数は少なくないが、[19]ロマン主義的文献学がコールリッジに目覚めさせた言語の特別な感覚、すなわち言語は特定の国民や文化の特徴的な声であると同時に歴史を有しながら上昇と下降の可能性を持つ有機的全体である、との圧倒的感覚に比べたらさ程重要ではなかった。国の個々の市民の生活を超えて生命を持つ国の本質という理想主義的概念によって、コールリッジは言語を「一つの国の集合的精神」の一部として、また「個々の精神の振る舞いの壮大な歴史」[20]として見ることが出来るようになる。集合的な精神と個々人のそれとの間にコールリッジが設けた言葉の相互作用は、ヴィクトリア朝の人々の間で中心的な信念になってゆく。

(18)　S. T. Coleridge, *Table Talk and Omniana of Samuel Taylor Coleridge*, ed. T. Ashe (London: George Bell, 1909), p.70.

(19)　L.A. Willoughby, "Coleridge as a Philologist," *Modern Language Review* 31 (1936):176-201. を見よ。

(20)　Alice D. Snyder, *Coleridge on Logic and Learning* (New Haven: Yale University Press, 1929), p.138 に引用。

　言語とは完全に自立的なものではなく、それは国や国民の魂の具現化であると同時に個々の話し手によって改良しうるものだ、という考え方はコールリッジの「総ての社会には一種の成長の本能が存在し、それはある種集合的で無意識的なもので、元々同じであった意味を少しずつ差異化させてゆく方向で働く[21]」という発言のうちに不思議なほど示されている。この場合の言語へのコールリッジの貢献はその「差異化」(desynonymize) という語で、これは彼自身の造語であって、才能ある個人が言語に及ぼし得ると彼が考えるところの影響を示す格好の例である。この点では、構想を個人から国民の集合的言語創造力へと方向をシフトさせたドイツ文献学の思想からコールリッジは離れつつあった。例えばヤコブ・グリムはワーズワースと同様に、教育を受けていない話し手は言葉の問題では自然に賢明な趣味を発揮するもの、と思った。しかしコールリッジは文学を常に話しコトバの上に置き、言葉の達人の為に特別な場所を確保した。「豊かで表現に富んだ言語（ギリシャ語、ラテン語、あるいは英語）を操る天才がいることは、絶えざる個人化のプロセスと躍動する理念的存在の見事な例であり、それを証明するものである」（スナイダー『コールリッジ』、一三八頁）。言語はこの場合才能ある人物を利用して自らを表現するのかもしれない、という考え方は厳然とあるものの、これまで抑えられてきた考えである。またここから新語の鋳造という多少評判の悪いコールリッジの色々な試みも出てくる。あるヴィクトリア朝の人物は、*influencive*（影響力を持つ）、*exhaustive*（徹底的な）、*extroitive*（外部に向いた）、*retroitive*（懐古的な）そして *productivity*（生産性）など、『教会と国家の成り立ちについて (*On the Constitution of Church and State*)』から取ってきた語を挙げながら、「コールリッジ氏ほど繊細でも形而上学的でもない人々にとってはこのような語の必要性は到底理解できないだろう[22]」と抗議する有様だった。自国語の生命に与りたいというのがコールリッジの決意なわけだから、そういった新語表現が言葉を不安定にするという反論は的外れというものだ。

(21) S. T .Coleridge, *Biographia Literaria*, ed. J. Shawcross, 2 vols. (London: Oxford University Press, 1907), I:61.

(22) Matthew Harrison, *The Rise, Progress and Present Structure of the English Language*, 2nd American ed.(Philadelphia: E.C. and J. Biddle, 1856), p.111.

しかし当時のロマン主義的文献学の動向に沿っていないと見える時ですら、コールリッジの言語と文明についての思考は彼のドイツ体験から深い影響を受けていることを示している。例えば、言語は国あるいは国民の集合的な精神を大いに表現しているかもしれないが、才能ある個人はその言語を変えてゆく力を持つというコールリッジの信念は、ゲッチンゲン滞在の年まで遡る。というのもルターの聖書翻訳は単にウルガータ聖書をドイツ語に置き換えただけでなく、そのことで実質的に書記ドイツ語をドイツ語としたということを、ゲッチンゲンでコールリッジは学んだからである。

ルター自身が書いたドイツ語において、とりわけ彼の聖書翻訳において、ドイツ語という言語が始まった。つまり現在書かれているようなドイツ語とは、言い換えれば北部平地の方言である平地ドイツ語、ならびに中部および南部の方言である上部ドイツ語から対照区別される高地ドイツ語と呼ばれる言語である。高地ドイツ語はある種の共通語であって、事実、ある地方の土着のものではなく、すべての方言から選ばれた香しい精華ともいうべきものだ。このことによってそれはヨーロッパのあらゆる言語の中でも最も内容豊富で文法的に正しいものなのだ（『評伝』第一巻一四〇）。

こうしてヘルダーが書記ドイツ語を、「生きた」口語方言（spoken dialects）に比べてひどく貧弱で、不正確と見なしたのに対し、コールリッジはそれが重要な文化的理想を表現して見えるという理由で、つまり理想化された国民の生命に声を与え、有機的でしかも人間的に完全な言語であるとして、高地ドイツ語を賞賛するようになる。

共通語という言葉は『評伝』でのワーズワースとコールリッジの論争へと我々を引き戻す。実際コールリッジにはこの友人との間に真の意味で不一致の根拠があったわけではない。二人とも詩人と聴衆との関係に強い関心があり、また共にこの関係が単に詩にとどまらないと受け止めていた。しかしワーズワースとコールリッジは、詩のもたらす人間社会の崇高な経験については同じ意見だったが、詩が伝達の最良モデルであるという点についてはどうしようもなく意見が分かれる。彼が『評伝一七章』で「人々の真の言葉」（real language of men）を共通語で置き換えることを提案する時、コールリッジがそうするのは階層的な社会観に向けての運動の中でワーズワースが見せる人間の平等と友愛への革命的な貢献に全面的に抵抗してのことではない。言語が永続性を得、共通に所有できるほど接しやすく、そして時間を超えて互いに異なる人々にとってもそれが可能なのは、唯一書記言語――すなわち文学――を通してなのだと信じていたからである。これは本質的な不一致である。ワーズワースは素朴さ、直接さ、そして触れられる世界の物との密接なつながりを理由に純粋な田舎のコトバに特権を与え、コールリッジは田舎のコトバには伝達様式の中でも限られた、つかの間の姿しか見ようとしない。それは、ワーズワースが想像したように総てを包むような媒体を提供してくれるどころか、コールリッジ言うところの限られた特異性、職業性、地域性などの枠に自らを閉じ込め、大きな世界の意味をほんのわずかだけ、しかもただ質を落として保つだけなのである。(23)

(23) Coleridge, *Biographia*, 2:40 を参照。「もし言葉の歴史を農民たちの間で時間単位で辿ってみれば、以前そのことに気付かなかった人も分かって驚くだろう、つまり実に多くの熟語が三、四世紀前には大学や学校の所有物であったこと、また、それらは宗教改革の始め頃に学校から教会の説教壇へと移され、そして徐々に普通の生活に浸透していったことを。」

ヴィクトリア朝的文明の理想に対してのコールリッジの貢献の意味は従って以前のワーズワースとの論争の瞬間から始まっている。すなわちコトバ、つまり単に話しコトバに具体化された意味での言葉というものには永続性はないという彼の確信から来ている。ここにこそ共通語の大いなる働きがある。ワーズワースが「人々の真の言葉」がより共通であってほしいと希望するのに対して、コールリッジはしっかりと共有された言葉のみが真に万人に共通のものである、と反駁する。どこでも話されてなくても、どこでも理解可能な文学の共通語のみが人間を偶然的で、局所的な生活から引き揚げ、より高い理念的生活へと繋げてくれるのである。同様に、共通語によって切り開くディスコースの安定した広々とした世界の中で、少なからぬ近隣の人々への愛着も可能となる。さいな、しかしどうしようもなく日々の田舎の生活にまつわる事柄からの解放がある、—すなわち「教会関係者の気まぐれな性格、学校の有無、あるいは恐らく税務所員、パブの主人、床屋などがたまたま政治に熱心であるかないか、公益の為の (*pro bono public*) 週刊新聞の読者であったりなかったりする事」(コールリッジ、『評伝』、第二巻四二頁)、そんな束縛から解放され、そして未来の為に過去と現在をつなぐ永続的な言語の形式によって支えられ、自分たちを大きな歴史的、文化的な全体に繋がるものと考えることが出来る。共通語と恒久的な文明との間にはまた国の知識階級についてのコールリッジの有名なヴィジョンの意味が存在している。というのもコールリッジの言う言葉への多才な個々の貢献者たちがその守護者の姿を見せるのはまさに知識階級メンバーとしてなのだ。英語聖書のような書が過去において言語崩壊の「歯止め」として機能してきたが[24]、コールリッジは文学の共通語とそれが表現するより高い有機的な生命観は、その為に働く熱心な支持者たちが必要である、と固く信じていた。これが知識人 (**clerisy**)(ドイツ語の聖職 **clerisei** をコールリッジが翻訳) の役割なのだ。つまり「国民化した永遠の知の秩序」であり、その一部は「既にある知識を深め発展させながら、人文諸科学の源泉であり続けることであり」、他方、より大きな役割としては「国のどんなに小さな単位であれ、助言者や守護者や教師の不在を放置することなく、それを隅々まで行き渡らせることだ[25]」。またコールリッジの知識人についての考え方の背後には、ドイツ思想から吸収した言語と文化の有機的考えという権威が存在する。後のフリードリッヒ・

シュレーゲルの次のような言葉には一九世紀の終わりまで響き渡るヘルダーやハイネの声が聞こえる。

> 国の言葉を重んじることは常に社会の上層階級に与えられた聖なる義務であると同時に重要なる特権である。すべからく教育ある人々は可能な限り自分の言語を、その美しさと完璧さにおいて純粋で無傷のものとして護ることを常に関心の対象とすべきだ。……自国の言葉を破綻にまかせるような国家は、知的自立の最後の砦を手放すものであり、存在の終わりを甘受することに他ならない。[26]

(24) Coleridge, *Table Talk*, p.49. 参照。「われわれの聖書は、他にも数えられないぐらい理由はあるが、とまれ次の点で愛され尊ばれるべきだ。つまり自然の事物の多くの用語について純粋な意味を保持していること。この歯止めがなければ、われわれの弱体化した想像力は言語の肉をそぎ落として単なる抽象用語になってしまうだろう。かくしてフランス人は彼らの詩的言語を喪失してしまった。ブランコ・ホワイト氏 (Mr. Blanco White) も同様のことがスペイン人に起こった、と言っている。」

(25) S.T, Coleridge, *On the Constitution of Church and State*, ed. John Colmer, in *The Collected Works of Samuel Taylor Coleridge*, ed. Kathleen Coburn, 16 vols. (Princeton: Princeton University Press, 1976), 10: 69,43.

(26) Friedrich Schlegel, *Lectures on the History of Literature, Ancient and Modern* (New York: J. and H.G. Langley, 1841), pp.236-37. これはシュレーゲルの大変有名な講義『古代および現代文学史

(*Geschichte der Alten und Neuen Litertur*, 1815)』をJ・G・ロックハート(Lockhart)が一八一八年に翻訳したものである。

ワーズワースの最終的な失敗、つまり『評伝』で話しコトバと言語の関係という大問題でコールリッジの象徴的な敵対者を演じることになってしまったことは、共通語が認めるところの「あの精神の先見性、全体観」(コールリッジ『評伝』第二巻四四頁)を捨てさって、農民コトバのもつ非連結性、無造作、単なる事実重視の側に立つことを意味した。後になってコールリッジは全体の啓発は、彼言うところの「下からの上昇によって」(per ascensum ab imis)進むという考え方に更に強く反発することになる。「なら、科学の大衆化から始めるというのか。しかしそれでは程度を落とすだけの結果になろう。すべての人間、もしくは多くの人間を、哲学者あるいは科学や体系的知識を持った人間にしようなんて馬鹿げたことである」(コールリッジ、『国の組織』、六九頁)。しかし『評伝』の頃から、コールリッジの取り組みは「民主的な」教育制度にぼんやり感じられるような、はたまた田舎のコトバを英文学の伝統の「誇るべき書かれた作品」より高く掲げるワーズワースの姿勢にあるような、低きに向けて平準化するような動きにははっきり抵抗する向きはあった。『評伝』での一貫した努力はこうして、「文学のもつ伝統的な関連する幾つかの特権を話し言葉の水平化攻撃から護りながら、文学のワーズワースを救い、文学をワーズワースから救うことだった。」(ルオフ、『言語についてのワーズワース』二一一頁)。

ここで文学をワーズワースから護るとは、文学と文明との間の理想化された関係をはっきりさせて保護することだ。実に、この関係性はそれを護る仕事と同じく、彼に続くヴィクトリア朝の世代にとってコールリッジからの長く続く遺産となってゆく。真剣さと活力と最高の自信を携えた優れたヴィクトリア朝文化であると我々が見ているものは、文学と文明を一体化するあのコールリッジの見方の上に、つまり文明が文学をもたらし、文学が文明を代弁するような内的本質と外的表現との統合的関係という見方の上にしっかりと築かれている。従って『評伝』の中でのワーズワースとコールリッジの論争は、詩語といった小さな問題ではなく、言語上の、つまり究極的には文化の懸念という根本の問題にかかわってくる。コールリッジが幾分落ち着かない透徹した目で見ていたのは、ワーズワースのように詩を生きたコトバに基礎付けるどんな試みも、詩的言語をいやおうなく時と歴史的条件の侵食に晒してしまう、ということだった。さらに縁起悪いことに、話しコトバを基にした詩学はそのことでそれを生みだした文明を、無知と単なる変化という無法な力に委ねることになってしまう。ワーズワースのような詩学によって示される言語的、文化的危険を念頭に入れながら、コールリッジは国家とその文学との、すなわち共通語という理想的な方言との一体性を強調することでその危険を一般に知らせようとした。先述したようにヴィクトリア朝の人々は、この文明と文学とを同一視する姿勢を豊かな遺産として受け入れたのである。しかしコールリッジの戦略は明らかに深い弱点を抱えている。というのも仮に何かが共通語の理想的な性格を疑問視して傷つけようとした場合、その共通語と不可分に結びついている文明もまた疑問の対象になってくるということだ。そしてこの弱点もまたヴィクトリア朝人たちが引き継ぐこととなる。

＊＊＊

既に見たように、コールリッジは話しコトバに依ったワーズワース的な美学を退け、文学の共通語を威厳ある文化的理想として確立すべく、ロマン主義的文献学の様々な資産を拡大することを考えた。コールリッジがドイツの言語思想を精神の名のもとに活用したのも、彼はその道に傾倒した哲学的理想主義者であり、唯物主義の打倒ならびに思想と社会秩序のあらゆる機械論的体系の撤廃に腐心していたからである。しかしワーズワースの話しコトバに基づいた詩学はあきらかに唯物主義の面倒な要素を抱えていて、時に言語媒体そのものへの不信を露わにしていた[27]。従って内的精神と書き言葉を同一視するコールリッジの姿勢は、それを本来の論争の文脈で眺めるときある明白な意味を帯びてくる。

(27)　ワーズワースとコールリッジの言語理論の持つ政治的な側面については、Olivia Smith, *The Politics of Language 1791-1819* (Oxford: Clarendon, 1984) を参照。この著作について私が知ったのは遅すぎて、残念ながらその議論の全体をここで紹介できない。

常に忘れてはならないのは、精神を書き言葉で包むコールリッジの態度は深いところでロマン主義的想定、つまり精神というものを書き言葉ではなく習慣的かつ本能的に話しコトバもしくはその声と一体視していたロマン主義的な想定を侵犯したという点である。一九世紀初頭には、国民的精神を書き言葉で具体化するコールリッジの姿勢は大きな論争的な意味を持ったが、実質的にはそれでさしたる違いが生じたわけではなかった。なぜならヘルダーの後継者たるフリードリッヒ・シュレーゲルやヴィルヘルム・フォン・フンボルトのようなロマン主義的文献学者達はさほど性急に言語の書記形態と口語形態の区別立てをしてはいない。ただ後に、ロマン主義的文献学の、より鷹揚で「神秘的」な想定が新しい攻撃的な「科学的」文献学の厳格な区別立てを前にして後退を余儀なくされるとき、国民精神を書記言語で体現するコールリッジ流の態度は激しい批判に晒され、最後には侮蔑的な無視を受けることとなる。しかし一方、コールリッジの後を受け継いだヴィクトリア朝の面々は国民精神を書記言語と同一化する彼の姿勢を採用し、その本質的に問題含みの前提を自分たちが抱く希望や文化的信念の土台に持ってきたのである。

コールリッジが考える広い意味での文化的理想、あるいは最も相応しい名前を与えるなら文明の理想ということになるが(28)、それは既にヴィクトリア朝中期において勝ち誇った表現を見せていた。一八五四年にJ・H・ニューマンは冷静に次のように宣言している。世界中には疑いもなく様々な文明や社会が存在するが、

しかしこの文明は、その創造の結果でもありその故郷でもある社会と共に、その性格において際立って輝かしく、その程度において帝国的であり、その継続において力強く、この地球上で並ぶものはなく、かくして連想としてそれ自体に「人間社会」という称号がピッタリであり、その姿は深遠な「文明」という言葉そのものだ(29)。

西欧の文化的達成と覇権についての同じく冷静な確信は、実に一八三二年という早い段階から若きテニスンの「芸術の宮殿 (The Palace of Art)」の中で「至高の白色人種の精神」(the supreme Caucasian mind) という言葉に表われていた。ニューマンとテニスンが共有する情調は、明確にイギリスこそが西欧の総ての成果の最終的かつ必然の後継者であるという楽天的な自信の瞬間を表わしている。そこでは西洋の国家間でこれまで遺産として共有された文化が今やイギリスの完全な相続権の内にあるということだ。その途方もない自信は、この時点でいまだ経済的つまずきを体験することもなく、また一九世紀終盤になれば国家の優越を主張する勇ましい声もやがて萎み、その先にささやかな規模の文化相対主義が待っているやもしれぬという展望すらまだ実感はなく、その自信たるやイギリスの持続的な経済的、帝国主義的制覇によって当然のように膨れ上がっていた。しかしその自信の核心部分にあったのは、似たような境遇の国々の中でもとりわけ幸運なイギリスの運命に対する本質的にイデオロギー的な自信であって、いずれにせよそれは単に貿易総トン数と獲得領土の広さを合計したものではなかった。

(28) ヴィクトリア朝人の間における文明という言葉と概念についての議論は Michael Timko, "The Victorianism of Victorian Literature," *New Literary History* 6 (1974-75): 607-627. を参照。
(29) John Henry Newman, "Christianity and Letters," in *The Idea of a University*, ed. Charles Frederick Harrold (New York and London: Longmans, Green, 1947), p. 219.

ニューマンやテニスンに明白に見られる高度な文明というヴィジョンはその中心軸を書記言語に置いた。なぜならヴィクトリア朝人が社会的構築物ならびに社会的理想としての文明に係わり始めたとき、ディスコースのモデルとしての口語言語に対してはっきり優位な位置を占めたのは公的な形式としての書記言語すなわちコールリッジの言う共通語だったからだ。現実的か理想的かは別として、また伝統的な綴りであれ、もしくは（簡略化した綴りを推す運動で大勢の人々が要求したような）改変されたものであれ、ヴィクトリア朝の文明を取り巻く新しい諸条件が単に書記言語を必要としたというだけではない。むしろカーライルが理解したように、書記言語は文明を取り巻く条件そのものだった。それは既に消えた先行文明の今に残った瞬間を表現していたし、また書くことの可能性が歴史性を可能とし、それと併せて一九世紀の文明の歴史主義的な考えを可能としたからである。ヴィクトリア朝の人々は文明のどんな考え方も書記言語を前提とすることを既に知っていた。文明に対するこの書くということの暗黙の優位性があって、ヴィクトリア朝の話しコトバに対する書記言語の特別扱いが決定的になるのである。

　書かれた共通語に体現されるものとして文明を見る態度は、文化のロジックの必然性を通して、最後には文明と文学の同一視へと至る。この点においてコールリッジが仲介してヴィクトリア朝人にもたらしたドイツのロマン主義的文献学の伝統が彼らの思想に決定的な影響を与えることになる。国の言語をその内的な精神の表現と謳った当の伝統は、後の「科学的」文献学がそうしたような、言語と文学の間の厳格な区別を設けなかった。例えば、コールリッジの理想主義的な後継者たちへのヴィルヘルム・フォン・フンボルトの強い影響はこれで説明できる。J・W・ドナルドソンは若い頃の重要な書『新クラチュロス』（一八三九年）でフンボルトの大作『言語の異質性と人類の知的発展へのその影響 (*Über den Verschiedenheit des menschlichen Sprachbaues und ihren Einfluß auf die geistige Entwickelungdes Menschengeschlechts*)』を取り上げその翻訳に数頁を当て、フンボルトの「言語とは国民の知性が外に向かって表現されたものである。彼らの言語が彼らの知性であり、彼らの知性が彼らの言語であって、両者をいくら同一視してもし過ぎることはない[30]」との見解をそこで引用している。こうして言語は、（サミュエル・ジョンソンが前世紀で記述したような）一つの国民の外から見える「経歴」としてではなく、その内的現実の表出として見られるようになる。『一九世紀 (*Nineteenth Century*)』誌に寄稿したある作家がフンボルトを翻訳して言ったように、言語は「民族が到達した知的理解の程度を正確に示す指標であり、その民族の知的進化はそのコトバの漸進的発達のうちに辿れるかもしれない[31]」。

(30) J.W. Donaldson, *The New Cratylus, or Contributions Towards a More Accurate Knowledge of the Greek Language*, 2nd rev. ed. (London: J.W. Parker, 1850), p.43.

(31) G. Croom Robertson, "How We Come By Our Knowledge," *Nineteenth Century* 1 (March 1877): 116-17.

コールリッジの、そして彼を通じてのロマン主義的文献学の影響はこのような時、すなわち言語が国民の内的本質を表現するものとされ、そして国民が、ヴィクトリア朝のイギリスがそうある様に、自らを高い歴史的使命を背負うものとして見るような、そんな時にとりわけ明白になる。しかし明白さでは劣るが、このロマン主義的見解の影響は、最終的に同じく重要な結果をもたらすことになる。これがロマン主義的有機体説の前提をなし、あらゆる有機的存在の統一性と成長を想定しながら、言語や文学こそが文明の表現であるという考えからいとも容易く言語や文学が積極的に文化を形成するのだという考えに向かっていった。文学は従って文明の一つの結果であると同時に、ある面その原因でもあった。この特異で独特に理想主義的な相互因果関係の形式はフリードリッヒ・シュレーゲルの『文学史講義（*Lectures on the History of Literature*）』を編纂したアメリカ人に次のように言わせた。「豊かさの、また同時に洗練された教養の結果として、文学的探求は元々の故郷である文明を高め、永続させる手段ともなっていった」（シュレーゲル、『講義』、iii頁）。カーライルもまたシラーに倣って、文学とは人間の中にある精神的なものの「娘」であると同時に「乳母」であると宣言し、一方『エディンバラ・レヴュー（*Edinburgh Review*）』への寄稿者達は文学を「知識の宝庫であると同時に護り手」であり、「国民の性格を示す指標であり学校である」とした。(32) 文学が文明に対して持つ結果としての表現とそれを生み出すものとしての二重機能の強調こそ、我々が典型的なヴィクトリア朝風と見做すことになるものだ。

(32) Carlyle, "The Life of Schiller" in *Works*, 25:200:「文学はわれわれのうちで精神的で高められたものの娘であり、また乳母でもある。」[Rowland Prothero], "Modern Poetry," *Edinburgh Review* 163 (April 1886):467:「国民性の指標としてまた学び舎として文学の重要性をいくら強

調してもし過ぎることはない。」[Henry Reeve], "The Literature and Language of the Age," *Edinburgh Review* 169(April 1889):328:「文学の義務と栄光とは知識の貯蔵所となり、その守護者となることである。」

このロマン主義的文献学の背後に、つまり文学を理想化された国家の内なるコトバと見るコールリッジ的理想主義的思考の背景に、我々はマシュー・アーノルドが『批評論集(*Essays in Criticism*)』(一八六五年)や『教養と無秩序(*Culture and Anarchy*)』(一八六九年)で表明した狙いを置いてみるべきだ。アーノルドがそこで提案しているのは、即ち想像的文学を、世俗的とはいえ救済に係わる聖書として刷新することであり、その狙いは、ウィリアム・バックラーが言ったように、「差し迫る、必死の希望の中で取り組まれ、時に混乱を伴いながらも、一八二〇年代のカーライルから一九二〇年代のハーディまで広範囲にわたる安定した一つの流れを形成する。近代世界は新しい聖書を必要としており、そして文学がそれを成し得る唯一のものだった。[33]」しかしこれは同時にのっぴきならないジレンマをもたらす。文学は、理想主義者が考えるように、それが本体的な価値の領域と繋がっていると信じられる場合にのみ、「必然的に」想像力の救済形式となり得る。いかなる正統性をもってそう言えるのか? なぜなら文学は特別に言語によって出来ているのだから、理想主義者の主張によれば、必然的に言語は事実そうあるように本体領域に参加している筈なのである。仮に言葉が神から授かった賜物であれ、あるいはヘルダーも言うように合理性そのもの、つまり様々なイメージを内省的に区分けする能力が人間の能力のうちにあり、それが内なる識別の記号もしくは言葉の創造を可能にしているにせよ、である。従って、手短に言えば、正統的な神学的見解を受け入れるにせよ、ロマン主義者の世俗的解釈を受け入れるにせよ、ロゴス、すなわち内なる観念と外なるサインの同一化は保証されていることになる。

(33) William Buckler, *The Victorian Imagination: Essays in Aesthetic Exploration* (New York and London: New York University Press, 1980), p.4.

文学を人間の歴史の内に転移したロゴスとして捉えるロマン主義的な考え方は、例えばシュレーゲルが文学を「国民の知的生命の総合的な本質」(シュレーゲル、『講義』ix頁)とする見方を説明してくれるかもしれない。ヴィクトリア朝的文明観へのこの見解の影響は、カーライルが文学を「哲学、宗教、芸術のエッセンス、つまり何であれ人間の不変の部分に語りかけるもの」[34]とする記述に窺える。その意味で、カーライルが文学を世俗的な聖書に変換させることは、ヴィクトリア朝の言語への態度にあって極めて重要な契機になる。一般の男女は自分たちの聖書さえ読めればよいとしたコールリッジとは違い、カーライルは恐れることなく想像力という福音書の門戸を総ての階級に開放した。もちろんそれが正しい福音書であり(「バイロンを閉じて、ゲーテを開け」)、かつまた正しい読み方(「『何だって?』と読者は叫ぶ、『われわれは詩を研究するのか? 微積分を吟味するように考え込むのか?』」)[35]であるべき、という条件は付くにせよ。もしワーズワースが教えたように、詩とは感情の修養であるなら、そのような内なる感情は語源を尋ねる仕方で育まれ、より広い公の責任へと「導かれる」べきだ、という決定的なヴィクトリア朝的見方からそれは来ているし、そういう感情を持つ大衆自体が増えていくならとりわけそうである。

(34) Carlyle, "Life of Schiller," in *Works*, 25:200.
(35) Carlyle, *Sartor Resartus* [1833], in *Works*, 1:153; Carlyle, review of Goethe's *Collected Works*, *Foreign Review* 2(1828):116.

理想化されたイギリス文明の必要性に応えるカーライルの圧倒的なヴィジョンにおける文学の勝利、あわせてコールリッジの共通語への希望の勝利はかくして新しいヴィクトリア朝的知的文化の枠内に場所を移したロマン主義文献学の勝利でもある。というのも、これは文学を聖書として、もしくは文学を世俗化したロゴスとして見ることであり、重要な意味においてヴィクトリア朝文化の何たるかを定義しているからだ。マシュー・アーノルドが一八七一年に聖書を詩と見做し、ジョン・デイヴィッドソンが世紀のずっと後になってからカーライルへの詩的な注で次のように記したにせよ、である。

聖書とは
終りの数章を欠いた一冊の書物のように見える、
……

その失われた部分はどこにいったのか？—他の幾多の本の中か、後の時代の甘い聖典に、現代の吟遊詩人の歌に、われわれの愛し生きる現代のロマンスの中にそれはあるのか。聖書とは真実以外の何だ？とりわけ、神と人間の真実でなければ何だ？　こちらであれあちらであれそれは聖なるもの、ミドルマーチであれパレスチナであれ。(36)

同じ考え方の流れは否応なく審美主義という後期ヴィクトリア朝の展開へと我々をつれてゆく。そこには殆ど文字通りに文学とロゴスの同一化があった。審美主義を美の宗教として説明するのがもはやごくあたりまえの今日ですら、同種の考えであってもアーサー・マッケンの言い方はまだある程度衝撃的な力を残している。すなわち、「文体とは内側の燃えるような気高さが外に表出したものであり」、「文学とは影の様な同伴者の言語で」、また「文学は言葉の審美的媒体を通したカトリック教会のドグマの表現であり、いかなる意味でもそれらドグマと調和しないものは文学ではない。(37)」カーライルはおよそ審美主義のチャペルでひざまずくことは無かったろうが、その土台を据えたのである。

(36)　John Davidson, *Diabolus Amans: A Dramatic Poem* (Glasgow: Wilson and McCormik, 1885), p.45. 同じく *The George Eliot Letters*, ed. Gordon S. Haight, 9 vols. (New Haven: Yale University Press, 1954-1978), 6: 340:「『ジョージ・エリオットの私は小説というより第二の聖書に等しい。』」を参照。

（37）Arthur Machen, *Hieroglyphics* [1902](London: Unicorn, 1960), pp.40, 76,176-77.

文学をヴィクトリア朝文明の世俗化した聖書と見なすことで、広い範囲に散らばったヴィクトリア朝の生活の多くの特徴が根底で繋がっているのが見えてくる。即ち、家族単位での読書会を社会的な制度へと深めること、チャールズ・ディケンズの公開朗読への異常な程の熱心さ、オスカー・ワイルドのような人物が人前で見せた完璧な会話力（ワイルドについてはイエーツが驚嘆の声で語っている。「これほど完璧に文章を話す人間を今まで見たことがない、まるで事前に徹夜でそれを苦労して書き上げてきたかのようだ[38]」）、あるいはまたバウドラー博士(Dr. Bowdler)のような、シェイクスピアや聖書などを上品な女性の頬を赤らめないように改変した試みなどもそうである。というのも、このバウドラ主義という不穏句削除の明らかなやり過ぎの背後にさえ文明の運命そのもの、少なくとも「わがイギリス文明」の運命は英語ならびに英文学と不可分に結びついているという確信があったからである。言葉は、コールリッジが教えたように、「心の営みなのである[39]」。

（38）W.B. Yeats, *The Autobiography of William Butler Yeats* (New York: Macmillan, 1965), p.87.
（39）S.T. Coleridge, *The Friend*, ed. Barbara E. Rooke, 2 vols., in *Collected Works*, 4: 1,77.

その直接的背景には再びロマン主義的文献学の大いなる影響がある。ロマン主義的な理想主義的言語観では、言葉は意味を入れる不活性の器ではなく「生きた力」だっただけに、それらは意思や情熱を、内的鎮圧と外的な点検を通して抑えねばならなかった。「計り知れない精神的意味という事実がある」とG・P・マーシュは彼の評判の『英語講義（*Lectures on the English Language*）』の中で断言した。この事実というのは主に当時の新しい言語研究によってほんの少し前に知らされたものであり、その内容とはすなわち

言葉というのは死んだ、伸縮性のない、受け身の道具ではなく、一つの力である。それはすべての自然の力と同様、それが動かすものに跳ね返ってくる……何か強い情緒なり情熱に言葉の表現を与えるだけで、他になんら外的行為が伴わなくとも、感情を刺激しその興奮を強める。その結果、言葉がいったん放たれると理性はその地位を退き、猛々しい自然が人間を支配する。(40)

(40) G.P. Marsh, *Lectures on the English Language*, First series (New York: Charles Scribner; London: Sampson Low, Son, 1865), p.233. 最初一八五八–一八五九年にコロンビア大学で行われたこれらの講義は広く受け入れられ影響も大きかった—マックス・ミューラーとマシュー・アーノルド（彼は後にマーシュがイタリアへアメリカ大使として行ったときにその講義を知る）の両者はこれに恩恵を被った。マーシュはロンドン文献学協会のアメリカ支部の幹事であると同時に熱心な「サクソン主義者」であり、イギリスとアメリカの「アングリカン」の人々のはっきりとした運命を信じていたので、彼の仕事を言語と言語研究へのヴィクトリア朝的態度の幾つかの側面を特徴づけるものとして私は本研究で参考にした。

公的なディスコースを巡るヴィクトリア朝的規準の出現は、反道徳的で猥褻な、あるいはひたすら特異な言葉を抑え込んだが、このように直接的には言語を精神的な力と見なすロマン主義的な理想主義的言語観から来ている。多くのヴィクトリア朝人が後に痙攣派やラファエロ前派、あるいは文学デカダンスに見出すことになる私的で純粋に表現的な言葉の使用に対して時に激しい反発があったのも、これでわかるし、またヴィクトリア朝の時代にいわゆる言語ナショナリズムがすさまじい勢いで勃興してきたのも納得がゆく。ロマン主義的文献学のなかの愛国的な力に触発されて、それは例えばシュレーゲルの場合、自国も含め欧州諸国にフランス語の専制を撥ね付けるべきと訴えさせた類のものだが、ヴィクトリア朝の言語愛国主義はディケンズのポドスナップ（**Mr. Podsnap**）氏が不幸なフランス人に対して発する「英語は内容豊富な言語でよその人にはツライものです」という自己満足的な見解の内に喜劇的な形を取って現れる。しかしR・C・トレンチのように真面目な言語研究者はディケンズ風の当てこすりを使わずに、自国語を愛することは「ある方向に向かって己を表現する自国を愛することに他ならない」[41]と宣言することが出来たし、J・C・ヘアもこう主張できた。

先人たちが残してくれた遺産を正しく評価できない人は、それを豊かにすることも大きくすることも出来ない。人は自国語を愛し大切にすべきである。第一の恩人として、自分のあらゆる考え方、自分の精神の構造、形式、習慣を目覚めさせ働かせるものとして、自分の同胞と結びつけ繋いでくれる絆や媒体として、自分の本性をそこに見、それなくしては自分自身と心を通わせることすら出来ない鏡として、神の知恵が顕現するところのイメージとして。自分の生まれ育った言語をこのように考える人なら崇敬なしにそれに触ることはできない。しかしその崇敬は彼にそれを純化し改良することを妨げないし、むしろ奨励するだろう。この本分について今日の英国でコールリッジほどよくわきまえている人はいない。(42)

(41) R.C. Trench, *English Past and Present* [1854], in *On the Study of Words and English Past and Present* (New York: E.P. Dutton, [1927]), p.3.

(42) J.C. Hare, *Guesses at Truth*, 3rd ed. (London: Macmillan, 1867), p.235.

一九世紀のイギリス文献学の大いなる目標、それは『オックスフォード英語辞典』に究極的な記念碑として結実することになるが、その目標はこのように英語の過去の言葉の復興ということになった。また、国民とその文学とを説得的に同一視したロマン主義的文献学に触発されて、その衝動は国家を理想的に永遠の視座から描いた「最重要な書物 (volumes paramount)」の正典化へと向かう。ジェイムズ王の聖書、シェイクスピアの戯曲、そしてミルトンの詩には、「国民の精神と心を高める最も力強い働き、一つの国民を束ねる強力な絆、そして絶えず移り行く意見や嗜好の流れにぶれない堂々とした支柱がある」(マーシュ、『講義』、一七頁) と、ヴィクトリア朝の人々は信じた。コールリッジはドイツの例に強い感銘を受けていた。そこには政治的国民性の前に言語と文学の国民性がまずあって、後者の結果として前者が生まれるように見えた。ニューマンが文学について見事な調子で締めくくりながらこう明言したときもそうだった。「偉大な作家たちによって国民の多くがまとまり、国民性が確固たるものとなり、国民も物を言う。[43]」この考えは一八八〇年のT・C・ホースフォールの粗削りでジャーナリスティックな散文に移し替えられてもその力を失っていない。「多分他国からの侵略でもあれば別だが、今のイギリスほど様々な階層の人々が一つになっている時代もない。どの階層も多くの人々が一冊の偉大な書すら御馴染みの知識として共有している程だから。[44]」

(43) John Henry Newman, "Literature: A Lecture in the School of Philosophy and Letters," in *Idea of a University*, p.255.

(44) [T. C. Horsfall], "Painting and Popular Culture," *Fraser's Magazine* 101 o. s., 21 n. s. (June 1880):855-56.

しかしロマン主義的文献学がヴィクトリア朝的文明の理想に及ぼした最大の影響は、最後に残った対抗的な流れの内にのみ記録される。その流れとは言語を純粋に言葉の問題として見る見解から抜け出て、文学を社会もしくは国家のロゴスとみなす理想へと移行しながら、新しい世界文明の運命を担う言語として英語を見る帝国的なヴィジョンとなって文献学上の起点へと戻ってくる流れのことである。これは文学が特権的な中心軸を保持する文化観であり、その未来にあっては「世界がシェイクスピアやミルトンの言葉遣いで取り巻かれる[45]」。しかしそれは新しい歴史文献学、比較文献学というかつてない学問から力を得たヴィジョンだ。例えばこの文脈においてヴィクトリア朝の言語解説者達は、ドイツの偉大な文献学者であり辞書編集者でもあるヤコブ・グリムの意見、すなわち英語は世界言語として運命づけられている、という意見を飽かずに引用し、またドイツ語系とロマンス語系との「混成」言語としての英語の特性は、弱点としてよりは栄光ある強みとして現れることになる。

> たとえ外側の多くの標示が一つにそろわなくとも、こう信じないわけにはいかない、つまり北と南の間をつなぐ、すなわち北方系のチュートン系の国々で話される言語と南方のロマンス系の国々で話される言語をつなぐ一つのヨーロッパ言語の前には様々な偉大な事柄が待ち構えている、と。その言語は両方へつながり、両方を分け持ち、両方の中道をなす。(トレンチ、『過去と現在 (*Past and Present*)』、二九頁)

このような心情にあっては、言語と文明との根本的な同一化は完璧になる。

(45) Thomas Watts, "On the Probable Future Position of the English Language," *Proceedings of the Philological Society* 4(1848-50):212.

ヘルダーのロマン主義的文献学から生じ、ヴィクトリア朝時代のコールリッジの継承者達の壮大な言語的帝国主義に始まる知の流れの最後のところで、我々は複雑な価値と見方が絡み合う姿に出くわす。そこでは言語学と文学が、言語の研究と国家なり国民なりについての理想的な一切のことが言語に具体化されて、それぞれが名誉ある地位を占めている。そのヴィジョンの壮麗さそのものに一種錯覚かと思わせるような安定がある。つまり語られている偉大さは、既にある程度達成されたものではないかという印象である。

英語は、あらゆる心の礼賛がそこに沸き上がるような、万人に通じる寺院のような言語になるべく運命づけられている。広くそして深くにその基盤は置かれている。それが覆う世界は広大で、巨大な地球そのものと同じ広がりを持つ。過去何世紀にもわたって、誇るべき知的巨人たちがこの力強い基礎の上で仕事に取り組んできた。そしてそれはなお高みをめざし、更に何世代にもわたって上昇することだろう。その壮大な宝石の上に深遠な思想家たちの名前が、その跳ねるアーチには天才たちの大胆な精神の飛翔の記録が刻まれよう。彼らの名声は、美しきものを愛し総ての善を讃えることで永遠のものとなった。(46)

しかしこのようなヴィジョンが、そのあらゆる力と雅量のなかで代弁者を見出しつつある時でさえ、並行してその根底には食いつかんばかりにして全く対立する言語観が存在している。つまり科学的な客観性と真実という名を掲げた新しい文献学が仮借なく推し進める言語観のことである。

(46) George Washington Moon, *The Dean's English: A Criticism of the Dean of Canterbury's Essays on the Queen's English* (New York: George Routledge, 1868), p.122. ムーンは王立文芸協会のアメリカ会員であった。

第二章　文学の衰退

われわれが今日言語と呼んでいるところの、つまりギリシャ、ローマ、イタリア、フランス、そしてスペインなどの書き言葉は人工的なものと考えねばならない。自然な話しコトバではないのだ。本当の自然な言葉というのはそれぞれの言語の口語方言のうちにある。

―マックス・ミューラー
『言語科学講義』

イギリス文明の崇高なヴィクトリア朝的理想の崩壊の向こうに文学デカダンスを見るということは、それは言語と文明を一体のものとして認めること、言い換えるなら既に見たように、言語とは要するに国なり国民なりの精神を外に向けて発現させたものだというロマン主義的文献学の特別な遺産を認識することである。ただ、まだそのロマン主義的遺産は、国民や言語にそれ独自の盛衰のサイクルを重ね合わせる有機論的な比喩とか、言語とは百姓や家畜を飼う人々のコトバだとする口語発話の強調とか、そのようなせっぱつまった不安と重なり合うまでには至っていなかった。つまりこれは、コールリッジが共通語という観念で体よくすり抜けようとした部分でもあった。それは国とその文学とを同一視する、つまりイギリスをシェイクスピアやミルトン、そしてジェイムズ王聖書等の英語と一体としてみる書記言語の理想のことである。

その絶頂期において、このヴィクトリア朝の理想は英語を世界言語とみなす帝国主義的野心という特殊な形を取るのを我々は見る。その静かな帝国の勝利にはイギリスの植民地的、商業的帝国の力が前線の護り手として参入する。そしてヴィクトリア朝の文化的理想が古いロマン主義的文献学に由来したように、新たに現れた帝国のヴィジョンは新しい記述的比較文献学によって保証されるように見えた。というのもチュートン的ならびにロマンス語的言語ラインの統一としての英語はその帝国的運命に独特に合致しているように見えたからだ。あるヴィクトリア朝作家は宣言している、「両者をつなぐヨーロッパのこの言語の内には……つまり北方のチュートン的民族の話す言語と南方のロマンス語をあやつる民族との懸け橋となるこの言語……その両者を調整する中間項でもあるこの言語の内には、大いなる様々な事柄が用意されている」と。(1)

(1) R.C. Trench, *English Past and Present in On the Study of Language and English Past and Present* (New York: E. P. Dutton, [1927]), p.28.

これを口にしているのはウエストミンスターの首席司祭であり後のダブリンの主教リチャード・チェネヴィ・トレンチである。言葉についてあれこれと書いてきた彼の経歴はヴィクトリア朝の言語的楽観主義のほとんど寓話ともなっている。つまりそこにあるのは恭しくかつ尊敬をもって遇せられる新しい文献学こそ物質主義と無神論との闘いにあって強力な盟友になりうるとの信念である。当時、言語についてトレンチや彼の仲間たちの理解が及ばなかったのは、その頃の新しい文献学に対して無意識に自分なりの道徳的説明を被せてしまい、そのことで元々は敵側なのに一時の不自然な協力者へと変貌させてしまったことだ。こうして、トレンチの言葉についての二冊の有名な書『語の研究について(*On the Study of Words*)』（一八五一年）と『英語今と昔(*English Past and Present*)』（一八五四年）は歴史的比較文献学の研究・調査に則ってはいたが、彼は新しい言語研究の持つ革命的な性格については強調しなかったし、またあんなにも多くの一八世紀－一九世紀の言語学者たちの関心を引きつけ、また多くの成果をもたらした言語の起源についての問題を追求することもなかった。代わりに彼は、常に議論をロマン主義的かつ人間主義的な文献学の大いなる伝統の内に据えながら、哲学的思弁と言語学上の細かい点の中間を行った。

> トレンチはロック、トゥック、功利主義派の連中と同じく、コトバは思考、感情、経験についての情報を含むという信念を共有していた。しかし彼らと違って心の根源的で哲学的な成り立ちを知るためにこの情報を活用するのではなく、ただこの数世紀の間コトバを使った人々の意識には何が現前していたかという、その証拠としてだけ使った。彼の関心は語源の抽象論ではなく、はたまた憶測的な歴史でもなく、歴史そのものだった。それも物質的な歴史ではなく、英語使用者の精神的道徳的生活のそれだった。[2]

（2） Hans Aarsleff, *The Study of Language in England, 1780-1860* (Princeton: Princeton University Press, 1967), p.238. 私は英国での比較文献学の初期の歴史についてのアースレフの詳細な記述に助けられたところが多い。

トレンチの言葉の扱いはヴィクトリア朝の人々に広く受け入れられた。言語の構造などではなく個別の英語に思いを巡らし、英語の言葉としてのトータルな歴史よりは近代の英語を念頭に置いて、狭く対象を限ったからだ。同様にトレンチは教会人として、また聖書の寓話に関する書物の著者として、単語や言語現象を説教的に扱った。つまり、ヴィクトリア朝の読者にとってなじみ深く、また慰めともなるようにして扱ったのである。彼らは、そもそも毎週教会で聖書の言葉について説教を聞かされるのには慣れていた。言葉はラルフ・ウオルドー・エマソン（**Ralf Waldo Emerson**）が言ったような単に「化石化した詩」ではなく、化石化した倫理であり、化石化した歴史でもあった。トレンチも言うように、彼の二人の師、J・C・ヘアとコールリッジが目の前で使って見せた比喩に倣えば、言葉とは「沢山の貴重で繊細な考えが詰め込まれて保存された琥珀のようなもので、それは天才の無数の輝けるひらめきを捉えたものなのだ。それは、そのように固定され、捉えられなければ、稲妻と同じように輝けど、同様に輝いては消えるつかのまの運命となってしまう」（トレンチ『過去と現在（*Past and Present*）』、一二頁）。

言葉について語るトレンチその他ヴィクトリア朝の作家たちのお蔭で教化され、新しい文献学はこうして文明の久しい理想、つまり楽天的でわくわくするようなヴィクトリア朝的理想に手を貸すことになった。しかし、実際には新しい文献学は文明のあらゆる恒久的な理想にとって深い脅威となるような考え方へと向かっていた。つまり生きたコトバというあのワーズワースの詩学に付きまとう自律的で油断ならない精神のことであり、それはまた人間の文化における気まぐれで他愛のない一切のものを象徴していた。というのも新しい言語の研究は、とくにドイツとイギリスで展開されるのだが、幾つかの互いに異なる、しばしば相対立するような動機をつなぎ合わせたものだった。一九世紀の早い頃、ロマン主義的人文主義的前提が広がりを見せつつあった時、歴史的比較言語研究はホーン・トゥックなどの言語唯物主義者らの攻撃から身を守ってくれる理想主義者たちの牙城となっていった。しかし歴史的比較言語研究が進むにつれ、つまりそれ自らの前提の意味やそれに続く経験主義的な諸発見の意味を追求してゆくなかで、この益々「科学的」になってゆく文献学は、世俗的な意味でロゴスを保証してくれるのを希望する理想主義者たちにとっては徐々に居心地の悪い聖域になっていく。

とはいえ理想主義者たちがこの住み慣れたロマン主義的言語理論を没収されたとしても、仮にコールリッジやその継承者たちがヴィクトリア朝的文明の理想の根幹に文学を据えたりしなければ、ヴィクトリア朝における知の歴史や文学の歴史にとってさ程大きな転機にはならなかったろう。だが、実際のところ比較歴史的文献学が温和なロマン主義的な線から逸れて悪意ある「科学的」な敵対者へと変貌していった時、その脅威は大きく、ヴィクトリア朝の文献学専門誌での反唯物論的主張などが被るそれをはるかに超えるものだった。ちょうどフレデリック・ファラーが一八六〇年の時点で認識したように、文献学の変質のみならず文学への当時の傾注の拡がりがすっかり明らかになったとき、言語観の深い変化はなんであれヴィクトリア朝人の知的、精神的環境に深い変化を同時にもたらすことになる。そこでは「推測と懐疑が渦巻く不毛の地、危険な波」がすべての宗教や道徳を――さらに言えば文明そのものを――「不安定な砂上に築かれたまぼろしの楼閣」(3)としてしまう。

（3）Frederic Farrar, *An Essay on the Origin of Language, Based on Modern Researches, and Especially on the Works of Mr. Renan* (London: John Murray,1860), p.156.

トレンチ主教が自信たっぷりに世界言語としての英語の運命を公言したときでさえ、その高邁な言語的楽観主義はいずれ訪れる解体の亡霊に取り憑かれている。すなわち世紀の終わりには崩壊が到来してそこから文学デカダンスのような動きが生まれるかもしれない、という不安である。その崩壊の話はある重要な意味合いにおいて、トレンチの宣言や、また『語の研究』と『英語の過去と現在』の著者としての彼のキャリアの直接的背景に存在する話と一致する。これは最初サー・ウィリアム・ジョーンズやホーン・トゥックの一八世紀イギリスから一九世紀ドイツの新しい比較ならびに歴史文献学のボップやグリムへ伝わり、そしてまたその新文献学のドイツからヴィクトリア朝のイギリスへ戻ってくる話であり、それは当初は懐疑主義と無神論に対してヴィクトリア朝が見せた抵抗の協力者となってくれる筈であったが、結局は宗教およびキリスト教的信念への敵対者の顔をみせることになる。そのおぞましい姿、つまり自立的で甚だ気まぐれに見える言語の具現者の姿を見せながら、この新しい文献学はヴィクトリア朝の理想の中核に、そうあれかしと希望を込めて想定された文明と文学の一体性を強烈に打ち砕くことになる。

＊

ヴィクトリア朝初頭のイギリスは文献学的資料には恵まれていたが、その研究成果となるといささか見劣りがした。確かにサンスクリット語と主たる西洋言語の共通の源についてのサー・ウィリアム・ジョーンズの革命的な提唱が後の新しい歴史・比較言語学の基礎を用意したとはいえ、ジョーンズの後、イギリス人はこの新しい学問の発展に殆ど寄与していない。イギリスのアングロサクソン写本の立派な財産でさえ、大部分は自国の学者よりは外国の学者の研究に役立った。ドイツ人のフリードリッヒ・シュレーゲルやフランツ・ボップはロンドンの東インド会社にやってきてベーダの(Vedic)原稿を調べ、一八一七年にはデンマークの言語学者ラスムス・ラスク(Rasmus Rask)はアングロサクソン文法の研究本を出版した。そのようやく八年後になってイギリスではその類の仕事が、ラスクよりかなり質的に落ちるとはいえジョゼフ・ボスワース(Joseph Bosworth)の手でなされている。同様に「デンマーク版カーライル」とも言うべきN・F・S・グラントヴィッヒ(Grundtwig)もそんな一人だ。顧みられることの少ないアングロサクソン草稿を根気よく書き写している姿はイギリスの図書館司書たちの目を和ませた。

しかし文献学の流れは一方通行ではなかった。一八二六年ベンジャミン・ソープ(Benjamin Thorpe)はコペンハーゲンに出かけ、ラスクの元で四年間研究に打ち込んだ。そしてこの時ラスクのアングロサクソン文法を英訳した彼は、その重要な仕事によりイギリス初の文献学者として確かな地位を得る。同様に野心的な研究精神で一八三〇年代の早い頃にJ・M・キンブル(Kemble)はヤコブ・グリムと交流を始める。ケンブリッジ大学トリニティ・カレッジの卒業生であり、ケンブリッジ使徒(Cambridge Apostles)の会（他にトレンチ、テニスン、A・H・ハラム[Hallam]、そしてF・D・モーリス[Maurice]等）の一員でもあったキンブルは非常に気の強い自信家だった。

グリムへの彼の訴えから、一八三三年当時のイギリスでの言語研究が置かれていた疎外感と冷たい無視の雰囲気は想像できる。グリムに彼はこう言っていた。自分の精神は「殆ど苦痛に沈み、昼夜を問わず仕事に打ち込んでも誰も見向きもしてくれません。やっている仕事が自分だけだという思いほど惨めなものはありません。そしてあの哀れなプライス〔Richard Price (1790-1833)、アングロサクソン言語学者で好古家〕も消えましたし、ソープと私もそうです。それでも私はやる気は充分なんです。ああ神よ。この世界を変えてみせます(4)」。

(4) *John Mitchell Kemble and Jacob Grimm: A Correspondence 1832-1852*, ed. Raymond A. Willey (Leiden: E.J. Brill, 1971), p.39.

実際、変化は翌年に訪れた。『ジェントルメンズ・マガジーン (*Gentlemen's Magazines*)』の中で、キンブルはアングロサクソン読本のソープの概説を扱った自身の書評のところで、「怠慢な」イギリスの研究者仲間たちを勤勉な大陸の同業者連中と比べて厳しく批判した。ドイツ人とデンマーク人がいなかったなら、とキンブルは言い放った。「われわれはなお昔のままかもしれない。つまらないテキスト、つまらない文法書、つまらない辞書を前にして、その当然の結果としてつまらない無知な研究者のままだったろう」(アースレフ、『研究』、一九六頁)。その五〇年ほど前にJ・G・ヘルダーがトーマス・ウォートン (Thomas Warton) とトーマス・パーシィ (Thomas Percy) の勤勉さを、「怠慢な」ドイツ研究者が見習うべきモデルとして取り上げた時のことを想起するなら、とりわけ皮肉に聞こえる話である。後の「古いサクソン学者」と新しいサクソン学者との間の論争によって確かになったのは、イギリスのアマチュアの反感が大陸の新しい文献学に向けられたというだけではなく、教育ある読者階層の注意も初めてそちらに向けられたのである。

この新しい文献学は当初イギリスでは歓迎された。なぜならホーン・トゥックの憶測的な語源探索に対してはっきり戦う手段を提供してくるように見えたからである。これはロック的心理学の経験主義と連想主義に端を発して、ジェレミー・ベンサム (Jeremy Bentham) やジェイムズ・ミル (James Mill) のような合理主義と唯物主義の代表者たちに受け継がれてきた伝統でもある。ホーン・トゥックの最も悪名高い語源説明によれば、真理とは本体的な価値の世界に帰属するのではなく、単に人が思う (*troweth*) ものなのだから、功利主義者達は人々の意見が曖昧さを排除した言葉で構築されていることを確かめようとするロック的な作業に勤しんだ。こうして（強力な敵対者であるコールリッジと同様に、）ベンサムの新語表現の多くの試みが生まれ、その中には功利主義者 (*utilitarian*)、成文化 (*codification*)、国際的な (*international*) などが含まれたし、また美的でもないし発音も難しいようなギリシャ語由来の単語もあり、ハズリットも「彼の作品はフランス語に翻訳されているが、英語にも翻訳されるべきだ[5]」と言ってぼやいた。新語の鋳造にあたって、ベンサムは単に効率の良い言語的通貨を造る以上のことをした。彼の評価では、無批判な過去への敬意が英語の法を国民圧迫のエンジンにすることを許してしまっているとして、そのことに彼は侮蔑の念を露わにした。しかし言葉を単に精神の連想的な働き—つまりすべての時代の総ての人間にとって同じと想定される働き—の結果と見なすことによって、ホーン・トゥックもベンサムも次の数十年間にわたって最も実り豊かな領域となる歴史的かつ比較的言語研究の世界から自らを遮断してしまう。

（5）　William Hazlitt, "Jeremy Bentham," in *The Spirit of the Age, or Contemporary Portraits*[1825] (London: Oxford University Press, 1960), p.16.

当初ホーン・トゥックやベンサムのような思想家に立ち向かう為の道具を提供してくれる筈だった歴史的比較文献学も、既に見たように元はと言えばそれはヴィクトリア朝の文明観に理想主義的な方向性を与えた当のロマン主義的文献学、つまりヘルダーのロマン主義的理想主義に源を有しているのである。そのイギリスでのもっとも有力な後継者はチャールズ・ヘアで、彼はまた好都合にもドイツで一時教育を受けた経験があるだけでなく、サー・ウィリアム・ジョーンズの未亡人に養育された時期もあった。ヘアはヘイゲイトの年老いたコールリッジの元に足しげく通い、コールリッジの情報をトリニティ・カレッジに持ち帰り、教え子のF・D・モーリスに渡した。（モーリスはコールリッジの考えには熱心だったが、大変シャイな性格で直接本人に会おうとはしなかった。）ヘアは同時代の連中と少し違ってドイツやドイツ思想についての関心を間接ではなく直接引き出した。その点カーライルなどは、コールリッジやストール夫人（Madame de Staël）を通してドイツ思想に触れている。トリニティに一八三二年まで在籍した事情も一部あり、また様々な問題についてのコールリッジの膨大な思索を集大成し、兄オーガスタスと協力して一八二七年に『真理の推測（*Guesses at Truth*）』を出版したことなどもあって、専門の文献学者や歴史家だけでなく学生にまでヘアの影響は及び、それは彼がケンブリッジを去った後まで続いた。「［ヘアの影響は］まだ健在で、コールリッジの考えに解説を加え、『ドイツ学派』をテニスン影響下の、次の時代の学生たちにまで拡げている」(6) と、グレイアム・ハフ（Graham Hough）は言っている。

（6）Graham Hough, "Coleridge and the Victorians," in *The English Mind: Studies in the English Moralists Presented to Basil Willey*, ed. H.S. Davis and George Watson (Cambridge: Cambridge University Press, 1964), p.184.

まずトリニティで、そして後により広く新しい大陸の文献学へと道を開くことになるのは「ドイツ・コールリッジ派」の頭目としてのヘアの影響力だった。一八三一年グラントヴィッヒがヘアのトリニティを訪問した時、そこでイギリスのどこよりも「ドイツ的なもの」を見出した。ケンブリッジ語源協会の議論がドイツの大学のセミナーに倣って行われていただけではない、（ヘアの編纂になる）その関連発行物の『文献学資料館（*Philological Museum*）』はイギリス文献学が一八二〇年代に陥っていた惨憺たる状態からの救出の為に捧げられていた。そのような野心を持つということは否応なくドイツに顔を向けることを意味した。ドイツでは古代研究におけるハイネやウルフ（Wolf）の輝かしい業績がボップやグリムの言語学（*Sprachwissenschaft*）の努力によっていっそう高められていたし、またウィリアム・フォン・フンボルトが文献学をドイツの大学での主要な研究分野として確立していた。しかしハンス・アースレフが強調するように、語源学協会も、またある意味その後継たるロンドン言語学協会（一八四二年設立）も、どちらも特にドイツ文献学やドイツ文献学の方法に熱心だったわけではない。『文献学資料館』は確かにドイツ語動詞の諸形式についてグリムが分析したものを英語で初めて解説したキンブルの「英語の過去時制（On English Preterites）」を出版したし、ヘアはこの機関誌での自分の主たる目的は「イギリスの古典文学研究者に昨今の新しい見方、また大陸の学者たち、つまり、こう置き換えて構わないなら、ドイツの学者たちによってなされた諸発見などを知らせること」（アースレフ、『研究』、二二〇頁）であったにも拘わらず、その機関誌は、文献学協会の『会議録（*proceedings*）』（後に『議事録［*transactions*］』と呼ばれる）と同様に、古典の文献学と古い英語方言の文献学に主として係わった。つまりイギリスの言語研究者が伝統的に追求してきた二つの方向に進んだということである。

この奇妙な状況は、ドイツ文献学の優勢によって国民の敏感なプライドが刺激され、とりわけイライラ感が募ったことによる。例えば人類学者のE・B・タイラーがマックス・ミューラーの『言語科学講義（*Lectures on the Science of Language*）』を書評するとき我々に聞こえてくるのはその類のものだ。「この分野でわれわれが他の芸術やら科学の分野よりも劣勢にあるというのは嬉しくない。前世紀の末に実際われわれは今日の大いなる文献学上の発見につながるような手がかりを手にしたのである。なのにその後に続いたのはほとんどが大陸の、特にドイツ人たちの仕事である。(7)」そしてその不機嫌な声は一八八〇年のヘンリー・スウィート（Henry Sweet）の内にも間違いなく聞こえる。

最初の頃、私自身この国で独立した文献学の流派を創設する希望をいくらか持っていた。しかし時間と共にはっきりしてきた。英語の歴史研究は急速にドイツ人たちに併合されつつあり、イギリスの編纂者らは自分らの資料を自分たちでまとめる希望すら断念せざるをえなくなり、やむを得ず身を低くして毎年ドイツの大学が送りつけてくる若いプログラム商人を相手に、調達人のようなつまらない仕事をするしかない。彼らはいわゆる「寄生文献学(parasite philology)」のあらゆる詳細について徹底的に訓練されていて、趣味で英語を研究するような輩にはとても太刀打ちできそうもない程だ—自分をドイツ化して本来の国籍を忘れ去るなら話は別だが。[8]

（7）[E.B. Tylor], "The Science of Language," *Quarterly Review* 119 (April 1866): 394.
（8）Arthur G. Kennedy, "Odium Philologicum, or, A Century of Progress in English Philology," in *Stanford Studies in Language and Literature*, ed. Hardin Craig (Stanford: Stanford University Press, 1941), p.26 に引用。

新しいドイツ文献学が結局そのような抵抗に対して勝利することが出来たのも、とりわけヴィクトリア朝の帝国主義的な野心と近代世界におけるゲルマン的つまりはチュートン的な優越性という、より曖昧で総合的な考え方とをひとまとめにして見るような大きな自民族中心主義があったからである。例えばチャールズ・キングズリーが一八六四年にケンブリッジの学生の前で驚くような無味乾燥さで「チュートン族の豊かさは世界の豊かさである[9]」と宣言したのも同様の文脈だし、あるいは別のヴィクトリア朝作家が言葉の歴史の裡に、選ばれた民族のはっきりした―はっきりと幸運な―進歩を辿って見せた時もそうである。

> この社会的魂の輪廻、すなわち［アーリア人からギリシャ、ローマ、チュートン人を経てイギリス人へと至る帝国主義的力についての］転生と結びついた非凡な事実とは、つまりサクソン人は今や躊躇うことなく古代の土地に支配を及ぼすべきである、ということだ。今日サクソン人が栄光の裡に抱えている遺産は、もともとはそこからきたのである。今やあのヒンドスタンの兄弟たちに伝えよう、あの豊かな地域の境界を形成していた巨大な山脈の壁がまだ神秘的な光を放ち、灰色の古代の憂鬱を横切って輝いていた時、もともと文明の芽は彼ら共通の祖先によって植えられたのだから、その文明を彼らに伝えてあげるべきなのだ。(10)

（9） Charles Kingsley, *The Roman and the Teuton* (London: Macmillan, 1864), p.305.

（10） I.A. Blackwell, "Remarks on Bishop Percy's Preface," in *Northern Antiquities*, trans. Bishop Percy, ed. I.A. Blackwell (London: Bell and Daldy, 1873), p.45.

ドイツの言語学に対する一貫した恐れにも拘わらず、言語学におけるドイツの例はヴィクトリア朝人にとっては絶えざる刺激の源であり、長い間無視され誤解されてきたイギリスの過去の言語や文学の復興に拍車をかけ、同時に―キンブルもそうなると言っていたように―編纂法や学識のイギリス的基準を大いに向上させた。これは古英語テキスト協会（一八六四年創設）が支援して続いた堅実な版の形態の歴史を見ればわかる。そして最終的にはヴィクトリア朝の人々はサミュエル・ジョンソンの『辞典』を振り返って、そこに優れた辞書編纂の達成を見たわけだし、最初文献学協会が取り組み、そして後にジェイムズ・A・H・マレー (Murray) と校閲者達が国家発展の言語学上の記念碑たる『オックスフォード英語辞典』を編纂した際の殆ど想像を絶するような苦労に満ちた作業モデルを提供したのはフランツ・パッソウ (Franz Passow) の『ギリシャ語中辞典 (*Handwörterbuch der griechischen Sprache*)』（一八一九年–一八二三年）やグリムの『ドイツ語辞典 (*Deutsches Wörterbuch*)』（一八三八年開始、一八五一年初出版、一九六〇年完成）のようなドイツの科学的語源学研究だった。

こうして言語に対するヴィクトリア朝的態度の幾つかの重要な展開は直接的にはケンブリッジ大学トリニティ・カレッジにおけるJ・C・ヘアのドイツ流科学的文献学の受容まで遡る。また、とりわけ一般素人読者層に対して一段と影響を及ぼしたのは、ヘアが友人のウィリアム・ヒューウェル (William Whewell) に焚きつけたところの希望、すなわち言語科学は科学の真理と聖書の経典にまつわる見解の衝突を調整できるかもしれないという希望だった。ヘアの教え子でもある優れた学生のF・D・モーリスは一八三八年にホーン・トゥックの唱えた真理は考えるに由来するとした気がかりな主張や、そんな語源学が引き起こす言語唯物論と道徳的相対主義のいやな予感に対して、修辞的かつ説教的な手法で反対することが出来た。「これらは侮辱である」と、モーリスは言っている、「この優れた語源学者は彼に注意を向ける人々からこの世の総ての銀と金でも贖いきれないもの［すなわち絶対的真実］を奪ってしまう。(11)」ホーン・トゥックの唯物的言語分析が多くの人々を信じさせたこと、すなわち言葉はちょうど偽コインのようにその上に真実とか正義とかいう高価で真正な名前を刻んで通用しているが、しかし実際はまったく慣例的な価値を運んでいるにすぎない、と信じさせたのは「良く知られた事実」である。ホーン・トゥックの唯物主義的、無神論的言語観を前にしてモーリスが切迫感を募らせながら、人々の理解するところをこう断言して見せた点は重要である。

言葉は人間が粗野で物質的なものと繋がっていることを証明している。なぜなら人間はそんな風な繋がりを持っていて、彼のやること口にすることは総てこの真理をはっきりと示すに違いないからである。しかしまたもし言葉を正面から見据えれば、人間が魂を持った存在であることもそれらはしっかり証明している。いや、どんな一個の単語の歴史を前にしても人間がそういう存在であるという確信抜きに考えられないのであり、そのことはこの世のどんな唯物主義も無視できない。（モーリス「語について (On Words)」、五一―五二頁）

しかしフレデリック・ファラーは、既に見たようにホーン・トゥックの言語唯物論に宗教や道徳の根幹を危うくする「油断ならぬ当て推量と懐疑のうねり」を単に見るだけで、あの有害な **truth/troweth** 語源論も「その演繹が、危険で偽りであるという意味で誤った(12)」言語分析であると明言しながらも、無邪気な楽観主義を抱えたまま新しい文献学に向かうことになる。

(11) F.D. Maurice, "On Words,"[1838], in *The Friendship of Books and Other Lectures* (London: Macmillan, 1874), p.50.

(12) Farrar, *Origin*, p.156. ファラーはリチャード・ガーネット (Richard Garnett, Sir) がホーン・トゥックの truth/troweth の語源論に反駁している点を評価している。

これを背景として象徴的な姿を取って立ち現れるのがトレンチ主教である。ヘルダーとロマン主義的文献学の理想主義的伝統と同時にボップとグリムの新しい科学的文献学の両方に依拠しながら、一時的にせよ、発展しつつある言語の研究のうちに彼はこの対立する相互破壊的な要素をうまく調和させようとした。我々が見たように、自国語への愛と自国への愛を等しく位置づけるのがトレンチである。またクリミア戦争の恐ろしく不確かな状況下にあって筆を執りながら、言語と文明の本質的な結びつきについてのシュレーゲルの言葉を引き合いに出しつつ、ヴィクトリア朝の想像力を強く染め上げ、人々にいずれ訪れる文学的デカダンスを終末論的な光で眺めるように仕向ける言葉を引用するのもトレンチである。しかしまた後に ***OED*** という形で結実する新しい英語辞書の必要性への有名な訴えを口にしながら、そんな辞書編纂者の仕事とは常に「どんな言葉であれ、受容できるものであれ、そうでないものであれ、あらゆる言葉を集め、整理することである」と宣言するのもトレンチだし、また英文学とは科学的辞書編纂の目的の為に、単に膨大な資料のソースとして、言ってみれば言葉集めの為の「作業台」(surface) と見なすべきと力説するのもトレンチである。[13]

(13) R.C. Trench, "On Some Deficiencies in Our English Dictionaries," *Transactions of the Philological Society* (1857-59): 5.

しかしトレンチの楽観主義と自信は、既に言ったように、新しい科学的文献学がヴィクトリア朝的文明の理想をその根幹から侵食し、ついには最終的な崩壊の危険をもたらすという不安にとり憑かれる。古い理想主義と文献学の新しい科学的精神を受け入れる際のトレンチの書き方のバランスの悪さが当初彼の読者達を困惑させなかったのは、新しい文献学の将来があまりに明るく見え、それがロマン主義的な人間中心主義的前提に由来することがあまりに明白だったせいである。同様に、トリニティ・カレッジでJ・C・ヘアに教わった世代、つまりトレンチやキンブルやテニスンの世代は言語を本格的に、専門的かつ科学的に研究することの重要性への確信と、また言語は人間の精神的で非物質的な部分を表現し支えるものだという信念の両方を容易に維持することが出来た。仮にヴィクトリア朝の次の世代、すなわちスウィンバーン(Swinburne)とペイターの世代、またその先のワイルドと一八九〇年代の若者達の世代がこの姿勢を維持できなかったとしたら、主な理由はそのような本格的で専門的かつ科学的な言語研究が一段とあからさまで過剰な姿を取る様になったせいである。科学的文献学の本質とその新たな発見がとりわけ多くのヴィクトリア朝人にとって困惑的なほどはっきりしてきたのは、フリードリッヒ・マックス・ミューラーの偉大な、しかし時として無自覚な、仕事によるところが大きい。

＊＊

マックス・ミューラーはヴィクトリア朝の読者に対して新しい言語秩序の知的興奮とその確かな安心感の両方を与えることは出来たが、ヴィクトリア朝人の言語と文学に抱いた信念を危険に晒すような新しい文献学の革命的な要素をきっちり抑えこむことは出来なかった。特に、ミューラーは言語の科学的分析の中心に来る二つの想定を考慮に入れない訳にはいかなかった。一つは、言語とは人間や表現から独立した純粋に言葉の原則に則って組織化されるものだということ。もう一つは言語とは本質的に音声から成り立つということ。これら二つの想定が彼の講義のなかで大いに強調されただけではない、そこがあまりに強調されたために、その新しい言語秩序とその新秩序が予兆するかに見える崩壊に対してヴィクトリア朝人が抱いた不安もその二つが焦点になってしまった。この不安はミューラー本人とて如何ともしがたいものだった。

ボップやグリムによる言葉の科学が言語を可視化したとき、それは同時に言語を不透明なものにもした。つまり、それは研究者たちに言語探求の外側にくる何ものも指さない語根、接辞などの言語要素に関心を向けることを教えた。規則的ながら純粋に言葉の原理に従って結びつき、変化を見せつつ、これらの要素はそれまで認識されていない言語のパターンを形成した。それは表現秩序から、単語とか文章の表向きの意味から、完全に距離を置いた意味の制度だった。いきなり言葉は「これまで意味した以上のことを意味するようになる」[14]というヴィクトリア朝人達の抱いた感覚は、個々の単語の語源的歴史（トレンチ主教が熱心に説き聞かせたような歴史）への自覚の高まりだけでなく、言葉とはその表現上の意味に留まらないという新しい意識も示している。しかし意味のこの言語的秩序は同時に伝統的な意味秩序を脅かすかに見えた。トレンチが単語の分析をしたとき、彼はそれらの語が記録する美しい考えやイメージ、過去の時代の想像力や情感を眼前に提示したことをヴィクトリア朝の人々は思い出すことができた。一方、言葉の科学者が単語を解剖したときは、それらの語をインド・ヨーロッパ系の語根の *i* とか *as* のように味気ないぐらいむき出しの言語的小辞に還元した。語根の言語学的概念はトレンチの「美しい思想とイメージ」とかエマーソンの「化石化した詩」として理解される言葉を破壊し、そこに新たに、ある人物に言わせれば、「目には見えるが特に何も意味しないもの」を置くことになる。[15]

（14）[Marie von Bothmer], "German Home life—V: Language," *Fraser's Magazine* 91 o. s., 11 n. s. (June 1875): 774.
（15）[M.T.], "A Few Words on Philology," *Fraser's Magazine* 87 o. s., 7 n. s. (March 1873): 310.

言語の科学はこうして言葉を意味から自立させるように見えただけでなく、人間理性のアプリオリな思念を追い出して、言葉を人間から不安になるほど無関係にさせるように見えた。新しい言葉の秩序はきちんとした言語的観点から眺めさえすれば理解できる、というのがミューラーの講義が証明しようとしたものだ。しかし同時にミューラーは、言葉は人間から超然としている、とも強調した。つまり、初期のロマン主義的文献学者達は言語を真の民族の声として説明したのに対して、どうやらボップやミューラー、それにアウグスト・シュライヒャー（August Schleicher）のような後継者たちは強調の仕方を変え、言語の形態的、音声的ありようは人間のコントロールの及ばない形で進んでゆく、と力説したのである。ミューラーの有名な言葉によれば、「帝国を変え、法律を廃棄し、新たな習慣、新たな政治体制を導入することは個人のなしうる範囲である、しかしどんな君主も独裁者も未だかって言語の法則を少しでも変えられた者はいない」[16]。ミューラーはここでは一般化された人間よりも個としての人間を語っているが、あるヴィクトリア朝の人物に言わせれば、効果としては、聞き手に「言葉は人間から離れたところで存在してきた」[17]と説得しているに等しかった。

(16) [Max Muller], "Comparative Philology," *Edinburgh Review* 94 (October 1851): 330. これと同様だがややひかえめな発言はミューラーの *Lectures on the Science of Language, Delivered at the Royal Institution of Great Britain in April, May and June 1861*, First series, 2nd rev. ed. (New York: Scribners, 1862), p.49. にある。これに対立するヴィクトリア朝の慣例的な見方は [Archibald Alison] "Ancient and Modern Eloquence," *Blackwood's Edingburgh Magazine* 68 (December 1850): 658-59. の発言に代表されるかもしれない。「誰が古代の言語をかくも豊かで密度の濃いものにしたか。それをなしたのは古代人自身である。自らの言葉をこれほど簡潔で表現豊かな姿に整え、そして何世紀にもわたって漸進的に形成を重ねながら、より簡潔でより理解し易いものにしていったのである。言語を造ったのは人間であり、言語が人間を造ったのではない。そのような活力に満ちた表現を、あたかも魂の鬱積した火を解き放つかのように創造したのは彼らの燃えるような想いだった。」

(17)　Charles Whibley, "Language and Style," *Fortnightly Review* 71 o. s., 65 n. s. (January 1899): 100.

まさにこうして新しい文献学が言語と文学を分離し、詩的許容よりも音声の法則を重視したときに、ヴィクトリア朝の文明の理想が脅かされ始めたのである。しかし、より破壊力があったのは言語科学の二番目の前提、すなわち言語は記述の際に用いられる文字とは切り離して音声の全体として扱わねばならないという前提だった。グリムは音声を意味するときも習慣的に「文字」(letters)を使い、ボップも主たる関心はインド・ヨーロッパ系の形態論にあったことを見ればわかるように、最初のドイツの偉大な文献学者達も言語の音声的要素を主たるものと認めたわけではなかったが、言語の本質的な基本を音声とする姿勢はすぐにドグマとなっていった。こうして新しい文献学は、書き言葉の表向きの安定性は幻想にすぎないと証明することで、既に確立していた言語についての前提を一段と傷つけた。たとえば正字法の慣習は野放図に多様化し、単一の文字も幾つもの多様な音を隠し持っている、等々である。他方、音声、つまり「大気中の単なる波動」(ファラー、『起源』、三八頁)は新しい言語秩序のなかで残っていった。その変化は言語法則の中に確実に辿れるし、成文化されていった。その法則は実に規則正しくて、一八七〇年代や一八八〇年代の大陸の新文法学派の連中が言うように、例外を許さないものだった。

文学と国民の一体化に基礎を置くヴィクトリア朝的文明の理想にとって、音声的前提が抱えるさらなる脅威は言語とは生きたコトバのことであるという点だった。G・Kコックスが『エディンバラ・レヴュー』で述べたように、「百姓が使う野卑な言葉も哲学者の洗練された言葉と変わるところはない。野蛮な人々の粗野な表現や叫びも最高級の詩の壮大なリズムに劣るものではない[18]」。多くのヴィクトリア朝人が理解することになるが、音声第一とすることでついに文学そのものの転覆に繋がるような書き言葉への攻撃が始まったのである。新しい言葉の秩序の中で文学は単に多くの方言のうちの一つになってしまっただけではない。音声的前提は、文字と音の間に軋轢を生み、さらに書いたものは話しコトバを事実上凍らせ、歪めたものと想定されるに至る。極端な形としては、新文法学派のヘルマン・パウルが明快に述べることになるが、彼等の立場は書かれたものを言語から外すことを要求した。「書いたものは言語ではない、そればかりかいかなる意味でもその同等物ではない……言語と書かれたものとの関係はちょうど線と数字ぐらい違う[19]。」しかしマックス・ミューラーが数年前にそれを表明した時ですら、音声的前提は、言葉の秩序内での文学の降格を意味していたのである。「われわれが今日言語と呼んでいるところの、つまりギリシャ、ローマ、イタリア、フランス、そしてスペインなどの書き言葉は人工的なものと考えねばならない。自然な話しコトバではないのだ。純粋に自然な言葉というのはその口語方言のうちにある」(ミューラー、『講義』、第一巻五八頁)。

(18) [G.W. Cox], "Max Muller on the Science of Language," *Edingburgh Review* 115 (January 1862): 69.

(19) Herman Paul, *Principles of the History of Language*, trans. H.A. Strong, 2nd ed. (London:

Longmans, Green, 1891), p.434.

文献学者たちは、「人工的な」とか「化石化した」といった全く慣例的な語彙や、プラトンの『クラチュロス』以来の議論で伝統的になっている言語上の対立、つまり死んだ文字対生きた音声の対立などに訴えたが、ヘンリー・スウィート、アレグザンダー・エリス、J・A・H・マレーといった文献学畑の大物達の手によってそのような伝統的なメタファーもヴィクトリア朝の人々の間で全く新しい権威と重みをもつことになる。エリスは文献学協会にこう言っている、「われわれが本当に諸言語の意味と成長に迫っていく気があるなら、慣習的な書き言葉の形式を超えて生きたコトバという奥の院に目を注がねばならない[20]」。またスウィートはその一途な奇行故にG・B・ショー(Shaw)がヘンリー・ヒギンズ教授のモデルとした人物だが、同じ調子でこう話しかける。「音声学だけが、書き言葉を構成している死んだ文字の塊に命を吹き込むことが出来る。[21]」しかし言語の音声的再編によってもたらされる文学の降格を記述する際に、メタファーを実に生き生きと行使したのはミューラー自身だった。講義の第一集の中で最も広く引用される有名な一節で彼はこう言った。

法律の、宗教の、文学の、そして文明全般の言語として確立した後、古典ラテン語は固定化し、停滞していった。伝統的な正確さから変化したり逸脱したりするのは許されなかったので、成長しようがなかったのである。文語すなわち普通言われるところの古典語は避け得ない衰退でもって一時の偉大さを償わねばならない。それらは堂々たる川のわきに点在する淀んだ池のようなものだ……時に高い階級の連中が宗教的、社会的葛藤のなかで押しつぶされ、あるいは外国からの侵入に抵抗して階級の低い連中と混じり合うことはある。そこでは文学的職業は志を砕かれ、宮殿は焼かれ、修道院は略奪され、学問の地位は台無しにされる。そんな時、それまで底流をなしてきた大衆的な、いわゆる野卑な言葉が、きらめくような文学言語の水面下から姿を現し、そしてまるで春の川の流れの様に、過去の時代につくられた複雑な言語表現を消し去ってゆく。（コックス、「マックス・ミューラー」七八－七九頁）

(20) Alexander Ellis, "Tenth Annual Address of the President: 20 May 1881," *Transactions of the Philological Society* (1880-82): 257.

(21) Henry Sweet, "On the Practical Study of Language"[1884], in *Linguistics in Great Britain*, vol.1 of *History of Linguistics*, ed. Wolfgang Kühlwein (Tübingen: Max Niemeyer, 1971), p.125.

それ故、新しい言葉の秩序にあっては、ホレス（Horace）のラテン語であれシェイクスピアの英語であれ、その時その時の人間の話しコトバの絶え間ない変化と変奏から距離を置き、自らを守りおおせているが故に、文学言語は死んだもの、もしくは崩壊しつつあるものと見做された。そういう言語は、「成長が止まり、壊滅の避けられない不自然な状態に陥っている」とG・W・コックスはミューラーをパラフレーズしながら言っている。「それは［口語］方言がまだ持っている再生の力を失っている。そのような方言以上に音声的堕落に晒されている。いかんせん自力では新しい形へと脱出できない」（コックス、「マックス・ミューラー」七八頁）。

ともかくもイギリス国民とシェイクスピア、ミルトンの英語を一体化する伝統的かつ高邁な見方に立つどんなヴィクトリア朝人にとっても、新しい科学的文献学は文化的退廃と瓦解を予兆する決定的な力をもつように見えた筈である。その影響とは、何年か後にヴィクトリア朝世紀末の多くの人々がデカダントな書物の内に見ることになる終末論的なそれである。そこでは非文学的言葉やスラングの使用が言語上認められ、「社会的惨事、困惑、戦争、そして革命[22]」の先触れをなしている。そんな不安が広く蔓延しなかったのはマックス・ミューラーが科学的文献学を「言語の科学」と確信をもって記述した点に依るところが大きい。というのも一八六一年と一八六三年に王立科学研究所主催のマックス・ミューラーの講義に集まった聴衆たちがそのドイツ訛りの明快なスピーチで耳にしたのは科学の広大にして穏やかな新局面という全く違った種類の革命についての発表だった。「トレミー（**Ptolemaean**）の世界観はコペルニクスの体系によって完膚なきまでに退けられたが、それにも増してこれまであった文法とコトバの諸々の概念は新たな言語の科学によって葬られた」（コックス、「マックス・ミューラー」、六七頁）。ミューラーの特異で安心を誘うような説明を通して伝わってくる新文献学では、「科学」は文学を傷つけたり、文明の根底をなす本態的価値の世界を転覆させるものではなかった。それよりもヴィクトリア朝のミューラーの聴衆には、「科学」は例えば次の典型例にあるように豊かに文学を纏ってやってきたのである。

そして、言葉とともに幾世代が過ぎていった、—神の名を賞賛し讃えつつ—神の名のもと、命絶え絶えに諌めながら、—そして神の名に思いを巡らせ瞑想しつつ。そこには最古の人類の記念碑としての「青銅よりも永久なる」(*aere perennis*) 古い言葉が今もしっかりと立ち、人類の夜明けの澄み切った大気をわれわれに注ぎ込む。それは過ぎ去った昔の同胞のあらゆる想いと吐息であり、疑心と涙である。またローマの教会堂から、ベナレスの寺院から聞こえる同じ響きとともにそれはなお天を目指す。あたかもその素朴な呪文で無数の人々の心を包み、声にし難いものに声を与え、表現し難いものを表現しようとする抑えがたい願いとともに。(23)

(22) [Charles Mackay], "English Slang and French Argot: Fashionable and Unfashionable," *Blackwood's Edinburgh Magazine* 143 (May 1888): 692.

(23) Muller, "Comparative Philology," p.339. ミューラーはこの熱弁に手を加えて一八六三年にエディンバラで行った比較神話学の講演に挿入している。一八四七年にベンジャミン・ジョウェット (Benjamin Jowett) はこの若きドイツ移民の書いたもののサンプルを手にして、「もっと技術的な洗練」が必要だと決めつけた。英語の文体を改善すべく、ミューラーはカーライルを研究したにちがいない。*Past and Present*[1843], Book2, Chapter 17:「言葉になるかならないようなつぶやきの如き人々の誠実な祈りが、多くの土地で小さな掘っ立て小屋から天の高みへとどれほどの声となって届けられたことか。不完全な祈祷文すらまだない中で、無数の人々の燃える魂から、苦闘とともにたどたどしい祈りがどれほど捧げられたことか。彼らはこの威厳ある天と地を、この美しく厳かな、われわれが自然と宇宙と呼び、その本質は未だ名付け得ないこの世界を……心を開いて眺めた最初の人々である……」を参照。

また多くのヴィクトリア朝の人々にとっても、ミューラーの「科学」はことさら宗教的信条を脅かすようには見えなかった。言語情報だけでなくそんな情報を内に収める確たる信念体系を熱心に求める人々に勧められ、またオックスフォードでのサンスクリット語のボーデン講座教授職の選挙に失敗してから自分の宗教的正統性を証明する必要に駆られたこともあって、彼は新しい言語科学を見慣れた信仰の中心に改めて位置付ける仕事に乗り出した。実際、その結果現れた言語科学は、しばしば人間や言語についての伝統的な聖書的解説を新しい言語学用語に移し替えただけのように見える。例えば、ミューラーが元々言語の起源でありながら今や豊かさを失ってしまった、いわゆる「多くの成熟がその後に続くべきコトバの源泉」(ミューラー『講義』、第一巻三八五頁)を強調するとき、あるいはまた言語形式上の(「音声的衰退」による)喪失は(「方言特有の再生」を通じての)獲得によって釣り合いが取れると示唆する時、我々はそこに、ボップやグリムなどの理論に負う所は殆どなくて、むしろ深いレヴェルでキリスト教神学から借りてきた耳慣れた形式や調和を通してヴィクトリア朝の人々に訴えようとする議論の構造を見てしまう。

しかし熱心な聴衆が科学と文学の間や科学と信仰の間を密接につなぐテキストとして聞いたものも、実際は確かな言語情報と乱暴で向こう見ずな推測を、あるいは注意深い語源探索と熱のこもった説得とを派手につなぎ合わせたものだった。科学進歩王立協会での演台(lectern)の件や、その

「事実」と「帰納法」に頻繁に訴えるような科学的装飾を活用するミューラーの手法にも拘わらず、真の科学的手続きは彼自身の結論には決して届かなかった。というのもどんな帰納法を試みようと常にそれは、言語は思考であり思考は言語であるというアプリオリな大前提に基づいていたからである。ミューラーはロゴスの問題では、「コトバなくして理性はないし、理性なくしてコトバもない」（ミューラー、『講義』、第二巻六九頁）と強調する厳正な解釈者だった。彼の内には当初ラウスによって形成され、後にヘルダーやフンボルト等によって表明された言語のロマン主義的理想主義が際立った姿で表現されている。

ミューラーの科学では、言語と理性は一体であるという特権的な前提がまずあって、他の総てがあっさりとそれに続いた。我々が既に気づいている言語科学の厄介な側面、すなわち言語の人間からの独立や、言語の基礎を音声に置くということさえ、結局その力はがっかりするほど限定的だった。なぜならそれらが転覆させるかに見えた人間の独自性と価値の問題は実際ミューラーの主張するロゴスによって引き続き保証されたからだ。つまり、ミューラーの言語科学においては、彼の特異な「科学」と真の言語科学とを区別して見ることが重要であり、そこでは新しい言語秩序は決して人間から永遠に離れたままではない。その言語秩序の曖昧な「成長」がその更に曖昧な「法則」に従って進むときでさえ、あるいはその音声的原理が文学の特別な請求権を侵食するときも、言語の本質的で固有な有意義さは勝ち誇ったように続くからである。

しかしミューラーは様々な困難をひたすら修辞と推測で取り繕いながらヴィクトリア朝の人々に理想的で人間的な言語の表現性を保証しようとした。そして我々としては、ロマン主義的文献学と科学的文献学とを結び付けようとすることの乱暴さあるいは愚かさ自体の中に両者間の隔たりを見て良いだろう。言語の非物質的で精神的な性格を保証しようというミューラーの努力の中心には言語のルーツについての自身の仮説があった。言葉の始まりは「音声の型」だというK・W・L・ハイズ (Heyse) の提唱を当初黙って借用しながら、ミューラーは「自然の殆ど総てを貫いている法則がある、つまり叩けばあらゆるものは音が鳴る。それぞれの物はそれぞれの音を奏でる……自然の中でも最も高度に造られた人間についてもそれは同じである」と宣言する（ミューラー、『講義』、第一巻三八四頁）。創造の威厳が「原初の全き姿の」人間の意識の上に初めて弾けた時、創造的機能あるいは（使わないでやがて消えていった）本能が、それぞれの新しい概念に「ちょうど脳を通じて震え出るようにして」、それ特有の音を与えたのである（ミューラー、『講義』、第一巻三八四―三八五頁）。このように言語の基礎を様々な感覚の呼び名に置くというのは―ロックからエルンスト・ヘッケル (Ernst Haeckel) へと至る唯物主義的思想家達を支えていた一つの逃れがたい言語的事実だが―克服されるべき面があった。そして魂 (*spirit*) という語はこうして単に潤色された息以上のものとして示されることになる。というのもミューラーによれば、スピリットは吐き出された空気の音をなぞってはいない。そうではなくスピリットはその原初の形において息という概念の音を表していた。要するに、ミューラーの言語科学にあっては、言葉の始まりは「特に何も意味しないものの目に見える形式」ではおよそ無く、一般のあらゆるものの形式、すなわち精神と物をつなぐ神秘的な連結物になっているのである。

このひどく向こう見ずな推測からミューラーはすみやかに退いて、その後何年も修正と再構築を繰り返したが、それをきっぱり否定することはなかった。言語の起源について答えを求めるヴィクトリア朝の一般の声に誘われて、ミューラーは正当な科学的推論という土俵を超えて大胆かつ丁寧に打って出るが、結果はただあてずっぽうな世界に飛び込み、E・B・タイラーが巧みに述べているように、そこで実に妙な姿を晒してしまう。「それはまるでロンドンの成功した投資家が、金銀を扱う自分の職業はスレッドニードル街での金塊と大量のドル紙幣の出現で始まったというのに、わざわざオーストラリアまで出向いて、それまで充分うまく取引してきた原料の採掘に就くようなものだ」（タイラー、「科学」、四二五頁）。ミューラーは、言語の起源についての「バウ–ワウ（bow-wow）」だの「プープー（pooh-pooh）」といった模倣的、感嘆語的説明を巧みに退けながらも、他方、あいにく多分妥当なことに、自身が唱える音声の型の法則もすぐに「ディン–ドン（ding-dong）」式仮説として説明されることになってしまう。

言語科学者ミューラーの信用失墜は突然やってきたわけではなかったが、世紀の終わりまでには明瞭になった。ジョージ・エリオットが友人達に対してミューラーが出版した講義録を「素晴らしい、楽しい本」と述べ、J・H・ニューマンがそれを学生に読ませたい第一の優れた書とした一方で、一世代後のオスカー・ワイルドは、G・M・ホプキンズ（Hopkins）同様オックスフォードでミューラーの講義を聴いた一人だが、神話は「言語の病」であるというミューラーの有名な仮説を機智に富んだ刺々しい調子で退けた。(24) 最初の王立協会での講義の大成功にも係わらず、また実際テニスン、ファラディ（Faraday）、J・S・ミル等の心を奪い、さらにはヴィクトリア女王をしてオズボーン・ハウスに呼んで講義をさせたいと思わせたほどのその演出力にも拘わらず、ある意味自身の無頓着で闘争的な一面のせいもあって、ミューラーは確実に人気を失い、ついには言語学の領域から完全に追放されていった。ミューラーはイギリスで幾人もの批判者の攻撃に晒される。特に進化論者ではジョージ・ダーウィン (George Darwin)、人類学者ではアンドルー・ラング (Andrew Lang)、そしてまた言語学者ではヘンリー・スウィートである。しかし文献学者としてのミューラーの途方もない名声を見事に挫いたのは主としてアメリカの強力な対抗者であるイエール大学のウィリアム・ドゥワイト・ホイットニー (William Dwight Whitney) だった。

(24) *The George Eliot Letters*, ed. Gordon S. Haight, 9 vols. (New Haven: Yale University Press, 1954-78), 4: 8 [January 14, 1862]:「獄中にある間にあなたにはぜひともマックス・ミューラーの素晴らしい本を読まれることを希望します。読んでいると他の事を忘れてしまいます。」及び Oscar Wilde, "The Truth of Masks"[1885], in *The Artist as Critic: Critical Writings of Oscar Wilde*, ed. Richard Ellmann (New York: Random House, 1968), pp.418-19:「私は勤勉な学者達の仕事をことさら低く見るつもりはありません、しかしマックス・ミューラー教授が神話を言語の堕落と扱ったのに比べれば、キーツのランプリエール (Lempriere) の辞書の扱い方ははるかに価値あるものと感じます。『エンディミオン (*Endymion*)』はいかなる仮説よりも素晴らしい。その仮説がどんなに健全なものでも、あるいはこの場合でいえば、色々な形容の中で蔓延するいかに不健全な仮説であったとしても、です。」ミューラーの神話の仮説は一八八二年アンドリュー・ラングから徹底的に嘲笑された。

ミューラーは聴衆に対して、言語の起源は間違いなく時間の奈落に隠れたままだとさんざん言っておきながら、既に見たように、この一見最も重大な問いに対して博識ぶった答を一つ二つ与えることは一向に躊躇わない。そして一八六四年の『ブラックウッズ・マガジン』がミューラーの「音声の型」にはっきり疑問を呈し、その「特定の語のルーツ、もしくは原初的な語とそれによって指示されるモノとの間に何か不思議な結びつきがあるとする大胆な便法」に首を傾げた時ですら、彼は一八七三年になってから今一度自身の怪しげな言語ルーツの仮説を持ち出してくる必要性を感じる。その時の王立協会での新たな一連の講演の中で彼はチャールズ・ダーウィン(Charles Darwin)の言語観にはっきり窺われる脅威に対峙してみせた。「しかしかりに擬声という非有機的な語の層を差し引くとしても、他の総ての言葉は、われわれ自身のものであれ野蛮な原始人のそれであれ、音声的ルーツまで辿ることが出来る。そしてこれらのルーツのどれもが一般概念の印である。これは言語の科学における最も重要な発見である。[25]」

(25) [William Henry Smith], "Muller's Second Series," *Blackwood's Edinburgh Magazine* 96(October 1864): 402; Muller, "Mr. Darwin's Philosophy of Language: Lecture II," *Fraser's Magazine* 87 o.s., 7 n.s. (June 1873): 677.

ミューラーとホイットニーとの間の議論は主としてミューラーの言語ルーツの仮説と、ダーウィンが『人間の由来(*The Descent of Man*)』(一八七一年)で見せた言語への幾つかの推測に対してのミューラーの返答に関してのものだが、この両者の議論の触媒的役割を果たしたのはダーウィンの息子のジョージだった。彼は『コンテンポラリー・レヴュー』の中でホイットニーの権威（「優れた文献学者、W・D・ホイットニー教授」）を出してきて、ミューラーをこの厳しいアメリカの論敵との直接対決に引き込んだのである。他の読者と同様、ホイットニーもミューラーの能力、つまりその文学的才能と朗らかに自説を展開するその力量は認めたものの、その愛嬌に満ちた才能が科学的文献学に少しでも価値あるものをもたらしたかという点でははっきり否定する。

言語の科学に対してのミューラー教授の貢献を充分評価できないのは多分私の不運でありましょう。確かに、彼が言語の科学の事実をある程度広めたことに対して、また権威と雄弁さをもって他に手立てのない多くの人々の注意をその方面に向けた功績は認めるのに吝かではありません。しかし私としてはとても彼がその土台を広げたとかその上に来る上部構造の強化に貢献したとは思えないのです。(26)

それどころかホイットニーは、ミューラーの活き活きした言葉使いや記憶に残るような言い回しが、それまで何度となく言語研究に真剣に向き合おうとする学徒の妨害になってきたとさえ言いたかった。例えば「テューレニアン」(Turanian) という言葉がある。ミューラーがこの語を造語したわけではないが、インド・ヨーロッパ系でもなくセム系でもない、つまり彼が言うところのこれといった特徴に欠ける言語グループ総ての言葉を指し示すものとしてミューラーはこの語を広く普及させた。ホイットニーはこの言葉を「一世代にわたって学問の障害になったもの」と決めつけた。(27)

(26) W.D. Whitney, “Are Languages Institutions?” *Contemporary Review* 25 (April 1875): 730. これは“My reply to Mr.[George] Darwin” *Contemporary Review* 25(January 1875): 305-26. に含まれるミューラーのホイットニーへの厳しい発言に対するホイットニーの返答である。

(27) W.D. Whitney, *Max Muller and the Science of Language: A Criticism* (New York: Appleton, 1892), p.49.

しかし様々な語に対するミューラーの妙に高尚な敬意、また語と語の間の論理的関係の重要さへのその低い評価がホイットニーの強烈な非難を呼んだ。ミューラーの言語ルーツの仮説は彼のロゴス信仰、つまり思考と言語との完全な一致への信仰の相関的要素であると私は先ほど言った。ルーツを「音声の型」と見なす限りでは、ミューラーはホイットニーからの自己矛盾と非論理性という非難をうまくかわすことが出来た。しかしこの仮説が崩れると、ミューラーはもう弱い。思考と言葉を同一視するミューラーの主張に対して、ホイットニーは言う、「これは混乱と愚かさの極みだ、まるで数学的推論のプロセスを数学的記号と、あるいは手と道具を同一視するようなものだ」（ホイットニー、『マックス・ミューラー』、三〇頁）。またミューラーのロゴスの主張と、言語の科学は自然科学であるとの彼の主旨にたいしてホイットニーは言う、「矛盾に邪魔されることなくこの二つを受け入れるには特別な精神を要する。誰しも一つの仮説の中で互いに否定し合う二つをこれほど誤った形で持ち出すことは不可能だ」（ホイットニー、『マックス・ミューラー』、三〇頁）。こうして見てきたように、物質科学とその非物質的精神の研究との間にホイットニーが気づいた矛盾は、ルーツを「音声の型」とするミューラーの仮説のうちに一つの解決を見出したとはいえ、しかしそれもほんのつかの間で、ミューラーが提案したと殆ど同時に失速してしまう。

　ミューラーの言葉のルーツについての仮説を彼のロゴス信仰の繋がりで理解すれば、同じく彼の講義のレトリカルな進め方もその信念の演出ということで納得はいく。ごく簡単に言えば、ミューラーは議論の展開を多分にしゃれ、メタファー、熱狂的な言葉の反復に委ねたが、それは単に彼が器用な外国人風に語呂合わせを好んだからではなく、語（words）そのものが思考だと固く信じただけのことである。こうして、ホイットニーも激怒した点だが、ミューラーが言語起源の「慣習的な」仮説を扱うに際し、あたかも今まで一時的に口がきけない人達の実際の慣習を提唱するかの様な姿勢を示した時、いわゆるロゴスの論理なるものに従えば、彼はそこで仮説の決定的な欠陥を晒していることになる。同様にしてミューラーがグリムの法則をワイト島の紋章付きの武器に例えて説明した時、あるいはまた人間だけが思考できるのは、人間のみが「個を全体の元に集めることが出来るからで、話す能力を持つからである。人間に思考が可能なのは、同語反復を恐れずに言えば、それは彼が人間だからである」（ミューラー、『講義』、第二巻：六八―六九）と語った時も、ロジックは文字通り言葉の中にあって、言葉と言葉の論理的関係のうちにではない、と彼が信じていたからである。(28)

（28）ミューラーがデモクリトスについて語る時の言葉のもつ超論理的効果への彼特有の信頼を参照。「私は彼の言語起源に関する仮説を『バウ―ワウ』理論と呼んだ、なぜなら、もしこの仮説が本来の正しい名前で呼ばれたら反駁のしようがない、と私には確信できたからだ。」Muller, "Darwin's Philosophy: Lecture II," p.671. ミューラーのレトリカルな同語反復への嗜好は多分フレデリック・シラーから来ている。シラーは『美的書簡』(*Aesthetic Letters*, 1795) の中でそれを大々的に使用している。ミューラーはこの作品から書簡形式のものをいくつか出版した。Frederick Shiller, *On the Aesthetic Education of Man, in a Series of Letters*, ed. Elizabeth M. Wilkinson and L.A. Willoughby (Oxford: Clarendon, 1967), pp. cxxi-cxxvi. を参照のこと。

『コンテンポラリー・レビュー』での論争はホイットニー側の発言で幕を閉じたが、ミューラーは丁寧な弁明『自己弁護 (*In Self Defense*)』を携えて戻ってくる。これは最初パンフレットで、そして後に四冊組のエッセイ集に収録されて出版される。[29] その後ミューラーは、たとえホイットニーが自分への長きにわたる批判を『マックス・ミューラーと言語の科学：一つの批判 (*Max Muller and the Science of Language*: *A Criticism*)』(一八九二年) という短い専門書でまとめた時でさえホイットニーとの討論は断った。その頃には、ミューラーも歳を取り、親族にも先立たれ、絶頂期も過ぎていまや世間の風の冷たさも感じ、もはや戦う意欲も失せていた。人々が彼の『テューレニアン言語論集 (*Essays on the Turanian Languages*)』(一八五四年) をまるで昨年出た本のようにして批判するのをミューラーは嘆いた。実際は四〇年も前に出た著作なのである。晩年には彼は言語の科学、言うなれば彼が大掛かりに築き上げた「新しい記述の科学[30]」から離れ、いまだ燃え尽きないその驚異的なエネルギーを比較神話学の研究や「思考の科学」に、さらにはエマニュエル・カン

ト (Immanuel Kant) の『運動の第一原因 (*primum mobile*)』の翻訳に傾注した。

(29) Max Muller, *Chips from a German Workshop*, 4 vols. (London: Longmans, Green, 1867-75), 4: 473-549. を見よ。

(30) Fitzedward Hall, *Recent Exemplifications of False Philology* (New York: Scribner, Armstrong, 1872), p.30:「文献学は気楽なものになっている、その前提から結論まで、いわば想像力の体操の形をなしている。そして『言語の科学』は、その主たる提唱者が例証しているように、全く新しい記述の科学の様相を呈している。」

＊＊＊

ホイットニーのミューラーへの攻撃が示唆しているように、まさにロマン主義文献学に潜む観念的で形而上学的な、あるいはまたヘンリー・スウィートが言うところの「神秘主義的」要素は、一八七〇年代－一八八〇年代の新しい世代の言語学者たちの賛同は得られなかった。主な新文法学派の一人であるカール・ブルグマン (Karl Brugmann) は感に堪えない様にしてミューラーの意見を「混乱し、所によっては完全に破綻している」と断じた。(31) ある時点を過ぎてミューラーは形而上学的取り組みと修辞学的表現が過多になり、狙いやすい標的になってしまった。ロマン主義的前提に対して科学的言語学が提起した脅威は続き、その一層深刻な度合い、言い換えればそれからの容赦ない攻撃の分かり易い見本としてはミューラーの偉大な同時代人アウグスト・シュライヒャーの経歴に見ることができる。シュライヒャーは現在主としてその「ダーウィン主義」、すなわち言語の発展と分化の系統樹モデル（*Stammbaumtheorie*）、それと原始インド・ヨーロッパ語で創作した寓話で記憶されている。しかしシュライヒャーの言語理論の最も科学的な部分さえロマン主義的な考え、つまりヘルダーやメタ言語の中の支配的比喩からの遺産によって染めあげられている。それは一九世紀文献学者としてシュライヒャーが受け継いだものだった。というのも「語幹」（stem）とか「語根基体」（root）とかは既に二百年以上にわたって確立しているもので、言語的ディスコースにあっては一見中立的な語に見えるが、それらの語の比喩的効能は、ホイットニーやそしてミューラーさえ繰り返し指摘したように、抗いがたいしかし不条理な影響を同時代の議論に及ぼした。(32)

（31）ミューラーの『言語の科学』のドイツ語版へのブルグマンの書評から。(Die *Wissenschaft der Sprache* [Leipzig, 1892-93]), quoted by Kurt R. Jankowsky, *The Neogrammarians: A Reevaluation of Their Place in the Development of Linguistic Science* (The Hague: Mouton, 1972), p.178.

（32）E.B. Tylor, "On the Origin of Language," *Fortnightly Review* 4(April 1866): 558-9. 参照。「言語は『有機体』であるとのヴィルヘルム・フォン・フンボルトの見方は言語学的省察において大きな一歩と考えられてきた。しかし私の見る限り、それは曖昧な思考や議論を増大させ、そのことで専門家の声をいっそう曇らせる原因となっている。もし人間の思考、言語、そして行動一般が本来有機的で、決まった法則の元で働くということをそれが意味するなら、ひどく違った話になるかもしれない。しかしこれはそうした話ではない。言語を有機体と呼ぶ目的は言語を人間の他の技術とか装置などと分けて考えることだ。フンボルトの考えでは、『コトバを理解力の単なる操作のレヴェルにまで引き下げること』は憎むべきことだった。フンボルト曰く、『人間は言語を形成するというよりは、一種わくわくするような気持で自然に発生してくるその様子を受け止める』。」シュライヒャーのミューラーへの影響については、Arno Beyer, *Deutsche Einflusse auf die englische Sprachwissenschaft im 19ten Jahrhundert* (Göppingen: Kümmerle, 1981), pp.210-12. を参照。

シュライヒャーの仕事は言語を「有機的」と見る考えに依っていたが、それは単に一般化されたロマン主義的有機論者の用語においてだけでなく特定の言語学的意味、つまりフリードリッヒ・シュレーゲルまで辿れるような考え方においてである。そのシュレーゲルの仕事といえば実質的にはサー・ウィリアム・ジョンーンズのサンスクリット語研究に基づいたものだった。サンスクリット語を源言語とするシュレーゲルの考え方に依拠しつつ、また自身の恩師フランツ・ボップの「膠着理論」(agglutination theory)を自分流に合わせながら、シュライヒャーはダーウィンの生物学理論に対応するような言語発展の「進化論」にたどり着く。

ダーウィンはここで目を見張るような正確さで人間のコトバの世界における生存競争を記述している。人間の生命の現段階では、インド-ゲルマン系の末裔たちが生存競争における勝者である。それらは

絶えず拡大し、既に他の多くの表現形式に取って代り、あるいはそれらを引きずり下ろしている。(33)

(33) August Schleicher, *Darwinism Tested by the Science of Language*, trans. Alexander V.W. Bikkers (London: John Camden Hotten, 1869), p.64. あわせて Frederic W. Farrar, "Philology and Darwinism," *Nature* 1 (1870): 529. も参照。「二つの主要な点で、すなわち(1)ほんのわずかな少しずつの変化によってもたらされる大きな変化と(2)生命の生存競争にあって最良で最強のものが維持される、という点で、ダーウィン氏の仮説は比較文献学者たちの全く独立した研究によって確認され証明されるかもしれない。」

勝利の最後の攻撃は、シュライヒャーの教え子でもある新文法学派の新しい世代によってなされた。この世代は、ボップ・フンボルト・シュライヒャー的言語理論のことを、検証を経ない、科学的に弁明不能な形而上学にすぎないとした。新文法学派曰く、言語は物理法則と同じく例外なく音声法則に従って進展する。先史時代の発展とか、有史時代の衰退とかいう体系では一切なく、歴史を貫いてゆっくりと確実な一つの変化が続くことを新文法学派は提起した。初めに言語の黄金時代などなかったし、言語の衰退を促すような根源的な「破局」があったわけでもなく、ただ持続的にほんの少しの変化があっただけである。新文法学派は、科学者として思弁よりも観察に取り組んだので、最も信頼できる言語の見本、つまり今の時代の言葉と口語方言の研究を強く推奨した。

［ブルグマンとオストフ（Osthoff）］は、再編行為が現存する最古の言語形態にだけ基づいてなされるなら、それを科学的とは認めなかった。ずっと若い方の、すなわち、ずっと安全な、出来ればまず現代的な形態からそれらは解説する必要が出てきたからである。未知のものから既知のものへと進むやり方は結局後者を歪めてしまい、結果として無益で実りのない思弁をもたらしてしまう。それではあらゆる新文法学派が唱道し実践している実証的なアプローチにはとても太刀打ちできない。（ヤンコフスキー、『新文法学派』、一三二頁）

新文法学派と並んで、新しい文献学（new philology）の強調はいまやはっきりと現代言語学（modern linguistics）へとその姿を変えながら、ついには言語をまったく口頭の発話（spoken utterance）と見做すに至り、そしてここにきて初めて言語はその働きにおいて全く自立的であるとする考え方も垣間見えてくる。

今日我々は自立言語という考え方をフェルディナン・ド・ソシュールに、つまり別の形而上学的破壊を予告するあの共時的と通時的という革命的な区分に結び付けようとするが、実際この言語の自立性の理論はソシュール自身が言語学者として研鑽の時を過ごした新文法学派の研究から来ている。というのも新文法学派が提示した音声法則の無例外性とは、つまり言語が変容を被るのは多くの変異形の中で個々の話者によってなされる無数の選択の結果にすぎないということを示していた。そのような選択がもし確立すれば、十分な時間を経た後「歴史的観点から、またその安定した規則性から、音声法則として見なせるようになる」（ヤンコフスキー、『新文法学派』、一三八頁）。

この自立の体系としての言語については実際W・D・ホイットニーはその透徹した目で既に気づいていた。彼は言語をロゴスと見做すマックス・ミューラーの掲げる神秘的言語観に対して、言語とは単にその話者たちによって確立され、そして話者たちの中にのみ存在しうる一つのシステムだと主張し、それにより新文法学派の研究者達から偉大な先駆者と崇められた。

いわゆる言語の成長の現段階において、人間が関係した結果ではないようなものは何ひとつ生じていない。唯一曖昧な点があるとすれば、それは次のような事実と関係がある。つまり言語は社会的な制度であって、基本的かつ意識的に意思疎通の為に存在するわけで、そこには共同体の合意行動が含まれてくるという事実である。しかしもし今日そうであるなら、今日の前においても、また更にその前もそうであったことになり、その始源にまでさかのぼる。われわれとしては成長のプロセスが変化してきたと不必要に想定する権利はない。つまり、過去に示された語形成や文法形態の手法が現存するコトバの総ての素材を充分説明できるなら、われわれとしては他を主張する権限はないのである。（ホイットニー、「制度 (Institutions)」、七一九頁）

新文法学派が自立言語の仮説を強く主張した手法はこのようなホイットニーの見方から直接来ている。というのも音声法則の無例外性や、それに伴う形での個人言語の持つ革新性の役割を強調しながら、新文法学派が当然のように主張したのは、個々の話者から独立して扱われるような言語とは人を欺く危険な抽象である、ということだ。かくして言語は民族精神を表現する民族の声とはならない。またこうして「英語」と、それが表現しているとコールリッジが想定した「イギリスの国民性」の両方も、ちょうどコールリッジが言うところの、至る所で口にされながらどこにも存在しない共通語のように、曖昧でノスタルジックな抽象概念でしかなくなる。全く同様にして、言語の有機論的モデルならどれも言語の歴史か言語形態論のいずれかに貢献しうるとするロマン主義的想定を、新文法学派の分析は再起不能なほど打ちのめした。そこに新文法学派は（インド－ヨーロッパ母語における（ような）屈折語尾の完成という言語目的論が、（「衰退した」アメリカ先住民の言葉や、実際、英語のような近代ヨーロッパ言語のように）分析的切除 **(analytical mutilation)** や転訛 **(corruption)** に取って代られてゆく流れではなく、均一的なプロセスの終わりなき連鎖を想定したのである。そこでの言語変化は、成長でもなければ衰退でもなく、ただ単に変化ということだった。有機的アナロジーへのこの不信がまた意味したのは、形式的要素が意味から独立した分析によって益々処理されねばならないという点だった。ロゴスについての「コトバ無くして理性はなく、理性なくしてコトバもない」というミューラーの綱領的なロマン主義的主張が退けられて、言語科学者達は一段とホイットニーの後に続くようになり、言語というものを思考の後に来るツールでありサインと見なすようになる。新文法学派も意味分析の価値を否定したわけではない。ただ意味的価値は形式分析の後に初めて知り得る、と主張したにすぎない。

もし音声規則の無例外性が新文法学派をしっかりと武装させ、ロマン主義的な言語有機体説の考え方に対抗させたとすれば、まさにこの無例外性こそが話しコトバの書かれたものへの優位性の確認に繋がったのは疑いない。というのも新文法学派も一九世紀後半の地域言語学者も口をそろえて言うには、あらゆる純粋な口語方言は科学者を言語的実態に近づけた。例えばヘルマン・パウルは、方言はどんな標準言語にもまして元々の個人言語に近い、と言う。そしてクルト・ヤンコフスキーも指摘するように、方言はより「現実に近い」だけでなく、より安定していた。「方言における変化の頻度はずっと少ない。そして方言のコトバは、理想的な基準というより、実際は特定の共同体の話しコトバを担っているため変化も原因がずっと特定しやすい」（ヤンコフスキー、『新文法学派』、一五七–五八頁）。要するに口語方言は、書記言語よりもはるかに言語の実態を反映しているだけでなく、それはまた言語の純粋性を保っている。一方書記言語は、すでに正書法で歪められ、はやりの言葉を文明化した流行様式と一体化させ、その誤りをいっそう複雑にしてしまった。こうして一九世紀の言語科学はついに田舎のコトバを真の人間の言葉としたワーズワースの信念を承認し、また文学と文語方言を共通語とみなしたコールリッジの理想を根底から揺るがすことになる。

新文法学派の企てが勝利することで、言語とは自立的な体系であり、その行きつく先は無私の音法則のみが責任を持ちうるとする新しいヴィジョンが勝利しただけではない。音声を言語変化の生の素材と見る考えかた、つまり科学的に考えられる言語のリアリティの勝利がそこにあった。そしてこの勝利の瞬間に一掃されたのは以前ヘルダーをして言語を国家や国民の声を外に向かって表現したものであるとするロマン主義的文献学のあの言語形而上学だけでなく、コールリッジがミルトンやシェイクスピアの英語をイギリス文明と一体のものと見做したあの意志表示も同じ憂き目にあった。新しい比較文献学によってもたらされた言葉の秩序にあって唯一朽ちてゆくのは書かれたものであり、そしてそんな死語の唯一の証は図書館の棚に書物として防腐処置を施されて並ぶ文学作品ということになる。ヴィクトリア朝的価値への脅威たるや明白であり、それは痙攣をもたらさんばかりのものだった。そしてそのような動揺の中から文学のデカダンスとして知られる動きも生まれてくる。

＊＊＊＊

デカダンスという言葉そのものが想起させるように、多くのヴィクトリア朝人がペイターの『マリウス』に始まって世紀の転換期に消えていった文学運動に見ることになる迫り来る文化的崩壊は、元々はローマ文明とのアナロジーから来ている。この勃興と衰退のアナロジーはヴィクトリア朝人の考えに深く根をおろしていたので、アナロジーとしてよりも一般的な歴史法則の具体例として働いた。ヴィクトリア朝の人々がローマをそのように見、そして自分たちのデカダンスを昔のローマのデカダンスの再現として見たのはよく知られている。ただ概して見過ごされてきたのは、これがまた言語上の経験でもあるという点だ。

このような顕著な経験の根底をなす動因もまた新しい比較歴史文献学の筈だった。つまり最初は英語に帝国国家の言語という運命を、即ちシェイクスピアやミルトンらの言葉、はたまた彼らを生み出した当の文明の有する価値を地球の隅々まで運ぶ世界言語という光栄ある運命を保証するかに見えたその科学的学問である。しかし新しい文献学がシェイクスピアやミルトンが彩りを添えていたヴィクトリア朝的価値のトータルな体系の根底を深く抉ったように、同じくそれは英語の拡散をイギリス文明の拡散そのものと重ねて見ていた帝国的野心をも傷つけることになる。またこの文献学はイギリス自体の中で知的優位性を確保することでその傾向を強めた。そこで生まれる恐ろしい不安とは、崩壊もしくは瓦解寸前にある帝国の姿だけではない、自身の文化的結束の境界を初めて越えて、しかる後その境界の内側によって裏切られことになる帝国の姿でもあった。

ロマン主義的アナロジーが言語や言葉の問題へと置換されたのは、文献学へのヴィクトリア朝の関心からほとんど避けがたく出てきたある種の前提による。というのもまずローマの没落は、時間軸的にも、(仮に間違っていても) 因果論的にもラテン語の「衰退」と同一視された。そして変化の言語的規模は、一般にローマの「衰退」を参考にしてその節目に沿って語られた。あたかもローマ帝国の領土的分裂とラテン語の文法上の屈折、語尾変化の喪失が同じ内なる崩壊の結果でもあるかのように。ローマの言語的没落の他の解釈には、ラテン語は「死」んで、他方それに続く幾つもの俗語を誕生させた、というのもあった。「存在するあらゆる言語は、それに先立つ言語の死から生まれてきた」とF・W・ファラーは断言する「(ファラー、『起源』、二〇四頁)。ヨーロッパの幾つもの国語は実際ラテン語の傍らで成長してきたと示すことでマックス・ミューラーがこの誤解を訂正した時でさえ、「ローマの文明化された唯一の言語の後に来たのは言語的無秩序と野蛮だった」(34)という信念は広い範囲で残った。要するに、ヴィクトリア朝の人々にとって、ノルマン人による征服の後にフランス語が英語にとって代った話などラテン語の「死」に比べたら些細な出来事でしかなかった。

(34)　A.H. Sayce, *Introduction to the Science of Language*, 2 vols. (London: Kegan Paul, Trench, 1883), 2; 350.

またヴィクトリア朝人にとって、ローマ帝国は新しい言語科学が提示した言語プロセスを理解する際の暗黙の構造的モデルとなった。すなわち、ローマ帝国の膨張と外国人の同化の裡に、「生きた」言語の不断の拡大と同化の等価物をヴィクトリア朝の人々は見た。もちろん、とりわけ英語と同じ程度に混成し合い同化力を備えた言語としてである。しかしそのようなモデルはローマの歴史的運命によって否応なく色あせてゆく。その運命は、モンテスキューなどの伝統的説明によれば、過度の膨張のせいであり、コールリッジも言ったように、ローマの「国の性格全体に行きわたり、ついにはそれを破壊してしまうような帝国主義的性格[35]」のせいだった。

(35)　S. T. Coleridge, *Table Talk and Omniana of Samuel Taylor Coleridge*, ed. T. Ashe (London: George Bell, 1909), p.245.

こうして、多くのヴィクトリア朝人はイギリスと英語に対してローマ帝国のそれにも似た領土的、商業的、そして言語的覇権の夢を抱いたものの、ローマは結局崩壊したことを忘れなかった。自らの組織的基盤を超えてまで巨大化し、ついにはそれらを台無しにしてしまったのだ。中心はもはや周辺に手が届かなくなり、拡大し、ローマは滅びた。ヴィクトリア朝人はしつこいまでに自問した、外への膨張と内なる崩壊のパターンがイギリスの帝国言語にも同じように当てはまるのではないかと。

アメリカ、アジア、アフリカと、英語が今や展開している広大な世界はヨーロッパの中心から遠くなる。そして英語がこの地球上でもっとも使われ話される言語になる一方で、それはわれわれに比べて英語の正確さと適正さを規定する文語的権威に馴染みの少ない輩によって使われ話されるようになる。(36)

(36) [Henry Reeve], "The Literature and Language of the Age," *Edinburgh Review* 169 (April 1889): 349. Cf. also [J.H. Marsden], "Dr. Trench on English Dictionaries," *Edinburgh Review* 109(April 1859): 376:「この広大な帝国の果てでは言語自体の純粋さと正確さは崩れて失われやすいという事実は無視できない。既に、合衆国、オーストラリア、それに西側の植民地においても、現地の人々の言葉は北方の規範となる言葉とは大きく異なる。そして今日主要な文書は、主として新聞の形を取るが、言葉遣いの形態を高めるというよりはむしろ低下させる傾向がある。」

この如何ともしがたい言語の膨張と同化を考えるなら、英語の唯一の防御手段は、わき目もふらず、注意を怠らない言語的、文学的警戒心にこそあるように見えた。シュレーゲルやコールリッジによれば、それは知識階級の非公式の仕事だった。彼らは認可権の伴う文学の伝統に馴染んでいるが故にそれが可能なのであり、実際そのことが彼らに言葉を護る仕事を義務づけた。もし知的エリート階級が惰眠を貪り、まずいことに自分の持ち場を放棄するようなら、彼らは自らの信頼と精神文化を裏切ることになり、その瞬間敵側の立場に立つことになる。かくしてヘンリー・リーヴ (Henry Reeve) のようなヴィクトリア朝人は、世紀初頭のシュレーゲルの有名な警告を思わせるような言葉で、こう言明した。「野蛮な言葉や外国語が混入してくるほど国語の決定的な荒廃を示すサインはない……腐敗し衰退した言語は腐敗し衰退した文明の確実な印である。その扉を潜って野蛮さがなだれこみ、偉大な民族の伝統を圧し潰すことになる」(リーヴ、「文学」、三四八−四九頁)。

知的エリート達は、以前ラテン語を介して普遍的理性ないし法へと遡る古い文法的伝統に訴えることで言語的統一性の保護に取り組んでいた。だから、例えば一九世紀のどんな学校教師の場合も、その文法的宣言は予想通りリンドレー・マレー (Lindley Murray) の一七九五年の有名な偏在文法（三百版以上を重ね二百万部売れた）を後ろ盾としていた。[37] またマレーも、自らの執拗な規範的批評を一七六二年のラウス卿の有力な文法に依拠させていたし、そのラウスが拠り所としたのもラテン語に関するヴァロ (Varro) とクインティリアヌス (Quintilian) の権威だった。そしてついにラテン語の文法上の権威が特権的地位を帯びるにいたったのも、「普遍言語」たるラテン語があらゆる思考の根底をなし、それを構造化している論理的な形式と働きを最も完全に表現すると信じられたからである。そこで表現されているのは実にリアリティそのものであり、一六六〇年に「ポールロワイヤル文法 (Port-Royal Grammar)」で有名な言葉で表明された考え方、つまり普遍原理を具体化した文法というあの考え方だった。しかしその言語的、文法的権威の鎖を新しい文献学は決定的に断ち切ってしまった。ラテン語があらゆる言語の文法的模範としての特権的地位から追放されただけではない。論理と理性の言語的権威は脇に追いやられ、代って経験によって決まり、加えて明確に言語的な法の権威が前に出てくる。今一度、ヴィクトリア朝の人々のうちに高まっていた壮大な望みも新しい言語科学によって潰されることとなる。

（37）Edward Finegan, *Attitudes Towards English Usage: The History of Words* (New York: Teachers College Press, 1980), p.46.

しかし古い確信に対する新しい文献学の勝利はすぐに来たわけではない。ヴィクトリア朝の人々の当初の願い、すなわち言語の科学は新しい普遍法則をもたらしてくれるという願いにはほとんど感動を誘うものがある。例えばマックス・ミューラーにとって、比較文法は「他と同じく言語においても、各々が求める自由と、それに対して共同体全体が見せる抵抗とが生みだす軋轢も、最終的には一つの素晴らしい、そして完璧に合理的で理解しうる法の支配を築く」ことを示すものだった。[38]このように、強調が伝統的な自然法から言語を支配する特定の言語法則ないし一連の法則へとシフトしていく一方で、そのような新しい法則も普遍的で人間に適用しうる原理を表わすものだという旧来の信念はなお続くことになる。言語法則についてのそのような希望に満ちた期待の系譜はA・H・セイスが次のように宣言する際にも窺われる。

言語における固定し安定した文法の規範という古い考えを蹴散らし、思考が表現をとる文法の形式は人々や時代を取り巻く諸状況に依存する変異的な偶然にすぎないことを示したのは、比較文献学がもたらした小さくない現実的恩恵である。……若者の精神は法の遍在という概念に最初から慣れておくべきということが徐々に認識され、そしてこの大原則の上にたって言語研究を物理的科学によって置き換える努力が様々な形で進行しつつある。しかし若い知性を間違った方向に導き困惑させる責任を問われるものがあるとしたら、それは既に論破され時代遅れとなった手法で行われる言語研究の方である。科学的文献学の原理に沿って進むなら、それは自然のあらゆる変化や展開にあって法の普遍性という偉大な事実を精神に刷り込む確かな手段となる。（セイス、『序論』、二：三三四－三三六）

(38)　Max Muller, "Inaugural Lecture: On the Value of Comparative Philology as a Branch of Academic Study" [1868], in *Chips from a German Workshop*, 4 vols.(London: Longmans, Green, 1867-75),4: 41.

しかしもちろん新文法学派は、その音声法則の無例外性という情け容赦のない原理によって新たな普遍法則の領域を示したのではなく、その働きにおいて普遍的で自立的な言語という亡霊を示したにすぎない。この文脈で言えばヴィクトリア朝の論評家たちは、言語学に背を向けて文学へと、すなわちシェイクスピアやミルトンの言語ではなく英語の言語的純粋性の博物館としてのシェイクスピアやミルトンそのものへと向かうこととなる。フランスにあるような言語を監督する国家アカデミーがない為、イギリス国民は非公式の陪審員を考案する必要に迫られた。J・A・マーズデンは「語の使い方と意味を公認し決められる唯一の権威はすぐれた作家たちの意見の合意しかない」（マーズデン、「トレンチ博士」、三七九頁）と宣言した。そしてこれはG・W・ムーン(Moon)がカンタベリーの首席司祭ヘンリー・アルフォード(Henry Alford)との有名な論争で見せた態度だった。ムーンは言葉の問題における慣例の力を信じてはいたが、偉大な作家たちが言葉に及ぼす影響は通常の言葉の使用者とは比較にならないと主張した。「偉大な作家は言葉を損なうかもしれないし、そうでないかもしれない。しかし責任のありかは彼等にあり、文法学者達にはない。というのも言葉は習慣によって形成されるものである。そして習慣とはこれまでも、またこれからもずっと、規範よりは具体例によって影響を受けるものだ。[39]」

（39）　G.W, Moon, *The Dean's English: A Criticism on the Dean of Canterbury's Essays on the Queen's English*, 5th ed. (New York: George Routledge, 1868), p.3.

しかし、この予防線も失敗の運命にあった。というのも英語を「混成」言語だと強調した当の比較歴史文献学の主張によれば、英語の偉大な作家達でさえ、ことあるごとに英語の秩序を欠いた、避けがたいほど異種混合的なそのありようと妥協しているという。その特異な歴史のせいで、とりわけ二百年にわたるノルマン・フランス語の支配の間に書き言葉として衰退を見た経緯もあり、英語は他のヨーロッパのどんな姉妹語にもまして取り返しがつかないほど言語的に「分析的」で、尚且つあきれるほど例外だらけの言語になってしまっていた。こうして英語はそれら姉妹言語よりもはるかにあらゆる規則化の試みに対して強い抵抗を示した。実に、サミュエル・ジョンソンは、そういった非規則性の大部分は訂正できるような代物ではなく、むしろ「英語に深く刻まれた粗野な部分であり、批判したところでどうにもならない。そのままそっと放置しておくしかない(40)」との確信に至る。

（40）Samuel Johnson, "Preface to the *Dictionary*," in *Selected Poetry and Prose*, ed. Frank Brady and W.K. Wimsatt (Berkeley: Univ. of California Press, 1977), p.279.

このように英語の過去の歴史は、『ブラックウッズ・マガジン』誌上である人物が「われわれ以外のどの文学にも多分見られないような変則性」と指摘するようなものだったが、さりとてそれを解決するすべはなかったのである。

最も著名な英語作家も、母語といえども言葉遣いの妥当性に頻繁に違反することなく書くことは出来ない。英語の純粋性と正確さに誠実に注意を向けたワーズワース氏を唯一の例外として、今日文法的になんらかの不適切さを犯すことなく二頁も続けて書けるような高名な作家は一人もいない、とわれわれは信じる(41)。

こうして、マシュー・ハリソン (Matthew Harrison) の見解では、英文学は「なんら文法的正確さの積極的かつ公認された基準を提供はしない」（ハリソン、『勃興 (*Rise*)』、三九三頁）。またR・G・ホワイトによると、どうやら「創造的な文学的天才も、才能で劣る連中より高い英語使用の正確さの確信を与えてくれる保証[42]」はなかったし、また実際その通りだった。逆に、ホワイトが言うには、人々は単に言葉の使用法よりももっと高い法、すなわち「理性の法というか、それに向かって使用例が絶えず一致を目指すような、そんな法」（ホワイト、『語 (*Words*)』、iii頁）を持つべきなのだ。しかしもちろんこれは既に覆された普遍文法の確実性と規範性の問題への回帰を意味する。

(41) Matthew Harrison, *The Rise, Progress an Present Structure of the English Language*, 2nd American ed. (Philadelphia: E.C. and J. Biddle, 1856), pp. 125-6. に引用。

(42) R.G. White, *Words and Their Uses Past and Present: A Study of the English Language* (Boston: Houghton Mifflin, 1870), p. v.

言語科学の「コペルニクス的革命」に対するヴィクトリア朝人達の期待にとっていっそう打撃となったのは、例外無く言語法則は個々の話者による無数の使用決定を体系化したものに他ならないとする新文法学派の見解だった。かつてホイットニーが教えたように、記号と記号で表されるモノとの関係は完全に慣例的であるばかりか、その記号体系の変化も同様に人々の間の慣例的（完全に意識的でなくても）な合意によるものだった。こうして、ちょうど「人間の言語には、その記号的価値の上で内面の直接的かつ本能的に理解できるような記号と意味の関係に依拠する部分は全くない」（ホイットニー、『マックス・ミューラー』、三三頁）ように、言語の内には言語を変えるような一切の内的原理は存在しないのである。無数の話者によって作られた外在的な変化があるだけで、その変化は事後に集成されて「法」となっただけなのだ。

さらに、そのような話者間の合意は必ずしも最善の、最も理にかなった、あるいは最も雄弁な選択というわけではない。それは単に大多数の選択というに過ぎなかった。ホイットニーの断言によれば、「言語話者たちは、このように共和制の、あるいはむしろ民主主義の国家を構成するが、そこでの権威は普通選挙によってのみ与えられる」[43]。この言語の共和国の中で書物がある程度の役割を果たすことはホイットニーも認める。「各々の書物はいわば永遠に生きる個人のようなもので、しばしば生きている誰よりもずっと多くの人が係わる存在であり、その人達にこう話してはどうかと教えるものではある」（ホイットニー、『言語とその研究』、第一巻二三頁）。しかしホイットニーが強調するに、「それぞれの作品も結局、幾つかの限界と欠陥、そして限定的な影響を有する一個人にすぎない。比類のない豊穣さと多彩な表現に満ちたシェイクスピアでさえ使用範囲はたかだか一万五千語にすぎない」（ホイットニー、『言語とその研究』、第一巻二三頁）。加えて、既に見たようにシェイクスピアのような「不滅の個人」ですら、その言語的権威の請求権は言語学者達によって厳しく制限を受けた。彼らの見方では、書記言語は何らかの歴史的意味は持つが、その「化石化した」状態にあっては生きた言葉に対してとても十分な指針とはなり得ないのだ。

(43) W.D. Whitney, *Language and Its Study: Seven Lectures*, ed. R. Morris, 2 vols (London: Trubner, 1876), 2: 38.

とりわけこの文脈はローマとのアナロジーが意味をなす部分だった。というのも、偉大な作家達から言語的権威を剥奪し、その権威を膨張する大英帝国の民衆に置くことで、言語科学は下層階級の粗野な言葉使いや帝国の境界の「とっぴな」表現にはっきり市民権を与えることになる。そこで退けられたのは中心に来る高度に文語的な言葉、すなわちコールリッジの言う知的エリート達の共通語だった。シェイクスピアやミルトンや英語聖書に特別な権威を与えないということは、新文法学派が提起した単なる言葉の使用—それも話し言葉の使用—の民主主義を受け入れることに他ならなかった。G・P・マーシュは不本意ながら認めている。「なるほど言葉の成長の源は国民にある」、だが言葉を護る立場の人々は忘れてはならない。すなわちこの言葉の源は汚れから自由な英語の泉ではないということ、つまり「大衆の鋳造所は確かに金の貨幣を多少は生産するが、生産される結果の大半は質の低い金属なのである。」[44]「野蛮な」(barbarian) という観念自体はもちろん言語的発想から来たもので、もしこの語がヘレニズム時代に、どもりながら話す (*barbar* な話し方で) 遠隔の地の人々へのギリシャ人の蔑視を含んでいたにせよ、それが後のローマ帝国の、そして今では大英帝国境界周辺でたどたどしく怪しげな言葉を操る、幅広く多様化した言語集団に向けられても何ら効力を失わなかった。

(44) G.P. Marsh, *Lectures on the English Language*, First series (New York: Charles Scribner; London: Sampson, Low, 1865),p.577.

かくも深い混乱にあって言語の純粋性や文化的後見人を標榜する様々な勢力が出現し、またスラングやピジン英語の話者に対して目に見えない認可の幅が広がるにつれ、新たな文学の自然主義が過去の偉大な作家等が退いた後を埋めるべく現れるのは避けられないことだった。トーマス・ハーディが「創作の誠実なる流派……すなわち人に見せる上でピッタリ選択された一連の行動を用いて、その時代に最もよくある生の姿を真に表現する創作の流派[45]」を求めた姿勢の背後にはこの新しい文献学の影響が感じられる。これは標準から逸れたコトバ表現へと創作の道を開くものだった。確かに田舎の言葉に代表されるような標準にそぐわないコトバは既にサー・ウォルター・スコット(Sir Walter Scott)、エミリー・ブロンテ(Emily Bronte)、ウィリアム・バーンズ(William Barnes)、そしてハーディのような作家の創造的な題材のうちに既に誰にもそれとわかる一部を形成していた。ディケンズがロンドンの貧民の方言を書き言葉で見事に再現して見せたことは標準に届かないコトバの新しい可能性の鉱脈を作家達に示した。それでもディケンズの作品ではそんな下層階級の登場人物たちは決して主役にはなっていない。フランス自然主義の影響下で、ジョージ・ムーア(George Moor)やアーサー・モリソン(Arthur Morrison)がそうした連中を主人公にした際、彼らは標準とは言えないコトバに正当性を与えたものの、これに多くのヴィクトリア朝人は不安を感じた──例えばちょうどテニスンの「六〇年後のロックスリー・ホール(Locksley Hall Sixty Years

After)」（一八八六年）の語り手がさかんに「ゾラ主義」(Zolaism)と「どん底」(abysm)との韻を踏もうとしているのがそうであるように。

(45) Thomas Hardy, "Candour in English Fiction" [1890], in *Thomas Hardy's Personal Writings*, ed. Harold Orel (Lawrence, Kansas: University of Kansas Press, 1966), p.126.

世紀末の「新しい女」風小説家の作品は、口語的なコトバの使用に対して自然主義的承認は発動しなかったが、そんな作品ですらヴィクトリア朝の批評家たちの批判の矢面に立たされた。『パンチ(*Punch*)』誌の言葉を借りれば、「スラングや罰当たりなこと」[46]をまともに受け入れて文学の堕落に手を貸したとして批判されたのである。「進んだ」主人公が言葉の新しい許容、つまり基準から外れた言葉へ示す強い好みはとりわけ注目され遺憾の声の対象になった。そして禁止された言葉を話したり聞いたりする時淑女が見せる独特の効果、即ち身震い(frisson)は、その後二〇世紀まで続いたのは明白である。G・B・ショーが『ピグマリオン(*Pygmalion*)』の中で調子に乗ったクララ・アインスフォード・ヒルに（イギリスの舞台で初めて）「血塗られた」("bloody")という語を最新流行のコトバ(*dernier cri*)として使わせた時もそうだったし、またD・H・ロレンスの狩猟管理人がチャタレー夫人の前で「フ(f)…」という言葉を発する時も同様だった。

(46) *Punch, or, the London Charivari* (April 27, 1895): 203.

基準に届かないコトバのこの人気ぶりは完全に文学的流行といった問題でもなかった。チャールズ・マッケイ (Charles Mackay) のような後期ヴィクトリア朝の批評家も述べているが、「国民の最下層で現在使われているコトバ」は上の階層の間にも人気が広まっていたし、上の階層の者達もアメリカの口語表現を使って楽しんだ（マッケイ、「英語のスラング (English Slang)」、六九一頁）。自分の同僚の多くと同じようにマッケイは「民主主義」を「汚らしいスラングの生みの親」としてその責任を追及した。しかし既に見たように、下層階級のスラングや突拍子もない口語法の拡散は階級間の共感の特別な政治的展開などとは関係性はうすく、あるとしたらむしろホイットニーが言語使用の民主主義として認めたこと、つまり権威はそこでは常に避けがたく一般普通選挙によって与えられる、という点だった。基準には届かない話しコトバに基づいた語法に対して教育ある階層の側がどんなに抵抗しても果たして効果があるかどうか、ホイットニーが疑うのももっともだった。それでも、知的エリート層が言葉の堕落に対して抵抗すべきだと求める声は、一九世紀中続いたのである。

不安げに眺めるヴィクトリア朝エリート層の評論家たちから見て、新文献学がもたらした言語秩序のうちで、この認められた言語の相対性と寛容性ほど、明確に文化的衰退や崩壊の緊急性を示すものはなかった。一八八八年の『オックスフォード英語辞典』第一巻刊行の数か月後、マッケイが更に切迫感を持ってトレンチ、コールリッジ、シュレーゲルなどの必要性を繰り返したのもこの文脈においてである。「かっては浮浪者、乞食、ジプシー、盗人などに限られていた『スラング』が今日、それもとりわけこの半世紀の間にイギリスやアメリカやフランスの、教育ある、あるいはそれに近い階層を侵食してしまった」（マッケイ、『英語の俗語』、六九二頁）。実際、マッケイによれば、この言葉の堕落は間違いなく避けようのない国家的衰退、「恐らく急速に迫りくる大惨事、困難、戦争、革命の時代」（マッケイ、「英語の俗語」、六九二頁）を伝えるものだった。つまり、マックス・ミューラーが数年前に講義の中で述べたのとまったくそのままの時代である。

> そこでは文学の仕事は覇気を失い、宮殿は焼け落ち、修道院は略奪され、学問の府は破壊されてゆく……そして以前は底辺を形成していた野卑な言葉がきらめくような文学言語の水面下から生まれ、春の川の流れのように、過去の時代に形成された複雑な言語表現を消し去ってゆく。（コックス、「マックス・ミューラー」、七八－七九頁）

マッケイのせっぱつまった調子が示すように、『オックスフォード英語辞典』は多くのヴィクトリア朝人にとって、新文献学がもたらした言語の相対性と寛容性のまさに象徴であり、文化的衰亡の時代の前兆だった。一八五七年トレンチによって文献学協会に提案されたこの新辞典は、英語の語源的成り立ちを初めて科学的ベースで確立するという狙いを持っていた。しかしこの有益な目標を達成するため科学的立場に立つ辞書編纂者は、トレンチが言うように、自由に「どんな言葉であれ、彼の判断に沿うかどうかに係わらず、すべての言葉を集め、並べなければならない」。そしてこれはまた総ての英文学を膨大な歴史的データの典拠に換えてしまうことを意味する。めざす仕事は「しらみつぶしに英文学のすべてに当たることだ」（トレンチ、「幾つかの欠陥 (On Some Deficiencies)」、五頁）。このような心を一つにしたすさまじい努力によってのみ、新辞典はグリムの『ドイツ語辞典』やリトゥレの『辞書』と並んで国家発展のシンボルとしての位置を占めることが可能となろう。そして実際フレデリック・ファーニヴァル (Frederick Furnivall) の監督下での初期の編纂では、その仕事は何か国民参加の娯楽のような趣を呈し、集まった何百人というボランティアがそれこそ徹底的に、実際いささか非効率的であったが、英文学の表層を探索してまわったのである。

しかしマーズデンのような人々が反対した様に、イギリス文学で使われているあらゆる語を新しい辞書に入れるというトレンチの狙いは、イギリス作家等のよく知られた多くの間違いを念頭に置くなら、無責任な言葉の使用に門を開くことを意味した。「これは総ての障壁とルールを打ち捨て、いかなる作家であれそのユーモア、無知、気取りによって生み出されたどんな形の表現も国民的語彙の中に納めて良いと宣言することにならないか?」（マーズデン、「トレンチ博士」、三六九頁）。新しい編集者としてJ・A・Hマレーがファーニバルの後を継いだ時、マレーはトレンチの助言に敬意を払おうとして、辞書の新しい財政スポンサーであるオックスフォード大学出版局と対立してしまう。というのも辞書編纂におけるマレーの基本的原則はもっと過激だったからだ。ジョンソン博士の狙いが「現存する作家の証拠は一切認めない」ことであり、トレンチのそれは英文学のあらゆる語を集め並べることだったのに対して、マレーの狙いは作家や文学を超えて、スラングや科学用語だけでなく新聞からの引用まで認めることだった。出版局の代表たちは当惑した。当時の多くの人々と同じように、出版局の代表者たちは、マレーの伝記を書いた彼の孫娘も言っているように、「辞書はすぐれた文語使用の基準となるべきという幻想をまだ捨てていなかった[47]」。しかし『オックスフォード辞典』の第一巻が出る前でさえ、多くのヴィクトリア朝人は、正統な辞書という考え方自体もはや実体のないものであることを既に分かり始めていた。例えばT・L・キングトン-オリファントは、辞書に載らないような単語は一切使わなかったと抗弁するある女性作家に応えて、興奮しつつこう声をあげた。「われわれの辞書にある汚水ゴミのようなコトバを今の人達の為に正しくランク付けしてあげた方が良いと宣う輩がいるが、そういう人の頭の中を想像してみて欲しい[48]。」

（47）　K.M. Elizabeth Murray, *Caught in the Web of Words: James A. H. Murray and the Oxford English Dictionary* (Oxford: Oxford University Press, 1979), p.233. Derwent Coleridge, "Observations on the Plan of the Society's Proposed New Dictionary," *Transactions of the Philological Society* (1860-61): 156. を参照。「辞書の、とりわけ単一言語使用の辞書の義務は、はっきりと取り締まりの性格を持つべきだ。つまり形は叙述的でも、効果の面ではそういう性格を持つべきである。辞書は偽物と本物を分離するフランスアカデミーの辞書の様に静かに排除の手段を使う場合もあるし、あるいはまた注意深いマークを添えるやり方でもいい。フランス語や英語のように古く高度に洗練された言語では、辞書は一途に保守的なものだし、またそうあるべきだ。」

(48) T.L. Kington-Oliphant, *The New English*, 2 vols. (London: Macmillan, 1886), 2: 220.

こうしてAからBまで網羅した第一巻が一八八八年ようやく刊行されたとき、人々の気持ちとしては誇らしさと同時に失望もあった。この第一巻は、一方では先進的なヴィクトリア朝文明の目に見える証左であると同時に、他方では、具体的な言葉の詳細で人々の心を圧倒しつつも、そこには文化的衰退の暗い可能性も暗示されていたからである。ヘンリー・リーヴは認めている、「すべてがそこにあるのはわかる、しかし人間の能力はこのような膨大なコレクションの詳細を受け入れ理解するには不十分と感じてしまう」(リーヴ、「文学」、三五〇頁)。トレンチの助言もマレーの実践もどうやら言葉の受け入れ範囲の混乱を生み出してしまったようだ。リーヴも例えて見せた一八五一年の水晶宮の博覧会のように、新しい辞書は息苦しいまで何でも受け入れたがそれでも完全ではなかった。そんな中で、我々も既に注目したリーヴの帝国のメタファーの呪文が出てくる。つまりローマの膨張、自己背信と崩壊のメタファーである。『オックスフォード辞典』が英語の説明において文学的価値への配慮を退けたとき、それによって文化の中心的な権威を破壊し、ヴィクトリア朝の今まで防御の壁として機能していた文学の礼節をあらゆる面からの攻撃に晒すことになった。「堕落し衰退した言語は、堕落し衰退した文明の確実なサインだ。その扉を開けて野蛮が侵入し、偉大な民族の伝統を圧し潰す」(リーヴ、『文学』、三四八〜四九頁)。

筆頭編者のマレーは異なる見解を持ち出して、『オックスフォード辞典』の科学的辞書編纂法を擁護した。英語は、中心は持つが周辺の無い言語と理解すればわかりやすい。それ自体は「大いに進歩し文明化した言語」であり、まさにそれは際限なく「特殊な、すなわち科学的、専門的、スラング的、方言的な語がひしめき合い、境界の消えつつある言語であって、そのうちのあるものは確かにイギリス人にとっても英語であるが、他の人にとっては想像すら出来ない類のものだ」[49]。しかし、リーヴやマーズデンやその他も認めたように、文学が言語にとっての真の中心的権威として認められないなら、アフリカであれインドであれアメリカであれロンドンのイースト・エンドであれ、周辺からの声が中心を再定義し、やがてそれに取って代るであろう。

もっと大事なのは、ここ、つまりわが民族の地、揺籃の地では、公立学校や大学の監督的な認可が働いていて、自由な仕事や公職に、さらには国の文学活動の中心に係わっている教育の高い階級の人々もいるわけで、われわれとしても可能な限り世界中に出回る言葉についてはその正しい意味と価値の決定に努め、またこうも無数の人々の中に見られる考え、感情、認識の多方面にわたる抑揚と変化を表現するように努力すべきだ、ということである。言語の広がりが大きくなればなるほど、その周囲にその文学的権威の輝きを投げかけ、それを卑俗化させ貶めようとする新しい動きから出来るだけそれを護ることが重要になってくる。(マーズデン、『トレンチ博士』、三七六－七七頁)

このようなヴィクトリア朝の人々に対して、中心はあるが周辺が消えてゆくというこのマレーのイメージは、さしずめ防御壁の無い帝国都市を想わせた。この見方でゆくと、新しい言語科学に支えられた『オックスフォード辞典』が文学の権威を追放し、ギリシャ語と異邦人の言葉の間にあるような一切の違いを消し去ろうとした時、その辞書が示した世界とは、後見人に見捨てられた言語が途切れなく拡大し、周りと同化しながらついには蛮族の語が城壁の内側に侵入して定着し、言語自体が文化的荒廃の見せ場になってしまうことだった。

(49) J.A.H.Murray, "Ninth Annual Address of the President: 21 May 1880," *Transactions of the Philological Society* (1880-82): 131, 132.

最終的には、『オックスフォード辞典』の編纂者たちのこの大胆かつ気の滅入るような仕事とある種連動するように、これら伝道師たちの奮闘には、英語とその文明化された価値を帝国の隅々にまで運ぶという大義がついてまわった。『オックスフォード辞典』は英語を高度な文明の共通語として永遠に留めたいという願いに背いてしまった以上、世界の果ての地域をキリスト教化し、イギリス化しようとする試みも、結局は英語が一緒に輸出しようとしていた共通語の凋落という姿をそこに留めることになる。マシュー・ハリソンに言わせれば、植民地化は「一言語の語彙を増やすばかりでなく、それを堕落させる傾向があり」、その証左として英領およびオランダ領ギニアの黒人たちに対してモラヴィアの伝道師たちの行ったことを挙げている。モラヴィアの伝道師達は欽定英訳聖書の英語を「おしゃべりコトバ」(talkee-talkee) に、すなわち現地のピジン英語に翻訳するのが得策と考えた(50)。しかしおしゃべりコトバでは、栄光の時代の英訳聖書はすっかり様変わりし、

「毒蛇の発生」を抱え、例えば、(「スネイキイ・ファミリー [snaky-family]」) が「スネッキー・ファミリー (snekki-family)」になり、カナ (Cana) の結婚式の記述は最後こんな風になる。

But when grandfootboy taste that water, this been turn wine, could he no know from where that wine come-out-of (but them foot boy this been take that water well know): he call the bridegroom. He talk to him, every one man use of give first the more sweet wine; and when them drink enough end, after back the less sweety wine: but you been cover that more good wine.[51]

(しかし料理頭の少年がその水を口にしたら、それは葡萄酒で、それがどこから来たのかわからない。しかし水をくんだ少年たちはわかったので、彼は新郎を呼ぶ。彼は新郎に言う、誰もが最初にずっと甘い葡萄酒を出す。そして後になってからそれほど甘くないのを出す。しかしあなたはより甘い方の葡萄酒を隠していた。)

こうして地球上をシェイクスピアやミルトンの言葉で覆いつくそうとした運動も最後はおしゃべりコトバに終わる。

(50) Harrison, *Rise of English*, p.119. モラヴィア翻訳は一八二九年の英国並びに対外聖書協会によって発行されるずっと前から長らく使用されていたが、ヴィクトリア朝の言語関係の論文では広く引用されている。ハリソンのピジン英語への嫌悪はG・B・ショーの全面的な肯定と対照してよい。「もしアメリカのある黒人奴隷達が敬虔で厳格な女性農園主によって圧迫を受けたら、彼らの強い不満は、仮に文法に沿った英語で表明される場合、『もし説教されるなら、鞭打ちはいやだ。鞭打ちされるなら説教はいやだ（If we are to be preached at let us not be flogged also: If we are to be flogged let us not be preached at also）』という風になっていよう。これは正確で優美だがひどく弱々しい。一一語でもっとうまく言えるところを二六語費やしている。黒人たちはこんな風に言ってそのことを証明している。『もし説教なら説教、鞭打ちなら鞭打ち、説教で鞭打ちはいやだ（If preachee preachee: if floggee floggee; but no preachee floggee too）。』彼らは必要のない一五文字を省いて、言うべきことをはるかに表現豊かに言っている」、"Excerpts from the Preface by Bernard Shaw to the Miraculous Birth of Language," in *Shaw on Language*, ed. Abraham Tauber (New York: Philosophical Library, 1963), pp.117-18. ヘンリー・スウィートはショーに、英語は同起源のラテン語やギリシャ語よりも屈折変化の無い中国語（やピジン）のような単音節言語の方によく似ていると教えた。

(51) Quoted in [Robert Southey], "The New Testament in the Negro Tongue," *Quarterly Review* 43 (October 1830): 558. この「ごた混ぜコトバ」（mingle-mangle speech）は、宗教と知識を分断してより完全に奴隷を従わせようとするプロテスタントの経営者達の欲望の結果であるとサウジーは断言した。もし英語やオランダ語でなく、おしゃべりコトバが日常生活の常設言語となってしまったら、「それは結局善よりも悪をもたらす。というのも混成コトバのこの堕落した様を正せるものは何もないからだ。野卑で下品な精神を持った無知な人間によって最も低い知性に合うようにそれは組み立てられている」（五六四頁）と彼は警告している。

生きた言語としての英語が溶解し始め、高度な文明の権化としての文学的伝統が崩れてゆく中に、ヴィクトリア朝のエリート知識階級はいかにせん凋落の姿を見ないわけにはいかなかった。その縁起の悪い衰退を予兆するのは昔のローマだった。そしてヴィクトリア朝の思想形成に強く参加したリベラル・アングリカン的歴史解釈の言葉を使うなら、ローマは内側から、内部の精神性の崩壊によって倒れたのである。言うなればローマは自らを裏切った。ローマの歴史をあらゆる国家的歴史の範例として据えながら、リベラル・アングリカンはヴィクトリア朝の人々にその例を新たな終末論的意味を込めて掲げたのである。[52] 歴史的衰退の原因を外部からの野蛮人による攻撃に求めるのではなく、ローマの守護者達による内なる失敗と裏切りに帰せる方向にシフトすることで、ヴィクトリア朝の人々に対し、護るにせよ裏切るにせよ、自分たちの文明に対して、とりわけ一人一人が責任あることを明確に印象付けた。過去だけでなく現在の文明の、その本質的な啓示として文学に飛び付くことで、彼らははっきりこう確信させた、即ち「ギリシャやローマの最後の時代の病んだ文学[53]」がヴィクトリア朝の人々の間にどんなこだまを響かせようとも、それは最後の審判のラッパとして鳴り渡るだろう、と。

（52）このテーマをより丁寧に扱ったものとしては Linda Dowling, "Roman Decadence and Victorian Historiography," *Victorian Studies* 28 (1985): 579-607 を参照。

(53) A.H. Stanley, *Whether States, Like Individuals, After a Certain Period of Maturity, Inevitably Tend to Decay* (Oxford: J. Vincent, 1840), p.46.

第三章　運命の書

どんな一冊の究極の書も、どんな規範の体系も、
どんな支配的な魂も、どんな決定的な道もない。
——J・C・クレアにおける引用
『真実の推測』

文学のデカダンス、つまりオスカー・ワイルド、オーブリー・ビアズレー、『サヴォイ・オペラ』の時代の直接的背景として、文化的衰退というより言語面で士気低下を招くようなボップやグリム等の新しい比較文献学がドイツからやって来て、それがヴィクトリア朝文明の高い理想を静かに根底から突き崩していったという点に最初触れた。文化面での理想と不安が言語に同様に置換される事を考えると、なぜヴィクトリア朝デカダンスの背景に罪や感覚や禁断の経験というどぎつい流れではなく、ウォルター・ペイターの散文にあるような、静かな混乱と執拗な転覆的要素からなる一連の文体効果を我々が見てしまうのかも説明がつく。というのも、ペイターの書いたものは、それ自体もそうだし、また実際上文学デカダンスに収斂するような要素を発動させる狙いもあったのだが、一番納得し易い理解としては、それが仮につかの間の弱々しいものであったにせよ、科学的文献学や言語相対主義の攻撃から文学や文学文化の理想を護ろうとする試みだったということである。

ペイターの企ての直接的背景にはイギリスの大学で新しい文献学が最終的に勝利した点がある。つまりそれは多くのヴィクトリア朝人にとって文明の理想がついに転覆したとも受け止められるよ

うな事件であり、しかも組織的レヴェルでの勝利である。例えば我々がJ・A・H・マレーがアッシュモリアン自然史博物館で語る講演の口調から受け止めるのは、まさにそんな新文献学のこれ見よがしな強気である。「私は文人ではありません。小説を書くわけではないし、エッセイや詩、はたまた歴史を書くわけでもない。アーサー王とその騎士の話に興味があるわけでもない。私は一人の科学者であって、コトバの歴史を扱う人間学の一分野に関心があるだけです。[1]」

（1） K.M. Elizabeth Murray, *Caught in the Web of Words: James A.H. Murray and the Oxford English Dictionary* (Oxford: Oxford University Press, 1979), pp. 292-93.

従ってこの大いなる不安とは、決して根拠のないことではないが、要するに科学的文献学が文学と切り離されるなら、ヴィクトリア朝人たちが文学と一体であると信じていた道徳的、精神的な価値からもそれは切り離されてしまう、ということだった。確かに、一時的にせよ、ヴィクトリア朝人のうちには文学そのものが、この新しい衣を纏って登場した相対主義に対して、ともかくも共通の文化の源としてある種の解毒剤を提供してくれることを願う者もいた。これは立派な役割だった。D・J・パーマーも述べているように、一七世紀以来英文学は心貧しき人間の為の一種権威ある模範となってきた。[2]そして一九世紀になると英文学は、産業民主主義の拡散がもたらしそうな感染性の熱病への解熱剤として、新たに読み書きを身につけた階層に広く処方された。結果として、そのような文学が既存の学校や新設される大学でも教えられることになる。しかし問題は、そのような教育機関での試験制度が英文学の研究をたちまち詰め込み式の、自主性を欠いたつまらないものに変えてしまったことである。もしヴィクトリア朝人を、とりわけ明瞭な物言いの出来ない階層の人々を向上させようとするなら、まず彼らを事実へのグラドグラインディアン(Gradgrindian)的な隷属から解放せねばならないのは明白であり、一八八〇年代のジョン・チャートン・コリンズのような改革者に言わせれば、それは英文学がリベラル・アーツとして教えられてこそだった。

> ［人々には］美的教養が必要である。つまり、芸術や文学における真に美しく素晴らしいものに触れることで、人生は溌剌とするだけでなく磨かれ高められる。彼らには倫理的な教養、しかも神学や慣習的な紋切り型のそれよりももっと広い意味での教養が必要である。彼らには国家との関係や、市民の義務との関係において政治的教養と指導が必要である。また伝説や歴史上の英雄的、愛国的な例を生き生きと魅力的に描いたものを通じて彼らの感情に訴えることも必要である。ギリシャ人の場合、この種の教育は最高の文学、最高の詩を学ぶことで容易にかつ喜びをもって行われた。そしてこの種の教育となれば最良の文学、最良の詩がなおその手段たりうるかもしれない。[3]

（2）D.J. Palmer, *The Rise of English Studies: An Accountant of the Study of English Language and Literature from Its Origins to the Making of the Oxford English School* (London: Oxford University Press, 1965), p.78.

（3）John Churton Collins, *The Study of English Literature* (London and New York: Macmillan,

1891), p.148.

このような発言にはいとも明瞭に、マシュー・アーノルドから少なくともF・R・リーヴィス(Leavis)まで続く英文学批評のあの倫理的伝統の大テーマを垣間見ることも出来よう。その伝統は今も生きている。とりわけヴィクトリア朝的だったのは、確立途上にあったときでさえ、そんな倫理批評の企てが新しい文献学の前に既に屈服し侵食されているのではという不安だった。もし文献学的方法が文学研究の知的厳格さや真摯さを請け合うよう求められたなら、文献学者たちは、きっと自分たちの手法や考え方を新しい領域へと拡げ、彼らが触れるあらゆるものを干からびさせ、傲慢で専制的なご意見番になってしまうのではないか。このような疑心暗鬼はすでにヘンリー・クレイク(Craik)の忠告のうちに見て取れる。彼が言うには、英文研究での文献学の熱烈な支持者たちは「普通の人には不毛で退屈にしか見えない古語の残骸の中から、すぐれた精神と力の驚くべき結果であると自分等が信じられそうなものを導き出してくる……意味不明のものがこうも積極的価値として扱われるべきなのか。こつこつと労を惜しまず解明にいそしむ仲間を集めるので十分の筈ではないのか[4]」。

（4） [Henry Craik] "The Study of English Literature," *Quarterly Review* 156 (July 1883):191.

イギリス批評の新しい伝統が現れそうに見えた時さえ、—つまりヴィクトリア朝文明の崩壊ないし衰退に抗して働くような新しい英文研究の企てが見え始めた時さえ、果たしてこの対抗的な動向すら新しい文献学の破壊的影響から免れられるものか、単なるアレクサンドリア主義へのプロセスから逃れられるのか、はっきりしなかった。そしてアレクサンドリア主義自体もちろん文化的衰亡を意味した。というのもヴィクトリア朝の人々がマックス・ミューラーの講義で既に知らされていたように、文学や言語の研究はギリシャの衰退と並行して起った。プトレマイオス時代のアレクサンドリアの文法学者は、ギリシャが政治的、文化的にも覇権を失うに伴って生まれてきた様々な話し言葉や書き言葉を目にするに及んで初めて、詳細な言語の研究に取りかかったのである。アレクサンドリアの文化的下降がともかくもアレクサンドリアの言語研究から始まったとする殆ど迷信的恐怖は、ちょうどG・P・マーシュが英語についての講義を始めるに当たって触れた不安とも重なってくる。

国の歴史や言語はその衰退が到来してはじめて研究対象となる、というのは陳腐なほど言い古された言葉である。学者が、何に取り組むにせよ時にほとんど迷信的なぐらい嫌悪感を示してきたのは、そうすることでそんな兆候を推進する側に手を貸してしまい、その破局をいっそう早めてしまうのでは、という点である。実際、もしわれわれが周りの声に耳を傾ければ、われわれの言葉の衰退は既に始まっているどころか、既にもう止めようもないところまで来ている、と納得してしまいそうだ。(5)

そのような恐怖は実に生々しく、マーシュは何としてもそれを追い払おうとする。

従ってわれわれとしては、古代の意気軒高なヘレニズム文学の創造的精神が、文法の細かな点に関与せずに、ギリシャ語の統語論的、正統叙事詩的理論の展開を後の退廃したアレクサンドリアに委ねたからといって、それを受けてただちに商業都市ロンドンや産業都市マンチェスターでの自国の文献学研究がイギリス精神の叙事詩的、劇的栄光を過去数世紀にわたり体現してきた大言語の衰退を示すもの、と結論してはならない。(マーシュ、『講義』四頁)

(5) G.P. Marsh, *Lectures on the English Language*, First series (New York: Charles Scribner; London: Sampson, Low, 1865), p.3

マーシュが繰り返し述べることで浮かび上がる文化的下降と衰退の不安は本当に不気味なもので、結局彼としても自分の見解に付きまとうその終末論的兆候に向き合わざるをえない。「しかし英語のコトバの歴史と真の言語的特質に向けられた関心はもともと外部要因によるが、ただ認めるべきは今このイギリスでも、国の将来の姿への不安によってこの関心が一段と強まっている点だ。つまりこれまで受け継がれてきた自信とプライドが時々顔をのぞかせることはあっても、この不安はイギリス国民の間で広く顕在化した気持ちなのである」(マーシュ、『講義』、六―七頁)。マーシュのこの仄めかしはマシュー・アーノルドが一八六五年に妹へ送った手紙の中で吐露した確信と一致する。彼曰く、「イギリスはあらゆる意味で喪失に向かい、オランダを大きくした様な姿へ衰退してゆくという切迫した危機感のうちにある。いわば理念とも言うべきものが欠落している為、世界がどのように動いていてまた動いてゆくべきか、またそれに沿って自分がどう準備すべきかについての認識がないのである。この強い想いが私を捉えて離さない、そして時に気が滅入るほど私を圧倒する。このまま生きてその変わり様を見たくない程だ。われわれ皆がそのような中で劣化してゆくわけだから。(6)」

(6)　*Letters of Matthew Arnold*, ed. George W.E. Russell, 2 vols.(New York and London: Macmillan, 1895), I:360.

アーノルドのこの暗い憂鬱のなかには、多分文学文化の自信喪失の過程が持つ決定的な意味を見ることができる。そこでは新しい科学的文献学の妥協のない前進が大きな役割を演じていた。文学言語が国にとっての外に向けられた権威あるコトバであることを止め、イギリス的価値を体現する偉大な文学的伝統も覆され、はたまた英文研究の新しい学派も無味乾燥な文献学的方法に汚染されるにいたって、文明の守護者たちはこの文化的衰退を止めるべく、一体どんな希望を持って良いやら分からなかった。それに、新しい文献学がオックスフォードとケンブリッジという、かつてコールリッジが国の知的エリート層を導く上で文化的刷新の強固な礎と見なしていた所に足場を固めてしまったのでは、この時代の目立たない少数派の作家達は抵抗のしようもなかった。まさにこのような暗い背景を背負って、オックスフォード大学ブレイズノウズ・カレッジのウォルター・ペイターはヴィクトリア朝作家として筆を執ることになる。

＊

ヴィクトリア朝のポスト文献学的な時期の最初の主要作家の一人として、ペイターは甘受を通じて勝利に至る戦略を試みた。即ち、科学的文献学の基本的主張は認めつつ、文学文化のどんな首尾一貫性にとっても最も破壊的となる部分を無効化させるような新たな書き方を確立しようとした。ペイターの最初の戦略は社会的もしくは文化的な形式を取った。ちょうど『ルネサンス史研究』の「結語」に具体化されたような個のエクスタシーの倫理がそれである。それは「魂をある高みにおいて一瞬自由にすると思われる……至高の情熱を捉える」ことを命ずるもので、[7] その具体例はペイターの手になるレオナルドのエッセイ（一八六九年）の〈紫の縫い付け〉(purpureus pannus) 部分がそれであり、そこでは不完全な動詞が過去を現在へと呼び込んでいる（「吸血鬼のように、彼女は何度も死んでは生き返り、墓の秘密を学んだ。そして深い海に潜り、その落日をまわりに湛えている」）。[8]

（7） Walter Pater, "Conclusion" to *The Renaissance: Studies in Art and Poetry*, ed. Donald L.Hill (Berkeley and London: University of California Press, 1980), p.189 and p.274. 私はここで1873年版の「結語」を引用している。

（8） Walter Pater, "Leonard da Vinci," in *The Renaissance*, p.99.

恐らく、『ルネサンス』の「結語」が魂を失った快楽主義のように見えてヴィクトリア朝の読者を憤慨させ、彼らの間に強烈な反発を引き起こした経緯もあり、また単なる個のエクスタシーの倫理では次第に複雑化する知的展望に成熟した表現を与えることは難しいと考えた為もあってか、ペイターはその後自分の立場を公然と表明することは止め、代わりに書き方でそれを具体化しようとする。『ルネサンス』のペイターは『享楽主義者マリウス』までには、物語の中の登場人物へと変貌を遂げ、若い審美主義者フレイヴィアン(Flavian)となる。この若者の支配的な情熱とは、「押し寄せては自分の脇をたちまち過ぎてゆく感覚のイメージの流れから何かほんの一滴を捉えようという確固たる決意[9]」である。こうしてペイターは今の自己と若い時のそれとの間に語りと歴史の距離を挿入する。

（9） Walter Pater, *Marius the Epicurean: His Sensations and Ideas*, 2 vols.(London: Macmillan, 1914), I:117.

この挿入によって確立した空間の中で、ペイターは自身の後期の文体に向けての計画を問い続ける。文語英語はまさに死せる言語、あるいは活力を失った言語だとする新しい文献学からの厳しい声も受け入れつつ、まさにその病的状況を踏まえて新しい様式の書き方を確立しようとしながら、ある意味文献学者もしくは学者たる作家としての新しいヴィジョンの中で、文献学と文学との対立を解消しようとした。そしてひいてはそのような新しい姿の書き手や読み手の内に、あのコールリッジが思い描いた国家の包括的な知的エリートの重要な名残をつかの間とはいえ見ることになる。これが始まるのはペイターが審美主義者フレイヴィアンを描くとき、個のエクスタシーの直接性が直線的な時間のうちに展開する歴史の距離感を通して理解される時だ。距離を置いた、豊かさに満ちた時間は、例えば、マリウスにも訪れるが、それは今や過去に「訪れる」のである。というのもマリウスの追憶的な気質は、フレイヴィアンの死によって強まった面もあるが、それによって自身の経験を振り返り、―今ちょうどそれを経験している時すら、―まるで何年もの時間の隔たりがあるかのようである。「自分から距離を置き、しかし実にリアルに、そこにはある種の自身の生の空間が、微妙な眺めとなって、好ましい光を浴びてある」（ペイター、『マリウス』、第一巻一五四頁）。しかしそのように離れた、それゆえに反省的な強烈さを伴う瞬間は、マリウスにとって常に過去に存在することになる。

　ある意味直線性とはペイターには朽ちた認識様式である。楽園後の感性に課せられたある種カント的な範疇である。それは無垢もしくはエピファニックなワーズワースの子供のヴィジョンであり、つまりちょうど自伝的省察「家の中の子供」（一八七八年）で描かれた（「乾いた木の真ん中から柔らかい深紅の羽毛のような」）真っ赤なサンザシの花を見た時のヴィジョンだが、[10] それがいったん消えた時に人はどう見なければならないかということなのだ。同じく歴史家ももはや「直に」見ることはできない。自分と自分が探している過去の時間の間に入ってゆくのは介入の連続であり、瞬間を、年月を、時代を朦朧とさせてゆく作業である。すでに一八六八年という早い段階でペイターは理解していたように、「総ての時代の複合体験がわれわれ各々の一部である。あたかも中世、ルネサンス、一八世紀が存在しなかったかのように、その経験から差し引くことも、そのどれかを消し去ることも、また過去の時代の人々と直接まみえることも、その昔同様今も不可能であり、それは小さな子供に返るか、もしくは胎内に戻ってまた生まれ直すようなものだ」[11]。そのような瞬間は、個人の歴史的語りの直線的で累積的な性格を強調する。ウィリアム・バックラーも述べているように、『マリウス』でのペイターの主題はいつも「歴史を乗り越えようとする、ある方向性を持った動きであり意識であり、そんな中での人間の理解の姿なのである」[12]。ペイターの歴史の体系が起点や目的論的結末を欠いているとしても、連続性と方向性は維持されている。そしてこの直線性が、意識を単なる流動性から救っている[13]。

(10) Walter Pater, "A Child in the House," in *Miscellaneous Studies* (New York: Macmillan, 1907), p.158.

(11) [Walter Pater], "Poems by William Morris," *Westminster Review* 90 (October 1868): 307.

(12) William Buckler, "*Déja vu* Inverted: The Imminent Future in Walter Pater's *Marius the Epicurean*," *Victorian Newsletter*, No.55 (Spring 1979): 1.

(13) Peter Allan Dale, *The Victorian Critic and the Idea of History: Carlyle, Arnold, Pater* (Cambridge, Mass.: Harvard Univ. Press, 1977), pp. 171-205 を見よ。「批評家としても創作者としてもペイターは、固い宝石のような炎で燃えるよりむしろ思惟的な文化や人類の全体的意識の歴史的展開を追うことに関心を寄せている、という点は現代の作家が通常理解している以上に強く認識されるべきだ」（一八八頁）。

しかし流動性から免れるためには書かねばならない。そしてよく書く為にまず人が知るべきことは、「自己の印象の真の性質であり……自己を正しく理解することが真の文体の第一の条件」（ペイター、『マリウス』、第一巻一五五頁）である。『享楽主義者マリウス』はもちろん自己認識の追求の物語である。よく書くことの二つ目の必要条件は自分の表現媒体を知ることだが、その認識の探求は『マリウス』と一八八九年の優れた評論「文体」の両方で述べられている。まさにこの点で我々の目はあくまでペイター作品中の文学と視覚芸術との間の一貫したアナロジーに引き寄せられる。例えばペイターが、彫刻家と散文作家（「堅固な形式を扱う彫刻家、もしくは通常の言語を扱う散文作家のように」）を並列させ、あるいはまた「総ての芸術は余分なものを除くことにある。見えない塵の最後の粒を吹き飛ばす宝石細工師の最終段階の仕上げから、あのミケランジェロの夢によれば、どこか荒削りの石の中に作品の完成した姿を最初に予知することまで含め」、と述べる時がそれだ。[14]

(14)　Walter Pater, "Style," in *Appreciations, with an Essay on Style* (London: Macmillan, 1920), pp.5-6, 19-20.

このようなアナロジーは多くの解説者にペイターの考え方は本質的に「空間的」もしくは「共時的」な文学観であって、また彼の文学芸術は、ジェラルド・モンズマンの言葉を借りれば、「統語論的に見て、絵画風の綴れ織りのような雰囲気を意固地なぐらい目指す。静的で、絵画的で非直線的である」ことを示す(15)。実際、ジェローム・バンプは「われわれがペイターから継承している空間的パラダイムがいかに浸透しているかをいくら強調してもし過ぎない(16)」と指摘する。しかしバンプは更に進んでもっと重要な点を言う。つまりこの視覚的パラダイムをペイターから継承した現代の批評家たちは、今やそれをペイター自身のテキストに読み戻し、実際、過剰なほどにそれをやってしまい、その結果『マリウス』のような作品に見るべき別の、すなわち言語と読みの聴覚的モデルを蔑ろにしてしまっている、と。

(15) Gerald Monsman, *Walter Pater's Art of Autobiography* (New Haven and London: Yale University Press, 1980), p.37.
(16) Jerome Bump, "Seeing and Hearing in *Marius the Epicurean*," *Nineteenth Century Fiction* 37 (1982): 275.

そのような視覚芸術のアナロジーを文学に適用することがとくにペイターの時代の傾向として強かったのは間違いない。しかしこれらのアナロジーの由来はペイターにとってのその重要性をはっきりさせてくれる。というのもそのような視覚芸術のアナロジーは事実上、審美主義者たちがドイツの審美主義的理想主義から受け継いだ大きな遺産に属するからだ。これらのアナロジーは理想主義的審美主義者たち—とりわけカントやフリードリッヒ・シラーの審美思想—の美における形式の重要性についての強調を字義通りに表している。美的対象の形式に対するカントの強調は、長く複雑な伝達過程を経て、今や芸術的対象の物質的形式もしくは媒体と同じものにされている。カントにあって漠然と知的もしくは認知的行為であったものが、一九世紀半ばの審美主義的作家達においては物理的実在もしくは素材となってしまった。

このような直訳的置き換えは必然的に、視覚芸術のアナロジーをそれと理解せずに受け継いだ人々に様々な困難をもたらした。例えば、ラファエル前派第二世代詩人アーサー・オショーネスィ(O'Shaughnessy)が「大理石の思想」と名付けた詩人グループを弁護する中にそれは明白である。「私は彫刻芸術に課せられた境界内に忠実に留まってきた。彫刻芸術とは、私としては倫理性も非倫理性もこれまでそこに感知出来ないできたものだ。それらは本質的に大理石の中の思想、形式の中の詩なのだ。純白のパリアン磁器にないような感覚をそれらに求めることは許されない」[17]。そのように大理石と言語のアナロジーを露骨に主張しながら、無意識にそれへの異議申し立てをオショーネスィはしている。そうでなければこの異議申し立ても葬られていたかもしれない。彼の字義通りに傾斜した主張は、真に意味を持たない大理石といつもあらかじめ意味を刻んだ状態で芸術家の手に渡る言語との間にいかに類似性が乏しいかを示している。実際、それが言語でない場合だけ「意味を持たない」のだから。

(17)　Arthur O'Shaughnessy, "Thoughts of a Worker," *Songs of a Worker* (London: Chatto and Windus, 1881), p. viii.

カントやシラーを研究したとおぼしきペイターは、それらアナロジーの想像的かつ例証的な性格にはずっと気づいている。まさにそこが彼の視覚芸術へのアピールが字義通りにならず、オショーネスィのように人を欺くような同時性と空間性の利用に傾斜しない理由でもある。ペイターは審美主義者たちの形式崇拝を自己鍛錬と真の熟練の要請として理解する。言葉は絵具や大理石の状態を目指すべきというのでなく、彫刻家が大理石や絵具を扱うように尊敬と専門的知識をもって扱うべきである、とペイターはゴーチェやロセッティから既に学び、理解していた。これはラスキンやラファエル前派的な職人技の考え方であり、J・H・ニューマンも推奨したものだ。「絵画や彫刻や建築に当てはまることがなぜ文章制作にあてはまらないのか？　言葉を塑像製作者の粘土と同じように作成してどこが悪かろう。言葉が色彩と同じように造り上げられてなぜ悪かろう？」[18]この職人技の理想の裡には、表現媒体の表現性の特性と限界が十分理解され習得される時だけ、その媒体は緻密に細工、加工しうるという暗黙の想定がある。となると今度はその媒体の限界が主題を決定することになる。ペイターの「文体論」に強い影響を及ぼしたとディヴィッド・デローラ（**David Delaura**）が示して見せたエッセイ「文学」でニューマンは述べている、「芸術品それぞれは、それぞれに相応しい主題を持っている。それゆえ、ある芸術だからこそ出来るものも、別の芸術では出来ない。彫刻でできないことが絵画では可能となる。フレスコ画でできないことが油絵では可能になる。象牙で出来ないことが大理石では出来る。蝋で出来ることがブロンズでは出来ない。」（ニューマン、「文学」、二五一頁）。

（18）　J.H. Newman, "Literature: A Lecture in the School of Philosophy and Letters," in *The Idea of a University*, ed. Charles Frederick Harold (New York and London: Longmans, Green, 1947), p.247. 言葉を「具体的で抵抗力のある素材」として扱う審美主義者たちの傾向については、Aatos Ojala, *Aestheticism and Oscar Wilde*, 2vols. (Helsinki: Suomalaisen Tiedeakatemian Toimitukusia, 1955), 2:14-15.

まさに言葉という媒体の性質がもつ、この独特で制限された抵抗感こそがペイターが「文体」で強調しているものだ。そこで例えばペイターは、注意深い散文作家なら「それが係わる媒体や素材から立ち上る文学芸術の諸条件、言葉の本質的特性やその偶然的な装飾性への適性、また学識とは科学性と趣味の良さのことであると定義するような諸々の事柄」（ペイター、「文体」、二一頁）について分かると言う。ラスキンとラファエル前派は、もし彫刻家が学識豊かなら、大理石の性質が彫刻家の夢を決定する、とも教えている。ペイターは先輩のニューマンのように、文学芸術家の置かれている状態も全く同じと見ていた。つまり「内なる想いを外に曝け出すことを唯一可能にしてくれる言語媒体について、その媒体の純粋性や、その屈折作用の法則や特徴に、多くの自然な躊躇いが存在し、そこから文体の上で注意すべきあらゆることが生まれる」（ペイター、「文体」、三五－三六頁）と。

言葉を芸術的媒体として見るペイターの捉え方の全体像を把握するには、時代の文献学の革命への彼の精通の度合い、また文献学がその解明を目標として手掛けてきた複雑な言葉の現実への習熟度を知らねばならない。ここではとりわけオックスフォードの同僚マックス・ミューラーの影響に気づかされる。彼の『言語科学講義』の初版と第二版をペイターはそれぞれ一八六七年と一八七四年に読んでいる。[19] 言葉の本質的性格を解説しようとすればある程度「科学」が必要になるとペイターが「文体」で言うとき、その背景にはミューラーの言語の科学がある。つまり言語媒体は複雑だと彼が繰り返し強調し、ちょうど彼が「媒体の純粋性、その屈折作用の法則や特徴」について語るとき、言語イコール大理石という隠れた比喩を使い、はたまた「言語は無数の多様な精神、あるいは競い合う民族の所産として生まれるもので、曖昧で細かな連想が詰まっていて、それ自体は豊かだが、しばしば難解な法則を持ち合わせている。そしていつも概観的にその姿を再認識することこそ学問である」（ペイター、「文体」、一二頁）、と言う。その言語法則の強調にも（ミューラーは「グリムの法則」という言葉をグリムの子音推移を説明する手立てとして広めた）、また言葉及び個々の語のとてつもなく長くて文化的にも豊かな歴史を強調する点にも（「そして幾世代が次々に言語とともに過ぎ去ってゆく……だがそこに古い語がしっかり残る、人間の最も古い記念碑として」）、すべてにミューラーの声が聞こえる。

(19) Stephen Connor, "Myth as Multiplicity in Walter Pater's *Greek Studies* and 'Denys l'Auxerrois,'" *Review of English Studies* n.s.34(1983) 39. に引用あり。コナーは Billie Andrew Inman の調査に依拠している。彼女の *Walter Pater's Reading: A Bibliography of His Literary Borrowings*

and Literary References, 1858-1873 (New York: Garland, 1981), pp.159-60. を参照。ミューラーのペイターへの影響はもっと間接的だったかもしれない。ペイターは師のベンジャミン・ジョウェット (Benjamin Jowett) のいくつか未出版のままだったプラトン講義に感銘を受け、「あれを聴いて以来、かねがねジョウェットの講義の一部を成す、ある種〔新クラチュロス〕ともいうべき言語についての優美な対話篇を読みたいと願ってきた。」A.C. Benson, *Walter Pater* (London: Macmillan, 1906), p.56. ペイターはジョウェットの講義から書き写したり書き留めたりしたことをほのめかしている。「その内容はたちまち大学中の他の連中のノートに渡ってしまった。」ジョウェットはクラチュロス風の対話篇の為にミューラーの協力を求めたかもしれない。Evelyn Abbott and Lewis Campbell, *The Life and Letters of Benjamin Jowett, M.A.*, 2 vols. (London: John Murray, 1897), I: 250. を参照。

同様にラテン語の衰退と地方語 (vernacular language) の勃興を描写するミューラーの鮮やかな表現は、『享楽主義者マリウス』での言語についてのペイターの表現の背景にある。既に見たように、ミューラーは画期的な比喩を用いて幾つもの野卑な口語方言 (spoken dialects) が高尚な文学言語の「水晶のような表面」の下からあらわれ、ついには「春の川のように、過ぎ去った時代が形成した複雑に込み入った表現を洗い流す」さまを記述してみせた。書記方言と口語方言 (written and spoken dialects) の間の明確な政治的対立を描いたミューラーの言葉は、ペイターがフレイヴィアンの文学上の計画を、「一面大衆的で革命的であり、言ってみればコトバの無産階級の権利を主張するもの」(ペイター、『マリウス』、第一巻九五頁) と描く際に参考にしたものである。同じく、文語的ラテン語の増大する「人為性」と日常コトバが生き生きと表現性を高めてゆく様についてのペイターの描写は、また書記形態を指すのに「方言」(dialect)という言葉を使うペイターの習慣さえ、ミューラーの『講義』のテーマを映している。「常に、そして益々人為的になる文学言語の形式と規則から、大衆のコトバは徐々に離れつつあった。学術的な方言が年々残酷なまでに杓子定規になってゆく一方で、日常表現は、偶然生まれた宝石のように生気ある絵画的な表現を無数に提供した。それらは古典ラテン語的な基準に照らせば排除されるか、あるいは少なくとも採用されないものではあったが」(ペイター、『マリウス』、第一巻九四–九五頁)。

またペイターは、言語の起源は深い過去の奈落の裡にあるというミューラーの警告を尊守している。ミューラーは言語の起源についてあれこれ考えたが、屈辱的なことに、彼がこの件で何ら意味あることを言えなかったことは、ペイターがこの問への見解で見せた変化を説明してくれるかもしれない。というのも、ペイターはワーズワース論(一八七四年)で、言葉は強い情緒のうちに生まれるという伝統的ロマン主義的考え方に訴えていた。実際、彼はワーズワースの言葉をワーズワース自身に適用しているだけなのである。ワーズワースは「最も素朴な人々が強い情緒のもとで使う言葉—それゆえ原初の姿の言葉ということだが—による完全に無意識的とは言えない詩[20]」に触発される。同様に『マリウス』でもペイターはフレイヴィアンが自分の詩を改革しようという情熱に取り付かれ、「思考と表現、感覚と言葉との間に自然で直接的な関係を再構築し、言葉に本来の力を取り戻そうとする」(ペイター、『マリウス』、第一巻九六頁)姿を示す。フレイヴィアンはホメロスの文体の究極の簡素さに魅了され、それぞれの語は「本来の意味へと帰ることを」望み、そのような太古のホメロスの時代は、「自然に、本来的に詩的であって、何を話しても理想的な効果が付いてくるような時代」（ペイター、『マリウス』、第一巻九六、一〇一頁）だった、と想像する。

(20) Pater, "Wordsworth," in *Appreciations*, p.59.

しかし『マリウス』でペイターは、そのように言葉の起源を追求するのは同時代の言語学関係者の声にもあるようにしょせん空しいと明らかにしている。フレイヴィアンはただ「魅力ある距離の誤謬」の影響を被っていて、それゆえ先立つ時代とその表現形式というものは、後の「遅れた」時代の人々の目にはシンプルで余計な負担のないものに見えるということだ。この点でペイターはライバルのJ・A・サイモンズには理解できなかった一つの真実を理解していた。サイモンズはヴィクトリア朝の人々の注意を虜にしたエリザベス朝の詩と現代の詩との間の違いという点に詳しい説明を加えながら、ある種残念そうな確信を込めてこう結論づけていた。「現代人がエリザベス朝時代の人々のように生き生きとイギリスらしくすることは不可能だ。累積された知識、深刻で様々な国家的経験、魂を圧迫するような種々の疑念、暴徒化する諸哲学、さらには痛みを伴い迫りくる事実と恐怖、そういう姿をした地獄を流れる九つの川 (novies Styx interfusa) のような強大な展開があって、それが今日のわれわれとあの時代の人々とを分かつ。[21]」

(21) J.A. Symonds, "A Comparison of Elizabethan with Victorian Poetry," *Fortnightly Review* 51 o. s., 45 n. s. (January 1889):58.

決定的に違う仕方でペイターが把握していたのは、芸術を通して瑞々しく現れる前はホメロスの時代すら「充分陳腐でありふれたもの」だったということである。つまりフレイヴィアンは、言葉と「直に向きあって」その元々の新鮮さに触れることはありえない。太古の力の創意に満ちた瞬間とは、それを追い求めると遠のいてゆく。というより、フレイヴィアンも知るように、後の時代が達成しうるのはせいぜいのところ簡素さの自意識的な模倣なのである。「古い瑞々しい時代の状態へ回帰しようと意識的に努力しても得られることはせいぜい新奇さ (**novitas**)、人為的な素朴さ、無技巧 (**naivete**) である。この特質もある程度気どった文体的魅力を有するかもしれない……しかし温室の中の一房の花に過ぎない。[22]」

(22) Pater, *Marius* I:102. ペイターのこのテーマがアーサー・シモンズの「総ての芸術は一つの工芸品のようなものである」という見解を方向づけた。Symons's "Lillian: Poem," *London Nights* (London: Leonard Smithers, 1895), p.9. を参照。

Yet here, in this spice-laden atmosphere,
Where only nature is a thing unreal

I found in just a violet, planted here,
The artificial flower of my ideal.
（この香辛料いっぱいの雰囲気の中で、
自然だけが唯一非現実的なものであり、
私はここに植えられた一輪の菫に
自分の理想の人工的な華を見出した。）

それではどんな文体が、この言語という複雑な媒体には相応しいのか。『マリウス』ではその答えは華麗文体ということになる。アプレイウスの美文調の『黄金のロバ（*Golden Ass*）』はフレイヴィアンにとって「黄金の書」となり、それに触発されて彼はアプレイウスの例を範とすることになる。アプレイウスは「アウレリウス皇帝以来、人々が愚かにもギリシャ語で書くことにプライドを持っていた」時代に、「ラテンの人々の為に彼ら自身の言葉で書いたのである、実際まだ学術言語的なあらゆる注意を込めてではあったが」（ペイター、『マリウス』、第一巻五六頁）。フレイヴィアンはこうして同時代のアプレイウスのように同時代のラテン語に刷新を求める。彼が書こうとする詩（ペイターはこのフレイヴィアンを実際の『ヴィーナス神に捧げる夜（*Pervigilium Veneris*）』の作者としている）のリフレインとして利用するのは、「人々のコーラスからの断片、すなわちある四月の夜ピサの町じゅうに響き渡ったもの」（ペイター、『マリウス』、第一巻九九頁）なのだ。しかしフレイヴィアンの詩の狙いは単に新しい話し言葉の方向だけに向いてはいない。彼の「新語表現」は「古語表現」と釣り合いを取っている。それゆえまたフレイヴィアンは、古いラテンの作家達の書いたものを懸命に研究することで新奇さを追求する――「古語の意味深い響き――*sonantia verba et antiqua* のなんという渉猟」（ペイター、『マリウス』、第一巻九六－九七頁）。というのも、そのような古い表現の中にフレイヴィアンは「伏在する比喩表現」の埋もれた新鮮さを発見する――純粋な新しさではなく人為的な無邪気さであり、既にこれまで何度も生まれては消えてきた言語要素の再生である。

ペイターは、フレイヴィアンの華麗文体が一部彼自身の個人的問題から来ていることを明らかにしている。ごく単純にフレイヴィアンは名声を求める、ちょうど貴族のマリウスが華麗文体のうちに「母語へのある種の聖なる奉仕」を見て、そこに個人的な避難場所を見出したように。しかしペイターは細心の注意を払いながら、華麗文体が二人の若者の特異な個人的熱狂でもなければ紀元二世紀に現われた独特な文学的挿話でもないことを示す。もちろんアプレイウスとコルネリウス・フロントーの修辞上の復活を単に「華麗文体」と呼ぶのでは、あのエリザベス朝のジョン・リリー(John Lyly) の華麗文体に対してそれを「予知」的関係に置くにすぎない。それ以上にペイターは、過去の様々な例の間に見られる近似性を指摘しつつ、華麗文体が歴史の上で繰り返されることを強調する。「ちょうどエリザベス朝や、また近代のフランス・ロマン主義者達［ペイターはこの言葉でボードレールや彼の後継者達を指している］の華麗文体がそうであるように、その新語表現はそれに対してよく向けられる批判の一つの根拠となっていた。実際、趣味の特徴に関しては、続く時代の華麗文体作家の間に特に目新しいものはなく、むしろ妙に同種の近親性があるだけである」

（ペイター、『マリウス』、第一巻九八頁）。

しかしペイターは華麗文体に対してもっと大きな要求を掲げる。ペイターははっきり言う、華麗文体は「文学的良心が言葉への、表現の道具としての言葉の忘れられた義務に目覚めた時代には必ず」（ペイター、『マリウス』、第一巻九七頁）現れる、と。一見したところ、アプレイウスの華麗文体はあらゆる「生真面目な」文体観を転覆するとも見えよう。というのもそれは、「時代の人々が好んだ古語と巧みな表現、古い劇作家等から直接持ってきた風変わりな用語やイメージ、昔の文法家によって保存された今は亡き詩人の真に迫った言葉遣い、考え抜かれた美しい自国語のきびびした断片、などにあふれている」（ペイター、『マリウス』、第一巻五六頁）からだ。しかしペイターはアプレイウスの華麗文体でさえ、歴史上現われては文学言語の再生を目指した他の華麗文体と同様、「あらゆる時代のあらゆる効果的な表現の原理をわずかに改変するだけだ」（ペイター、『マリウス』、第一巻九七頁）、と主張する。つまり華麗文体とは言葉への自覚的な配慮に他ならない。ただ言葉の古くて新しい複雑な手触りへ一心に注意を向ける点で「極端な」だけなのである。

さらにペイターは『マリウス』で華麗文体を、時として「気取りやマンネリズムに陥るが、それとて単なる遊び道具（キケロはそう呼んでいる）と考えるなら、つまり洗練されるあまり、おのずから上品で、批判的で、自意識的たらざるを得ない時代の趣味に合った格好の遊び道具と見るなら、必ずしも不愉快でもなく、許されないものでもない」（ペイター、『マリウス』、第一巻九八頁）、と言う。このような文章は、好ましからざる意見を後から但し書き的に続けながら、つまり累積的に追加しながら、効果を薄め、拡散させてゆくというペイターの常套的な手法を示している。「気取り」は静かに「マンネリズム」となり、「マンネリズム」は単に「遊び道具」となり、またペイターも注目するように、時代に「恰好」であるなら、その「遊び道具」は子供っぽい意味合いは無くなるし、その時代も—洗練され、上品で、批判的で自意識的であるなら—ヴィクトリア朝という時代に完全に適合することになる。このように華麗文体を単なる気取りとして見る考え方は公然と弁護されるわけではないが、なんとなく退けられ、その結果アプレイウスとフレイヴィアンの文学様式は再生を担い、広く責任を負う文体として現れる。

華麗文体を文体的再生の様式と見做すペイターの本気度は、彼の見事なエッセイ「文体」で強調されている。ペイターは華麗文体よりも「折衷主義」という言葉を好んで見せるが、ライオネル・ジョンソンのようなヴィクトリア朝の読者達は、実のところペイターがこのエッセイや他で「ある種の華麗文体を実演している」のは分かっていた。ただその際の華麗文体とは、「豊かで風変わりな表現を非現実的に弄ばない」と理解できるような例のことだった。[23]『享楽主義者マリウス』の華麗文体と「文体」の折衷主義との間の「妙な同種的近似性」については、ペイターが「文体」で彼の同時代作家に対しアプレイウスとフレイヴィアンが採用した精神の習慣と創作上の手法を推すのを見る時いっそう明らかになる。「生気あふれる、触覚と視覚の面でわれわれに身近なサクソン系の単音節語を、彼はただちに長めで、香りに満ちた、『第二の意味』の豊かなラテン語と組み合わせるだろう」（ペイター、「文体論」、一六頁）。同様に、現代作家は工夫して「英語をもっと学術語として書くように[24]」しなければならない、ちょうどアプレイウスがその頃なおざりにされていた自国ラテン語を相手にそうしたように。確かに、ヴィクトリア朝の一八八九年まではそれなりに栄誉ある制度であった桂冠詩人のテニスンを、アプレイウスのようなラテンの華麗文体詩人やボードレールのようなフランス華麗文体詩人に対して使うような言葉でペイターが説明するとき、そこには抑えたおかしみが働いている。「テニスンの書いたものには、単音節語の、朗々と響き渡るラテン語の、科学と形而上学の、そして談話体の効果までもが、どれほどわかりやすく実例として示されていることとか。しかし同時に何という緻密で厳格な学識が行き渡っていることよ」（ペイター、「文体」、一七頁）。しかし別なレヴェルでペイターはいたって真面目な顔をして、異種混成的でなおかつ言葉の知識を詰め込んだテニソンの書いたもの（テニスンは、すでに見たように、ケンブリッジのトリニティ・カレッジのJ・C・ヘアの知的後継者であり、またR・C・トレンチの個人的な友人だった）を認識し評価もしている――ポスト文献学的な時代の責任に応えられる文体として。

(23) Lionel Johnson, "The Work of Mr. Pater," *Fortnightly Review* 62 o.s., 56 n.s. (September 1894): 363-64.

(24) Walter Pater, "English Literature: Four Books for Students of English Literature" [17 February 1886], in *Essays from the 'Guardian'* (London: Macmillan, 1910), p.15.

テニスンは明らかにヴィクトリア朝文学の威厳ある存在として名前が使われている。ペイターも彼の権威を借りて、華麗文体という自分の非正統的な内容を承認させたいのだ。しかしテニスンをそのように引き合いに出せる唯一の理由は、その折衷的な文体が「この今の時代」と英語の言語上の「時代遅れ感」の両方によって真に求められる様式だからである。ペイターが鋭く気づいているように、世界は想像できないぐらい異種混合的であることを生物科学が新たに示し、そのような世界では「生命の様々な型は表現できないぐらい微妙な変化によって互いに浸透しあっている」[25]。そして今や言語科学も、英語が近代のヨーロッパ言語の中で最も混成的で同化力を持った言語であることを示している。従って「今の時代」の英語の書き手も、もし自分らの豊かに混成的な言語、すなわち「句読点の多い、省察的で、観察性に富み、記述的で、雄弁で、分析的で、哀調に満ちて、なおかつ燃えるような言語手段」（ペイター、「文体」、一一頁）を武器にして折衷的かつ華麗文体的な散文を創り出すならば、この世界を最も十全かつ純粋に写す態勢が整う。

(25)　Pater, "Coleridge," *Appreciations*, p.66. This essay is a revision of "Coleridge's Writings" [1866].

ペイターの言葉がそんな時いつも免れ難く示唆するように、彼の華麗文体の狙いは一貫して深い原理的説明を有している。すなわちそれは書き言葉を、—つまり、書かれたものの中に凝固した、言語的には生きたコトバから切り離された言葉を文学媒体として勧めることに他ならない。というのも英語を「より学術語風に」書くことを力説するのは、その言葉を書記方言として理解することであり、話し言葉という形式は重要でないか、あるいはそれ同然の扱いとなる。古語表現を推奨するということも同じである。ペイターがそれらの言葉に価値を置くところの語源的重み、すなわち「第二の意味」が存在するのもひとえに辞書学的な、書き言葉の伝統があってのことである。語源的意味を蘇らせようとするペイターの試み、すなわち「語の、より繊細な鋭さを取り戻すこと」（ペイター、「文体」、一六頁）は結局彼の書記方言としての言語意識を強調することであり、我々がスウィンバーンに見出すものからは大きく逸れてくる。スウィンバーンもポスト文献学の時代にあって自意識たっぷりに書いてはいるが、科学的文献学によって書き言葉の伝統が覆される中で、彼は対照的に歌（song）を文学言語の唯一のモデルとして受け入れる。だからスウィンバーンが実際頻繁に語源的語呂合わせをして見せても、めったにそうとわからない。ジェローム・マッガンも指摘するように、たいてい気づかれずに過ぎてゆく。(26) しかし我々はいつもペイターの地口はわかる。はっきり引用符が付いていて、「文字通り」とか「本当に」などの語が付属しているか、それともその語源的深みが文章の肌理を変えるような仕方で、そこに注意を引き付けるような仕方で書かれているからだ。

(26)　See Jerome J. McGann, *Swinburne: an Experiment in Criticism* (Chicago and London: University of Chicago Press, 1972).

文学作品からの引喩についても全く同様に不一致が見られる。というのもスウィンバーンの引喩や引用が、実にしばしば彼自身が「包括の多様な形」(multiform unity of inclusion) と呼ぶものの裡に隠れてそれとは分からないのに対して、ペイターは引用符を使ったり、かすかに統語を変形したり、またある種期待を込めた調子で重要性を示しながら、自分の引喩の存在をあらゆる面で知らせるからだ。ペイターは自身の散文を慎重に書かれた形式として、すなわち自意識たっぷりに、自らの立場を書き言葉の伝統の最後に位置する形式として示す。ペイターが取り入れることを推奨し、また彼自身実際取り入れている口頭の地方語の「野卑な断片」さえも、引用符によって小気味よい卑俗さを引き立たせつつ、根本的に書記言語という概念の中での本質的に対立を成す要素として考えられる。要するに、語源を詳しく説明していたニューマンの「文学」からペイターが間違いなく記憶していたように、文体そのもの（従って「文体」論も）はラテン語の鉄筆（stilus）、すなわち蝋の上に書き記すのに使うローマ時代の道具から来ている。

我々はペイターの言語の考え方を、普段の文章作成の実際にまで辿ることになる。A・C・ベンスン（Benson）が言っているように、「彼はメモしたものを整えたら、線を引いた紙に一行ずつ空けて書き始める。そしてその空いたスペースに新しく節や形容語句をよく挿入していた。それから全体をまた一行空けて写し書きし、それをまた埋め尽くしてゆく。更に、この段階で彼はしばしば出来上がり具合がより判りやすくなるようにとエッセイを自腹で活字印刷していた。テニスンがしばしばしていたやり方である。」（ベンスン、『ウォルター・ペイター』、二〇二頁）。要するにペイターは、話す声の基準に合わせて創作するのではなく、特別かつ文字通りに印刷活字に合わせて書いたのである。さらに、エドモンド・チャンドラーが『享楽主義者マリウス』のペイター自身の校正を分析して明らかにしているように、ペイターは書き言葉の創作単位をパラグラフではなくセンテンスと見ていた。「ペイターは『マリウス』を構成単位である文章にまでバラバラに解体し、それからそれぞれ独立したものとして手直しできると感じていた。……というのも彼の文体論はそのような見解を殆ど支持するものではないが、その修正の仕方から見てペイターにとって書く作業は文章を組み立てることと同義だったのは明らかである。[27]」またペイターの原稿の書き方について言えば、アンソニー・ウォードの研究も示唆するように、ペイターが関心を寄せたのはその個々の文章の現実の意味と併せて、その地形図的(topographical)輪郭と呼んで良いようなものだった。「しばしば文章は組み立てられるが、それは意味、つまりそれが指すものが特定化される前に組み立てられる。大きな構造の中に幾つかの溝が残り、そして幾つかの意味の違う代替できそうな語が、その語の指示的な意味を根拠にして選ばれながら、その溝の上に書き記される。[28]」(カーライルの言葉を言い換えれば、)文章は直線的でパラグラフは堅固であるという理由から、散文を直線的な形式とペイターは考えたのかもしれない。

(27) Edmund Chandler, *Pater on Style: An Examination of the Essay on "Style" and the Textual History of "Marius the Epicurean"*(Copenhagen: Rosenkilde and Bagger, 1958), p.82.
(28) Anthony Ward, *Walter Pater: The Idea in Nature* (Worcester and London: MacGibbon and Kee, 1966), p.189.

しかし、もし我々にそんな伝記的資料が手元に無かったとしても、ペイターの文体の比喩やその散文の特徴的な振る舞いなどを調べるなら、彼は言葉というものを直線的な書き言葉の形式と考えていたと結論できる。ペイターの文体の比喩は書記言語の直線的性格を強調している。文体における「建築的着想」へのペイターの訴えさえも、ある形をなす構造物を通じての前進の比喩であり、「始めにあって終わりを予知し、決してそれを見失わない、作品へのあの建築学的構想」（ペイター、「文体」、二一頁）のことである。また同時に我々は、これまた職人技的理想の援用とも言うべき美術品や応用芸術のペイターの比喩が直線的運動の比喩を優先させるのを見る。「思うに文学芸術家は慎重に配慮しつつ進む。つなぎ目を維持し、何かを生み出したい情熱に支えられながら同時にそれを抑え、最初の素描の失敗を今一度辿り、歩みを繰り返す。それもひとえに、読者に安心できる穏やかな前進を与える為である。単なる韻律の相似のすり合わせも、読者の心を鎮め、あるいは途上にある読者を邪魔しないが為に他ならない。(29)」そしてペイターの語源的関心を思えばさほど驚くにはあたらないが、逸脱の危険に対するペイターの警告のうちに、歩行と彷徨の比喩の対比を見出す。

対比や引喩など暗示的な手法全般は、いわば庭園の花々にも似て、文字通りどんな気晴らしも、またどんな気まぐれな侵入者も歓迎するような、いわば目の前の主題から逸れてぶらぶら散策するのを有り難いとする無頓着な知性にとっては、それらが麻酔的効力を有するのを彼は知っている。もし彼が本当に刺激的な題材を心に抱いていて、直接関係のない、安易で不必要なものすべてに心を配りつつも、そのことで特に役に立つ何かが得られないなら、一歩一歩確実に進む歩みからは決して外れることはなかろう。……過剰！彼が恐れるのはそれだ、己の筋力で走る者として。(30)

(29) Pater, "Style" in *Appreciations*, p.24. 強調筆者。
(30) Pater, "Style" in *Appreciations*, p.19. ペイターの強調は "diversion"。他の強調は筆者。

しかしながら明らかな矛盾がここにはある。というのもペイター自身の散文は彼自身が口にする非難におよそ耐えないし、次のような提案にも沿っていない。「言うべきことを、言いたいことを、言えばよい。最大限簡素に、可能な限り直接的かつ正確に、余分なものを加えずに」(ペイター、「文体」、三四頁)。自分自身のような凝ったスタイリストに向けた但し書きの言葉、即ち「そのことで特に役に立つ何かが得られないなら」、あるいは「その凝り方が正しいなら」を彼が注意深く挟んでいるのにこちらが気付いても、ペイター自身の散文の振る舞いに対して我々は首を傾げてしまう。ペイターが頻繁に歩行者の歩みから逸れるのはどうしてか。その鍵は「文体」の一文に含まれている。「真面目な読者にとっては言葉もまた真面目なものである。そして装飾的な言葉、比喩的言い回し、付帯的な形式、色彩、言及もまさにその瞬間にあっては思考から離れるものではなく、ちょっとの間避けがたくうろうろしてしまい、恐らく馴染みのない連想の長い『脳波』をそこに沸き起こす」(ペイター、「文体」、一八頁)。

ペイターの答えはつまり演出としての文体である。ちょうどポープの『批評論』にある技巧的な一行「そして傷ついた蛇のようにゆっくりと長い身体を引きずる」が、不器用なアレクサンドル格の、まるで足が不自由な歩みの演出であるのと同じように、「装飾的な言葉、比喩的言い回し、付帯的な形式、色彩、言及」といったペイターの増殖する幾つもの実例そのものが、「思考の収束」、即ちそのような実例が現れるところの当の文章の認知の終結の瞬間を遅らせる。全く同様に、ペイターの「脳波」という目立った新語そのものも、馴染みのない逸脱したある種の連想を惹起し（「脳波」とは正式な科学用語なのか？　もしそうなら、いつ最初に導入されたのか、どのようにペイターは知るにいたったのか、など）、「不透明な」文句が解釈する側の精神にとって「透明」になる瞬間をいっそう先延ばすことになる。

従ってそのような文の美点は、それがペイターの特徴的文体の姿、いわゆる遅延の美学を例証している。つまり、ペイターは認識の収束する瞬間を引き延ばす、特にそれが問題含みの死だからというのではない。単に長文を書くことによってではなく、英語の統語法への我々のごく普通の期待を挫くように—時には破壊同然のところまで行くが—文章を構造化させることによってである。そこから、例えば彼の奇妙な予弁法的 (proleptic) 言及、つまり代名詞を持って来るがそれの指す対象はずっと離れた先に置く習慣的なやり方も生まれる。例を挙げるなら、「ピカルディーのアポロ (Apollo in Picardy)」の中で、ある文章の冒頭に置かれた「彼」は十二行も主語として引きずられた後ようやく「プライアー・サンジャン」と同一化される、といった様に。

強調的な言葉を冒頭に持ってきて文章を倒置するやり方もそうだ。A・C・ベンスンも指摘しているように、他の作家であれば「そんな長時間の話、聖歌つきの英語の長い礼拝は忍耐を身に着けさせる」と言うであろうところを、ペイターは「それは忍耐を身に着けさせる—あの長時間の話や、聖歌付きの英語の礼拝は」（ベンスン、『ウォルター・ペイター』、二〇五頁）となる。最後に強い言葉を持って来ることで達成される確実な調子、認知的決着感をペイターは避ける、あるいはこう言ってよければ、それを打ち砕く。なぜなら二つの主語が続くことで主語は動詞と目的語との関係をただちに決定せずに、代わりに何か不思議な未決定な調子を引きずってしまう。そのような例は、ペイターが真に英語を「学術語のように」書く姿を示してもいよう。実に、ジェラルド・モンズマンも指摘するように、ペイターの「複雑な統語法は、いつも認識の連続性を脅かしながら、より任意の語順を許容する高度に屈折的な古典語の構造に似ている」（モンズマン、『ペイターの自伝の技法（***Pater's Art of Autobiography***）』、三七頁）。ペイターはヨーロッパ言語の中で最も語尾屈折の無い言語で書きながら、句読点に頼ることで語尾屈折の欠如を補わなければならない。というのもG・P・マーシュが以前言ったように、

コンマ、セミコロン、ブラケットなどの使用は語尾屈折の役割を果たし、曖昧さの危険なしに、修正とか、例証とか、補足的な限定などの導入を可能にしてくれる。これらは、われわれの英語の統語法の場合、もし構成部分が句読点で区切られていなければ長い完成文は殆ど理解不能になってしまう。（マーシュ、『講義』、四一四頁）

従って句読点は、英語のような地方語の書記言語についてまわる烙印でもある。それはマーシュが熱っぽく述べるあの完璧なまでに一貫したギリシャ、ラテン語の表現形式からの「陥落」を示すものだ（マーシュ、『講義』、四〇七－一一頁）。そしてペイターの凝った螺旋状の休止もまた書き言葉の印であり、実際それが依存しているのは句読法だけでなく、印刷活字の持つ規則性と読みやす

さでもある。

もし書記言語がペイターの「任意の」統語的秩序を可能にする条件を成しているなら、彼の統語法はしっかりと「最初に終末を予見し、それを見失わない」散文への建築的感覚から来ていて、文章の終わりを、思考の収束を、終わりの終わりを予見する。ペイターの散文は常に自らの終わりをあまりに意識し、あまりに自らを言葉のアラベスクとして示し、長い書き言葉（「修飾的な語、比喩的な言い回し、付帯的な形式、色彩、言及」）を量るように見せつけるせいか、真の意味で「静的」とは呼べない程だ。しかしこの試み、つまり『享楽主義者マリウス』の場合、書き言葉用の文法家用語、（「移り行く[transitive]ものを永続させる。……経験の節目[clauses]を捉える」）を使って記されるこの試みでは、我々はマリウスの受容の倫理に相当する文体的特徴も見出す。つまり「自らの受容力を入念にかつ生涯にわたって教育すること。……より豊かなヴィジョンに向けて、更なる新発見の可能性に向けて自己を準備すること」（ペイター、『マリウス』、第二巻二一九頁）である。こうして比較級形容詞に対するペイターの特徴的な指向性（"ampler … further"）が生まれ、その指向性の追求はクリストファー・リックスが示すように、情報の出所を間違って引用するところまで進む。というのも最上級が「頂き、完成、そして結果」を確立するのに対して、比較級は、リックスも指摘するように、「終わりのないプロセスであり、『神経の緊張』[31]」なのである。その予弁的言及やぐずぐずと続く修正的解説のように、ペイターの比較級は潜在的にその先の、「より豊かなヴィジョン」へ多様な形で開かれている。

(31)　Christopher Ricks, "Pater, Arnold and Misquotation," *Times Literary Supplement* (25 November 1977), p.1384.

ペイター後期の著作で演じられている遅延の美学には、間違いなく文体上の革命を仄めかす最初のヒントがある。それは奇妙な形で同時代のジョージ・セインツベリーがペイターの文体を擁護するなかで示されている。そこでセインツベリーが言うには、「フレーズが単語の犠牲になったり、段落(clause)がフレーズの犠牲になったり、文がフレーズの犠牲になったりすることは」一切ない。[32]この否定の強さそのものが、目下問われているペイターのある種の転覆行為への擁護になっている点に注意を向けさせる効果があるし、また実際そうなっている。というのもセインツベリーは、ポール・ブールジェ(Paul Bourget)が、そしてその後はフリードリッヒ・ニーチェ(Friedrich Nietzsche)が一八八〇年代にデカダンスを定義して使うような言葉を正確に先取りしている。ハヴロック・エリス(Havelock Ellis)は一八八九年にブールジェの定義を英国の読者に紹介した。「デカダンスの文体とは、書物の統一性が解体されて頁の自立性に取って代られ、頁が解体されてフレーズの自立性に取って代られ、さらにまたフレーズが同様に単語の自立性に取って代られることである。[33]」デカダントな文体のブールジェによる定義は、彼の社会学的な分析からの類推による。ブールジェによれば、成熟した社会というのは、その構成員たる個の力が誇張され反抗的になり、全体を脅かすようになって、無秩序化してゆく。「同様の法則は、われわれが言語と呼ぶところのもう一つの有機体の成長と衰退を支配している」、と彼は結論づける。ブールジェの疑似ダーウィン主義的「法則」と「有機体」という言葉遣いは、それがダーウィン的仮説をわざとらしく言語に応用したものでないことがわかってようやくその重要性がしっかり意味をなす。むしろ、アウグスト・シュライヒャーが以前主張したように、まさに逆で、言語がダーウィン主義生物学へ基本的なアナロジーとその裏付けを提供したのだ。既に見たように、言語の有機的モデルが新文法学派によって完全に斥けられたとはいえ、個々の言語的要素の自立性という新たな永続的感覚は、もともとは有機的モデルがそれを示す為に考案され、そしてもちろん新文法学派自身もその時はしっかりそれを掲げていたのだが、ここでは文体における差し迫った無秩序へのブールジェの落ち着かない感覚を増幅した姿で示している。

（32）George Saintsbury, "Modern English Prose," *Fortnightly Review* 25 os., 19 n.s. (February 1876):257.

（33）Havelock Ellis, "A Note on Paul Bourget," in *Views and Reviews: A Selection of Uncollected Articles 1884-1932*, first and second series (Boston and New York: Houghton Mifflin, 1932), p.52. *Der Fall Wagner* [1888] でニーチェはブールジェを分かり易く解説して言っている、「語が至高のものとなり文章から弾け出し、文章は外へと手を延ばし頁の意味を見えなくする。そして頁は生命を帯びて全体がかすむ—そうなると全体はもう全体ではない」。Walter Kaufman, Nietzsche: Philosopher, Psychologist, Antichrist, 4th ed.(Princeton: Princeton University Press, 1974), p. 73 を見よ。ブールジェとニーチェの両者が全体を部分に従属させる「デカダント」な

考え方においてデジレ・ニザール（Désiré Nisard）に負っている点は J. Kamerbeek, "'Style de Décadence,'" *Revue de Littérature Comparée* 39 (1965): 268-86. の説明がある。

これはアーサー・シモンズが、彼の有力な論文「文学におけるデカダンス運動」（一八九三年）で、フランスのデカダンス文学の説明に使おうとしていた有機的混乱と同じ言い回しである。シモンズは、特にゴンクール兄弟の「乱暴な」統語的実験からはペイターの文体を外しているが、ペイターの書いたものをその統語的許容度と「悪影響」の度合いにおいてただちにマラルメの遅延する詩と同一視している。「それは実際ある面においてラテン語的表現法、ラテン語的文章構成への回帰であり、またそれは明晰で流れるようなフランス語を素材として、何か不規則で不安はあるが、表現豊かなものを生み出す。突然驚くような巧みさと、緊張した始まりと途切れがある、感覚の正確な記録への新たな能力を見せながら[34]」。アンリ・ミッテラン（Henri Mitterand）が想起させる様に、マラルメは英語で見つけた例に則って倒置や混乱した語順を創造しているが、その例というのはペイターなのかもしれない[35]。そして英語教師の傍ら研究者でもあったマラルメは、英語の裡にペイターが古語用法と新語用法と呼んだところの、豊かで異種混合的な言語の資源を感じ取っていた。「その文法によって……言語の未来のどこかを目指して歩み、また過去にも身を沈める、まさに言語の最も古くて聖なるものを持ち合わせた言語は英語である。それは多分際立って現代的な言語であり、時代の二つの性格、つまり回顧的であると同時に先進的な性格を兼ね備えた言語である[36]。」

(34) Arthur Symons, "The decadent Movement in Literature," *Harper's New Monthly Magazine* 87 (November 1893):862. John Earle, *English Prose: Its Elements, History, and Usage*(London: Smith, Elder, 1890), p. 284. を参照。「ラテン語の言いまわしは未だその崇拝者を擁している。そして今日でもペイター氏の芸術的な筆致でそれは表現されている。彼の書いたものはラテン語文の独特な精神的味わいを、英語散文と融合できる範囲で頻繁に提供してくれる。」

(35) Henri Mitterand, "De L'écriture artiste au style décadent," *Wissenschaftliche Zeitschrift der Humbolt-Universität zu Berlin* 18 (1969): 617-23. を見よ。

(36) Stéphane Mallarme, *Les mots anglais*, in *Oeuvres complètes*, ed. Henri Mondor et G. Jean-Aubry (Paris: Gallimard, 1945), p.1053.

このように、ある特定の種類の文学的著作が醸し出す言語的自立性という不穏な感覚こそ、セインツベリーがペイターに反応する動機となっている。というのもセインツベリーの主張にも拘わらず、ペイターのセンテンスは実際パラグラフに巧妙に逆らう。もし我々がペイターの習慣的な創作単位はパラグラフではなくセンテンスであると知らなかったとしても、センテンスが一貫して主張するその「自立性」に我々も気づくだろう。また「文体」のうちにデイヴィッド・デローラが指摘している点にも我々は注目してよい。即ち、ペイターはそこで形式と内容の確固たるあり様について繰り返し強調しているものの、ペイター自身の表現の仕方となると殆どその逆である。「形式と内容、思考と言葉についてのペイターの繰り返される内省の流れは微細で、断片的で、あれやこれやの表現単位に傾き、統一性をもったあのコールリッジ的萌芽から作品全体が生まれ展開してゆくという話からはほど遠い。[37]」ニーチェは、デカダンスが向かう方向は常に「細部の混乱」である、と言っている。ペイターの散文は直線性から最後に離脱へと向かうことはないが、あまりにも頻繁に微細に向かい、断片的で、ヘラクレイトス的な流動の誘惑を留めている。

（37） David DeLaura, *Hebrew and Hellene in Victorian England: Newman, Arnold and Pater* (Austin and London: University of Texas Press, 1969), p.332.

ペイターの華麗文体の戦略、言うなれば遅延の美学の推進と実践は、究極的には新しい形の書き方だけでなく新しい形の書き手、つまり「博識ある芸術家 **(erudite artist)**」（ペイター、『マリウス』第一巻五六頁）としての、また「学者 **(scholar)**」（ペイター、「文体」、一二頁）としての現代作家を求める中で生まれてくるに違いない。言語媒体そのものと言語研究の持つ科学性の両方が作家に学者たることを求め、その技法とは「彼が使用する素材、すなわちその媒体の性質が求める注意事項を順守することに要約される」（ペイター、「文体」、一三頁）。学識とは科学性と審美眼にある。それぞれ「言語の本質的な性質」と「その偶然的な装飾への適性」とに関係してくる。ペイターの「本質的な」と「偶然的な」の対比が示唆しているように、科学的分析—歴史と法則性—は文学芸術家にとって何よりも重要である。というのも、単に「審美眼」だけでは無理にしても、科学は言語という媒体の真の理解に届くだろうから。

しかしペイターの学者芸術家 **(scholar-artist)** とは単に文献学者が審美性を目指すというだけでは

なく、文献学者達が仕事に持ち込む観察の粘り強さと歴史的知識の幅広さとを自分の芸術作品に取り入れる作家のことである。学者芸術家は、単なる素人の直感ではなく、身に着けた知識の問題として認識する。そしてその認識されるものとは、いまだ集成されていない文学言語のあらゆる細い「法則」であり、また「自分の言葉の、愛着と忌避、ちょっとした好みであり、それらは文学史の様々な連想を経て今や言語の本性の一部と化し、実際上表現力たっぷりに現れるかもしれない多くの新語、詩的許容、さらに多くの非因習的表現をそれは用意する」（ペイター、「文体」、一三頁）。また学者芸術家とは学者ぶる人のことでもない。その広い歴史的視野は（学者は歴史感覚を持たねば無に等しいのだから）、彼をアマチュア文法家の持つ偏狭性と粗野な規範主義から護ってくれよう。「彼は決して様々な正確さの権威とはならない。正確さとは発話の自由を制限し、その始まりにおいてまだ偶然性の高いもので、シェイクスピアにあった筈の *its* を使わないと誓うようなものだ。それは *his* や *hers* を無生物に使うのは破格であって意味をなさない昔言葉の遺物だと言うに等しい」（ペイター、「文体」、一六頁）。同時に、学者芸術家は言葉の「自由度」の問題での愛想の良い寛容主義者でもないし、「無産階級のコトバの権利」の熱烈な支持者でもない。彼は常に「言葉の自由度を利用して言葉の特色を拭い去るような多数派の動きには抵抗する。この点では無教養な人々の作品にしばしば声援を送る作家の才能に対しても同じだ。……また無学な連中のために用意された近道、陳腐な例証、わざとらしい学識に対しても一切関心を示すことはない」（ペイター、「文体」、一三頁）。

これはペイターの文体上の、また審美主義上の目論見のうちでも革命的な瞬間である。というのも文語英語は死語であるとする科学的文献学からの考え方を黙って引き継ぎながら、そのもう一方の主要な前提、つまり言語的現実を生きた話しコトバと同一視するような見方ははっきり拒否する。『マリウス』と「文体」でのペイターの主たる取り組みは、近年権威を低下させられた方言を豊かにすること、つまり、文献学的位相では「人工的」方言として低く見積もられた書き言葉を擁護することだった。しかしペイターはそこまでは受け入れつつ、静かに勝ち誇りながらそれ以上は認めない。この人工的な国語の生きた権威は話しコトバの主役たる大衆の中には決してあり得ない。それが存在するのは学者の中である。「言語が必要とする生きた権威は、実際学者のうちにある。彼らは常にどの言語も一つの精神、それ独自の厳格な一つの精神を有していることを認識しつつ、言語の要素を拡大させまた同時に純化する。言語の諸要素は生きた人々の考え方の変化に応じてそれ自体変わるのが必然だから」（ペイター、「文体」、五頁）。文学エリートに対して最後の権威を残したいというペイターの願望は非常に強く、「人々の実際の言葉」の民主化を代弁したあの詩人すらこの戦略に引き入れる。ワーズワース自身も「学者のやり方で」書いた、とペイターははっきり言う（ペイター、「文体」、一五頁）。

　学者芸術家は、ペイターが肝要と思うこれら意志と表現の洗練化作業を行うことで自身の仕事に備える。「自己抑制、手段の巧みな効率的使用「ペイターはここで語源的角度から、ニューマンやオックスフォード運動支持者と共に、教父の倹約（*οἰκονομία*）の考え方、つまり思慮深い処理に訴える」とは、精進（*ascêsis*）を意味する」（ペイター、「文体」、一七頁）。ペイターは母語へのマリウスの「聖なる勤め」とフレイヴィアンの愛国的な「騎士道精神」の現代版をヴィクトリア朝人に提示しているのだ。そしてペイターは約束する、現代の学者芸術家のそのような精進と自己抑制への報償は文学のうちに、つまり自らが従っている学者的理想に沿って書かれた文学のうちに、「現実世界の俗悪さから逃れて一種の修道院風の避難場を見出す。『リシダス(*Lycidas*)』のような完璧な詩、『エズモンド(*Esmonds*)』のような完全な創作、そしてニューマンの『大学の理念(*Idea of a University*)』のように理論の申し分のない処理の仕方は、［学者にとって］何か宗教的『隠遁所』のような機能を持つ」(ペイター、「文体」、一八頁)のである。

しかしこの「隠遁所」は孤独者のためというより選ばれた者に向けてのものだろう。というのも学者芸術家にとっては常に語法違反の危険が残る。違反、すなわちあの「個の主観、もしくは単なる気まぐれであり、すぐにマンネリズムに変貌するに違いないもの」(ペイター、「文体」、三六頁)は、文学表現の領域ではペイターの唯我論、すなわち「それぞれの精神が孤独な囚人として己の夢に浸る」悪夢に相当する。ただ学者芸術家が学識ある読み手を意識することが、彼をそのような唯我論から守ることになろう。「内なるヴィジョンのあらゆる外形としてあるのは……ただ一つの言葉であり、唯一受け入れ可能な言葉である。それは『感性の鋭い人』には分かるし、そのことに『理解を持ち合わせる』人達にも分かる、言葉のはかない繊細な部分において可能な限り完全に」(ペイター、「文体」、三六頁)。「感性の鋭い人」や「そのことに理解を持ち合わせる人」に語りかけながら、学者芸術家は彼の造る人工的な方言が使いやすい言葉であり、伝達不能な個人言語ではないことを確信させるだろう。しかし更に、「学識ある人達」に語りかけることで、話し言葉中心の大衆と自らを分けるような、同時に自らを一種の聖職者グループとしてまとめるような、そんな複数の義務を背負ったエリートとなってゆく。

この一点において、明らかに我々が目にしているのはペイターのコールリッジの継承である。ペイターは、他のヴィクトリ朝人、特にアーノルドと、「尽きせぬ不満、倦怠、そして郷愁において、あの限りない悔恨」（ペイター、「コールリッジ」、一〇四頁）、即ちペイターの言うコールリッジが見事に体現していたあの悔恨を共有し合っている。ペイター自身はさしたる苦悶も見せず、見たところ以前コールリッジが熱狂的に求め、アーノルドが微妙に抱き続けた、完全なるものへの情熱から撤退してゆく。そしてこの相違が明白にペイターとコールリッジを分かつ。にも拘わらず、ペイターはなお自身の異端的立場や手の込んだ長文やら不思議な語への愛好をコールリッジのそれと同じものであると理解できた。「新しくても古くても、語の難解な連想に気づくこと、すなわち……独自の用語法を持ち合わせた昔の作家たちの関心を復活させることは、興味深い思想の形式を辿って分析に向う彼の確かな天稟に繋がる探求の道である」（ペイター、「コールリッジ」、八二頁）。またペイターは、良い文体とは読者の為に必ずしもあらゆる晦渋さを排除したものではないという考えをコールリッジから引き出している。つまり、「強靭な精神にとっては絶えず努力し挑戦することは喜ばしい刺激でもあるから」（ペイター、「文体」、一七頁）。

しかしペイターの主張の直接的背景にコールリッジを見ることは、同時にヴィクトリア朝的思想にとってコールリッジの遺産とも言うべき共通語の理想なり、国の知的エリート層なりの変貌を測ることでもある。コールリッジの共通語はペイターのうちでどうなったのか。ペイターは書記言語にそれが基礎を置いている点を弁護し、とりわけ高尚な文学の様式にあっては、文献学的角度から口語表現に認められた要求に対して反対の態度を取った。また彼は、「異種混成」の利点から、大衆的な語法からある種表現力を備えた語の導入を容認した。しかしペイターの新しい共通語が、その守備範囲を増大しつつある科学の語彙や多様な職種、口語的土地コトバにまで拡げるなら、それは支持され理解されるのはますます難しくなってゆく。

こうしてコールリッジの共通語が変貌して向かう先は「学識ある人々の為に書く」学問の人というペイター流の新しい知的エリートの方言でしかない。ペイターには「永続的な、国家的規模の、学識の秩序」はない。あるのはただ隔離された、つかの間の、国民生活の周辺や隙間で無償の禁欲主義に生きる学識の秩序だけである。互いの間でのみ認識可能で、しかし実質的には他の誰からも認められず、ペイターの知的エリート達はその力をすべからく自分たちの文体を通じて表現する。際立った文体によって作家達は「一種宗教的な力」（ペイター、「文体」、二六頁）を発揮するにせよ、これはカーライルの「永遠の司祭」、あるいはアーノルドの理想とした「魂の権威の共同体」を思い切って縮小したものだ。さらに重要なのは、ペイター風学者的エリート層は密かに疎外の縁に立たされる。せわしなくうるさくて、「学術語」では表現しきれないような話しコトバ中心の大衆の「声」からだけでなく、そのような執拗な新しい声に今や過剰に気を遣う公の文化からの疎外でもある。ここにいたって、ペイターの国民言語への騎士的で、聖なる、儀式的奉仕はその愛国的色彩を失い、初めて秘密の言語、共謀者たちの暗号、あるいは単に自己表現の為の個人言語(idiolect)となってゆく。要するに華麗文体がデカダンスの状態になるのもこの時である。

＊＊

長らく華麗文体は、朽ちた文学的力もしくは文体的新奇さへの熱烈で大人げない好みと見られてきた。そしてペイターの華麗文体は、ヴィクトリア朝の華麗文体についての長く続いた議論の最後に位置する。この議論は痙攣派のみならずカーライルやディケンズの作品を巡っても続いたが、更にジョージ・メレディスのみならずラスキンへの公然たる非難も含んでいた。[38] ペイターによる華麗文体の弁護が重要なのは、長い時間かけてその再定義をやり遂げたからではなく、ひたすらそれが弁護であったからだ。よしんば華麗文体を名前を挙げて擁護するのは難しいと知って、「文体」論で折衷主義を扱う際にその名を使うのを辞めたにせよ、彼の擁護は世紀末の文学デカダンスを巡る論争の一部を形成し続ける。とりわけペイターの「何とまあ単音節語的効果を、響き渡るラテン語を、科学の用語を、形而上学を、さらに日常表現まで、具体的に示していることか……何という細心の学識が行き渡っていることよ！」というテニスンへの奇妙な賞賛は、テニスンの「華麗文体的」で「人工的」文体を論じたJ・C・コリンズの内容に権威付けすることになる。一八九〇年代初頭に文学デカダンスを巡っての論争の契機となったのも、この議論だったのだ。

(38) 例えば [Henry Morley], "Euphuism," *Quarterly Review* 109 (April 1861): 350-83: Richard F. Weymouth, "On Euphuism," *Transactions of the Philological Society* (1870-72):1-17; Mowbray Morris, "An Alexandrian Age," *Macmillan's Monthly Magazine* 55 (November 1886): 361-67. John M. Robertson in "Concerning Preciosity," *Yellow Book* 13(April 1897): 79-106. は凝った言

葉遣い、即ち華麗文体についてペイター的説明を加えている（「話し方の用法に抗するように個人的な、もしくは独特な個性を主張すること」）。

ペイター同様、コリンズがテニスンの内に見たのは単にヴィクトリア朝のあらゆる読書人に愛された詩人兼哲学者の姿ではなく、「好古家であり学者」のそれだった。[39] コリンズはテニスンをあらゆる文学の「成長期のある時点」」（コリンズ、『実例』、二頁）で登場する特定の階級の詩人集団と重ね合わせた。この言葉でコリンズの言わんとしたことはヴィクトリア朝の人々に伝わらなかったにせよ、テニスンの作品を「本質的に模倣的かつ内省的」であって、「純然たる自然の直接的研究ではなく、芸術を通じて解釈した自然の研究」（コリンズ、『実例』二、五頁）の詩に満ちている、とした彼の言い方ははっきり伝わった筈である。というのもテニスンの作品の模倣的要素や、彼の「微妙に手の込んだ言葉遣い」、「学識的重みを湛えた」形容語句、さらには「古語用法や廃れた、あるいは田舎風の語を選んだり復活させたり」（コリンズ、『実例』、九、一四、一八頁）する習慣などをコリンズは強調し続けた。コリンズはテニスンの詩の豊かな言葉の質感に注意を向ける。つまり既に見たが、それは一八三〇年代一八四〇年代にケンブリッジのトリニティ・カレッジ時代の文献学的な様々な影響から一部その豊かさを授かった質感なのである。他の多くのヴィクトリア朝人同様、コリンズはこの凝った言語的かつ文献学的自意識をデカダンスと重ね合わせた。ただ、同時代の連中とは異なり、コリンズは「ノーナス（Nonnus）やテニスンの文体におけるこれらの性質は……あらゆる文学のデカダンス期における特徴である」（コリンズ、『実例』、一二頁）と断言する。しかしテニスンの詩がこうした意味でデカダントであるという彼の推定は批判の嵐を引き起こした。

(39)　J.C. Collins, *Illustrations of Tennyson* (London and Windus, 1891), p.23.

敬愛の対象たるべき桂冠詩人をデカダンスの非難から救うため、批評家たちは必死に文学デカダンスを再定義しようとした。例えばリチャード・ル・ガリアンヌは、それを「孤独な観察の審美的な表現」と定義し、コリンズが読者達に「ヴァージルやテニスン卿のような詩人と結びつけてデカダンスを語ることは……混乱の極みである」[40]と確信させることに成功した。文学デカダンスの件では、ル・ガリアンヌ自身は半ば広報係、半ば検察官であったと言うべきだろう。彼は時に積極的に「デカダントな」詩的テーマを取り上げては、後になってそれを忌み嫌って見せた。しかしル・ガリアンヌのコリンズへの、また後のワイルドの被後見人の一人の有名な詩のコレクション、つまりジョン・グレイ（John Gray）の『シルバーポイント（*Silverpoints*）』（一八九三年）への攻撃は、遥かに有能な批評家アーサー・シモンズをして、運動としてのデカダンスを真面目に擁護する道へと駆り立てることになる。ル・ガリアンヌ自身のデカダンス論はわかりにくいし、読む方も混乱してしまう。実際それは、ペイター的審美主義的感性とどうしようもない感傷性が混ざり合い、結果として商業目線からの用心深い道徳主義が染み込んだものになっている。

(40) Richard Le Gallienne, "Considerations Suggested by Mr. Churton Collins' *Illustrations of Tennyson*," *Century Guild Hobby Horse* 7 (1892): 81. ル・ガリアンヌを更に扱ったものとしては、R.K.R. Thornton, *The Decadent Dilemma* (London: Edward Arnold, 1983), pp.43-50を見よ。

ル・ガリアンヌの発言の意味は、むしろペイターの理想的な折衷主義的文体の諸要素を道徳的に説明しながら同時にその関係性を誇張もしくは間違って表現している点である。言ってみれば、ル・ガリアンヌの手の内では、華麗文体はペイター的再定義の持つ微妙な色合いをすっかり失っている。例えば、頭韻や擬声語はもはやレパートリーから外れ、「独特な語」ももう配慮すべき対象ではない。代って、華麗文体は概ねスラングと「対立するもの」とされ、他方「スラング」は、ペイターの華麗文体の主要な一部である「新語用法」をル・ガリアンヌが通俗化したものだ。ル・ガリアンヌがこのペイター的華麗文体を風刺するに至ったのは、疑いなくワイルドのせいである。ワイルドは、これから見るようにペイターの文体的理想を援用して『ドリアン・グレイの肖像』（一八九〇年、拡大版一八九一年）の中の有名な「有害な書」を、「奇妙な宝石のような文体で、生き生きとして同時におぼろ気な、隠語や古語用法、専門表現や凝った言い換えで一杯だ[41]」、と説明している。

(41) Oscar Wilde, *The Picture of Dorian Gray*, ed. Isobel Murray (London: Oxford University Press, 1974), p.125

隠語や古語用法―このワイルドの言葉は、マックス・ビアボーンに受け継がれ、彼の当意即妙で開き直った弁明の中で一八九四年七月の『イエローブック』(42)へと至る。ル・ガリアンヌの「華麗文体とスラング」によって強化され、この文学デカダンスの圧縮された定義は、ペイターの複雑に言葉の情報を詰め込んだ折衷的文体の理想を避けがたく単純化したものになっている。しかしこのようなペイターの縮小化と矮小化の裡には世紀末デカダンスの特徴的な動機の一つが存在する。即ちバーレスクとパロディ、しばしば自己パロディに向かう衝動である。ペイターは事実上、ポスト文献学の時にあって文学芸術家の為の新しい文体を提案したわけだ。つまり書記言語が、文献学上の評価では、言語的に人工的であり本物ではないとされた時においてである。パロディと化したヴィクトリア朝の文学デカダンスの様式は文献学的評価を一方で受け入れつつ、ペイターのその精緻な理論的根拠を単なるスローガンにまで落とし、ただの古語用法や隠語から完璧に一つの世界を作り得る様を喜々として伝えている。

(42)　Max Beerbohm, "A Letter to the Editor," *Yellow Book* 2 (July 1894): 284.

オーブリー・ビアズリーの未完のポルノ風パロディ、『ヴィーナスとタンホイザーの物語』(一八九五―一八九六年著作、一九〇七年刊行)は、このような形式のヴィクトリア朝デカダンスを十分に表現している。ビアズリーの物語の持つ収縮に向かう力が魅力的なのは、ちょうどそれがワグナーのオペラやスウィンバーンの「ラウス・ベネリス (Laus Veneris)」で高められた純芸術的テーマをポルノグラフィックな変奏の為の機会へと還元し、そこから転じてその膨れ上がった自惚れを萎ませる時である。というのも、自分の主人公がエロチックな典型的ヒーローに求められる「ガルガンチュア的才能」に欠けることを、ビアズリーは陽気に認めている。彼のタンホイザーは、一時間かそこらダラダラした性的快楽の後、さらに倦むことを知らない放蕩者達によって自らの手からヴィーナスが奪われる時、正直ほっとする。(43)

(43) Aubrey Beardsley, *The Story of Venus and Tannhäuser or Under the Hill*, ed. Robert Oresko (London: Academy; New York: St. Martin's, 1974), p.55. この版は一九〇七年のレオナルド・スミサーズ印刷の版に基づいており、第七章は『サボイ 1(*Savoy* 1)』（四月、一八九六年）に収録されたビアズリーの不適切箇所を削除した『丘の下で(*Under the Hill*)』のテキストから二箇所が挿入されている。

ビアズリーの物語の疑似英雄詩的な還元主義的手法は、行為のすべてをポルノグラフィーの前提でもある性的なものへの矮小化を狙うだけでなく、セックスも含めてあらゆる行為を遊びとして示す。そこから子供っぽい善良さと冗談めいた調子が生まれ、それが祝宴や音楽会、朝の軽食や騒々しい遊びといったビアズリーの小さくてかわいらしい、早朝の地下社会を満たしている。こうして「ラウス・ベネリス」におけるスウィンバーンの悲劇的な性的恥辱（「彼女の首は／いちめんに激しい口づけを受け／まだ紫の小さなシミを残し／そこに痛々しい血が滞り引いてゆく／やわらかく、静かに刺すように—小さな雫のようなシミ故に美しい[44]」）からビアズリーの誇張した描写や「白いシルクのストッキングを通して豪奢な傷のようにあらわれる」輪郭線（ビアズリー、『ヴィーナスとタンホイザー』、三七頁）への変容が生まれる。スウィンバーンの詩行はボードレール的反転（*reversement*）に呼びかけ、痛みを歓びへ、傷を美しさへと変貌させるのに対して、ビアズリーはこの苦痛に満ちたサディスティックな意識を、ただ転覆するだけの為に呼び起こす。ビアズリーの「傷」は、愛する対象との一体化を願う切なる想いから出た性的執念が肉体に刻印されたものではない。その傷は「優雅で堂々とした病」とも言われるように、多くある装飾的なモチーフの一つに過ぎない、ちょうど「銀色の棒の並ぶ台に張り付いた大きな蛾の羽」、「顔を白粉に塗り固めたように見せる緑のベルベットの仮面」、「得体の知れない動物の姿に似せて切り込んだ袖」、そして「紫と明るい緑に染めた好ましい小さな口髭」（ビアズリー、『ヴィーナスとタンホイザー』、三六–三七頁）といった具合に。

（44） A.C. Swinburne, “Laus Veneris,” in *The complete Works of Algernon Charles Swinburne*, ed. Edmund Gosse and T.J. Wise, 20 vols.(London: William Heinemann, 1925), 1:46.

ビアズリーのパロディ風デカダンス様式が多用しているのは、このようにいわば道徳律廃棄論的もしくは終末論的な見慣れた工夫や技術であり、またいわば珍品の拡大目録で、しつこい形容詞の羅列、文体的唐草模様という脱線、言葉の異種混合、である。これもひとえに善と悪の、美と恐怖の堅苦しい分類を笑いで転覆させる為であり、そこにこそ終末論的デカダンスの本領もある。このパロディ風の様式は、それでいて文学デカダンスの言語的自意識に充分関与している。というのもビアズリーの世界はペイターのそれ同様、書き言葉の世界である。『ヴィーナスとタンホイザー』は無名の書への言及で一杯だが、その多くは、スタンリー・ワイントラウブも述べているように、実際には存在しないものだ。(45) またビアズリーの世界は装飾的なモチーフで書いた上にまた書き込むというテキスト世界であり、そこでは例えば血のように赤い室内履きが真珠で刺繍されていて、それを履いているのが黒いシルエットで描かれた脚を覆う白シルクのストッキングであったりする。さらに、遍在する装飾的モチーフもテキストとして「読む」べきだ。というのもヴィーナスの地下世界の住人達は皆「花綱飾りの落下、小枝の反り具合や枝の曲がり方……あるいはバラのある種の配置によって生まれる効果、などに愉快な意味を見出す」(ビアズリー、『ヴィーナスとタンホイザー』、四一頁)。

(45) Stanley Weintraub, *Beardsley: A Biography* (New York: Braziller, 1967), p.167.

ビアズリーの『ヴィーナスとタンホイザー』はこの意味で言語的自意識の典型であり、それはまったくと言って良いほど古語表現や隠語からなり、あまりにも人工的なものに身を任せ、そのためビアズリーの妙になよなよした隠語は、すぐにこの快活な満たされない欲望の地下世界では日常のごく当たり前の言語でしかなくなる。こうして、驚くべき形容詞と不釣り合いな名詞を繋げようとする言葉への無邪気でこじつけ的な衝動が生まれ、笑いは「無法」になり、委縮した病は「知的」になって、声は「か細く」、乳房は「悪意に溢れ」ることになる。そしてまたワイントラウブも注目しているが、イタリックにしないで外国語を持ち込む傾向が彼にはあり、大体はフランス語で、例えば、髪型 (coiffure)、長く豊かな髪 (chevelure)、香炉 (cassolettes)、化粧する女 (fardeuse)、鉢巻 (bandeaux) などだが、それらをあたかもちゃんとした英語であるかのようにごく当たり前に使う。

ペイターの文体の持つ複雑で優雅な緊張も、このビアズリーの手にかかっては弛緩してしまう。乳房もなんら語源的に考え抜かれた末に「悪意に溢れ」るわけでなく、ただ単に驚きと楽しい変化の為なのである。ペイターの語源探索が、語と観念との間の深い一貫した関係を示唆していたのに対して、ビアズリーのこじつけ的な言葉使いは、そんな理想的な適合性の考えを自由な言葉遊びの名のもとに捨て去る。ペイターが、言葉の用法の歴史的「法則」や習慣に目配りし、「笑い」を「たちの悪い」といった言葉で限定しないのに対して、ビアズリーは、それ以上簡略化不可能な統語的側面については別としても、あらゆる慣習から共時的に自立しているのが言語であるという認識に立って、いとも楽しげに二つの語を繋いでしまう。ビアズリーは、言語科学が作家や、実にすべての言語使用者に与えてくれた新しい言葉の自由を最大限に活用する。それは詩人のジョン・グレイも言ったように、「文法書の専制」と手を切る自由であり、「習慣による承認などなくても、求める印象を最大限伝えられる語を使用する」(46) 自由なのである。

（46）John Gray, [“Translator’s Note”], in Louis Couperus, *Ecstasy* [1892], quoted in Ruth Z. Temple, “The Other Choice: The Worlds of John Gray, Poet and Priest,” *Bulletin of Research in the Humanities* 84 (1981): 53.

『ヴィーナスとタンホイザー』は、このように言葉へのペイターの注意深く学者的な「愛着や、忌避やちょっとした好み」などと全く関係のない世界を表現している。この作品で相手かまわず男女がひっきりなしにくっつく様は、絶え間ない装飾的なモチーフの様に、言葉の完全に自立した世界を表現する。そこで制約となるのは、内在する性的もしくは言語的形式の構造的限界だけであり、あらゆるものが他のあらゆるものを変容させて構わない。同じく、ビアズリーの散文にペイターお得意のあのイタリックと引用符が無いのは、ペイターが抱えていた外の言葉と自国語との間の鋭い軋轢がビアズリーにはないことを示す。ペイターの折衷的文体はビアズリーの手になると、もはや異種混合的もしくは人工的な（人工的、つまり存在しないが競合し合う方言に譬えられるような）姿は取らない。ビアズリーの完全に人工的な世界——そこでは仮面が白粉の顔を模倣し、偽の口髭が明るい緑色に染められる——は均質の言語性を持つ。即ち、世界が完全に言語から成り立つと理解されるとき、世界がどんな風に見えるかを示すものだ。

　しかしビアズリーの文体が、ペイター的華麗文体の一段と凝ったプロセスからは免れていても、やはりそれは文学デカダンスの人工的な表現形式の一つである。これは例えば、ホールディン・マクフォールがビアズリーを非難する際に見ている点だ。「彼は自分の母語を、まるでもう廃れた死語のようにして使い、生きているより死んでいる方により関心がある……彼はどうしようもない芸術のデカダントなのだ。[47]」今では文学デカダンスと「死語」を等価視するのは批判する側の常套手段だが、しかしどの程度活力が残っているかは、暗に使われるメタファーによる。つまりデカダントな言語は、なんらかの言語的堕落もしくは病の程度に応じて「死んで」いる、という考え方だ。これはまた逆に、言語とは潜在的に「病」とか「衰退」が避けられない「有機体」であるという仮説、すなわちあのアウグスト・シュライヒャーやマックス・ミューラーなどの研究によってヴィクトリア朝の人々がすっかり馴染んだ考え方からも来ている。[48]同様にテオフィル・ゴーチェも、一八六八年にボードレールの文体を「腐乱臭の立ち込める霜降り肉」(*le style tachetét faisandé*)と称して、内的な病状よりも外的な腐敗を表すイメージを使った際、有機体論者的なボキャブラリーを採用した。[49]J・K・ユイスマンスは特に腐敗作用と病を同一視し、『さかしま』(一八八四年)ではボードレールとマラルメの書いたものは「回復不能なほど器質性の病に侵され……文法の精妙さの過剰によって消耗した文学の退廃[50]」を特徴的に示す、と説明した。ここでの前提は、即ち言語の内なる要素、つまりマラルメにおいては統語法だが、それが言語を内側から弱め破壊するということなのである。

(47) Haldane Macfall, *Aubrey Beardsley: The Man and His Work* (London: John Lane, 1928), pp.80, 83.

(48) 同じく以下を参照のこと。E.R. Lankester, *Degeneration: A Chapter in Darwinism*(London:

Macmillan, 1880), pp.74-75:「[言語の衰退] は二つの顕著な現象を含む。一つは文法形態の退化であり、もう一つは思想の媒体としての言語の劣化である。前者は後者に比べてずっとよく見られる現象で、文法的複雑さに関する限り、実際衰退していながら同時にますます使い勝手が増し、あるいはますます一つの器官として完璧になることもある。無用な語尾屈折の衰退とその結果としての言葉の単純化は、元々五本指あった馬の足が一つに特殊化したケースに例えられよう……退廃というのは言語について言う場合、本来の意味では、その言語が相応しい民族にあって、ただ単にその文学趣味と文学生産の衰退もしくは変質を意味するようだ。」

(49) Theophile Gautier, "Charles Baudelaire," in Baudelaire, *Les Fleurs du Mal* (Paris: Calmann-Lévy, [1925]), p.xvi:「既に崩壊の酸味と後期ローマ帝国の腐乱を漂わせたような大理石模様の言葉」

(50) J.K. Huysmans, *Against the Grain* (New York: Dover, 1969), pp. 186-87. ペトロニウスやアプレイウスの退廃したラテン語の持つ異種混合性と表現性、さらにこれらの作家が見せる近代フランス作家への文体的相似性へのユイスマンスの強調は、『享楽主義者マリウス』でペイターが華麗文体に対して見せた説明と酷似している。

デカダンスと「死語」を等価視するマクフォールのもう一つの支配的な前提は、言語は「学識」の過剰によって死語に向かう、というものである。フランス人たちはこの側面を看過さなかった。例えばゴーチェ曰く、デカダントな文体とは「巧妙で複雑なそれであり、様々な陰影と探求力を備え、コトバの境界を絶えずずらし、あらゆる専門的な語彙を借りてくる」(ゴーチェ、「ボードレール」、xvi頁）。しかし学識を病として強調するのは、フランス・デカダンスよりもイギリス・デカダンスがはるかに顕著である。それは、イギリスロマン主義という別の歴史の為だ。つまりワーズワースが田舎の口語方言を強調し、手の込んだ修辞や比喩表現へあからさまな敵対意識を見せたという歴史がある。デカダンスと学識とを結びつけるやり方は、例えばマシュー・アーノルドの次のような見解にも見て取れる。「文学のデカダンスの徴候の一つ、その退廃的状態を示す要素の一つはこうだ、つまりある文学の創始者達が開花させた詩的表現を前にして新しい作家達はそれに入れ込み、あるいは感性の鋭い人物はそれを学んだりするが、そのとき内的な詩的生命が犠牲になる。」しかし同様の考えは一八九七年のアーサー・シモンズの発言にもある。「文学におけるデカダンスが意味するのは、言葉が学識によって堕落することで、そこでは文体が有機的であることを止め、何か新しい表現性や美を求める中で、手の込んだ異常なものになっていく。[51]」しかし学識とデカダンスの連想は、デカダンスとは洗練であり、再考であり、熟慮であるとするライオネル・ジョンソンの意見にも窺えるし、シモンズが自身の論文「文学におけるデカダントな運動」で強調したところの「大いなる時代の終わりを特徴づける諸々の性質、いってみればギリシャ、ラテンのデカダンスに見出される性質であり、強烈な自意識、あくなき探求への好奇心、繊細かつ洗練に洗練を重ねた、魂のそして精神の倒錯[52]」にも影を落としている。

(51) Matthew Arnold, *Letters of Matthew Arnold to Arthur Hugh* Clough, ed. Howard Forster Lowry (London: Oxford University Press, 1932), p.64. Arthur Symons, "A Note Upon George

Meredith," in *Studies in Prose and Verse* (New York: E.P. Dutton, 1922), p.249:「カーライル同様、いやカーライル以上に、メレディスこそ同時代の他の誰にも増して真のかつ広い意味でのデカダントである。デカダントという言葉はフランスとイギリスでは狭い意味で使われ、ごく最近の特定の作家グループをさす単なるレッテルになっている。……メレディスの文体はマラルメのそれと同じくらい自意識的である。」同じく一四三頁を参照。「『作家達に英語をもっと学術語のように書かせるべきだ』、とペイターは言った。しかしメレディスは何時だって英語を学述語であるかのように書いてきた。……彼は話し言葉とはおよそ似つかわしくないような一連の語彙を創案してきた。」

(52) Lionel Johnson, "A Note Upon the Practice and Theory of Verse at the Present Time Obtaining in France," *Century Guild Hobby Horse* 6(1891):64; Symons, "Decadent Movement," 859-60. R・K・R・ソーントンはシモンズの古典的デカダンスの考え方の大半はジョンソン由来のものだと言う。

外側の「学識の」堕落だけでなく、内側の「有機的」機能不全によって「死」を迎えた偉大な言語の例といえば、もちろん後期ラテン語である。既に見たように、それは一九世紀文学デカダンスの類似例を提供した。デジレ・ニザールの『デカダンス・ラテン詩人の様式と批評研究（*Etudesde moeurs et decritique sur les poètes latins de la décadence*）』（一八三四年）以来、それは絶えず引き合いに出されてきた。後期ラテン語がフランス作家の関心を引いたのは、その「退廃した」言語構造が示すように見えた文体的自由のモデルである。とりわけアレクサンドル格の暴虐とフランス古典主義の正確さに圧迫感を受けた世代にはそうだった。そのようにして自身の『悪の華（*Les Fleurs du mal*)』（一八五七年）の中のラテン詩「わがフランシスカを讃める歌（Franciscae meae laudes)」のメモ書きも生まれてくる。「私もそうなのだが、読者にとって、現代の詩的世界を理解し感じる情熱を表現するのに、後期ラテン語のデカダンスほど不思議とピッタリくるものはないのではないか……そのような魅力的な言語にあっては、文構成上の誤用とか規則外れの語形も、規則を忘れ無視しようとする情熱から必然的に生まれるもののように見える。(53)」ボードレールが端緒をつけた後期ラテン語の流行は、ユイスマンスの『さかしま』やレミ・ドゥ・グールモン（Remy de Gourmont）の『神秘的なラテン語（*Latin Mystique*)』（一八九二年）に引き継がれていった。

(53) Baudelaire, "Franciscae Meae Laudes," *Les Fleurs du mal*, p. 99.

ペイターの場合にも見たようにイギリスでも同様に、後期ラテン語はその独特な「現代的」表現性において評価された。アプレイウスの華麗文体や「中世ラテン語の朗々たるオルガン音楽」のようなペイターの描写は、彼に続く世代の若い作家達の間に影響力を振るう。例えばジョージ・ムアは小説『ちょっとした事故』（一八八七年）の中で、ペイターの言葉を殆どそのままなぞり、主人公のジョン・ノートンは、アプレイウスとコルネリウス・フロントーの学派を「とりわけ形式に心奪われ、忘れられた言葉が新しい場面であらわれ、現代的な言葉が古いリズムの中で喜ばしい光彩を放ち、目に見える衰退の兆候を見せながら……しかしほのかな観念とつかの間の音楽に溢れた―

いわば小春日和のようであり、またそれはオーガスタス時代の輝きを振り返るような信頼の季節――すなわち秋の森である」[54]、と表現する。同様にJ・A・サイモンズは、ウルガタ聖書のラテン語を極端にペイター風に再現して愉しむ。

ジェロームはローマ的な言葉の力強さにアジア的な華やかさを装わせ、その帝国的堅苦しさをギリシャ的繊細さに従わせ、その鉄の弦からシリアの竪琴を響かせ、この世の終わりの恍惚をハープのような響きで神への感謝とともに奏でる。……大聖堂の合唱隊の陰鬱の中で、男声による聖歌の調べのように、この重苦しいラテン語の深いこだまは不思議な中世の暗い洞窟の通路を転がってゆく。……高価な軟膏の雪花石膏の箱が割れたように、濃く立ち込める釣り香炉を揺さぶったように、そう、この散文の突き刺すような芳香は、文体は自然のままに、情熱的な示唆においては力強く、来るべき時代のすべての修道院と教会をめぐり、神秘的な愛のけだるさを漂わせ、テーベレ川やイリッサスの堤では想像出来ないような詩興に富む[55]。

ムア、サイモンズそして他の作家達も同様だが、彼らにあっては、言語的「衰退」と「終末論的」願望の中で、後期ラテン語は既成の規範に対して矛盾に満ちた抵抗の媒体を提示するだけでなく、そのコスモポリタン的異種混合状態においてはっきりと現代的な感覚性を表現しているという強い意識が窺える。ムアのジョン・ノートンも言うように、「国際色豊かなヘレニズムは、古典の様々な伝統の障害を押し付けると同時にそれを破壊する。色々な規制にうんざりした作家達は、最初個人レヴェルの満足を求めたが、次に国民よりも学者達に呼びかけたのである」（ムア、『ちょっとした事故』、三七頁）。

（54）George Moore, *A Mere Accident* (London: Vizetelly, 1887), p.38.

（55）J.A. Symonds, "Notes on Style," in *Essays, Speculative and Suggestive*, 2 vols. (London: Chapman and Hall, 1890), I: 289-91. この一節は、ペイターによるウィリアム・モリスの詩のレヴュー［一八六八年］で、後に『鑑賞集』［一八八九年］の初版に「審美詩 (Aesthetic Poetry)」として再録された内にある「中世の詩の荒々しい身震いするような官能性」という描写から来ているようだ。Phyllis Grosskurth, *John Addington Symonds: A Bibliography* (London: Longmans, 1964), p.157 は、ペイターと一歳年少だったサイモンズの関係を「意地悪い対立関係」と描き、「ペイターはサイモンズのことを常に『かわいそうなサイモンズ』と話し、［サイモンズはある友人にペイターのことをこう書いた］：『あの男には一種の死神がとりついていて、彼の音楽（しかし、それは何と甘美なことよ！）はいささか弱々しくて病んでいる。口やかましい女達が言うように、彼の人生観には虫唾が走る。それは幻のまがい物だ。それで生きるにせよそうでないにせよ、世界観について語る彼の発言には何か悪魔の蛆虫のような低音の誘惑が潜んでいる』」点に注目している。

ペイターがそうした姿勢を奨励したとはいえ、ペイターや彼の文体に合わせて書いた作家達だけが、世紀末的文体カルト集団の唯一の祭司ではなかった。というのも、ペイターの影響に拮抗するようにして他にもヴィクトリア朝作家達の影響、とりわけその一人としてR・L・スティーヴンソン(Stevenson)の存在があった。スティーヴンソンのエッセイ「文学における文体の幾つかの技術的要素について(On Some Technical Elements of Style in Literature)」(一八八五年)や「カレッジ・マガジン(A College Magazine)」(一八八七年)は、名文を目指す野心的で若い作家にとって実質的な指導書となった。例えばアーサー・マッケンの『夢の丘』(一八九五―一八九七年作、一九〇七年発行)は、世紀末的文学カルトのスティーヴンスン的要素とペイター的要素の両方を兼ね備え、そうすることでいわゆる二律背反のデカダンス寓話として登場する。マッケンが語るのはルシアン・テイラーの物語である。貧しいが意欲溢れるウェールズの若者で、ラテン名はペイタリアンといい、(マッケンの表題「夢の丘」にあたる)ある古代ローマの要塞廃墟の近くで、言葉に表せない奥深い感覚を経験した後、文学生活に身を捧げることになる。具体的には、不思議な書物の中でルシアンは、ある素朴な村娘への自分の愛を神聖なものとして記す。

［彼は］原稿を何度となく書いては写し、また書いては写し直して、ようやく一冊の小さな本にまとめ上げた。それをクリームの膜のような皮で表紙付けした。全く役に立ちそうもない様々な技能への異常な熱意の中で、彩飾の技術、もしくは彼が好んで呼ぶところの素描の技術を少しは持ち合わせていて、常にわかりにくい言葉をわかりにくい技巧として選んだ。まず彼は、テキストの厳格な作業に取り掛かる。黒い文字のぎっしり並んだ塊を懸命に形に整える仕事に、何時間、何日と費やし、何度も書いては書き直すうちに、その大きな文字をしっかりした本物の筆跡で具体化できるようになった。

写本室の修道僧の忍耐よろしく、彼は羽ペンで刻んだ(56)。恋愛詩を書くことは、ルシアンに深い官能的歓びを与える。「書きつける際に、刺すようなちくちく痛むフレーズがある。そして古い教会の連禱にもあったように、恍惚と歓喜の中から朗々とした言葉がほとばしり出た。」同様に、自分の恋愛詩の意味を隠すことも歓びだった。ルシアンは「自分が創案したことの大部分は真の意味で魔術であり、初心者達に頁から頁へと声を出して読み聞かせたとしても、その内なる意味は漏れなかったかもしれない、と思った」（マッケン、『丘』、九〇頁）。

(56) Arthur Macken, *The Hill of Dreams* (London: Richards, 1954), p.90.

そのような恍惚の瞬間に、書物は実際の礼賛の対象物へと変貌し始める。書物を物象として讃えるために、ルシアンは中世建築の色々な書を研究し、あたかもアール・ヌーボーの秘密の刷新のように、「成長する毒性の巨大水生植物、寄生して絡まる忍冬やブリオニア」（マッケン、『丘』、九三頁）のように、己の装飾的デザインを追求する。死を漂わす書物礼賛の儀式のように、自らにイバラの床を作りその上で自分の本を読む（「頁を捲りながら、蠟燭の明かりのなかで太字体から立ち上る黄金の輝きと炎を目にするとき、彼は棘を自分の身体に押し付ける」（マッケン、『丘』、二九四‐九五頁）。ここで明白になるのは、ルシアンが崇めているのが平凡な村娘のアニーではなく、物神崇拝的な書物そのものなのである。「そのような瞬間に、彼は強い香りの中で肉体的苦痛の歓びを味わった。そしてそのような歓びを二度、三度経験した後に、彼は自分の本を修正し、この甘い苦痛を自らに課したいと思う箇所の余白に、朱色で妙な印をつけた」（マッケン、『丘』、九五頁）。そのマゾヒスティックな熱気が亢進するにつれ、ルシアンの書物への献身がパロディ化するその範囲は、宗教的苦行に留まらず、文学への殉教というペイター的考えに及んでゆく。

彼は傷だらけになった、そして昼のうちに癒えた傷も夜になるとまたパックリと口を開けた。淡いオリーブ色の皮膚は血の怒りの印で真っ赤になった、そして青年の優雅な身体がまるで拷問を受けた殉教者のそれのように見えた。日に日に痩せていった。殆ど食べなかったからだ。皮膚は顔面の骨の上に張りつき、黒ずんだ眼は濃い紫色の眼窩の内で焼け焦げたように見えた。親戚の者達は彼の具合があまり良くないことに気が付いた。（マッケン、『丘』、九五―九六頁）

ルシアンは文体カルトへ仲間入りした次に「アヴラニウスの谷間 (vale of Avallaunius)」へと向かう。これは、彼が想像力を通して参入する架空のローマ世界であって、その想像力の強烈さは殆ど幻覚に近く、いわば歴史と哲学を除いた『享楽主義者マリウス』の世界である。「仕えていた少年達が、くすんだ赤い壺にワインを入れて運んできた。その壺は、彼らの白い衣服に擦れて心地よい音色を響かせた。菫色の、紫の、黄金色のワインを、彼らは落ち着いた優しい表情をして注いだ。まるで秘密の儀式を手伝っているかのようで、辺りから発せられる妙な言葉など、聞こえている徴候は一切なかった」（マッケン、『丘』、一二四頁）。しかし、しつこく色彩の形容詞を駆使する手法が示唆するように、これはワイルドも述べているところの全くもってペイター流の文体なのである。我々はルシアンの唯美的な意見のうちに、ペイターの思想を盗用し、誇張し、「粗削りに」再現したワイルドの特徴的な手法を見てしまう。こうしてペイターが「文体」で『リシダス』を「完璧な詩」と語った一文は、ここでは「『リシダス』……現存するもっとも純粋な文学作品としての」となるが、一方でルシアンはワイルド流の批評精神を真似て、『リシダス』の哀愁に満ちた主人公を「まるで面白みに欠ける退屈なキング氏」（マッケン、『丘』、一二七頁）と罵る。

『ドリアン・グレイの肖像』が『夢の丘』の書き方に影響を与えていることの証言を、マッケンの口から引き出す必要はあるまい[57]。ワイルドの影響はいたるところ明白であり、ちょうど彼の風変わりな一覧（「混沌として固まった赤が、濃く薄く汚れとなって浮き出たカップや、また白と黄色のシミで斑状になったカップもあった」（マッケン、『丘』、一二五頁）にもあるが、またペイター風な「不思議な」**(curious)** や「奇妙な」**(strange)** といった語を囲んでいる新たな不吉な雰囲気にも、またとりわけ文学を功利主義的に見ることへのルシアンの反感にも、それは明白である。

豊かな声の響きがとりわけ彼に強い印象を与えた、そして言葉には人間の考えを伝えるという功利的な役割よりもはるかに崇高な存在理由があることを彼は分かっていた。言葉や繋ぎ合わせた語は表現の手段としてのみ重要だというよくある考え方を彼は滑稽に思った。それはまるで電気を［電報を送る］という観点からのみ研究して、他の総ての特性を考えず、無視するようなものだ。（マッケン、

『丘』、一二六頁)

言葉についてのこの「よくある」考えを拒否することで、ルシアンは言葉を論理やそして思考そのものから独立した存在として見るようになる。「ここに文学という官能芸術の秘密が隠されていた。それは示唆の秘密であり、言葉を使って微妙な感覚を引き起こす技術だった」(マッケン、『丘』、一二六頁)。そのような反写実主義的な美的感覚は間違いなくマラルメのあのシンボリスト宣言「ほのめかせ、それが理想だ」(Suggérer: voilà le rêve) を想起させる。ここでマッケンは、言葉は模倣や説明はできなくても、魔術的な喚起力はあるという、論理を越えた世界に訴えているように見える。

(57) Aidan Reynolds and William Charlton, *Arthur Macken: A Short Account of His Life and Work* (London: Richards, 1963), p.59.

マッケンの物語の主題は今や、主人公の文体主義へ降下してゆく。特にその三番目に来る最後の段階では、文体への飽くなき追求の最終的な結末を我々は目撃することになる。ルシアンはロンドンに引っ越し、部屋を借り「仕事」に取り掛かる。

文学的冒険を示すのに、彼はいつもこのフレーズ「仕事」を使う習慣が身についていた。それは錬金術師の口にのぼる「偉大なる仕事」の、すべての厳格にして重大な意味へと、彼の心の中で肥大化していった。それは、あらゆる些末で苦心の跡を刻む頁と、時々彼の前を彷徨う曖昧で壮大な夢を含んでいた。他の総ては付け足しの芝居であり、意味のない、つまらないものだった。仕事こそが目的であり、それは人生の手段であり糧だった―それは朝になると彼を起こし新たな闘争へと仕向けた。また彼が夜に床に就くときうっとりさせてくれるシンボルでもあった。（マッケン、『丘』、一六二頁）

書くことが耳にもたらす味気ない効果（「『これ以上無理だ』のうるさくしつこい音楽」〔マッケン、『丘』、一五五頁〕）にうんざりし、彼は周到な模倣というスティーヴンソン的な作業に取り掛かる。「彼はこの技術を真似しようと、その大いなる効果のかすかな気配だけでも呼び起こそうとした。ホーソン（Hawthorne）の一頁を書き直し、あちこちで一つの字句を実験したり変えたりして、時々わずか一語の改変だけでも、血のように赤い炎がたちまち掻き消されるような、いかに場面全体を暗闇に突き落とすものかに気がついた（マッケン、『丘』、一六〇頁）。ついにある朝、悪夢に取りつかれ、小さな濃青色の瓶のイメージに支配された一夜の後、ルシアンは自身の説明困難なペイター的理想をはっきり理解する。「彼はその朝、自分の幸運と才能に驚いた。彼は罫線を引いた一頁を納得のいくように埋め尽くし、そして文章についても、それは読み終わると、妙な捉えどころのない歌声を示唆するかに見えた。繊細だが殆ど分からない、僧院の会堂の天蓋から響き渡る聖歌のこだまのようだった」（マッケン、『丘』、一五六頁）。

しかしこの強烈な秘密の勝利の瞬間にあっても、「表現を追求する」ときの代償たるや、それは恐るべきフロベール的痙攣であり、頁のぞっとするような白さを前にしたマラルメ的恐怖だった。「何もない頁の苦悶」（マッケン、『丘』、一六二頁）の向こうで、ルシアンは「厳しい修道院の僧侶の質素な生活に耐え、寒さ、飢え、孤独と無聊に苦しみ、優しいコトバの一切の慰めを自制する」（マッケン、『丘』、一七八頁）ことを受け入れてきた。文体への「殉教」とは、ただ緑茶と黒タバコだけで生きながらえることを意味した。更にルシアンが「よくある」伝達機能的言語観を退ける時、彼は仲間からも距離ができ、「一般市民の間にあって見知らぬ人、よそ者」（マッケン、『丘』、一七八頁）になってしまう。彼自身の言葉では、これは「無教養な人間が創造に係わる人間に対して持つ嫌悪感」（マッケン、『丘』、一七九頁）の結果にすぎない。しかしこの極貧と絶望の瞬間にあって彼が想像するのは、自分がついには「隠遁所を離れ、滅びる運命のもと［教養無い者達の］間に入ってゆき、そこで仲間を得て死を迎え、その最後の前にコトバの囁きを耳にする」（マッケン、『丘』、一七九頁）というものだ。日々ルシアンは自分の書いた言葉と格闘したが、まるでそれは何かよそよそしく別物のようであり、自立した抵抗する存在感に満ちていて、彼は今や自身の白い頁のように何も語らなくなる。「ルシアンは強く感じた、自分は二重に呪われている。キーツのように孤独であり、彼を批判した書評家たちのように何を言っているか分からない。仕事の慰めは去った、そして二つの世界の裂け目にあって彼は宙吊り状態にあった」（マッケン、『丘』、一七九頁）。アーノルドの「グランド・シャトルーズからのスタンザ (Stanzas from the Grand Chartreuse)」の調べ（「二つの世界の間で揺れる、一方は絶え／もう一方は力を得ることなくまだ生まれてこない」）が意味するように、文学作品のカルトは、その元来のモデルである聖書という正統なカルト同様、どんな信念がその後続くかを示すことなく消えゆく運命にある。

『夢の丘』は性的な黒い安息日（Black Sabbath）のように、目覚めながらの悪夢という終末論的な形で終わる。それはルシアンが以前ハリエニシダの枝を使って抑えつけた言葉の官能性であり、言いようのない予兆を超感覚的対応物へと想像力豊かに昇華させたものだが、それが今や彼をその生贄として要求する。惨めなチャタートンにも似た（Chattertonian）死を彼は迎える。唯一その時になって、仕掛けられた終わりのように、ルシアンの書いたもの―説明し難く見事に詠うような調子で彼をこれまで満足させてきた数頁―は、実際わけが分からなくなる。ルシアンはその間ずうっと、小さな濃青色のボトルから取り出したアヘンチンキの影響下にあった。こうして、マッケンの物語が描いているのは、文体カルトの行き詰まりでしかない。ちょうどペイターのいう華麗文体の理想や聖職者然たる学者集団が、コールリッジの考えていた共通語並びに知的エリートをもっと個人的で穏やかな形で表現したように、マッケンの物語も無意識ながらペイターを更にパロディ化して矮小化する最後のケースということになる。芸術家と「教養のない者達」との間の暗黙の距離感は、あからさまで直ちに脅威をもたらす敵対関係となる一方で、「学者」仲間の読者達も完全に消え去っている。無慈悲な頁を前にしてのルシアンの自己抑制的生活は、実存主義的な唯我論だった。そして唯我論は極端な形として文法の破格へと向かう―内輪のシンボリズムの中で言葉は完璧化し、それはもはや選ばれた少数者にすら意味を示さず、唯一の特別な読者、ルシアンその人にだけ、意味をなすだろう。

最後のところでマッケンが、ルシアンの芸術的迫害の経験をアヘンの夢として示すとき、官能的言語への彼のヴィジョンの最も深い暗示は、ある意味回避される。しかしいくらはぐらかしても、ワイルドがペイターから学び、そのワイルドからマッケンが学んだ書き言葉の自立性という感覚は、しばしば悪しき自立性ではあっても、ごまかすことはできない。「言葉！……それは形の無いものに造形的な形式を与えるように見えた。……言葉だけで！言葉ほどリアルなものはあったか。[58]」言語が自立した生命を持つというこの感覚は、世紀末文学のいたるところに存在する。例えば、繰り返しパロディ化され強調される象徴主義や、通常の言語の象徴的な空間への言及の裡にあって、それはちょうどM・P・シールのデカダントな探偵プリンス・ザレスキーがこう言う時でもある。「雲の姿に重なって、ツグミのさえずりの声が、貝殻の微妙な色合いと見まがうばかりだが、もしあなたに充分な洞察力があって、それが帰納的かつ演繹的で充分精巧であるなら、あなたはそこに単に一つの意味でなく、きっと、終わりのない深い意味を見出すだろう。」あるいはジョン・デイヴィッドソンに出てくる皮肉っぽいスティーヴンソン的冒険家のラヴェンダー卿、名前そのものがまさにそれを示す（ラヴェンダー [Lavender] というのは彼の「本当の」名前ラヴニール [L'Avenir] の崩れた形である）が、次のように宣言するのも同じである。「葉の上に葉脈はない、小石の上にはひっかき跡もない、店の上には名前もない、紙切れの上には切れ切れの言葉もないし、私へのメッセージは何もなく、私は絶望してしまう、ここでは意味が読めないのだから。『剃刀と雛鶏[59]』。」

(58) Wilde, *Dorian Gray*, p.19。イザベル・マレーは『ドリアン・グレイ』の序で、この一節はペイターの未完成の小説『ガストン・ドゥ・ラトゥール』(*Gaston de Latour* [1888]) から来ていると述べている。そこには、ロンサール (Ronsard) のオードについて「言葉が、たった一つの言葉がこれ程多く意味したことはかってない」(xii頁) とある。

(59) M. P. Shiel, "The Stone of the Edmundsbury Monks" in *Prince Zaleski* (London: John Lane, 1859), p.78; John Davidson, *A Full and True Account of the Wonderful Mission of Earl Lavender* (London: Ward and Downey, 1895), p.250. ラヴェンダー卿は「剃刀と雌鶏」というパブの看板に困惑する。看板の意味はその歴史にあることが、多分に手間をかけて示される。パブの主人が死んだとき娘がパブを引き継ぎ（「雌鶏と鶏肉」）、床屋と結婚して看板を変えたのである。

終末論的形式の文学デカダンスはこの自立的な言葉の生命を常に何か不可解で、混乱させ、邪悪で、もしくはワーズワースの言葉を使うなら「飽くことなく、静かに活動しつつ狂わせ、転覆させ、荒廃させ、損なわせ溶解させる、ある種の対抗精神」として描く。これはまたデカダントな文学に繰り返し現れる表現不能性というトポスの比喩、つまり言わんとすることを表現しきれないというあの言葉の不全性というお馴染みのコンヴェンションでもある。マッケンの『パンの大神』（一八九四年）では、ある邪悪な女の誘惑を手書きで説明したメモが一人の人物に差し出される。

オースティンは原稿を手に取ったが、それを読まなかった。きれいな頁を適当にパラパラ捲っていると、ある単語とそれに続くフレーズが目に入った。気分が悪くなり、唇は蒼白になり、こめかみから冷たい汗が滝のように滴り落ち、彼はその原稿を放り出した。「捨ててしまえ。ヴィリエーズ、この話はもういい。お前は石でできているのか？　私は読まないぞ。もう眠れないな。(60)」

マッケンはこの話の中で表現不能性のトポスをあまりに乱用し、評者達もそのことに不満を漏らしている。しかし物語の中では、これは主題的には書記言語そのものと原初的な肉体的恐怖という文字通り「口にできないような」現象とを結びつける機能を果たす、つまり「人間の肉体で、いわば最上位に君臨する恐ろしくて、口にできないような要素」（マッケン、『パン』、一二九頁）を。

同様に、アルフレッド・ダグラス卿（Alfred Douglas）の有名な詩「二つの愛」も、実質的にはこの表現不能のトポスを活用し、それを倒置させている。自分の名前を尋ねられて「私は愛ですが、あえて名は口にしません」と答える伏し目の若者は、マッケンもそうしたように、現実の目や耳が担うには恐ろしすぎる言葉を抑制しているかに見える。しかし、この場合はそうではない。というのも我々は、このかわいそうな若者の名前を既に知っている。彼は「私の名は愛です」と既に言っていて、陽気な相棒からそう言ったことを叱責されている。この伏し目の青年の名前について口にできない真の事情と言えば、それはしぶしぶ彼に付き添いながら、少年少女の心を異性愛的恋の炎で満たすのを仕事とする快活な相棒の名前と自分の名前とのソドミックな差異ではなく、むし

(60)　Arthur Macken, *The Great God Pan* (London: John Lane, 1894), p.92.

ろその相棒の名前との完全な同一性なのである。言ってはならないのは、二人とも、「愛」という名を持つ点である。かくして言葉の恐ろしい力とは、ここではそれがもつ嫌悪感ではなく、その通常の語のうちにある。

言葉の自立性の同様の感覚、つまり書き言葉なり文学言語がそれ自体の危険な生命を有するという感覚は、ワイルドの「W・H・氏の肖像 (The Portrait of Mr. W.H.)」（一八八九年出版、拡大版一八九三年）のような作品中の秘密厳守のレトリックを説明している。ワイルドの作品を心理的に説明するなら、作品中に見られる秘密への傾斜は彼の性意識の精神病理にまで辿るのが普通であろう—つまり不完全に秘匿され、悲惨な姿で明るみに出される同性愛という病理だ。しかし「W・H・氏の肖像」の秘密の修辞表現—「謎」、「隠された」、「秘密」、「鍵」、「錠」、「開示する」、そしてとりわけ「不思議な」—などは純粋に文学的意味を持っている。シェイクスピアのソネットやフィッチーノ訳のプラトンなどに当てはめると、この修辞法は文学言語の持つ自立的生命を説明し、そのような言葉が人間精神や意識に及ぼす危険な影響を示唆している。「W・H・氏」では、シェイクスピアのソネットの「秘密」を解読する魅力が、三人の主たる登場人物をシェイクスピアのテキストへと誘う。例えば語り手は、少年俳優ウィリー・ヒューズへのシェイクスピアの隠された同性愛の話を「開示する」ために、ソネットの順番を並べ変えることを決める。しかし文学言語へのこの介入によって、語り手の二人の友人シリルとアースキンは、決定的な運命を迎える。語り手は、最後にはシェイクスピア芸術の自立的な言語世界への脅迫的な関心から自由になるが、この世界を構成しているエネルギーそのものは、どうやら他の二人の侵入者を圧し潰すことになる。というのも、デカダントな文体そのものが持つ統語的要素の様に（「頁が壊れてフレーズの自立性に席を譲り、フレーズは単語の自立性に席を空け渡す」）、シリルとアースキンがまず興奮に襲われ、続いて死に向う様は、まさにテキストの「秘密」によって混乱が生じ、そして次に解体が来る話である。

デカダントな言葉の不安が持つ意味合いの完全な姿は、はっきりと世紀末的な「運命の書」の考えに集約されるが、それはワイルドがシリルとアースキンの死をシェイクスピアのソネットへと遡るとき、「W・H・氏の肖像」で予想されたものである。しかしそれはもしちゃんと理解すれば最終的にはより複雑で、そしてより恐ろしいものでもある。運命の書は、ずばり命を奪うからというのではなく、個人の人生を決定的に変える力を備えているという意味で、運命に関わってくる。これは、ペイター自身が『享楽主義者マリウス』の有名な第五章（「黄金の書」）で説明しているものだ。そこでペイターは、アプレイウスの『黄金のロバ』がマリウスやフレイヴィアンに及ぼす深い文学的、個人的影響を示す。そしてこれまた、ラトゥールのガストンがロンサールのオードを読んだ時感じる力でもあり、ローゼンモルトのカール公(Duke Carl of Rosenmold)がコンラッド・ケルテス(Conrad Celtes)の『作詞法(*Ars versificandi*)』を発見した時の経験でもある。度々ジェラルド・モンズマンは書いているが、「ペイターの場合、登場人物の成長を記すにあたって、突然の文学的発見が彼らの成熟にとってのテキスト上の前置きになる」（モンズマン、『ペイターの芸術』、一一六頁）。ペイターにあって文学テキストは、その読み手の精神的、肉体的転換に立ち会い、実際それを生み出すように見える。

言語的自立のこの力は、正確な意味でデカダントなものになるが、ただそれは、毒を孕んだ魅惑的な力として描かれた場合である。ちょうどジョージ・ムアが特定の書の決定的な影響力を性的で誘惑的なものとして扱い、そのことで『夢の丘』でルシアンが「文学という官能的な芸術……言葉の使用によって甘美な感覚を生み出す芸術」にぞくぞく感じた時、そこで言わなかった点を明らかにしている。『ある青年の告白（*Confessions of a Young Man*）』（一八八八年）でムアは、肉体の神聖な歓びへの自身の転向を、ゴーチェの『モーパン嬢（*Mademoiselle de Maupin*）』を読んだ結果だと語っている。ゴーチェの官能性という絶対的真理を説明しながら（「その言葉は表現しようも無く私自身の一部となった。……私の転向は大きかった……本当に私の転向はそうだった」[61]）、ムアが慣例的な宗教言語を道徳律廃棄論者よろしく反転させるやり方は、彼自身が、ゴーチェの文体の持つ性的な誘惑によって官能主義の新しい人生に誘われたとする主張に比べたらさほど驚くべきことではない。「恐らく陳腐で年老いた空論家でもない限り、自分の今のせっぱつまった気持ちに入り込み訴えかけてくる書物の働きによって、ぞくぞくした歓びに駆られない者はいないだろう。これこそ純粋な官能主義である……文学には性的な親近性に呼応した、そしてそれにとても似た、親近性が存在する―それは理屈で説明できない類の魅力であり、歓びであり、脱力感なのである」（ムア『告白』、九九頁）。

(61)　George Moore, *Confessions of a Young Man*, ed. Susan Dick (Montreal and London: McGill-Queen's University Press, 1972), p.79.

特別に性的な意味で読者を誘う言葉の力は、ムアが『享楽主義者マリウス』を誘惑的書物のリストに載せる背景にもあるし、また『マリウス』と『モーパン嬢』とを並べてその符合するような共感と効果を強調する点にも見られる。「いくつかの偶然的な相違点を無視すれば、両者の同盟がいかに確固としたもので、その根底にある共感がいかに同種の、同等のものかに注目することは、興味深い。それらは等しく可視世界を喜々として崇拝し、物質的なモノの美しさがあれば、人生のあらゆる必要性は充分事足りる、という救い難い信念である。大地も空と同じように美しいと思うし、そして形式を添削し修正することこそ美徳である (Je trouve la terre aussi belle que le ciel, et je pense que la correction de la forme est la vertu)、―と言うゴーチェとペイター氏は、立派に握手出来る」(ムア『告白』、一六六頁)。ムアの読者達は、ペイターもゴーチェと同様、読者を文体の性的魅力を通して目に見える美という宗教に改宗させる、という結論から逃れられない。

このようにしてムアは、ペイターの文体の持つ躊躇いや精緻な条件付けなどを削ぎ落して、文体の持つつかの間の効果と回避的な振る舞い―つまり彼呼ぶところの「仄めかしや、はかない暗示に潜む一切のもの」(ムア『告白』、一六六頁)を暗黙の同性愛的な誘惑の様式、言うなれば「あえてその名を口にしない」短く、悩ましい魅力とひたすら同一視する。間違いなくムアに「陳腐で年老いた空論家」と思われる方を望んだであろうペイターは、自らのエッセイ「文体」の「官能主義」に対してムアが抱いた印象から逃れようとした。だから文学におけるムアの「感覚判断」とか「官能主義」を引き取って、それを「文体における魂」という考え方へと転換させる。それは見事な試みであって、ムアの攻撃的な宗教言語の流用(「神の言葉」「私の転向」)から、その道徳律廃棄論者風な熱気を捨てさせる、ちょうど自身のエッセイでそれが「キリスト教的関心」（ペイター、「文体」、二五頁）という穏やかな祈りに変貌しているように。

ペイターのすぐれた文体論は、ある意味自己防衛の試みとして読めるかもしれない。つまり、書物を誘惑者と見做すムアの考え方に伴う意味合いを昇華させ、そこからドキドキするような肉感的なものを削ってゆく試みなのだ。実際ムアの「官能主義」を見直すペイターの姿勢は確固たるもので、我々としても次のような文は、ペイターがあたかもムアを念頭に書いたかのように読めてしまう。「特定の人物での具体的な働きでもない限り、なんら真に重要なものも、なんら真の意味も認めないという人々がいる。しかしそういう人達こそ、文学芸術において魂の性質を正しく味わう人達だ。彼らは書物の中の人物を知っており、そして直感で進んでゆくように見える」（ペイター、「文体」、二七頁）。もしこれがムアに対する穏やかな反駁だとしても、但し書き付きのそれである、賞賛という但し書き付の。というのも、ムアの荒っぽい還元主義が牽制に値する限りは、文体への彼の強い反応も、同時に賞賛に値するからである。だが、いかに鋭敏であっても、単に文体や文体とある作家の性的独自性との関係への直感的知覚だけではやはり足りないし、その限界を忘れてはならない。つまり、ムアのような読者達には、次のように伝えねばならない。

こうして彼らはある個人の情報の総てを手にするとしても、それはまだ魂の一つの特性でしかない、つまり、決して表現できないものを仄めかすだけという意味においてそうである。それは実際に言われることと異なっていたり、もっと曖昧だというのではなく、絶対的な実体はそこに含まれてはいるが、表現されているのはそのほんの一面もしくは一つの様相でしかない、という意味においてである。
（ペイター、「文体」、二七頁）

絶対的な実体（*That plenary substance*）。この魔術的なフレーズは真にペイター的な限定（「異なっていたり、もっと曖昧だというのではなく」、また否定的もしくは譲歩的定義（「決して……ないわけではなく」、「しかし……だけ」）、類意語をどんどん使う手法（「位相もしくは断面」）、そして執拗な名詞節（「決して表現できないもの……そのほんの一面……実際に言われること……そこで表現されているもの」）といった文体上の迷路の中心に来る。これまで見てきたように、これらは受容についてのペイター的理想を構成する言葉の器官なのである。つまりあの理想に燃えたマリウスが追求した「綿密な、生涯に渡っての受容力の教育」なのだ。その明らかな曖昧さと認識的収束の先延ばしによって、それらは意味の豊かさを未解決のまま維持し、雑な排他性を寄せ付けない。そのような文体構造は、『マリウス』でペイターが「霊力」（mysticity）と好んで呼んだもので、これは明らかに文体の持つ神秘的な可能性を、ムアのような不敬な眼差しや直感から守るべく目論まれたものである。

しかし、自身の文体に対するムアの見解が持つ気まずい含意からペイターが逃げようとしても、彼の書いたものには抑えようのない官能的要素が残っている。これは、ペイター自身の「文体における魂」という基本原則も決して免除してはくれないものの一つだ。というのも、それは逆説的に言って、ペイターのような「神を冒涜する」作家達に「一種の宗教的な力」（ペイター、「文体」、二六頁）を行使するのを許す官能的要素だから。ペイター自身の言葉が示唆するように、この逆説は、もともと彼が発動しようとした神の言葉としての言語という認識への彼自身の係わり方に根差している。デイヴィッド・デローラが説得的に示したように、ペイターは、J・H・ニューマンの知的で文体論的な影響を受けつつ書いた。つまり「文体」は、間違いなくニューマンの「文学」を前に置いて書かれたものなのである。[62] ペイター言うところの文体の触発する「魂」の感覚や、生きた「人物」として理解されるような文体の「力」も、文学を言語の個人的な使用もしくは活用と捉えるニューマンの定義から来ている。ニューマンによれば、文学とは個人的なものである。なぜならそれは、ちょうど息やコトバと同じように、「ある特定の個人」から出て、「ちょうどその人の声、雰囲気、顔つき、立ち振る舞い、行動がまさに個人のものであると同じく」（ニューマン、「文学」、二三八頁）、その人に特有のものだから。才能ある作家にあって、文体とはごく単純に「その強烈な個性の忠実な表現である」。それはニューマンにとって、「その人の存在そのもの」（ニューマン、「文学」、二四一、二五〇頁）なのである。

(62) Delaura, *Hebrew and Hellene*, p.334.「ペイターが『文体』を書きながら、脇にニューマンの講義録を置いていたことはまず疑いない。」ニューマンが国教会の典礼文や祈祷書の文体を使い続けたという同時代の意見としては、J.C. Shairp, *Aspects of Poetry* [1881], pp. 443-4 を見よ。「ニューマン卿の書いたものの中には、優美な旋律や完璧なメロディーなど、祈祷書の中の最も心和らげるハーモニーと並べて良いような一節が何百となくある。」

しかしそういう時のニューマンの文体の捉え方は、まさに言語と世界の神学的な説明に近づいていて、そこからは文体を個性の表現と見るペイターの似たような考え方は排除されている。ニューマンが自信を持って文体の裡に「強烈な個性」の完全な具現化を主張出来たのも、世俗作家における思考と言葉の合一は暗に聖ヨハネの福音書の神のロゴスによって保証されていたからだ。しかし「世俗的な」作家たるペイターとしては、そのような承認は見いだせない。また比較文献学という新しい福音にも、権威を求めようがなかった。既に見たように、言語の起源を神に求めるJ・P・シュスミルヒの主張を一蹴することで始まった言語科学は、マックス・ミューラーの通俗化した疑似科学的主張を否定することで既に決着がついていた。言語科学者達が言語の起源に関心を持ち続けた限りでは（そしてフランスの言語学協会はそのような関心の破棄を要請した）、言葉は第一義的に感覚印象に由来するということで、全体としての同意ができつつあった。こうして事態は一九世紀当初の出発点に、つまりホーン・トゥックが物々しく言語の感覚的、物質的基盤を宣言した頃のあの振り出しに戻ることとなる。真実とは、単に人間が信じたものだった。言葉と概念の結びつきはもう必然的かつ理念的なものではなく、任意で感覚的なものと考えられたのである。「魂」は「息」を意味するだけだった。

従って、世紀末の書に取りつくことになる暗くて悩ましい運命の書というヴィジョンは、もとはと言えばペイターが言語の感覚的物質性とどうにも切り離せない、それ自体言語の物質性の幻と化してゆく、あの世俗的な「文体における魂」を起源とする。ライオネル・ジョンソンの有名な詩「黒い天使」のように、それは誤った同伴者であり、「黒い聖霊」(dark Paraclete) とは要するに「暗闇の中の囁き、／ほのめかすような調子、取りつくような笑い」によって知る危険な魂もしくは逆立ちした神の声なのである。神聖化されざる「強烈な個性」というこの文体的効果は、ゴーチェやペイターの作品のうちにジョージ・ムアが誘惑的存在として読み込んだもので、ある種有害な書物に付きまとう一種の対抗精神だった。「書物は個々の人間に似ている。それらが血液と脳のレヴェルで、既にある感覚のうちに感覚を生み出し、熱狂させ、逆上させるとき、あなたは直ぐにわかる」（ムア、『告白』、七六頁）。これら運命の書物のなかで最も有名なのは「有害な」書で、黄色いカバーとシミのついた頁、そして古語と隠語を宝石のようにちりばめた文体であり、ヘンリー・ウォットン卿がワイルドの『ドリアン・グレイの肖像』の年齢不詳の主人公に手渡すものだ。それによってワイルドは、ジョージ・ムアの『告白』の次のような発言に応えている。「私はたまたま読んだ本で、良くも悪くもこれほど影響を受けたものはないし、これほど広範囲に及ぶ、これほど強烈に劇的な影響の連鎖をもたらした物語もない」（ムア、『告白』、八〇頁）。調査研究からも明白なように、ワイルドは間違いなく彼の運命の書については、ユイスマンスの『さかしま』、ペイターの「結語」、『マリウス』、そして『ガストン・ドゥ・ラトゥール』などから幾つかの要素を持ってきて、それらをモデルにしている。勿論、加えてその折々のちょっとした作品からも借用している（この場合ワイルドはより大らかな姿勢で臨んだ）[63]。

(63) See Murray, "Introduction" to *The Picture of Dorian Gray*, pp. vii-xxviii. を見よ。書物を通じての堕落というワイルドの考え方は、文学と関係の無い情報源で色付けされているかもしれない。

ワイルドは最初ホートン卿の邸宅でスウィンバーンに会っている。ホートン卿の猥褻性愛文学の広範囲な収集は有名で、ホートン卿は以前スウィンバーンを（彼の要求に応えて）サド（Sade）の作品に導いていた。

ワイルドの物語では、有害な書物はヘンリー卿の代理として機能し、そしてその指導のもとでドリアンは優れた悪の目利きとなる。「彼がぼんやりと夢見ていたものが突如として現実のものとなった。夢にも見ていなかったことが徐々に明るみになった」（ワイルド、『ドリアン』、一二五頁）。ペイターの登場人物さながら、その直系たる道徳律廃棄論者としてのドリアンは、ある書物に動かされて「成熟した男性」へ向かう。特にヘンリー卿の運命の書は、ドリアンの目に罪の「歴史」を開示する。その書の中で、パリに住む若い主人公が試みるのは、「自分以外の時代のあらゆる情熱と思想をこの一九世紀という時代に実現し、そしていわば自分の中に、世界精神がこれまで通過した様々な心的状態を集約する」（ワイルド、『ドリアン』、一二五頁）ことだった。ちょうどドリアンが若いパリジャンである主人公に「自分自身の一種予表的な姿」を見るように、その運命の書が彼に提示するのは、次のような総ての世紀にわたる予表的なタイプである—つまり残虐なルネサンスの王達、そしてその前の、見事なローマ帝国のデカダントな皇帝達、即ちティベリウス、ドミチアン、ネロ、そして最後は衣服倒錯者で「顔に絵具を塗りまくり、女達の間に混じって糸巻棒をせっせと動かした」エラガバルス（ワイルド、『ドリアン』、一四五頁）。

それは、読んで知る過去の悪徳のエピソードの数々を、ドリアンが自らの人生で模倣するというだけの話ではない。その凝った宝石をちりばめたような文体の影響下で、彼は自らの人生を運命の書の「人工的な」言葉で受け止める。彼の人生は、ただ罪と官能のモザイクであり、微妙な抑制を効かせた夢なのだ。すなわち運命の書は、風変わりな経験の暗黙のパターンに対して、音楽、刺繡、それからドリアンが一一章で見せるような高価な宝石類を提出する。そしてこれらが「人生」でドリアンが継続的に実験を試みる際のモデルとなる。さらに重要なのは、ドリアンがそれを読んで経験する時、そしてそれが彼の人生に影響を及ぼす様子をこちら側が見る時、という両方の意味で、その運命の書の効果が時間を破壊させる点である。ドリアンが読んでいるとき時間は注意されずに流れてゆくし、彼の読書についてこちらが読んでいる間に時間は「何年」も過ぎてゆく。ヘンリー卿の書は、まさにその言葉がフレイヴィアンの華麗文体の理想を成就している点で運命的なのである。つまり「かくもはかないもの」を人工的に捕らえることだ。

文章の抑揚、その音楽の微妙な単調さは、確かに複雑なリフレインと丁寧に繰り返される運動に満ちていたが、若者が章から章へと進む時、その精神に一種の夢想、夢という病を生み出し、そのことで彼は日没も忘れ、忍び寄る黄昏の影も忘れた。（ワイルド、『ドリアン』、一二六頁）

『ドリアン・グレイの肖像』でヘンリー卿からドリアンに届けられる有害な贈り物は、要するに世紀末文学の運命の書のエンブレムと理解してよい。なぜならそれは性的な誘惑者というよりは、マリオ・プラッツ（**Mario Praz**）が『ロマン的苦悩（***Romantic Agony***）』の中で通常の性の極端にデカダントな姿として理解した、あの脳髄の好色さという繊細な楽器なのだから。物語の中でワイルドも言っているように、ヘンリー卿は何か間違ったことをするわけでは全然ないのだから。彼の堕落は、完全に脳髄のレヴェルという点でデカダントである。しかし多分必然でもあったように、運命の書のトポスはその性のヴェールを除かれてたちまち卑俗化していった。もしマッケンの『夢の丘』で運命の書が倒錯したキリスト教聖書だとすれば、『ドリアン・グレイ』は、少なくとも暗に、性的倒錯の書物である。運命の書のこの面は、例えばエリック・ステインボーク(**Erick Stenbock**)の『死の研究』(一八九四年)のような作品でいっそう明白になる。その話の中で、吸血鬼ヴァーダレック伯爵だけが「ある奇妙な神秘的な書物」を理解できると言われ、ステンボックは吸血行為を同性愛的誘惑のコードとして使い、魅力的な若者ガブリエルを騙す際の口実にそれらの書物を用いる。(64) コンプトン・マッケンジー(**Compton Mackenzie**)の『邪悪な通り(***Sinister Street***)』(一九一三年)の頃には運命の書は、俗悪小説のお決まり場面で顔を出す馬鹿げた小道具になり下がっている。

本を買ってあげようか—不思議な香りと情熱的で優雅なしるしに満ちた美しい本を?……「モーパン嬢」ではどうだろう、そうしたら君の視界の前を彼女のロココ風の魂が金色の脚に合わせて踊るかもしれない。それとも『さかしま』を買って人生の生き方を教えてあげようか? しかしどちらも君にはぴったりこないだろう。そこでここにペイターの一冊の本がある—『想像的画像』だ。中でも「オーセールのドニ(**Deny l'Auxerrois**)」が気に入るだろう。いつか私自身が君の想像的画像を描いてあげよう。そこでは君の密かな、横目使いの微笑が世間に対して青春という芸術の全貌を見せるだろう。[65]

(64) Erick Stenbock, "The True Story of a Vampire," in *Studies in Death: Romantic Tales* (London: David Nutt, 1894), p.135.
(65) Compton Mackenzie, *Sinister Street*, 2 vols. (London: Martin Secker, 1913), I: 278.

ワイルドの自立言語の感覚は、あの新しい文献学由来のもので、それは彼の昔の恩師マックス・ミューラーの有名な見方に倣えば、思考は言葉から生まれるのであり、その逆ではない、[66]と強調することだった。その自立言語の感覚はそれなりに『ドリアン・グレイ』の主要テーマになっている。「物事にリアリティを与えるのは表現だけだ」、と彼は言っている。多分ワイルドの『サロメ(*Salome*)』(一八九一年フランス語で書かれ、一八九四年英語で出版)に至って初めて、この感覚ははっきりと終末論的になる。その世界のヴィジョンは自立言語の力によって創造され、また破壊されている。「今や月が血の色になった」、とヘロデは彼がサロメに与えた「言葉」に胸騒ぎを覚えて叫ぶ。だがその終末論的な底流は、デカダンスの考え方そのものに一貫して内在していた。現実を統御する何らかのロゴスが無いとすれば、いつでも世界は一言で崩れ去っておかしくないからである。代替のロゴス、言い換えればポスト文献学時代を表現する新たな「至高の書物」の探索が、世紀末に熱烈に求められることになる。時代は「聖なる書」を生み出さねばならないとマラルメが言い、ダヌンチオ (D'Annunzio) が「現代散文の理想的な書」を求めたように、イエーツはずっと後になって振り返りながら、「われわれのなかに世紀の終わり近くに、そのような書物を考える者も出てきた」と回想している。[67] イエーツの『自伝』の中の「悲劇の世代」の見事な描写で、ペイターの『享楽主義者マリウス』は他の運命の書と同じく、あからさまな教義によってではなく、その文体的優雅さの持つ密かな暗示による効果故に、ヴィクトリア朝世紀末の決定的な運命の書となっている。

皆そう感じたと思うが、私にもそれは近代英語における唯一の偉大な散文だと思えた。しかし私はそれが、いやそれが表現している精神の態度が、私の仲間たちの不幸の原因だったのではないかと思い始めた。それは静かな大気のなかにきつく張られたロープの上を歩くようなもので、われわれは嵐の中で揺れるロープの上で足を支えねばならなかった。ペイターはわれわれを学術的にした。……（イエーツ、『自伝』、二〇一頁）

運命的であったにせよ、なかったにせよ、このペイターの書は新しい科学的文献学がもたらした文化の不安から生まれたもので、言語の科学が呼び起こした自立言語という幻を甘受しつつ、その中で勝利を目指して書かれたものであり、文学デカダンスに収斂してゆく様々な要素を突き動かしたのである。

(66) Oscar Wilde, "the Critic as Artist"[1891], in Ellmann, p.359を参照。「下等な動物とわれわれが共有していないような行動もないし、情感もない。われわれが彼らの上に来るのは、あるいはわれわれが互いに対してそう言えるのは言語によってのみである—言語こそ思考の生みの親であり、その逆ではない。」ワイルドは一八七〇年代にオックスフォードにいた頃ミューラーの講義に出席していた。

(67) W.B. Yeats, *Autobiography* (New York; Macmillan, 1965), p. 210.

第四章　肉体から離れた声

風の声、
水辺の声、
彷徨い、叫ぶ
——ジョンソン、
「モーフェッドへ」

文学的デカダンスとは、書き言葉の人工性や自律性が独特の文体的曖昧さのうちに反映した場合をさすが、それはヴィクトリア朝世紀末の文学史のほんの一時期にすぎなかった。というのも文学デカダンスは、単に一八九〇年代の競い合う幾つかの実験的、伝統的な様式のうちの一つでしかない。ペイターに始まる唯美主義者の系統にはっきり属する作家たち—即ちアーネスト・ダウスン、ライオネル・ジョンソン、アーサー・シモンズ、そして若きW・B・イエーツ—でさえ、ほんの部分的に、あるいは否定的な意味を込めて「デカダント」という言葉で括られるだけだ。しかし明らかに、我々が感じるこの言葉の居心地の悪さは、これら作家達を取り囲む文学的状況の真の意味の複雑さに由来している。つまり、たとえこれらの誰一人、一貫したデカダンス作家としての活動はないにせよ、このデカダンス様式をそれぞれ落ち着かない気持ちで受け止めている。書き言葉を人工的で破壊的な力として、とりわけデカダントな意味を込めて表現するやり方は、彼らの芸術に働きかけ、ペイターの遺産を葛藤のなかで継承しつつ、同時にまたその制約から逃れる方向へと彼らを導いてゆく。というのも英文学経験におけるデカダンスとは、常にその言葉という媒体の物質性と自立性についての一つの目論みというよりは、ある認識、理解の仕方を表わしているからだ。文学的デカダンスとは、いわば文献学によってロマン主義が士気を喪失してゆく姿と言って良いだろう。その士気低下の情調はすぐにヴィクトリア朝の世紀末にあって消えてゆくが、書き言葉の言語的特質の捉え方は相変わらず文学的実践に圧迫を与え続けることになる。

審美主義を受け継ぐ一八九〇年代の作家達の状況を理解するには、先輩格である二人の偉大な審美主義的作家、即ちペイターとスウィンバーンがこれら作家達にどういう係わりを持ったかを見ればよい。既に見たように、一九世紀の科学的文献学によって面目を失い傷つけられた言葉の媒体から、豊かで言語的に許容される表現形式を勝ち取ったのは、ペイターの『享楽主義者マリウス』並びに後期作品における真の功績だった。しかし一八九〇年代に彼に続いた者たちは、自分たちの芸術的選択の幅をいっそう狭めてしまった。人工的言語として認められ使われたペイターの偉大な書き言葉のモデルは、常に彼らの前にあったとはいえ、それは誘惑的だが、どうしようもないほど模倣不能だった。[1]『マリウス』の精緻な言葉は、古典語として書かれる英語が一体何が出来るかを、その可能な限界を彼らに示すことになる。

（1）Oscar Wilde, "Mr. Pater's Last Volume"[i.e. Pater's *Appreciations*], in *The Artist as Critic: Critical Writings of Oscar Wilde*, ed. Richard Ellmann(New York: Random House, 1968), p.234. を参照。「ペイター氏にあっては、ニューマン枢機卿と同じく、個性と完成との一体化が見られる。この独自の分野で彼に並ぶものはいない。真似して後に続く者もいない。なぜかと言うと、

模倣する者がいなかったわけではなく、彼のような芸術には本質的に真似できない独特なものがあるからだ。」

等しく一八九〇年代の審美主義的作家達に阻害的に作用したのは、全く逆の種類の制約を示したスウィンバーンの悲喜劇的な例だった。スウィンバーンもポスト文献学的体制のもとで芸術家として成長した一人である。マックス・ミューラーは、スウィンバーンが学位を取ることなくオックスフォードを去る前の試験官の一人だった。ペイター同様、文学言語にとって言語上許される範囲の新たなモデルを前にして、スウィンバーンは書き言葉よりも歌(song)を選択した。実際、ペイターのような書き言葉のどんな理想もスウィンバーンには訴えなかった。スウィンバーンの見方では、書物の言葉は暗にその力を聖書から得ていたし、聖書は彼にとって常に圧力に満ちた権威の象徴なのである。むしろ聖書や、その権威のもとで生きるすべての「最高位の書物」は、廃棄されねばならない。だからスウィンバーンの詩では、あらゆる方法で聖書の転覆が図られる。例えばゴーチェの『モーパン嬢』を「美の聖なる書き物」と呼び[2]、また聖書用語やイメージを大胆に使うスウィンバーンの姿勢もここから来る。例えば「バーサブ女王の仮面(The Mask of Queen Bersabe)」では、二二人の運命の女の名を筆記体で掲げながら、その旧約聖書のうんざりするほど長い系図を嘲笑う。

(2) A.C. Swinburne, "Sonnet (With a Copy of *Madmoiselle de Maupin*)," in *The Complete Works of Algernon Charles Swinburne*, ed. Edmund Gosse and T.J. Wise, 20 vols. (London: William Heinemann, 1925), 3:60.

書物の書き言葉ではなく、詩歌の昔のモデルにスウィンバーンは従った。そこには人間の声が音声として、物質的に本質部分で参加している。「つぶやく天の声、輝く音、歌う星々、轟きわたる愛、葡萄酒のように燃える音楽」、そうスウィンバーンは「時の勝利(The Triumph of Time)」の中で言う。[3] 明らかにここには、言葉をとりまく言語状況へのごまかしはない。スウィンバーンは、話し言葉を書き言葉よりも優位に見ている。また彼自身がすでに破綻したと見ていた魂の超越に関する宗教的教義とのあからさまな妥協もない。むしろ音こそ事物の本質であり「魂」であるとするスウィンバーンの態度には、彼の試験官でもあったマックス・ミューラーとミューラーの唱えた「音声の型」の影響が驚くほど見てとれる。(「すべての自然を貫いて一つの法則がある、つまり、打てばすべては響く。それぞれがそれぞれの響きを持っている。」)

(3) A.C. Swinburne, "The Triumph of Time" [1866], in Complete Works 1:180. 事物の本質はそれが奏でる音にあるとするスウィンバーンの見方については、David. G. Riede, *Swinburne: A Study of Romantic Mythmaking* (Charlottesville: University of Virginia Press, 1978), pp.73-76. を見よ。

純粋な音を求めるスウィンバーンの詩的成果は、様々な世代の読者たちを魅了したし退屈にもさせた。あまりに見事に、とりわけその華麗な声喩的技法を通じて、事物の根本的な音声的要素を実現してみせたので、多くの読者にとっては、オスカー・ワイルドが後に書評で「風や波の吐息とともにあり……自らの個性を完全に返上して(4)」と語ったように、スウィンバーンはもっぱらそれら要素になりきって話す風に見えた。しかしワイルドとイエーツには、この個性の返上という点は認め難かった。スウィンバーンは、もともと音声と考えられる詩のコトバに正当性と永続性を取り戻したものの、この達成が完璧に表現された後期の作品については、後の審美主義的作家達からの賞賛はなかった。こうして、スウィンバーンが文学言語の真に新しいモード—つまり基本的に「非文語的な」柔らかい言語媒体のうちに、過去の文学の一切のパッセッジを途切れなく組み入れるような—そんな言葉の新しいモードに到達した時、ポスト文献学時代にあって文学に新たな主張はどう可能かに心を砕いた作家達の注目は彼には向かわなかった。

（4）Oscar Wilde, "Mr. Swinburne's Last Volume" [i.e. *Poems and Ballads*, Third Series, 1889], in Elmann, p.148.

スウィンバーン後期の詩の気の滅入るような画一的な高尚さが、スウィンバーンの予言的な神話詩「崖の上(On the Cliffs)」（即ち「歌の苦痛と喜びに悶える愛の女司祭／愛の歓びと苦痛に悶える歌の女司祭」）などよりは、精神を高揚させる『詩とバラッド(*Poems and Ballads*)』（一八六六年）のような初期作品を好む一八九〇年代の審美主義的作家達を遠ざけてしまったのに対し、彼らのペイターへの反応ははるかに相反感情を伴っていた。ペイターの追随者たちの多くは、彼の禁欲的な華麗文体には背を向けたが、それも止む無くそうしたのであって、あからさまな「俗物的」拒否ではなかった。ペイターの文体に対する世間でよく知られたマックス・ビアボーンの抗議の場合も、そこに顕著なのは順応的な精神というか、パロディ風でありながら、なお一貫した賞賛であり、ペイターの多くの後継者たちの反応を特徴的に描いていて参考になる。

ペイターの死後一年半も経たないうちに、ビアボーンは『ページェント（***Pageant***）』（一八九六年）の中でこう書いている。「私の子供の頃のずっとデカダントな時代［即ち一八九〇年］でさえ、名文家として彼を賞賛したことはない。当時でさえ私は憤慨していた。英語を死語のように扱い、周到な儀式よろしく文章にまるで経帷子をまとわせるようなそのやり方にはうんざりしていた、―自分の書物、つまり棺のうちに文章を横たえる前に、その大理石のような美しさから、まるで男やもめのように離れようとしない。その聖域から漏れ出る重苦しい空気、青ざめた呟きときたら、私としては、どんな女でもいい、一言誘いの声をかけてくれたら、その場から逃げ出しただろう。(5)」これはR・K・Rソーントンも指摘するように、批評とパロディをいっしょにしたものだ。というのも彼はデカダントな文体とラテン語（「死語」）を結びつけるお決まりのやり方で貶める一方、ペイターの得意とする文尾の捉えどころのない、躊躇いがちなリズム、古語の使いかた「……の前に」**(or ever)**、さらには文章の終わらせ方を同格（「書物、すなわち棺」）を使って引き延ばすやり方にも反応している。実に、ジョン・フェルスナーも言ったように、ビアボーンのパロディは彼の批評である、というか、そうしないと圧倒されるような魅力的な想像世界へ（安全な距離感をもって）参加を可能にしてくれるような、曖昧化を狙った批評形式と見るのが正しいかもしれない。ビアボーンは、ペイターやワイルドやヘンリー・ジェイムズのような、芸術の自立性をより強く主張する作家達を相手にするときはいつもパロディによる調停の試みを強める。フェルスナーも指摘するように、「ビアボーンはただそういった主張からちょっとだけ距離を置いて、芸術の為の芸術という世紀末の問題に両面から迫ろうとしたのだ。彼はワイルドのことを芸術から道徳を退けているとしてからかったが、人生の直接的な道徳的ヴィジョンからは程遠い文学ジャンル―すなわち物語、ファンタジー、逆説的エッセイなどをワイルドから継承してもいる」(6)。

（5）Max Beerbohm, "Be It Cosiness" [later titled "Diminuendo"], in *Aesthetes and Decadents of the 1890s: An Anthology of British Poetry and Prose*, ed. Karl Beckson, rev. ed.(Chicago: Academy Press, 1981), p.67.

（6）John Felstiner, "Max Beerbohm and the Wings of Henry James," in *The Surprise of Excellence: Modern Essays on Max Beerbohm*, ed. J.G. Riewald (Hamden, Conn., Archon,1974), pp.197-98. See also R.K.R. Thornton, *The Decadent Dilemma* (London: Edward Arnold, 1983), pp. 56-57.

これこそまさに、ビアボーンがロンドン郊外の人々の真面目腐った家庭生活の側に立って、ペイターの言う強烈な経験の崇拝を退けるときに、『ページェント』のエッセイで我々が見る両義的な反応そのものである。ビアボーンはその郊外の単調さを、暮れ行く秋のようなペイター的散文（「夏にはひんやりしたシロップが食糧雑貨の店から私に届くだろう」）で表現しながら、繊細なペイター的配慮を滲ませて味わう（「わが暖炉の火床の石綿は炎の花を生み出すだろう」）ために、一見攻撃の対象にしているその幾つもの審美的価値を別な形で擁護することになる。ペイター的「脈動」から退いて、「あらゆる外的妨害から免れた」内省的生活へ向かうというビアボーンの決断それ自体、ペイター的なものだ。同じようにビアボーンのプリンス・オブ・ウェールズの豊かで多彩な活動への表向き素朴な（faux-naif）関心も（「彼はインドのジャングルでは象を、オーストリアの森ではイノシシを、マサチューセッツの平原では豚を狩る」）、パロディ的な距離感を伴うとはいえ、ペイターの想像的受容力の理想に加担している。そしてあまり好意的とは言えないものの決定的にペイター的なのは、ビアボーンがまさにペイターその人である「小柄でずんぐりした、険しい顔つきの男性」を見るその見方であり、―また美的な嫌悪感を優雅に震わせつつ、ペイターが「明るい色の犬の皮の手袋」を付けるのさえ認めようとしないその姿勢である（ビアボーン、「くつろぎとせよ（**Be It Cosiness**）」、六七頁）。

ビアボーンのパロディは、こうしてペイターの他の継承者達の反応の特徴ともなっている賞賛と抵抗という対立する路線を、非常にはっきりと併せ持っている。ワイルドやビアボーンと違って、ペイターを信奉し、彼をパロデイ―の対象とはしなかったライオネル・ジョンソンやアーネスト・ダウスンでさえ、禁欲的審美主義の継承と声への回帰という二つの動きの間で苦しい調停を迫られた。というのも言語的に問題含みのペイターの「死んだ言語」への反動は、一八九〇年代になって、「ロマンスの再生」、つまり文学言語のモデルを今一度話す声、つまり言語的正統性の中で見直される声に沿って捉え直すべきという新ワーズワース的要請と一致したからである。世紀末のバラッド・リヴァイヴァル、パストラルの魅力、高踏派の韻律形式や、イエーツが「レトリック」と呼ぶことになるものへの敵意、つまり単に話し言葉というだけでなく、基準から外れた言葉使いへの関心―これらすべてがワーズワースの革命的な美学に与っている。

しかしこの声への回帰は単純な話ではなかった。例えばこれを最も強烈に求めたウィリアム・シャープのような詩人達でさえ、直ちに困難に見舞われた。書き言葉の伝統の凝った形式を嗤い、権威ある声の新たな時代を宣言する分には、それはそれでよい。

> 私たちの間には「トマス・ザ・ライマー (**Thomas the Rhymer**)」、あるいは「クラーク・サンダース (**Clerk Saunders**)」のような、明らかに粗野な律動を巧妙に翻案したトリオレ (**triolet**) を好む者達もいる。彼らはむしろ、ビノリ (**o' Binnorie**) の碾き臼女による自然のままのハープ演奏やアナン・ウォーターを渡るドラムのような夜風のヒューヒューいう音などよりも、ヴィラネル (**Villanelle**) のサロン音楽の方に耳を傾けるだろう。ただ、文語調の詩人の絶頂期は衰退に向かっている。われわれは、疑似古典主義、疑似中世主義、疑似審美主義にはもううんざりだ。(7)

しかし、必要とされる情熱的な統語法や復活に繋がる言い回しを提供してくれるような真の人間らしい言葉を見つけるのは、また別問題だった。ロマン的原始主義を奉じるシャープは、J・A・サイモンズが「心の耳」[8]と呼んだものに背を向けていたし、ペイターがその華麗文体の理想に組み入れていた想像的豊かさや複雑さも棄て去った。その代わりにシャープは、「『ハムレット』や『マクベス』を書いた純粋な人物にとってすら、立派な指針となるような古い昔ながらの『耳』に寄りかかった」（シャープ、「献辞的序（Dedicatory Introduction）」、viii頁）。そして素朴なこの器官は、シャープがスコットランド方言の伝統が有すると思われる豊かさへと彼を導いていった。「機知を孕んだ風が弾むように吹く／霧立ち込める岸辺に／まるで吹雪の嵐のようだ……。」もちろんシャープは、スコットランドの文人達の党派的で今やもう陳腐でしかない輝きに飛びついただけである。そしてこれは少なくともシャープの技量では十分なものにならない。ワイルドも冷静に彼の作品について述べているように、「シャープ氏が詩でも散文でも好んで使う『憂鬱な』（drumly）という形容詞すら、新しいロマン主義運動の十分な基礎にはなり得ないように見える」[9]。

（7）William Sharp, "Decadent Introduction," *Romantic Ballads and Poems of Phantasy* (London: Walter Scott, 1888), p. vii.

（8）J.A. Symonds, "A Comparison of Elizabethan with Victorian Poetry," *Fortnightly Review* 51 o.s., 45 n.s. (January 1889):69:「最近では、詩人は歌を書くとき扱う範囲をいっそう広げる。声やビオールの音楽性のことは考えずに、魂の耳に知的に響きわたる調べを考える。結果として、豊かでより完全なシンフォニーが生まれ、音楽の路に沿ってはいないが、精神の耳と、『孤独の至福でもある内なる目』にも訴えるような想像的感覚にそれは到達する。」

（9）Oscar Wilde, "A Note on Some Modern Poets [an 1888 review of W.E. Henry's *Book of Verses and* Sharp's *Romantic Ballads and Poems of Phantasy*]," in Ellmann, p.100.

しかし、なら何がその基礎たり得たのか。ワイルド自身認めている、「もしこの［文学の］ルネサンスが生き生きとした活力溢れるものであるなら、それは言葉の点でも相応の側面を有さねばならない」。彼の思いは、ペイターと同じで芸術媒体を再生するのは文体であって、単に新しい主題ではなかった。「ちょうど音楽の魂の発達が、また絵画の技術的発達が何らかの新たな道具、もしくは表現媒体の発見（それによってただちに生まれるわけではなくても）を常に伴っていたように、どんな重要な文学運動の場合も、力強さの半分はその言葉にある。もし豊かで新しい表現様式を伴わないなら、その文学運動は不毛となるか単なる模倣に終わるかしかない。方言や古語用法などではうまくいかない。」（ワイルド、「ノート」、九九頁）。言葉の問へのワイルド自身の答えはまことに興味深い。それは声に回帰しつつペイターを受け入れようとする世紀末的試みをある極端な形で示している。

ビアボーンと同じ様に、ワイルドも師匠の後期の文体に背を向けた。ペイターの『ルネサンス史研究』が彼にとって「黄金の書」であり続けたのは認めつつも、ワイルドはペイターの『鑑賞集（*Appreciations*）』（一八八九年）を書評しながら、ペイターが後期に書いたものにはある種の衰退に似た徴候、文体的鬱血状態、もしくは硬直性が見られるとした。

一八六八年にペイター氏が書いていたときは、一貫して言葉に鋭敏な注意を払い、変わらぬ研ぎ澄まされた音楽性を見せつつ、同様の精神の落ち着きを失わず、対象への何かしら同じ処理方法を見せてくれた。しかし徐々に文体の建築的構造は、豊かでより複雑さを増し、言葉使いはより正確にまた知的になってゆく。時として長ったらしく、あえて言うなら重苦しく複雑な文章があちこちに出てくる、と思えてしまう。（ワイルド、「ペイターの最近の作品 (Pater's Last Volume)」、二三一頁）。

数か月置いて、「芸術家としての批評家」の中でワイルドはもっと率直に語っている。「われわれの間で最も完璧な英語散文の大家たるペイター氏の作品ですら、しばしば音楽の一節というよりはモザイクの塊に近く、いたるところで言葉の真に律動的な生命感を欠き、律動的な生命感が生み出す繊細な自由さと豊かな効果を失っている。[10]」

(10)　Oscar Wilde, "The Critic as Artist," in Ellmann, p.351.

ワイルドはペイターの個人的な文体的衰退を、より大きなデカダンスを背景にして眺めた。つまり印刷によって生まれる話す声 (speaking voice) の硬直化という現象である。

印刷術の導入以来、そしてわが国の中下層階級の間での読書習慣の決定的な発展があって以来というもの、文学はますます目に訴える傾向が強まり、逆に純粋芸術の観点から言えば、文学が喜ばすべきところの、また常にその喜びの基準に沿って立つべきところの感覚たる耳に訴える度合いが、益々減少してゆく傾向にある……われわれは、実際、書くことをはっきりと創作の一形式としてしまい、それを凝ったデザインの様に扱っている。……そう、書くことは作家達に多大の害を及ぼしてしまった。(ワイルド、「芸術家としての批評家」、三五〇－五一頁)

高尚な語源探索や中心テーマからの手の込んだ逸脱に向かうペイター後期の作品のうちに、ワイルドは印刷された頁を念頭にして書くというある傾向を見出す。つまり印刷された頁こそが、そのような複雑な効果を包み込み可視化する唯一の媒体となっている。しかしそのような散文は、変奏や「視覚的」アラベスクへの欲求を満たしてくれても耳は相手にしない。ペイターの後期文体が提示した疑問へのワイルドの返答は簡単である。「われわれは声に帰らなければならない。それが試金石である」(ワイルド、「芸術家としての批評家」、三五一頁)。同時にワイルドは単なる口語表現の気安さのために、ペイターの華麗文体の豊かさは捨てたくなかった。代わりにワイルドが求めた理想とは――「実際に使われる言葉とは違い、響き渡る音楽と甘美なリズムに満ち、厳かな抑揚で堂々とし、奇抜な韻律によって優雅であり、驚くべき言葉をちりばめ、また崇高な言い回しで飾られた言葉のことであり[11]」――それは話す声の容量に応じて調整されるべきものだった。何であれ、話す声が取り込めそうなことは、文学の文体も試みて良い。

（11）Oscar Wilde, "The Decay of Lying," in Ellmann, p.302. ワイルドは「生が……形式の完全さを台なしにする」前のルネサンスドラマの言語の特徴を説明している。

ワイルドが思ったように、これら話す声の懐は大きかった。オックスフォードで彼は、ペイターのゆっくりとした話しぶりや、耳に心地良いラスキンの声を聞いていたし、(12)彼らの話し方から多くを学んでいた。ワイルドはそこで、自分自身の話し方を例にしてわざとらしさや通常の会話のもたした調子に陥らないで完璧に話せるぎりぎりのところを試してみた。そこから、ワイルドが「完璧な文章で、まるで前の晩に徹夜で苦労しながら、しかも赴くままに書き上げたかのように話す」のを初めて聞いた時、イエーツがすっかり驚いたという話が出てくる。ワイルドのコトバの人工性は自身の文章を熟考し完璧に練ることから来ているのはイエーツも知っていたが、ワイルドの緩やかで注意深く変化を付けた抑揚は常に「私の耳には自然に聞こえた」。他にも、ワイルドの話術に恍惚とし、感動して咽び、その驚くべきパワーと美しさを証言する声はある。特に寓話を話して聞かせるときは、会話するというよりは『ドリアン・グレイの肖像』のヘンリー・ウォットン卿よろしく、創造するために話すという感じだった。(13)これこそまさにワイルドが生涯に費やした「天才」であり、作品に充てたのは「才能」だけだった。イエーツやロバート・ロス（Robert Ross）、そしてアンドレ・ジッド（Andre Gide）も口をそろえているように、ワイルドが自分の話のしゃべりを止め、それを活字で入念に仕上げる作業に入るとき、彼の文体は工芸品のように硬直していった。(14)

(12) マックス・ミューラーは *Auld Lang Syne*, First Series (New York: Charles Scribner's Sons, 1898) の一四七頁で言っている。ラスキンは「気のおけない会話ですら、文章を組み立て、そのひとつひとつを一種の芸術品にすることに真の歓びを感じている」風に見える一人だった、と。また別の証言者はラスキンの声は「どんな人物の声にも増して強く魂を感じさせ、静かで情熱的で、また刺激的でもあった」。これは John Ruskin, *Letters to M[ary] G[ladstone] and H.G.* ([London]: privately printed, 1903), p.13. に引用。

(13) ワイルドの聴き手が彼のパフォーマンスを『ドリアン・グレイ』第三章のヘンリー卿のそれと比較するのはよくあった。「彼は考えを弄び、わざとらしくなった。それを投げ上げては一変させた。見えなくしてはまた取り出し、空想でそれを虹色に変えては、次に逆説でそれをいじって見せた。愚劣さを賞賛していても、話しているうちに、一つの哲学へと飛翔し、哲学の女神自身も若々しくなった……」

(14) See Léon Guillot de Saix, "Le Dormeur Éveillé," in *Le Chant du Cygne: Conte Parlés d'Oscar Wilde* (Paris: Mercure de France, 1942; reprinted New York: Garland, 1976), pp.34-36. イエーツ、『自伝』、一九〇頁も参照。「ワイルドがその物語［＝「善の実践家」］を出版したのは少し後だが、しかし言葉をあれこれいじって劣化させてしまった。それで私はそれを最初に聞いたままの姿に再現しなければならなかった、その恐ろしい美を感じられるまで。」この言葉は多分読者に「イースター一九一六 (Easter 1916)」のあの苦しいリフレインを即座に想起させるだろう。「すべては変わってしまった：／恐ろしい美が生まれた。」しかしこのフレーズも結局は我々が既に注目したようなデカダントな書き物に見られるこじつけ的な衝動からきている。ビアズリーの「邪悪なる乳房」やセオドール・ラティスローの「殺意ある髪」のように、イエーツの「恐ろしい美」もスウィンバーンの「甘美な恥辱」などその他のこじつけ的な合成語にまで遡る。

疑いなく、ポスト文献学時代の言葉の問題へのワイルドの答は、幾つかの主要な困難を解決している。彼の口頭の童話（実際ワイルドの総ての出版された物語は最初は口頭による童話だった）において、彼は言葉の豊かさと「強烈な個性」のどちらも犠牲にせずに言葉を本来の話し言葉の形に戻した。しかし同じく明らかにこの解決の代償は相応に大きい。というのも言葉についてのワイルドの演出的理想は、とてつもない自己消耗的な技術と、話し言葉の芸術 (spoken work of art) のはかなさとその最終的な消滅の全面的な受け入れ、という二つを前提としている。芸術と芸術家を人工物として見るこの自己消耗的な見方のうちには、まだモダニスト的な自己憐憫によって汚されてないとはいえ、近代の大いなる苦悩が存在する。ワイルドにとって文学が芸術の中で偉大なのは、まさにG・F・レッシング (Lessing) も言ったように、それが時間の中にあって一続きの明確に表現された調子として存在し、そのことで時間と変化を扱うことができるからだった。

影像は一瞬の完成にむけて集中している。画布の上に染めあげられたイメージも、何ら魂の成長や変化を持ち合わせない。もしそれらが死を全く知らないとすれば、生を知らないからだ。生も死も、その秘密は彼らにこそ、時間の連なりが影響を及ぼす彼らにこそ所属するからである。……その迅速さの裡にある肉体を、またその不安の裡にある魂を、われわれに示してくれるのが文学である。（ワイル

ド、「芸術家としての批評家」、三六三頁）

入念な語りコトバとして完成する文学が、芸術家から、あるいは芸術家とともに消え去ってしまうかもしれないにせよ、それは芸術が芸術家によって絶えず生み出されるべきということに比べるならワイルドにはさして大きなことではなかった。「二つの世界があることを理解せよ。一つはそれについて語らなくても存在する世界。それを理解するためにそれについて語る必要がないという理由で、それは真の世界と呼べる。もう一つは芸術の世界だ。それは語らなければならない世界であり、もし語ることをやめれば存在しない。[15]」ワイルド自身のトーク、見事な批評文の独白的対話、さらにはサロメとヘロデの情熱的な独白で、創造的な言葉を話すことによって新しい世界を生みだす。つまりワイルドにあって、ロゴスのキリスト教的神話はロマン主義的に世俗化され、それは厚かましいまでに極端な表現になっている。

(15) André Gide, *Oscar Wilde*, p.18, quoted in Aatos Ojala, *Aestheticism and Oscar Wilde*, 2 vols. (Helsinki: Suomalaisen Tiedeakatemian Toimituksia, 1955), 2:40.

ペイターの禁欲的な華麗文体と同様、ワイルドの「美しき文体」の理想は、芸術家の強烈な個性から来ている。この力はしかしコトバを通じて繰り返し演じ、表明されなければならない。というのも既に見たようにワイルドによれば、その力は書き言葉の硬直性によって守られ恒久化するものではない。もし芸術家の個性が計り知れないような何かではないなら、ワイルドの演出様式はまさに文字通り自己消耗的なものとなってしまう。ワイルド自身の裁判と投獄は、（ある種メロドラマチックな生々しさを伴って）演じる自己へのある種の制約を示唆するものだった。しかしワイルドに破局が訪れる前ですら、ライマーズ・クラブの若い詩人たちにとって話す声の限界は既にはっきりしていた。

＊＊

声の重要性とペイターの華麗文体のそれとの板挟み状態にあったライマーズ・クラブの詩人達の間で主役的存在といえば、ライオネル・ジョンソンということになる。彼は、このまるで理論的支柱を欠いた雑多な集まりの中で、理論家であると同時に神学者的存在でもあった。ジョンソンは彼なりのワイルド的演出で知られていたが、偉人達を相手にしたジョンソンの想像的会話とワイルドの口頭の童話との間の違いは重要であって、それは同時代のコトバと書き言葉の伝統による精緻な言語との競合的な関係を、なんらかの詩的形式で調停しようとした世紀末的試みの証である。ジョンソンはニューマンとかグラッドストーンのような大物との対話を創案し、イエーツによると、あまりにも印象強く彼らを登場させたので、聞いた人は誰しも本物であることを疑わなかった。「彼はグラッドストーンやニューマンの為に発案した対話の委細は決して変更せず、なんら拡張や修正を入れずに、まるで学者の正確さで何年にもわたって引用して見せた」（イエーツ、『自伝』、二〇三頁）。ワイルドならその時その時自由に即興で創ったところを、ジョンソンは目に見えない、先在の「テキスト」に拘った。イエーツのような読み手を納得させたのは、このように反復される対話の洗練さというより、そこに「ごく普通にふっと登場してくる人物」の方であった。ニューマンのジョンソンへの架空の挨拶―「私はかねがね文人の仕事を三つ目の聖職と考えてきました！」―などは、ニューマンならそんな場面で若者に対していかにも言いそうな言葉に見えた。少なくとも、イエーツやジョンソンのような人物は、後期ロマン主義的な崇高な詩の役割への想いで一杯だったから、そう納得させられたのである。

イエーツによれば、このような偉大な人物との影の対話という幻を通して、ジョンソンの「人生の哲学はその表現を得た」（イエーツ、『自伝』、二〇四頁）。つまりイエーツが言わんとしたのは、そのような形式を通じてジョンソンは、混沌とした生に対して「典礼」や「序列化」への彼自身の価値観を押し付け、権威ある立場の人々との一見直接的なやりとりに入っていけることだった―その場合ニューマンとグラッドストーンは、聖なるそして俗なる生きた代表者ということになる。しかし一層重要な点は、これら伝統的な権威の上に立つ人物達との関係が対話形式という点である。イエーツは、ロンドン文壇への田舎者的見解だが、と自ら断りながら、このジョンソンの想像的会話は、彼が美的立場ゆえに貧しさを誓うことで断念した大いなる世界との間に何らかの結びつきを維持したいという半ば無意識的願いから来ている、と見た。しかしこれら幻の対話は、ジョンソンの文学的伝統との緊密で直接的な関係を完璧に表わしている、と言った方が多分真実に近い。というのも審美的には、ジョンソンの想像的対話はワイルド流の新しいモダニスト的な実存的演技ではなく、ウオルター・サヴィッジ・ランダー（Walter Savage Landor）によって完成された文学ジャンル、つまり人間の声に合わせた精巧だが目立たない学識の伝統ともいうべき想像的対話に属する。口頭のジャンルとしての想像的対話を続けることは、ジョンソンにとって文学的伝統の生きた性格を強調することであり、またそこにいる自分を主張することでもあった。

ジョンソンにとって文学とは、アイアン・フレッチャーも指摘している様に、彼の敬虔な心と忠誠心を引き出す一連の維持制度の一つだった。ウインチェスター、オックスフォード、カトリック教会、さらにアイルランドなどもそうである。[16] そして文学に関しては、ジョンソンは古典主義者だった。つまり彼は、マシュー・アーノルドやトマス・グレイの古典的な伝統の側に身を置き、フレッチャーも言うように、「健全さ、バランス、法令」を強調し、また「とりわけポンタヌスの後のラテン詩では特に頻繁な、—昔の作家達のフレーズを、また時々彼らの文章をすら静かに装う」習慣が見られる（フレッチャー、『ジョンソン』、六〇頁）。これは我々も既に述べたように、スウィンバーンの習慣であって、ペイターのではない。ペイターの文体はそれが与える影響の可能性への、自らの独創性への不安を常に露わにしている—その不安はウォルター・J・オングが言うように、書かれたもの、とりわけ印刷されたものとしての言語経験から生まれる。すなわち文学作品を他の作品から切り離し、外のあらゆる影響から観念的に独立させ、それだけで一つの単位として捉える感覚から来ている。[17] ペイターが自分の作品への他の作家の影響を句読法や抑揚や統語的強調を示しながら気づかせるのに対して、ジョンソンは黙って見えないように援用しながら自らの一部としてゆく。

（16）See the "Introduction" to *The Collected Poems of Lionel Johnson*, ed. Ian Fletcher, 2nd rev. ed. (New York: Garland, 1982), pp. xvii-xix. ジョンソンの詩からの引用は総てこの版による。
（17）See Walter J. Ong, *Orality and Literacy: The Technologizing of the Word* (London and New York: Methuen, 1982), p.133.

ジョンソンの盗用は、こうして古典への敬虔な心から出たものであり、これはまた詩における対話の伝統でもある。文学の古典における標準的な規範の一つは、感受性と洗練さを兼備した人物達の間できちんと言われそうなことを目安にする点である。ジョンソン自身の文学との「対話」は幅が広く、現在と過去、ラテン語と英語、話し言葉と書き言葉との間に違いを設けていない。エズラ・パウンドは言っている、「思うに、彼はいつもラテン語を書いていれば満足だったろう。しかしそれが出来なかったので、ラテン語風の繊細さで自分に可能な限り総てを英語に移し替える仕事を自分に課した。彼はラテン語から生まれてきた英語を書いたのである」[18]。また、パウンドに言わせると、「書物のコトバ」はジョンソンにとって人間のコトバと同じく、直接的で説得性のあるものだった。イエーツも、かってジョンソンから、「読まれるべく作られた言葉を、話されるべく作られた言葉よりも不自然と考えている」（イエーツ、『自伝』、二〇五頁）と嘲笑されたことを振り返っている。

(18)　Ezra Pound, "Preface," in *The Poetical Works of Lionel Johnson* (London: Elkin Mathews, 1915), p. viii.

文明化されたコトバというこの目に見えない伝統は、ジョンソンの詩の顕著な聴覚的価値の源であり、彼の視覚的イメージや色彩の欠如を説明している。実際、ジョンソンの視覚イメージは、大抵何か混乱したものと結びついている、ちょうど彼が「古い世界が最高だ／われわれの世界は愚鈍な羊皮紙だ」（ジョンソン、「通夜（Vigils）」、六四頁）、あるいはさらに、何か落ち着かない官能的な、邪悪な様子を見せながら「黒い天使」の語り手が危険な敵に対して「赤い炎の情熱はそなたのものだ」（ジョンソン、「黒い天使（The Dark Angel）」、五三頁）、と言う時もそうだ。ジョンソンが世界の視覚的魅力を気持ちよく取り入れるのは、それが何か破綻し傷ついたときだけである。それは、「炎が／艶やかで弱々しい優雅なケシの花のそれが、なる／青ざめた瀕死の雑草に」（ジョンソン、「収穫（Harvest）」、八〇頁）とか、「赤いバラの残骸が、／風の強い芝生一面に」（ジョンソン、「イギリスにて（In England）」、三〇頁）の詩行にあるように、頭韻と抽象名詞の両方がイメージの視覚的効果を弱めている。あるいはまた「御受難修道会の司祭へ（To a Passionist）」で、視覚的イメージや色彩が何らかの宗教的な使われ方で補われているような場合だ。そこでは「夕闇／太陽と真珠色の清い朝露で真っ赤になった」への語り手の肉感的な歓びと司祭の礼服に縫い込められたケイソウへの宗教的不安、つまり「紫に咲き誇る、王のような華やかさ／真っ赤に血を流す、死のサクラメント」（ジョンソン、「御受難修道会の司祭へ」、五四頁）との間に落ち着きのないポーズが置かれている。子供時代の無垢な肉感性すら、非視覚的な言葉で想起される。

思い出される表情よりも強く、
古くに書かれた言葉よりも近く、
昔愛せし香りがまとわりつく
……
豊かに野生化したモクセイソウから
ヘリオトロープが塊となり、そしてしっとりと濡れた
草地、ああ美しき過ぎ去った日々よ！
（ジョンソン、「芳香 I (Incense I)」、一三六頁）

まるでジョンソンははっきり視覚的なものに対して何か卑しさを感じているみたいで、それは「世界のぼんやりした性格」（ジョンソン、「救貧院にて (In a Workhouse)」、一四七頁）に向けられた美的表現の卑しさに近い。

ジョンソンは詩の中で文学的伝統との想像的対話を続ける。そこでは書物は宝物のような物象としてではなく、生きた人物もしくは声として描かれている。例えば「ロンドンのプラトン (Plato in London)」では「古くて魅力的な頁」は素早く溶解して、「この大事な賢者との対話」（ジョンソン、「ロンドンのプラトン」、六頁）になるし、また同じく彼はゴールドスミス (Goldsmith)、リチャー

ドソン(Richardson)、ラム(Lamb)、グレイ、また他の大切に思ってきた作家達の作品に物としてではなく「亡くなった友」、「優れた亡霊」として、また「親愛なる人間という本、／優しい声と、愛嬌に満ちた表情の！」(ジョンソン、「オックスフォードの夜(Oxford Nights)」、六七頁)として声をかける。そのような詩にあっては、書物の対話は周りを囲む外部の混乱に対して安全で暖かな内的秩序を創造してくれる。「外は喧騒と寒さの世界／こちらは優しく火が燃えている」(ジョンソン、「ロンドンのプラトン」、七頁)、あるいは舞台がオックスフォードだから脅迫的な色合いは弱いにせよ、「外は風が逆巻く世界／こちらは死んだ友人達の声が聞こえる」(ジョンソン、「オックスフォードの夜」、六七頁)。優れた亡霊達や文学の優しい声は語り手の部屋の戸口で、「押し寄せる叫び」や「感情の興奮」を遮る。そこで彼の内なる混乱も、「ついに疲れるだけの冷酷な事が／空しい束の間の風となるまで」(ジョンソン、「オックスフォードの夜」、六八頁)小さくなってゆく。

しかしジョンソンが内と外の違いを無視して、文学の声に根元的な力そのものを重ね合わせるのは、ごく普通なことである。例えば、ブロンテ姉妹作品の「力強い音楽」、「われわれの心に襲い掛かる」音楽が、彼女らが住んできた荒地と一体化される。同様にして、彼女らの「ギリシャの響き」を伝えるケルト風のブロンテという名前(つまり雷を表わすギリシャ語に似ている)は、雷鳴のような「大気を浄化して安らぎに向かう激情」(ジョンソン、「ブロンテ(Brontë)」七〇頁)と一つになる。ジョンソンは、エミリーが埋葬されているホーワース教会を風で囲む、あたかも雷をあらかじめ用意して平穏な空間を確保するかのように。「風よ／静かな眠りの家を囲んで叫べ／そこで見出せヒースの荒野の息よ／入り口を。」同時にジョンソンは、ヒースの実際の風の声をシャーロット・ブロンテの登場人物たちの、架空の、しかし同じく根元的な、息と重ね合わす。「汝の造りたるもの、われらが完璧な友、／尽きることのない命に満ち、／汝、終わることのない命を返せ」―スウィンバーンのサッフォーの誇り高き声のこだまが聞こえる。

この主題はジョンソンの詩「ホーソーン (Hawthorne)」でも繰り返される。そこでこのアメリカ詩人の「荒廃した湖を覆って付きまとう声」は、「悲しみの完璧な命であるその音楽」(ジョンソン、「ホーソーン」、三四、三五頁) を西風の通り路から学んだと言われる。さらに風が西風ということで、ジョンソンの詩の語り手がそれを古典文学に出てくる西国の強風や地方と結びつけるのを可能にする。だから語り手はホーソーンのマサチューセッツの野に不釣り合いな形容詞「穏やかな」を与えられるし、その野にあって「古の」風で落ち着き、「霊妙な優雅さに」触れたホーソーンの姿を想像することが出来る (ジョンソン、「ホーソーン」、三五頁)。全く同様にしてホーソーンの文学の声をもたらす西風は、実際、それ自体が西風なのだが、語り手自身の世界を他ではありえない意味で満たす。ジョンソンの語り手は、「暗い森林地」で感じる「沈んだ寂寥感」は単に外部に向かって投射された自らの内的情感ではなく、むしろ根元的かつ美的に統一された自然の客観的な一面でもある、と納得する。「汝の声」、と彼はホーソーンに告げる、「汝の声、さらに轟く海の声が、／木々の枝のうちに沸き起こる。」すなわち後期ロマン派の詩では、自然にあって「一段と深く混ざり合うもの」が大抵は芸術なのである。

またこのことから、ジョンソンの詩には「取りついて離れない」や「歌う」韻律の繰り返しが生まれてくる。慎重でラファエル前派的な「歌う」という古語用法は現代の歌を過去のそれと繋ぐ一方で、「歌う (chaunting)」と「取りついて離れない (haunting)」の聴覚的結合は、非物質的な歌と自然とを融合させる。即ち、「鐘」へ呼びかける詩が示唆するように、超自然的な要素を融合させる。

われわれはあなたの好んで訪ねる場所をつかめるか、
　あなたの歌の生まれる場所を。
われわれはその時夢の国にいたのか、それとも死の国にいたのか？
　われわれ、情けなくただ不思議がっている人間は？
（ジョンソン、「鐘 (The Bells)」、八九頁）

別な詩でジョンソンが示唆しているように、そこで本当に「歌声」に耳を傾けられ、よく訪ねる場所もしくは土地とは、つまり「音楽がそこで生まれる場所ではなく、／というのも音楽はそこでは永続的なのだから」、それは純粋に天国のことである（ジョンソン、「聖コロンビア (Saint Columbia)」、八八頁）。少なくともジョンソンにとって、この世で天国に相当する場所とはケルトの西の土地であり、そこの西風は、今一度繰り返すが西国のものである。「汝穏やかな西国にあって、／汝のこの世の子供たちは満足し／天国で、純粋な西国の休息の故に」（ジョンソン、「アイルランド (Ireland)」、九三頁）。これらの土地の風や大気や、それらの目に見えない不滅の要素は、美と魂の秩序の力と同一視される。「ケルトの歌い手やケルトの聖者たちの声／太古の風を糧として生きる」（ジョンソン、「ウェールズ (Wales)」、七九頁）。アイルランド、ウエールズ、そしてコーンウォールでは、芸術の内的声、即ち息と外的な自然の風とは混ざり合って一つの霊感となる。

しかし偉大なる魂は汝の風に乗る。
汝の行く道はいつも霊が付きまとい
魔法にかけられたよう。
汝の子供たちは太古の声を聞く、
それは岸辺に打ちつける海の調べであり、
山々から流れ落ちる川の音であり、
　汝の住まう森の木々の囁きである。
永久のものから届く荘厳な眺めが
汝らの眼を満たし、真昼時に汝らは
幻を視る、すべての風はすばらしい。
（ジョンソン、「アイルランド」、九六頁）

ジョンソンの示唆するところでは、息を巡るこの西国の声と西国の風の根本的な一体性は理屈を超えている。これら西国のゲール語的な、本質的な「声」は忘却に侵され、年々言葉として失墜してゆくのだが、ジョンソンは下降線の中にあるこの言葉を断崖に打ちつける海と風の音のように、永遠に続くものとして描いている。

荒涼としたランズエンドの調べのように
　悲しい忘却が砕け散る。
風と同類の言葉はもう語られない、
鉄の絶壁に海の波がその力を消尽する、
その力の変わることのないしるしは
猛々しい音楽として、
世界の果てまで残る。

（ジョンソン、「ケルトのコトバ（Celtic Speech）」、三八頁）

しかしジョンソンにとって内なる声と外の風との根本的な融合は、彼の想像力がいったんケルトの、ヘスペリア風の西国を離れてしまうと持続がまるで困難になる。スウィンバーン同様、人間の声と根元的な風とを同一視するジョンソンの姿勢は、あらゆる存在の裡に全体を統べる音楽を想定するピタゴラス的考え方のようだ。ジョンソンはまた、ロゴスへのキリスト教的信仰に訴えることも出来る。その結果、テニスンとかエルンスト・ルナン（Ernest Renan）のような個人の声は消え失せても、自然の根本的世界はなおその息吹を合理的な霊感と共に耳朶に届ける。

二つの黄金の口から、驚くべき
　息が、
フランスよ！もはやこれ以上汝を魅了すまい。そして、イギリスよ！
　お前もだ。
死の二つの静寂の間にだけ
不穏な海の限りない波声が轟く。
そして波間をぬって神の声が聞こえる、
永遠の世界と共にある永遠の魂が。
（ジョンソン、「ルナンとテニスン（Renan and Tennyson）」、一四一頁）

しかし西の国から離れると、風と声の根本的な統一は、近代および不信仰の力による混乱と中断によって崩れ、一貫性を失う。それは伝統的なオックスフォードという安全な港ですらそうだ。

ここ、彫刻された尖塔の下で、
夢を、抵抗の心を、あまたの欲望をわれわれは抱く。
ここにある古くからの、霊の取りついたホールは
ブロッケンの謝肉祭を開く。
そこでは哲学が
われわれに合わせてあらゆる形を身にまとう。

……
人間は塵だ。魂は息だ。
何を知り得よう？　みな美しい嘘を口にする。
（ジョンソン、「通夜」、六四頁）

不信仰の持つ破壊的な力は「強烈な」(vehement) 風と結びつけられる。この語は、ジョンソンがその語源の「精神を欠いた」の意味を強く意識して頻繁に使う語の一つである。「東からの赤い風」(すなわちイギリスからの) の様に、そのような風は「ヘスペリアの平和」を焼き尽くし枯れさせる (ジョンソン、「赤い風 (The Red Wind)」、八六頁)。エネルギーと自信に溢れた瞬間、ジョンソンはそのような力は神による世界的終末の予兆の一部と見る。激しい風は、「黒い天使」の中で我々が出会う内的な対立を、外部の自然の対応物で置き換えたものである。そのような風の動きは「神の思し召し」なのだ。こういう時には、シェリーの強烈で革命的な風と「聖餐式の神」(ジョンソン、「戦争の到来 (The Coming of War)」、四〇頁) の鼓舞するような怒りは同じ一つのように見える。だからジョンソンは終末論的な、燃えるような情熱でそれら両者を迎える。「自由よ！ついに終わりが来た。／終わり、それは新たなこの世の始まりであり、／古い楽園の終わりでもある」(ジョンソン、「革命の夜明け (Dawn of Revolution)」、一〇七頁)。変革の風が教会そのものを揺さぶり、「黄金の衣を纏った聖者達がその前で震え／栄光に満ちた窓が揺れても、なお神聖な存在としてとどまる時」(ジョンソン、「教会の夢 (the Church of a Dream)」、六五頁) でさえ、ジョンソンは勝ち誇ったように満足する。外部の秋の風と内部を雲のように覆う詩の芳香との並列が示唆するように、吹き込まれる霊感は同じである。そのような風や雲は単に終末論的な終わり、「総ての終わり」（ジョンソン、「コーンウォールの夜 (A Cornish Night)」、二四頁）を早めるだけだ。[19]

(19) アイアン・フレッチャーの指摘にもあるように、「夢の教会」（例えば、ここでは厳かな高等ミサのように芳香で執り行なわれる、しかし低ミサのように司祭は一人である）でのミサについての異常に詳しい説明は、ジョンソンは教会が「今一度無頓着さか迫害かのどちらかによって秘密の宗教集団になる」（フレッチャー、『ジョンソン』、二九七頁）、そんな時代の教会を想像していることを示唆する。同様にハロルド・ブルームの *Yeats* (London and Oxford: Oxford University Press, 1970)、p.44. を参照。「ジョンソンの詩における風は一九世紀の革命的変化の象徴であるシェリーの秋の風から来ている。」

しかし鼓舞するような外の風が収まるとき、内なる風もまた静かになる。「風が凪ぐ時わたしは疲れを覚える。／雲が続き、疲れ切った花々は静かだ」（ジョンソン、「革命の夜明け」、一〇七頁）。これらは勿論ジョンソンの最も有名な瞬間であり、イエーツも賞賛したものだ。個人の声が厳格なコトバの慣習によって反省を促され、さりとて興ざめることなく、その個人の想いを口にする。そういう瞬間の詩、「モーフェッドへ (To Morfydd)」とか「神秘主義者と騎士 (Mystic and Cavalier)」などは、概ね言葉の根元的意味においてだけ懺悔的である。それらは姿の見えない声で「語り」、「口にする」。だから自分が自然の根元的要素と一体化しえないことや、―ああ、風は何ものだ？／水は何？　私の目はあなたの目！（ジョンソン、「モーフェッドへ」六頁）―また人間の伝統によって追放されることも知っている。「荒廃して孤独な、／そんな失われた遺産への希望に対しわれわれは抗議する」（ジョンソン、「夢の時代（The Age of a Dream）」、六六頁）。そんな時、用語、韻、そして句読法すらジョンソン流の学者的慣習は、文明化されたコトバの古典的伝統に向けての最後の弱々しい結びつきを提示する。それらが姿の見えない声を、単なる個人的なものへ溶解することから救ってくれる。例えば詩行を区切るジョンソンの一風変わったコロンの使い方は正式な休止だが、終止符による中断でもなく、コンマが許すところの語句の緩い積み重ねでもない。それどころか、コロンの前後に続く語句はちょうど論理的もしくは数学的比率の場合のように、正式とはいえ不安定な関係へと持ち込まれる。

同様にして、ジョンソンの多音節的で、強弱弱の強勢を置いた名詞や形容詞を好む傾向―「永遠の真実」（verity）、「威厳」（majesty）、「太古の」（immemorial）、「晩祷書」（vesperal）―に加えて、そのような形容詞をそれが指す名詞の後におく習慣によって、過去の儀式上の権威が現代にあっては色褪せて非本質的なものと化している様を描くことが可能になる。こうして、例えば「夢の教会（The Church of a Dream）」の老いた司祭が「聖なる太古のラテン」（holy Latin immemorial）と呟くとき、倒置された形容詞は何か自分のコトバを儀式的な彫琢に晒している感を伝える。またジョンソンが形容詞の位置を変え、形容詞と名詞を倒置法的に分離し、司祭にとっては「憂鬱な追憶と晩祷書」（Melancholy remembrances and vesperal）で充分と言うとき、秋の季節の中で伝統が先細ってゆく感を暗に示す。そこでは、信じる人々は思い出の中で色褪せて、様々な特質はもはや本質の中に存在するのでなく、離れて非本質的なものとして浮遊するだけだ。

少し妙な音の結び付け―例えば「昔の年月」(years of yore)、「純粋な真珠」(pure pearls)、「はるかに美しきゲールの土地」(far fair Gaelic places)、「原野や野原の子供」(Child of wilds and fields)―など彼好みの呼びかけ形式と言葉の配列は、伝統的なものと風変わりなものとの間に豊かな緊張を創りだす。だから例えば「神秘主義者と騎士」で、「私もその一人です、落ちてゆく者達の」(I am one of those, who fall)という告白は正式な、つまり聖書の「私から去れ」(Go from me)によって骨組みを与えられ、最後は重々しく礼儀を尽くした呼びかけ「親愛なるわが友よ」(ジョンソン、「神秘主義者と騎士」、二四頁)で終わる。そして中心に来るこの告白そのものすら、衒学的に置かれたコンマ―「私もその一人です、落ちてゆく者達の」―はこの個人的なデカダンスの受容に高貴な調子を与えている。

イエーツも理解しているように、ジョンソンが詩人として人物の特徴を描く瞬間を見せるのは、文明化されたコトバの詩的な声が信仰と土地という伝統的な拠り所から離れた世界に呼びかけるときだ。本来的にジョンソンの瞬間は短い。というのも失われた秩序への正式なエレジーが長く続くと、「ヒュー・セルウィン・モーベリー」(Hugh Selwyn Mauberley)」でエズラ・パウンドが見せた自己パロディへと向かうか、それとも新たな矛盾の基本要素を認めながら「荒地(Waste Land)」におけるT・S・エリオットの選択へと向かうかのどちらかだ。ジョンソンの「モーフェッドへ」や「神秘主義者と騎士」の場合、肉体から離れた声はまだ秩序ある宇宙によって可能な様式に沿って語っている。しかし呼びかけている対象は、宇宙的無秩序と「憂鬱で見えない」(ジョンソン、「オックスフォードの夜」、六六頁)状態とが混じり合った根元的な力である。かくして「モーフェッドへ」では、「風にのった声」がモーフェッドなのかモーフェッドの恋人なのかは区別不能である。実際我々が耳にする声はその両者の同一性を強調し、「私の目はあなたの目だ!」を繰り返す。そして「神秘主義者と騎士」では語り手の目、空、さらに運勢占いの水晶玉は一つのイメージへと合成され、そこでは人間も物も元素も区別できない、それぞれのあるいはその全部の意味を読み解くのが困難なのと同じく。「汝の目の力でこの水晶玉を貫きとおせ。/そこに運命を読めるか、はっきりと成功の運命が?」(ジョンソン、「神秘主義者と騎士」、二五頁)。

こうしてジョンソンの信仰と土地の詩において根元的な統一性と明快さをなしたものが、「神秘主義者と騎士」においては混乱と不明瞭さになる。「霧だけが、/すすり泣く雲だけが/おぼろげに、大気の衣」。「総てを無化する雲が」(ジョンソン、「激怒させる私(**Incense I**)」、一三五頁)、「運命の雲」(ジョンソン、「神秘主義者と騎士」、二四頁)が降りてくる時、外からの働きによってのみ蹴散らすことができる。「前兆となる寒い風と大気が渡るとき、/私の魂は眠りにつくかもしれない」(ジョンソン、「神秘主義者と騎士」、二五頁)。ジョンソンの詩の語り手は、気高い頓呼法でこのような力に声をかけて参入しようとする。「ああ、豊かに轟く大気の声よ!」(ジョンソン、「神秘主義者と騎士」、二五頁)。彼がそのような力に呼びかけるのはそれらを創造するためではなく、むしろすでに整って存在するものとして訴えかけることなのだ。ちょうど頓呼法によって崇高なる「ああ」を口にして詩的伝統と詩魂自体をはっきりと具体化するのと同様に。(20)

(20) See Jonathan Culler, "Apostrophe," in *The Pursuit of Signs: Semiotics, Literature, Deconstruction* (Ithaca: Cornell University Press, 1981), pp.142-43.

故郷喪失の近代詩人だけが薄い大気から創造せねばならないし、ジョンソンははっきりとそのような状況を生きているのだが、その一人であることを彼は断固拒否する。混沌と個の解体が近づいてもジョンソンの正式なコトバの慣習は「総てを無化する暗雲」に一切譲歩することなく、代わりに古典的なレトリックという活性化に寄与する儀式を通じてそれらを繊細で伝統的で、人間的な何かへと作りかえる。

ああ豊かに轟く大気の声よ！
絶望を読み解く預言者よ。
恐ろしい秘跡の司祭よ！わたしは行く
　汝とともにわが家を造るため。
（ジョンソン、「神秘主義者と騎士」、二一五頁）

もしジョンソンの繰り返される頓呼法「汝、大気の騎士道よ、和解せざる／暖かく息づくこの世界と！」（ジョンソン、「コーンウォールの夜」、二二一頁）が、時にはヘスペリアの風よりも暗くさらに罪深い大気の力に呼びかけるように見えても、それらは秩序ある力（「しかし、汝のなすことは神の言いたまいしこと」）であり、その流れとともに導かれた動きが意識を救い出すのは、ちょうどペイターの歴史の直線的考えが単なる流転や「運命の暗雲」から意識を救い出すのと同じである。

ジョンソンが「神秘主義者と騎士」とか「チャリングクロスのチャールズ王の像の横で（By the Statue of King Charles at Charing Cross）」などの詩を朗読するとき、それはイエーツも記憶しているように、見事なスピーチを聞いているようだった。純粋さ、威厳、強烈な個性、それら総てが一つの発話の中に生きていた。ワイルドの訓令――「われわれは声に帰らねばならない。それがわれわれの試金石だ」――はライマーズ・クラブ内の原則になっていた。少なくともイエーツはそう記憶している。「われわれは詩を声に出して読んだ、またそうやって検証されるべきで、それがわれわれの目的の意味だった」（イエーツ、『自伝』、二〇〇頁）。イエーツも断言したように、この「何よりも語りコトバか歌に他ならない詩の歓び」こそ、書き言葉の伝統たる「入念な韻文」を高く評価したフランシス・トンプソンがライマーズ・クラブに一度顔を見せたきり戻らなかった理由でもある。トンプソン本人が自身の詩「歌い手が自らの歌を語る」で述べたように、「今風のコトバの感触が／世間知らずの舌を困惑させる」[21]。同時にジョンソンもダウスンも「語りの声を念頭にともかく完璧な歌」を、言ってみれば「優れた芝居や優れた会話のように聴衆の注意を引き付けるような」歌を朗読したので、イエーツはそれらの詩を「自分のうちにしっかり残すべく」（イエーツ、『自伝』、二〇〇頁）、最初の『ライマーズ・クラブの書（*Book of the Rhymers' Club*）』に書きつけて、消えるのを阻止しようとした。

（21） Francis Thompson, "The Singer saith of His Song," *The Poems of Francis Thompson* (London and New York: Oxford University Press, 1937), p.350.

ジョンソン同様にアーネスト・ダウスンも内面で忠誠の心が互いにぶつかり合うのを感じた。しかしダウスンの作品では、書き言葉の伝統と話す声の間の緊張感はすでに縮小しつつある。ダウスンの詩とジョンソンの詩との関係は、言ってみればキーツの詩とシェリーのそれとの関係である。官能性は空霊化 (etherealized) するのではなく肉体化し、詩的伝統の歓びは深く染みわたるというよりは新たな発見の対象であり、情熱は個人的であって気前よく政治化したりはしない。ジョンソンが卓越した夜と風の詩人であり、「突風に光る」（ジョンソン、「夏の嵐 (Summer Storm)」、三三頁）月桂樹の詩人であり、はたまた「バラの咲かない国から叫ぶ」（ジョンソン、「イギリスにて (In England)」二八頁）声の詩人であるのに対して、ダウスンは薔薇の、夢の、そして休息の詩人である。

音楽に私は何の慰めもないし、
　どの薔薇も私には色が淡すぎることはない。
きれぎれの水の音は
　薔薇と旋律を超える。(22)

ジョンソンの海の嵐が咆哮するとき、ダウスンの海はため息だけである。彼の海は陸地に囲まれ生気がなく、三途の河を拡げたようなものだ。ダウスンの海はジョンソンに劣らず文学的だが、常にそれは古典的である。もしくは、ここでのように聖書的な荘厳な水の塊であり、休むことのないケルトの海とは違う。

(22) Ernest Dowson, "Exile," *The Poems of Ernest Dowson*, ed. Ernest Longaker (Philadelphia: University of Pennsylvania Press, 1962), p.61. 総ての以下の引用はこの版からのものである。

またダウスンの学識も、うわべだけではないにせよ、詩の表面にもっと依存していて、長いラテン語のタイトルや明らかにペイターやスウィンバーンからの言葉の借用があるのに対して、ジョンソンの学識は深く染み込んでいてそれと分かりづらい。こうしてダウスンの学識は常に詩の語り手と、より高貴でいっそう活動性に富んだ詩の伝統との距離感を示すことになる。彼の詩の話者達はホレスの口調で語る、「私は善きシナラの時代にあった頃の私ではない (*non Sum Quails Eram Bonae Sub Regno Cynarae*)」、と。その距離感は語り手の初期の無垢さと後の経験との間のそれよりいっそう大きい。文化的距離もあるからだ。ホレスやプロペルティウスの罪のない歓びとこの語り手のもつ圧迫感（「私は孤独で、昔の情熱にうんざりしている」）の間には、死に至る病と古いキリストの受難の影が落ちている。つまりここでダウスンは、彼の好きな詩人スウィンバーンの『詩とバラッド』第一集の大いなるテーマを試演している。

しかし、スウィンバーンは何とかキリストの禁止の影を払いのけ、異教の太陽と海のもとでのびのび生きようとしたが、ダウスンはそうはいかない。後悔と諦めが彼の主調低音である。それに劣らず受け身的なのは、詩の媒体に対してのダウスンの姿勢である。「結局われわれがどんなに努力し推敲し彫琢しても、この雑な言語では［ラテン詩人達には］近づけない。[23]」ダウスンが詩人としての成就を見せるのは他から表現を持ってきて使うというより、倹約的な使用による。[24] この倹約の中にはペイター的禁欲や「節約」(economy)がある。ペイター的自己抑制はダウスンに散文、韻文両面で訴えかけた理想でもある。[25] しかしダウスンの倹約の精神は遠くラファエル前派にまで遡る。イエーツがロセッティについて述べたように、彼らの詩的単純化は終末論的還元主義すれすれのところにあった。

> 彼は一貫して色や形式をそれだけの為に、それが意味するものとは切り離して愛したのでは、と彼の作品に感じてしまう。時々本質の世界を、混ぜ物のない力の世界を、不可能な純粋の世界を望んだのでは、と感じる。まるで彼の心の裡では最後の審判がすでに始まっていて、神の手が生の肥沃な土壌を生み出す目的のために混ぜ合わせた様々な特質や力が、彼が触れることでバラバラに散るかのようだった。[26]

(23) *The Letters of Ernest Dowson*, ed. Desmond Flower and Henry Maas (Rutherford, N.J.: Fairleigh

Dickinson University Press, 1967), p.181.

(24) Cf. Arthur Symons, "Ernest Dowson" [1900], in *The Poems of Ernest Dowson* (New York: Dodd, Mead, 1924; reprinted St. Chair Shores, Mich.: Scholarly Press, 1979), p.xiv:「彼はあらゆる類縁性においてラテン的だった、また人生や芸術の主題を扱う際の軽い感じや倹約的な特性はラテン民族の芸術家たちと一脈通じるものがある。ラテンの芸術家たちは、自然があからさまに視覚や聴覚に入ってくるとき、単に自然の部分は拒否するという点で常に細心の注意を払い、それによって瑕疵なく完成を見せる少数の優れたものに満足してきた。」

(25) Cf. Ernest Dowson, "Apple Blossom in Britanny," in *The Stories of Ernest Dowson*, ed. Mark Longaker (London: W.H. Allen, 1949), p.107:「彼は捨てた、しかし勝利した。というのもそれは常に彼にとってむさ苦しい人生の現実への抵抗と思えたし、本能の野蛮さに対する、社会の慣行に対しての抵抗にも見えた。」

(26) W.B. Yeats, "The Happiest of the Poets [i.e. William Morris]"[1902], in *Essays and Introductions* (New York: Collier, 1968), p.53.

ダウスンの終わりの意識はライオネル・ジョンソンの終末論的鋭利さには欠ける。ダウスンの詩では、消滅は文化的、歴史的なものというよりは個人的なものであり、その場合でもそれほど決定的なものではない。人生で「じっと待つ／カーテンの降りるのを、ゲートの閉まるのを」(ダウスン、「最後の滓 (Dregs)」、一二三頁)、そんな疲弊した語り手達は死後も自分等が同じく疲弊した区域「うつろな土地」(ダウスン、「最後の言葉 (A Last Word)」、一三八頁) で彷徨う姿を見るのかもしれない。これは一部スウィンバーンの古典的な地下世界であると同時に一部T・S・エリオットのうつろな人々の荒れ地でもある。しかし不可能な純粋性へのダウスンの追求が仮に終末論的でも世界崩壊でもないにせよ、それは世界を縮小させるものだ。つまり、ダウスンは「現実の」多彩なテニスン的世界を、薔薇とワインと欲望と死というもっと単純な範囲に集約してしまう。

ダウスンはいわゆる言葉のパレットを厳しく限定することで効果を手にする。そして頻繁に一行を、半行を、語を、繰り返す。それはとりわけヴィラネルのような詩形、すなわち繰り返しがいわば書かれて形式化してゆくような場合にとりわけ顕著だ。ダウスンの「ワイン、女そして歌」はより大きな世界の代喩というよりは、幾つかの他の主要な語、—「虚栄」、「子供」、「灰色」、「薔薇」、「疲れた」、「泣く」—などと共にそこにある唯一の世界の構成要素となる。実際我々としてはダウスンに、ちょうどジェフリー・ハートマンがヴァレリーに対して向けたのと同じ事を言っても良い。つまり、詩的シンボルをごく少数のモノに還元してしまうそのやり方は、ある体系の裡で意味を持つような抽象的な変数としての力をそれら少数のものに与えている。その体系とは、もっと言えば、表現という通常の責任には概ね無頓着なものである。[27]

(27) Geoffrey Hartman, *The Unmediated Vision: An Interpretation of Wordsworth, Hopkins, Rilke and Valéry* (New Haven: Yale University Press, 1954), pp.162-63.

ダウスンは、狭い色調の幅と大きくは分化していない詩的ペ、ル、ソ、ナ、によって、己の詩の世界を単純化する。語り手の特徴的な無色の幻滅がスウィンバーンの「プロセルピーナの庭（Garden of Proserpine）」のあの「無関心さの中心」（center of indifference）に負う面が大きいなら、同様に例えば「唯一の希望（The One Hope）」の中のロセッティのとても強烈とは言えそうもない瞬間にもそれは負っている。例えば「空しい欲望がついに空しい後悔と／手に手をとって死に向かい、そしてすべてが空しい」、あるいはまたもう少し強烈に、「タカトウダイ（The Woodspurge）」におけるように。

風は翼をはためかせ、止んだ、
木や丘から振り落されて静かになる。
風の意思のまま歩いた―
そして座った、風が止んだから。(28)

そう言って正しかろうが、これこそ、そしておよそヴェルレーヌの神経質な、半ばヒステリックな「憂鬱（Spleen）」（ダウスンはこれを『飾り付け（*Decorations*）』〔一八九九〕に翻訳している）ではなく、ダウスン自身の「憂鬱（Spleen）」と題された詩の真の源泉である。

悲しくなかった、泣くこともなかった、
思い出はみな眠りについた。

川がいっそう白く不思議な様子を帯びるのを、
夕方まで終日、その変わりゆく様を私は見ていた。
（ダウスン「憂鬱」、六二頁）

ここには同じ種類の平板な情緒不適応、情緒の静寂主義があって、ダウスンの詩では情緒的な自閉症ぎりぎりのところまでいっている。ロセッティの詩はワーズワース流自然詩の「遅れてきた」書き直しであって、そこではワーズワースが「風に吹かれるちっぽけな花」に見いだしたところの知恵も無感覚な植物観察へと変貌している。

完全な嘆きからは
知恵も記憶さえ無くてよい。
学んだ一つのことだけが残る—
タカトウダイには三つのガクがある、と。
（ロセッティ、「タカトウダイ」、一五〇頁）

ダウスンも全く同じようにしてロセッティーを書き直す。というのも「憂鬱」には知恵もなければまた「学んだ一つのこと」すらなく、ただ殆どそれと分からない程度の気分の変化があるだけで、長い灰色の日が灰色の夜に移ってゆくような変化である。かくして詩は始まり、部分を正確に繰り返しながら終わっている——「私は悲しく、泣きたくなった、／あらゆる思い出は眠りにつけないいま」——しかし要は、新しい気分も古い気分も同じということ。結局、ダウスンはワーズワースの「賢明なる受動性」(wise passiveness)を受動性へと変えるだけである。

(28) Dante Gabriel Rossetti, "The One Hope," *The Poetical Works of Dante Gabriel Rossetti* (New York: Thomas Y. Crowell, n. d.), p.276; "The Woodspurge," p.150.

ダウスンの詩的還元主義は彼の詩を、ヴェルレーヌの有名な言葉「何よりも音楽を」(**De la musique avant tout chose**)も含めて、彼の手法、少なくともそう考えられるものを真似た実験のように見せる。「私の最新の短詩は」、とダウスンはある友人に書き送っている。「取るに足らぬ『象徴主義』です、ささやかすぎて批評するにも値しない！それは意味の陰を殆ど残さない、単なる音の韻文を目指したものです。あるいはそれすらでない、ぼんやりとしたヴェルレーヌ的情緒かもしれません。(29)」ダウスンはその手紙では、出来の落ちる「ヴェニタス(**Vanitas**)」のことを指しているのだろうが、彼の実験的な「音の韻文」の具体例としては「花冠」の方が相応しい。そこでは「菫の花とブドウの葉を／われわれは摘んでは編む」(ダウスン、「花冠」、四〇頁)の行が繰り返され、確かに審美主義者的歌唱用言葉の理想、つまりヴェルレーヌの「宴」が体現するような理想、を表現していて、(30)お互いが統語的、主題的繋がりの殆どない音声からなる詩行を「編み」、もしくは繋ぎ合わせている。

(29) Dowson, a letter sent to Victor Plarr, 20 March 1891, in *Letters*, p.189. 同じく. Lionel Johnson, "A Note Upon the Practice and Theory of Verse at the Present Time Obtaining in France," *Century Guild Hobby Horse* 6(1891):65-66 を参照。「ヴェルレーヌ氏は今や有名で、何年も先を行っている。彼の詩は音楽的で、実際の音ぎりぎりのところまで来ていて、ほとんど意味が価値をなさない。ただ彼の場合、決定的にそうだというのではない。旋律だけであっても知的に理解できる範囲に留まっている。」この時期書かれたジョン・グレイの『音』の中の詩「音」も参照。これはグレイが後に言ってもいる様に、「音についてであり、まったく別物である音楽についてではない。私としては、これは無変化な音の連続を讃えたものであり、音をそれ自体として愛することのように見える」(ロンドン：A・J・A・シモンズの為の個人出版、一九二六年)頁なし。

(30) この頭韻を駆使しての自意識的なほど甘美な書き方はR・L・スティーヴンスンの影響をかなり受けている。Gleeson White's "imaginary letter" to R.L.S. in *Letters to Eminent Hands* (Derby: Frank Murray, 1892), p.52. を参照。「あなたは既に葬られたヴェルレーヌの〈宴〉の探求を始め、われわれを太平洋の宝石部屋から散文のアルファベットの探索へと向かわせた。……予期せぬ偶然からわれわれが古い教会の祈祷書を耳にしても、それはもはやしっかりした抑揚の連なりではなく、葬られたヴェルレーヌ風〈宴〉の豊かな沈殿物である。シェイクスピアを読もうと耳を傾けたら、『紫の、香り高い帆船』(the '*purple*, perfumed sails') はわれわれに音節を辿らせ、音を追いかけさせるが、意味の世話はほったらかしである。」

意味よりも「単なる音」へのこの韻律上の強調と並んであげられるのは、語の静寂と無効性への一貫したダウスンの姿勢である。リチャード・ベンヴェヌートも述べているように、これらの主題はダウスンの作品の中心に来るもので、「不断の祈りを捧げる尼僧(**Nuns of the Perpetual Adoration**)」、「カルトジア会の修道士(**Carthusians**)」、そして「精神科病院の人へ(**To One in Bedlam**)」など、隔離された人生という彼の詩と密接に関係してくる。[31] 修道院生活についてのダウスンの詩は、かつてのクリスティーナ・ロセッティの信仰詩を見ている。そして彼の「カルトジア会の修道士」は、その「最も悲しみに沈んだ甘美な礼拝」(ダウスン、「カルトジア会の修道士」、一〇八頁)を描きながら、厳格な規律を描写したマシュー・アーノルドの「カルトジア会修道院より」と興味深い対照をなしている。また、「約束の土地(**Terre Promise**)」のような、言葉よりも身振りの優越性を表現した詩もある。

ああ、そうなっていたらと想う、ただ手の接触で、
コトバの沈黙の障壁を下げ、
彼女を通らせ、空しい言葉など使わずに、
私の腕に身をあずけさせ、そして分ってもらう！
(ダウスン、「約束の地」、七三頁)

これは散文における言語の不完全性を探った、あのダウスンが最も敬愛するメレディスを後方に見

ている。(32)

（31）Richard Benvenuto, "the Function of Language in the Poetry of Ernest Dowson," *English Literature in Transition* 21(1978): 158-67. を見よ。

（32）メレディスのこの側面については、Gillian Beer, "One of Our Conquerors: language and Music," in *Meredith Now: Some Critical Essays*, ed. Ian Fletcher (London: Routledge Kegn Paul, 1971), pp.265-80. および Michael Sprinker, "'The Intricate Evasions of As': Meredith's Theory of Figure," *Victorian Newsletter* No. 53 (spring 1978):9-12. を見よ。

しかし、ベンヴェヌートが、ダウスンの沈黙の賞賛や言葉への幻滅はヴィクトリア朝の詩における新しい重要な時、即ち再評価と忠誠の分裂した状態を表わしていると言うのは正しい。既に述べたが、ダウスンはジョンソン同様、ペイターへの忠誠を貫いており、彼の書簡は充分にそのことを示しているが、ペイターの禁欲的華麗文体のダウスンへの特定の影響となると今一つ不明瞭で、R・K・R・ソーントンが示すように、何らかの散文理論を詩に適用したというよりは詩のタイトルの問題となっている（例えば「日陰の愛 (Amor Umbratilis)」、「彼女の主人へ (Ad Domnulam Suam)」）(33)。ダウスンのいたるところに語源学指向のペイター流の意識が見られる。例えば「光で……輝く祭壇」（ダウスン、「彼女の主人へ (Benedictio Domini)」、五四頁）とか「ある高貴な地」（ダウスン、「ヴァニタス」、六〇頁）にもそれはある。しかし全体としてダウスンは言葉の隠れた豊かな鉱脈を掘り下げながら、種族の言葉を純化するという方向には行かない。

（33）Thornton, *Decadent Dilemma*, pp.91-92. を見よ。

その代わり、文体的にダウスンが興味を持ったのは語と語の間のスペースである。ちょうどテーマ的には語を純化する沈黙という考えが彼の興味を引くように。

どんな言葉も口にすまい。
　泣くな。淡い
沈黙よ、途切れるな
　沈黙よ広がれ！
ああ、どんな言葉も口にすまい、
　失墜せんがため！
（ダウスン、「ああ、死よ！己が積み上げたものに安心を見出す身にとって、汝の記憶はいかに苦しきことよ（O Mors, Quam Amara Est Memoria Homini Pacem Habenti In Substatiis Suis）」、六三頁）

アーサー・シモンズはこの詩について「確かに、語っていると言えば、沈黙の音楽が語っている。語は震えるように見えながら沈黙に帰ってゆく、そしてそれを語の囁きがさえぎる」（シモンズ、「ダウスン」、xxvi頁)、と言った。そして本当にこれら詩行は単に沈黙を讃えるのではなく、それを寿ぎながら、苦々しいコトバの軽減を演じている。短い、押し殺したようなフレーズも、まるであえぐように、静寂に帰ることを願う。立ち止まろうとするダウスンのコトバの努力は、繰り返される語、さらに最後にせわしなく弱弱強格(「失墜せんがため(Lest I fail)」)によってしぶしぶ押し込まれる休止とともに、沈黙のそうではないあらゆる姿を表現している。この様に、ダウスンは、沈黙について多く語ることなくそれを「表現」出来るが、この違反はライオネル・ジョンソンも自分の詩「沈黙の教え(The Precept of Silence)」でうまく逃れられなかった点である。

語と語の間のスペース、とくに休止の置き方へのダウスンの気の使い方こそ彼の最良の詩に「語る声のための歌」としての口語的性格を与えている。例えば、彼の最も有名な詩のアレクサンドル格では、絶えず変わり続ける休止が語り手の一見自発的な音声変化を生み出す。語り手は常に記憶と無実の罪の証明の間で揺れ動くこととなる。

きのうの夜だ、ああ、昨夜だ、その唇と私の唇との間に
君の影が落ち、シナラ！君の息が私の魂の上に落ちた、キスと葡萄酒の合間に。
そして私は悲しくて昔の情熱で胸は苦しく、
　そう、愁いに首うな垂れた。
私は、ずっと想ってきた、シナラよ、私なりのやり方で。
(ダウスン、「われは良きシナラの時代の頃のわれにあらず」、五八頁)

同様に、繰り返される語やフレーズ（「私は悲しくて」、「薔薇、薔薇」）そして巧妙に挿入される感嘆符は、葡萄酒と同様、悔恨で酩酊した語り手の感覚を伝える、ちょうど雄弁が（「ああ、昨夜だ」）感傷へと変化する前の瞬間の感覚を伝えるように。

ダウスンはこのようにしてブラウニングやロセッティならはっきりさせただろう劇的な状況を抑え込んでしまう。古典教育を受けた語り手は、落ちぶれた生活にあっても高貴な己を忘れない。もちろん語り手の用語に統一を与え、説明してくれるのは言外のドラマチックな状況である。同じく「宴が終わり、ランプの灯が消えるとき」や、悪魔的で、情熱的に反復される修飾語「私なりのやり方で」のような高揚したフレーズ同士の間で分裂が見られる。同時に、ダウスンは劇的独白の舞台上の小道具を一切削ぎ落しているので、自己を誇大化する大げさな言葉、例えば「投げつけられたバラ、群れとなって放埒となったバラ」のような語り手の言葉の文体的効果によってしか、彼のコトバを取り巻くなんらかの劇的状況は感知できない。語彙を圧縮しながら同時にリズムを緩め、ダウスンは抒情的で劇的な様式を時代の一つの語り声に集約させている。これはエリオットが「J・アルフレッド・プルーフロックの恋歌（The Love Song of J. Alfred Prufrock）」を書く際に拠り所とした技法である。

しかしダウスンの詩の成功自体が示すように、「ああ、昨夜だ！その唇と私の唇の間に」のように手の込んだ言葉は、更なる是認が求められる。既に見たように、ダウスンはそのような言葉に劇的な正統化の道筋を用意している。実際、彼が自分の格調高い文学的な用語の強烈さと誠実さを保証しているのは、高尚とか「文学的」の逆を行く民衆の世界（例えば「彼女の買われた赤い口」）

に呼びかけることによる。しかしジョンソンの詩の場合と同様、これは必然的に持続性に限りのある詩的瞬間である。洗練された声が、真正さを保証するゴミの真っただ中から声を上げ続けたとしても、いずれは竜頭蛇尾もしくは自己パロディに陥ってしまう。ダウスンは、従って暗にヴィヨン、スウィンバーンそしてワイルドなどのロマン主義的な犯罪世界[34]と周辺世界とを同一視することで、彼の語り手の位置を強めることになる。そこから例えばダウスンの「ブルターニュのイヴォンヌ(Yvonne of Britany)」とスウィンバーンの「果樹園にて(In an Orchard)」との同族的類似も生まれてくる。この詩では、ダウスンの恋人は、スウィンバーンと違って、愛人を実際には殺さない。しかし彼女の死に対し責任がある(彼の果樹園での誘惑が彼女に致命的な風邪を与える)。さらに、語り手の犯罪性がはっきりと彼のコトバを浮揚させるのは、死んだ愛人へのごく当たり前の悔恨の枠を超えて、語り手が、揺れながら、失われた愛人に無造作に呼びかけるときだ。

　　そなたのお母さんのリンゴ園で
　　　すっかり暗くなって、彷徨うこともできない、
　　誰もそなたを諫めるものはいない、イヴォンヌよ！
　　　そなたははるか遠い。
　　墓の草地には露がおりている、イヴォンヌよ！
　　　しかしそなたの足は濡れない。
　　いや、そなたは覚えてはいまい、イヴォンヌよ！

私もすぐに忘れよう。

（ダウスン、「ブルターニュのイヴォンヌ」、五三頁）

（34）芸術家を犯罪者と見做すダウスンの手法をショーペンハウエル的哲学へと遡る解説については、Chris Snodgrass, "Ernest Dowson's Aesthetics of Contamination," *English Literature in Transition* 26 (1983): 162-74. を見よ。ラファエル前派的にヴィヨンを復権させること—すなわちR・L・スティーヴンスンが言った「学者、詩人、押し込み強盗」—はスウィンバーン、ロセッティ、ジョン・ペイン (John Payne) 等によってなされ、それはワイルドにも引き継がれた。『呪われた詩人たち』(*poètes maudits*) の編集人であるヴェルレーヌは自身の犯罪歴により彼自身、呪われた詩人と見なされ、そこからヴィヨンの直系と考えられた。John Gray, "The Modern Actor," *Albemarle* 2 (July 1892): 20 を参照。「フランソワ・ヴィヨンは鞭で打たれ、投獄され、死刑を宣告された。今日ヴィヨンの歌の伝統を背負う者は、この瞬間吐き気に見舞われ、飢え、裸のまま横たわる。」

「ブルターニュのイヴォンヌ」でダウスンは、事実上ヴィクトリア朝の慣習的詩語（「木々が気前よく与える／星のような花の雨を／そなたに花輪を捧げようと」）を犯罪者たる語り手の虚勢で支えている。他で彼は薔薇や、葡萄酒や、死の世界に限定することで強烈な単純化を試み、受け止めた用語をそれで制御している。そして「われはかつてのわれにあらず」、「主の降福祭 ("Benedictio

Domini”)」、「ベルダムの人へ」などの詩で高尚な文学的伝統の持つ豊穣さを調節しているのは、自然主義文学のもつ貧しい、しかし本物の不潔感である。しかし明らかに、これらは書き言葉の伝統の中から、語る声にとって豊かで、口に出来るものを詩人が救い出そうとする際に、考えられる代替案のうちの一つである。

＊＊＊

仮に我々がジョンソンやダウスンの詩の裡に高尚な書き言葉の伝統に則った精緻な言葉への根拠が後退しているのを見るなら、アーサー・シモンズの作品ではそのような動きが劇的に加速するのを見る。オックスフォードで教育を受けたライマーズ・クラブの二人の同僚と同じく、シモンズはペイターの熱心な信奉者だった。しかしジョンソンやダウスンと違って、彼はペイターの「禁欲的」側面より「感覚的」側面、すなわち『享楽主義者マリウス』のペイターよりも『ルネサンス』の「結語」のペイターにもっと強く反応した。『『ルネサンス研究』という書は、彼の他のどの作品と比べてもわれわれの文学の中で最も美しい書物と私には思える。霊感だけに委ねられている箇所は一切無いが、総てが霊感に彩られている」とシモンズは述懐している。(35)

(35) Arthur Symons,“Walter Pater”[1896], in *Strangeness and Beauty: An Anthology of Aesthetic Criticism 1840-1910*, ed. Eric Warner and Graham Hough, 2 vols. (Cambridge and London: Cambridge University Press, 1983), 2: 216-17.

しかし繊細ではかない感覚へのペイター的探求を目指しながら、シモンズはたちまちロンドンのミュージック・ホールの喧騒に満ちた本能的世界に、つまり学者芸術家にとってのペイター的「宗教的隠遁所」からは程遠い世界に引き寄せられていく。その世界は、W・H・ヘンリー (Henry)、ルディヤード・キップリング (Rudyard Kipling)、それにジョン・デイヴィッドソン (John Davidson) のような「カウンター・デカダント」な詩人たちの、あからさまにお国言葉の領域に直結した世界だった。そんな世界を表現するとき、シモンズはペイター的自意識たっぷりの直線的華麗文体から距離を置いたスタイルを用いるようになる。彼は身振りに特化した「プリミティヴ」な様式を採用した。それは今日我々がモダニズムの旗手の一人として認めるような様式である。

一八九三年の有名なエッセイでシモンズは文学デカダンスの理念を「肉体から離れた声、しかし人間の魂の声」[36]と説明した。この言葉は人工的な文学言語と土地コトバである「野蛮なギャーギャー言う声」の間で揺れる世紀末の言語的自意識を説明する。シモンズの詩人としての仕事は肉体から離れた声という理想に魅了されたことを示している。最初の書『昼と夜 (*Days and Nights*)』(一八八九年) はブラウニング風の劇的独白で溢れているが、後に素早い印象的なスケッチに満ちた『シルエット (*Silhouettes*)』(一八九二年、改定第二版一八九六年) や『ロンドンの夜 (*London Nights*)』(一八九五年、改定第二版一八九七年) へと変わっていった。この後期の作品の中で特に『ロンドンの夜』では、シモンズはダウスンの「自分はかっての自分ではない」と同じように舞台背景と人物描写の詳細は省いている。シモンズの特徴的な語りの声は何の歴史も物語も口にしないゆえに、「肉体から離れている」。それは場所、信念、文学的伝統といった大きな客観的な関係性から距離を置く。それらはライオネル・ジョンソンが語り手の声に実質を与えようと詩の中で求めた関係性でもあり、また多少は審美的嗜好性を表明はするが、シモンズの詩の語り手はイエーツがヴィクトリア朝の詩のひどく散漫な不純物として嫌った「意見」を口にすることはない。

(36)　Arthur Symons, "The Decadent Movement in Literature," *Harper's New Monthly Magazine* 87 (November 1893): 867.

その代わりに、シモンズの語り手達は、マイケル・J・オニールも述べているように、独特にシンプルで熟語的な統語法を使って自分たちの感覚的および認識的プロセスを記述し、まるで今起きていることのように書き留める。[37] シモンズのそのような第一義的な感覚印象への集中とそれらへの関心の強さは典型的には感覚の断片からなる詩、例えば「パステル」のような詩となってあらわれる。

シガレットの明かり
　暗闇の中に現われては消え
この小さな部屋は暗い。

暗い、そして闇の中で、

突然、パッと輝きが
そして私の知る指輪をつけた手が。

それから、暗闇をぬって、きらめきが
赤くぼんやりとして、そこには優雅な趣が[38]—
一つの薔薇のような—彼女の抒情的な顔の。

印象の連続を追うために統語法的にはただ文や句を並べ、大衆的言葉を使い、ほんの少しばかり自然な語順から逸れている(**went and came**)。同時に印象を記録する声はその意味を解釈しようとする—大きな象徴的な意味ではなく、ロックの複合観念のような感覚データの複合物の意味を。この解釈のプロセスはかなり根本的な還元(「この小さな部屋は暗い」)から進んで、短く、しかし真に審美的な感知(「—一つの薔薇[39]—」)へと向かう。この感知は物理現象としては、擦ったマッチや炎のようなつかの間のもので視覚の条件が提供される。オニールの言葉によれば、シモンズの詩は「物事の関係性を指示しないで直の接触性に依存する、極めて主観的で原始的ですらあるような知覚を表現する統語法を駆使している。その統語法は……資料と意味の同時性を確保している」(オニール、「統語的文体」、二一一頁)。

(37) Michael J.O'Neal, "The Syntactic Style of Arthur Symons," *Language and Style* 15 (1982):208-18. を見よ。

(38) Arthur Symons, "Pastel," *Silhouette*, 2nd rev. ed. (London: Leonard Smithers, 1896), p.11.

(39) シモンズはこの詩を改編して『作品集』に載せた時、句読法を"(A rose !) of her lyric face"と変えて審美的知覚の瞬間を強調した。

しかし詩について最も興味深いのは、シモンズが脈絡のない細部描写の抑制を感覚データへの関心と結びつけ、そのことで詩的対象から疑似象徴主義風の「離脱」もしくは異化作用を生み出している点だ。確かに、シモンズが取り込んでいる委細部分はヘンリー・ジェイムズ流の効果的方法である。というのも、共有される巻きたばこ（R・K・R・ソーントンの指摘によれば「ショッキングな」終止の響き）や共有される暗闇も、男と女の間にあるのは不義の性的関係でしかないことを示す。しかし詩のタイトルも示唆しているが、芸術媒体のすばやい選択で排除されている細部もある。我々はマッチそのものは見えないが、マッチの効果（「炎、輝き」）は見る。結果として、他の詩人の手にかかれば（実際シモンズの詩の他の箇所でそうなのだが[40]）、売春婦と客のかなり込み入った汚い場面になっていたかもしれないが、ここでは抒情的で風変わりなものになっている。語り手は、暗闇のなかで「私の知る指輪をつけた手」を認識していながら、そこに突然照らされて輝き、不思議な（「赤くぼんやりとした」）美しさで彼を驚かせるその顔の人物を自分は知らないと別な意味で認めている。

(40) Cf. Theodore Wratislaw's "A Summer Night":「汗と見せかけの愛のうちにわれわれはいた／弱々しい光の放射のもとで抱き合いながら」("As bathed in sweat and feigning love we lay/ Embraced beneath the jet of feeble light,") in *Caprices* (London: Gay and Bird, 1893), p.25; and Arthur Symons's own "Leves Amores II," in *London Nights* (London: Leonard Smithers, 1897), p.45:

And still I see her profile lift
　Its tiresome line above the hair,
That streams, a dark and tumbled drift,
　Across the pillow that I share.
（さらに彼女の横顔が持ち上がるのを見る
　退屈な線が髪の上へ
それは翻る、暗くのたうつ流れのように
　共に使う枕を越えて。）

シモンズの原初的な詩的統語法は言ってみれば彼の特徴的な様々なテーマの根底をなす深層構造である。工芸品、軽やかな恋、浮浪者的気分など。つまり、彼の統語法によって九〇年代半ばに悪名高くさんざん批判を浴びた人工的で自然な、無垢で洗練された、また男性的で女性的な（「そしてまだ横では、熱を通して／この九月の夜、私は感じる／シーツの上の彼女の身体の温かみを」〔シモンズ、「愛の堤防II (Leves Amore II)」、四五頁〕）任意の並列をいっそう日常的なものにしている。『シルエット』と『ロンドンの夜』の改訂版の序文でシモンズは自分の主題の選択を弁明している。彼は「妙な謬見、つまり、軽やかな情感やつかの間の感覚の本当の魅力を率直かつ気儘に扱う芸術作品は本来的に間違っているとする、そんな誤謬[41]」と闘おうとした。シモンズの弁明は、明らかに主題と処理の芸術的自由に向けてのかつての芸術至上主義運動の一部をなすものだ。しかしシモンズの発言には彼の師ペイターの魅力的な主張のみならず、世紀末が従来のテーマを扱う際の極めて特徴的な自己回帰と自己縮小の傾向が見受けられる。

人びとの情調！そこに私は主題を見出す、そこに芸術が統治する領域がある。そして何であれそれがいったん私の情調と一つになれば、それが海の上の小波であろうと、またその小波が続く間のことでしかないとしても、可能なら詩でそれを表わす権利が私にはある。そして私の批評家や読者に、情調とはあくまでも情調であり、海の小波でしかなく、しかもその小波が続く間だけのこと、ということを第一に理解してくれることを求める[42]。

シモンズの最後の数語は明らかにペイターの有名な「過行く時の瞬間を、ただそれだけの為に」というフレーズを捉えている。同時に、「時の長さはどうあれ、人間に係わってきたことは何であれわれわれの研究に値する (*nihil humanum nihi aleienum puto*)」というペイターの大いなる人文主義的精神を取り上げ、それを狭めて最もつかの間の独特な心的状態（「いったん私の情調と一つになれば……表現する権利が私にはある」）に適用している。さらにまたシモンズはペイターの哲学的アナロジー（「流れの上で絶えず姿を変えるかすかな一片の藁」）を特定の時間と場所の特定の観察（「灰色の海が絶えず私を横切ってゆくこの海藻覆うロッシズポイントの岩の上で」）へと変換する。またそうすることで彼は情調の詩を弁護すること自体がある情調の結果であることを示唆する。

(41)　Symons, "Preface: Being a Word on Behalf of Patchouli," *Silhouettes*, p.xiv.
(42)　Symons, "Preface," *London Nights*, p. xv.

シモンズは取るに足らないものの芸術的重要性をワイルド的な根拠で弁護する。そのような逆説が無感覚な中産階級に効果的な揺さぶりをかけるのだ。しかしシモンズがまた確信していたのは、情調と肉体的感覚は伝統的なテーマの消耗を前にした同時代の詩人たちに対して新鮮な主題を意味する点である。詩の個人的な調子――「個人的なロマンス、己のロマンス、と人は呼ぶかもしれない」――は「するべき唯一のことで、まだなされていない唯一のことだ」と彼は（アーノルド的な調子で）断言した。[43] これはシモンズがW・E・ヘンリーの詩にあんなにも熱心に反応した理由でもある。というのも、ヘンリーは、とくに連続自由詩の「病院にて（In Hospital）」（ロイヤル・エディンバラ病院で患者として切断手術を受けた自身の経験から）で「のたうつ長い夜の床で身体を襲うずきずきした痛み」を表現した。そしてシモンズからすれば肉体的な感覚的興奮ほど独自に「個人的な」ものもなかった。

あなたはかごのようなもので運ばれる、
　まるで屠殺場から運ばれる死骸のように、
手術室へと、戦闘場へと
そこで彼らはあなたを台の上に載せる。

それから彼らはあなたに瞼を閉じるように言う、
　そして彼らはあなたの顔をナプキンで覆う、
そして麻酔が
全身に熱くじんわりと拡がってゆく。

そしてあなたは喘ぎ、目が回り、身震いする
　押し寄せる、揺れる歓喜の中で、
脇で聞こえる声はうすれ—遠のき—かすかになって—消えてゆく。

まわりの明かりは降り注ぎ、揺れ、
　あなたの血は結晶化するみたい—

苛立ち震えながら、しかし心の中では、
苦しみがいったりきたり、息せき切っている。(44)

このような詩行はヴェルレーヌが到達したものに近い、とシモンズは感じた。そこでは「肉体から離れた声」が自身の肉体の痛みと苦しみを慎重に観察しながら鋭い距離感を演出する。

(43) Arthur Symons, "Mr. Henry's Poetry," *Fortnightly Review* 58 o.s., 52 n.s. (August 1892): 188.
(44) W.E. Henry, "Operation" [first four of six stanzas], *A Book of Verses* (London: David Nutt, 1888), p.7.

ヘンリーの詩は「個人的な感覚から造られた詩で、半ば生理的、病理的な詩であり」、言ってみれば「不愉快な事柄の詩」（シモンズ、「ヘンリーの詩 (Henry's Poetry)」、一八六頁）である。川辺の花火の見世物を変形したホィッスラーや、バレエのリハーサルを描いたドガのように、ヘンリーの「病院にて」は「主題の荘重さ」への上品な気遣いは気軽に省いている。更に、そのような詩はジョン・アディントン・サイモンズが、ウォルト・ホィットマン (Walt Whitman) を念頭に置いて、いわゆる「民主主義的な芸術」と呼んだ詩の一部であることを示している。それは「文体の選択も主題の選択も自由で、言うなればロマン主義革命の精神錯乱の後に冷静さを回復した芸術のことだが、ただ一つだけ大原則は維持している—すなわち自然あるいは人間にあって、そこに詩を感じ、解釈できる精神が向き合うなら詩にならないものは何もない。[45]」かくして、シモンズの「情調、感覚、気まぐれ」への強調はペイターや教養あるエリート達のペイター的理想由来のものだが、シモンズが肉体的とりわけ性的感覚を強調したことで、直ちに「身体の民主主義」、すなわちあらゆる肉の共通経験の承認へと向かう。

（45）J.A. Symonds, "Democratic Art," in *Essays, Speculative and Suggestive*, 2 vols. (London: Chapman and Hall, 1890), 2:33-34.

確かにシモンズ自身は審美的な民主主義者からは遠かったが、彼の一般的な歓びの強調、特にミュージック・ホールのそれは、彼の作品をヘンリーや、キップリング、とりわけライマーズ・クラブの仲間であるジョン・デイヴィッドソンと同列に置く。デイヴィッドソンの作品はシモンズと興味深い対照をなしている。というのも互いに「不愉快な事柄の詩」の特別な必要性を感じていて、二人ともロンドンのような不愉快な現代都市のうちに詩的正統性の重要な試金石を見出していた。まさにシモンズが言うように、「現代的たる詩の試金石とはつまりロンドンを、そこで目に入るようなモノ一切と共に、処理できる能力」（シモンズ、「ヘンリーの詩」、一八四頁）のことだ。これはヘンリーの詩的連作「ロンドンのオルガン独奏曲 (London Voluntaries)」が、その「都会の詩の感覚や、そのヴィジョンと視点があればだが、われわれの目の前に横たわる総てのモノへのロマンスの感覚」を駆使しながら立派にパスした試金石だ。

シモンズはロンドンが「ロマンス」で満ちていると見たのは、そこが自分の性的な冒険にとって刺激的な場というだけでない。詩の語り手達はロンドンの「下劣なミュージック・ホール」や「小部屋」が特別な、時々とはいえわざとらしくどぎつい輝きで溢れているのを見る。しかしシモンズのはっきり面白さで劣る詩にはよりありふれた世紀末的様式、つまり都会のパストラルとでも呼ぶべき様式に属するものもある。[46] そのあるものは、都会的な背景のうちに田舎的要素を変則的に入れてボードレール風「一風変わった感じ（strangeness）」の震えを獲得している。それはちょうどワイルドの「黄色のシンフォニー（Symphony in Yellow）」の「橋を行く乗合馬車／黄色い蝶のようにのろのろと進む」、あるいはル・ガリアンヌの「ロンドンのバラッド（A Ballad of London）」の「トンボみたいに二輪馬車がうろうろと、／宝石を埋め込んだ眼をして」のようでもある。時にロンドンを牧歌的世界として見直しているのは明白だ。シモンズの「ケンジントン・ガーデンで（In Kensington Gardens）」がまさにそうで、田園的な豊饒さとして不足しているのは麦笛だけである。「愛と春そしてケンジントン・ガーデン／そら、心からの歓喜を。」またある時にはハーバート・ホーンの「天国通り」のように、パストラルという前提はより抑制されて、そこではヘリック（Herrick）ゆずりの明るいリズムがスラム街の女の子を変貌させる。

彼女が暮らすのは天国通り、
通りのゴミと喧騒とともに。
幸福は舞い上がる、もし彼女が話せば、

天国は彼女の足元に横たわる。

彼女は青春の巻き毛とともに笑う
彼女は恩寵の庭を行く
彼女の眼差しは真珠の宝石、
なんと面の深みから免れていることよ！

そして魔法のような脚の長さ
それが目安だ、それを使って神は天の平和を築き、
人間の歓びを造り始めた。[47]

(46) ウィリアム・B・テジング (William B. Thesing) は一八九〇年代のロンドンを扱った詩人達の三つの詩的アプローチを挙げている。すなわち（一）社会の真実、（二）工芸品と印象主義の礼賛、そして（三）都会のエネルギーの賞賛。*The London Muse: Victorian Poetic Responses to the City* (Athens, Ga.: University of Georgia Press, 1982), pp.147-99. を見よ。

(47) Herbert Hone, "Paradise Walk"[first three of four stanzas], *Diversi Colores* (London: privately printed, 1891), p.23.

デイヴィッドソンもまた都会的牧歌の様式をスティーブンスン流の散文の風刺『ラヴェンダー伯爵（*Earl Lavender*）』（一八九三年、一八九六年）で取り上げ、更にもっとはっきり『フリート街の牧歌』（一八九三年、一八九六年）で採用した。そこでは一見、へぼジャーナリストの歓びと悲しみの季節的循環を扱いながら、E・B・ブラウニングの『オーロラ・リー』の詩行、即ち「吟遊詩人にとってキャメロットは平板に見える／フリート・ストリートがわれわれ詩人にとってそうであるように[48]」のうちに暗に込められた挑戦に向き合う。「われわれは見直し、報告し、創り出す／たわごとのうちにわれわれの徳は消尽する。[49]」興味深いことに、デイヴィッドソンの詩は他の所では明らかにデカダントな用語の痕跡（例えば「陰で巡る芳香／忍冬のシャンデリア」、あるいは「真珠の雲の様な象嵌細工の天稟皿／北に南に青緑色[50]」）を見せるのに、ロンドンを描く際には大体この種の工芸品的語彙は用いない。その代わり、ジャーナリストの田舎青年達は頻繁にロンドンから避難する。彼らがロンドンの安ホテルにいる時すら、皮肉っぽい都会の牧歌に見られる「ストランドの鉄の百合」(**iron lilies of the Strand**) よりは真に牧歌的なイギリスの田舎や自由農民達を讃えそうである。

(48) E.B. Browning, *Aurora Leigh*, in *The Complete Works of Elizabeth Barrett Browning*, ed. Charlotte Porter and Helen A. Clarke, 6 vols. (New York: Thomas Y. Crowell, 1900), 5: 7.
(49) John Davidson, "New Years Day," *Fleet Street Eclogues* (London: Elkin Mathews and John Lane, 1893),p.7.
(50) John Davidson, "Summer," *Ballads and Songs* (London: John Lane; Boston: Copeland and Day,

1894), p.118; "Holiday at Hampton Court," *The Last Ballad and Other Poems* (London and New York: John Lane, 1899),p.124. デイヴィッドソンの文学デカダンスへの文体的親近感については Andrew Turnbull, "Introduction" to *The Poems of John Davidson*, 2 vols. (Edinburgh and London: Scottish Academic Press, 1973), l:xxiii. を見よ。

これは、デイヴィッドソンが自身の田園詩的なフリート・ストリートという詩的前提がひど過ぎて追求できそうにないと思ったからかもしれない。友人でもあるジョージ・ギッシングの小説に登場する人物達と同様、グラッブ・ストリートの住人となんら変わることのない絶望にあって、次のように話者の持つ苦々しい確信を共有していた。

日々の新聞を読む者は、
今ここに魂を失う。
そこに文章を寄せるものは畑でスキを引く獣
よりもちっぽけだ。
（デイヴィッドソン、「年頭の日 (New Year's Day)」、九頁）

だがジャーナリズムへの軽蔑にも拘わらず、高尚な文学的伝統が人々と彼らの生活の醜い現実との間に挿しはさんできた「虹色の雲 (prismatic cloud)」をデイヴィッドソンはもっと軽蔑した。バーンズ、ブレイク、ワーズワースなど、ほんの一握りの詩人たちだけが正しく見ていた。他の総ては「人々を歩いている木の様に見た。テニスンとブラウニングはシェイクスピア風である。シェイクスピアが詩人と世間の間にぶら下げたあの虹色の雲！」[51]ワイルドのような都会の牧歌主義者の印象主義者風詩的ヴィジョンは欺く雲のもう一つの渦でしかないし、「文化」という息のつまるベッド・カーテンのもう一つの襞飾りにすぎない。

(51) John Davidson, *A Rosary* (London: Grant Richards, 1903), p.37.

高尚な文化へのデイヴィッドソンの反発は時に激烈で、根深いものになっていく。そのため彼のよく知られた詩でもプロレタリアート風な味が出て、そこから文学モダニズムにとっての特別な意味が生まれてくる。シモンズやイエーツ同様、デイヴィッドソンも田舎のアウトサイダーとしてロンドンにやって来た。しかし彼らとは異なり、デイヴィッドソンはそのままだった。ライマーズ・クラブには「血と直感」が欠けているとしてイエーツと対立し、数年後には変わらぬ調子で文学は「体力と精力の問題」だと言い切った。[52]イエーツの辛辣な言葉によれば、デイヴィッドソンは繊細で、苦心の跡ありありの、鑑賞力に富んだ趣味を前にすると、そこに「女性的な衒学趣味を見てしまい、そんな気分の時はよく、溌剌とした感じの、大衆的で、にぎやかなものを何でも楽しんで見せた」（イエーツ、『自伝』、二一一頁）。これはデイヴィッドソンが『スミス：悲劇的ファース(*Smith: A Tragic Farce*)』（一八八六年）で表現したもので、登場人物の一人はそこでこう言っている。

［詩人には］通りに向かって語らせろ。
微妙なエッセンスや、霊妙な調子もいらない
文化とその息詰まるような幕が降りるなか
感覚も病んで寝たきり状態なのだから。[53]

そして数年してデイヴィッドソンは詩の民主化を成就されたものとして扱う。「詩は民主化された。何事もそれを妨げない。歌は大通りのも、横道のもある。……詩人は通りに、病院にいる」（デイヴィッドソン、「ロザリー（Rosary）」、三五－三六頁）。この時までにデイヴィッドソンは、ニーチェ的な、誰にも相手にされない預言者として苦々しい辛い時期を迎え、それは一九〇九年の彼の自殺の時まで続く。詩への物質的信仰（「詩は声になったモノだ、判断の伴わない盲目の力だ[54]」）も、詩人予言者への信仰も彼を支えられなかった、もっともそれがアーノルドやペイターの女性的で霊妙な教養の攻撃へと奮い立たせる力にはなったのだが。「教養を振り回す無益な唱道者のお得意の甘美さと光明は、納骨堂の朽ちたバラのようであり、死の海を照らす月の光のようだ」（デイヴィッドソン、「ロザリー」、三五頁）。この姿勢は長い間スコットランドの人々と彼の後継者ヒュー・マクダーミッド（Hugh MacDiarmid）の賞賛を得ることとなる。

(52) Davidson, in a letter sent to Grant Richards in 1904, quoted in J. Benjamin Townsend, *John Davidson: Poet of Armageddon* (New Haven: Yale University Press, 1961), p.355.
(53) John Davidson, *Smith: A Tragic Farce*, in *Plays* (London: Elkin Mathews and John Lane, 1894), p.229.
(54) John Davidson, "On Poetry"[1905], in *Poems of John Davidson*, 2:532.

ジャーナリズムを侮蔑してはいたが、デイヴィッドソンは、逆説的な意味で詩人の眼から虹のような雲を引きはがす功績を新聞に認めていた。「新聞は現代の詩の性格を形成する上でもっとも潜在力を秘めたものである。おそらく詩の眼をまず表現した［つまり白内障を取り除いた］のは新聞だった。」ディケンズからアーサー・モリソンまで、ヴィクトリア朝の小説家たちが都会とその周辺の階級についての見方を変えさせる上で貢献があった点をデイヴィッドソンがこうも無視してしまうのは彼の先入観のなせる技である。「いわゆるプレ・シェイクスピア流と呼ばれるものをもたらしたのは新聞だった。トマス・フッド (**Thomas Hood**) が一九世紀で英詩の最も重要な位置を占めているとして、『シャツの歌 (***Song of the Shirt***)』を見出したのも新聞だった」（デイヴィッドソン、「ロザリー」、三六–三七頁）。文体的に見て、デイヴィッドソンのこの詩行（「ローファー風に艶を出した壁が見える／やせ衰えたマッチ売りの少女が哀れっぽく泣くのが見える[55]」）での試みは『デイリー・テレグラフ (***Daily Telegraph***)』や『ペルメル・ガゼット (***Pall Mall Gazette***)』などよりもウイリアム・ブレイクの例に負うところがずっと大きい。もっとも、彼が新聞の影響から期待したところの、あらわで散文的なプレ・シェイクスピア流の幾分かはフェニックス公園殺人事件の後に書かれたフランシス・アダムズ(Francis Adams)の「ダブリンの夜明け(Dublin at Dawn)」にあるかもしれないが。

これは制圧された都市だ。
それは平和ではなく戦争を語る。
それはイギリスの兵士達の都市だ
イギリス人が「警察」と呼ぶところの。(56)

(55) John Davidson, "St. George's Day," *A Second Series of Fleet Street Eclogues* (London: John Lane; New York: Dodd, Mead, 1896), p.81.
(56) Francis Adams, "Dublin at Dawn," *Songs of the Army of the Night*, ed. H.S. Salt, 3rd.(London: William Reeves, 1894), p.48.

しかしアダムズのこのスタンザは伝統的なストリート・バラッドをいっそう想起させそうだし、多分そのせいで我々にもこう想起させる。つまりこのバラッドとバラッドスタンザは、ジャーナリスティックなモデルに乗っかったどんな混成の詩的形式よりも一八九〇年代にあってデイヴィッドソンが求めていた素朴な話し方にとって最も使い勝手の良い媒体だった、と。実際デイヴィッドソン自身の最も影響力を持つことになる詩「週三〇シリング」はバラッドを採用している。多分バラッドは都会の下層階級のコトバを受け入れたからだろう。彼は後になってあまりに大衆的ということでバラッドに背を向けるが、九〇年代の短い期間、デイヴィッドソンはバラッドをそのわかりやすさと事実に基づいた直接性のゆえに評価した。実際デイヴィッドソンは、よくチャールズ・キングズリーの『アルトン・ロック』（一八五〇年）に出てくるがっしりした感じのスコットランド人みたいな言い方をする。その人物は苦悩する詩人に対して、「ああ、シェリーは偉大だ。常に偉大だ、しかし事実はもっと偉大だ[57]」、と語る。デイヴィッドソンはこのようにイエーツやウィリアム・シャープが彼等のバラッドで選んだ声とは違った声を自分のバラッドでは選んでいる。しかし彼のバラッドの選択は彼等と同じく世紀末における声への回帰を映している。「人々は古いバラッドを模倣し始めた」、とイエーツは数年後に回想することになる。「それは多分古いバラッドがおよそ修辞的でないからだ。『シュロップシャーの若者 (*A Shropshire Lad*)』、ハーディの幾つかの詩、キップリングの『聖ヘレナの子守歌 (*Saint Helena Lullaby*)』や『鏡 (*Looking-Glass*)』が、私は頭に浮かぶ[58]。」

(57) Charles Kingsley, *Alton Locke, Tailor and Poet*, quoted in Thesing, *London Muse*, p.37.

(58) W.B.Yeats, "Modern Poetry: A Broadcast"[1936], in *Essays and Introductions*, p.497. 土地の詩人としてのハウスマンの性格は事実上最初からわかっていた。William Archer, "A Shropshire Poet," *Fortnightly Review* 70 o.s., 64 n.s. (August 1898):271 を参照。「ハウスマン氏はもしそう

言って良いなら土地の詩人だ。彼は土地の人々が理解できないような、彼らの口に上らないような語は殆ど使用しない。」

バラッドはさらにヴィクトリア朝の詩の水面下にしばしば潜んでいた言葉上の、もしくは文献学上の関心を顕在化させる傾向があった。既に見たようにシャープはバラッドを田舎の、つまり（より遠くて近代と妥協しない分それだけ）地域の方言にその根を求めようとした。しかしシャープのような詩人の興味を引く地域方言の詩の特徴そのもの―近代生活の諸形態からの哀愁に満ちた距離感―は明らかに詩の言語を刷新するための様式として適切とは言い難かった。そのような地域方言がシャープに訴えたのはちょうどトマス・ハーディにおける場合と同様だった。それらは消えつつある故に、古い滅びゆく人々の最後の囁きだったからである。しかしハーディと異なり、またドーセットの地域方言を想像力たっぷりに再編してハーディに大きな影響力を与えたウィリアム・バーンズとも違い、シャープは地域方言に対して文献学的というより感傷的な関心を向けた。「憂鬱な(drumly)」のような語に彼が興味を持ったのはそこにぼんやりと「ケルト風」の様式が眼前で形骸化してゆくのを見たからで、バーンズ風の文語風スコットランド語の断片が朽ちてゆくのを見たからではない。ライオネル・ジョンソンの「ケルトのコトバ」という詩は、この種の言葉上の悔恨の雰囲気を多少感じさせるが、（ハーディ同様）古くからのコトバの根本的な持続性を強調している。しかしシャープは、彼のケルト的化身である「フィオナ・マクレド(Fiona Macleod)」の宣言の次のような歓喜の一覧表が明らかにしている様に、長きにわたるその衰退を愛情たっぷりに慈しむ。

もはやわれわれはちりぢりになった集団だ。ブルトン人の眼は徐々に海から離れ、彼の耳はメンヒアとドルメンの周りの風の囁きを少しずつ忘れてゆく。コーンウォールの人は自分の言語を失い、もう彼と彼の古い種族との間に結びつきはない。マン島の人もこれまではケルト騎士道を継ぐ生粋の郷士だった。しかしその粗削りのコトバすら年々消えてゆく。ウェールズには大いなる伝統がなんとか残っている。アイルランドでは、最高の伝統が日没の金色に染まりながら突端の暗闇へと消えてゆく。(59)

(59) [William Sharp], "From Iona," in *The Sin Eater and Other Tales* (Edingburgh: Patrick Geddes, 1895), p.13.

デイヴィッドソンは、シャープほど学問的な、また文献学的な知識にも明るくなかったが、文学上のごまかしに対してはずっと敏感だった。彼もまた高尚な文学の媒体としての英語の枯渇感を認識していた。「われわれの言語は擦り切れ、あまりに乱用され、／疲れ切って急き立てられ、風に打ちのめされ、説得力を失っている―／その辺のチンピラが乗る陳腐なロードスターだ」(デイヴィッドソン、『スミス』、一三五頁)。しかし彼は英語を捨て、いっそう擦り切れた言語を受け入れるのを潔しとしなかった。つまり一九世紀のヘクター・マクニール (Hector MacNeil) やW・E・エイタウン (Aytoun) といったバーンズ模倣者達のバーンズ的低地スコットランド語のことである。

彼らは飲み、無意味な詩を書く、
　キールの若者の名札をぶら下げたようなこだまを響かせ、
混成のスコットランド語で。教訓的な時代は
　わがスコットランド語を英語化しようとして
　それに傷をつけただけ。いずれ
やせ細ったわれわれの方言は消えてゆくかもしれぬ。
　そんな衰退を嘆く者達に
微笑を作って見せるのは誰だろう(60)?

デイヴィッドソンは、たとえ英語の衰退が明白でも純粋なスコットランド方言を文学に供する気にはならなかった。出来るだけ多くの読者に語りかけたいという志に迫られたイエーツ同様、彼は標準方言、つまり英語の書記方言で語った。

このようなへぼ詩人たちはゴミ漁りに終わるのか、
　あるいは石炭運びか石割か。
しかし私はもっと強い風で出来ている、
　自分の脳や骨を痛めつけたりしなかった。
　私は英語で詩を書いた、シェリーや彼に続く者達の
調子をつかみながら。

するとき書かれた苦悩に応えるようにして
先生方から優しい手紙がやってきた。
（デイヴィッドソン、「エアシャー・ジョック」、四八頁）

彼自身のすぐれた後継者であるマクダーミッドは、デイヴィッドソンはシェリーのコトバを選択した点で間違っていると考えた。デイヴィッドソンがやろうとしたことの総てはスコットランド語でもっとうまくやれただろう。「社会的抗議、つまり負け組の大義、反宗教、物質主義、ラブレー的機知や毒舌などの大義を採用すること―これら総ては英語の伝統よりはスコットランド語のうちにより単純かつはっきりと相応しい場がある。[61]」ただデイヴィッドソンが「馴染みのない言葉」を選択したことは、マクダーミッドも認めるように、彼の純粋な貢献を挫くことはなかったし、詩的主題が拡がり、そのことで例えば長い無韻詩の「契約（Testaments）」のような後期の詩では科学用語が取り入れられ、妄想に駆られたように詩の不滅という自身の希望をそこに注げたし、また初期の詩では口語的な都会詩を書こうともした。

（60）John Davidson, "Ayrshire Jock," *In a Music-Hall, and Other Poems*(London: Ward and Downy, 1891), p.48.
（61）Hugh MacDiarmid, "John Davidson: Influences and Influence," in *John Davidson: A Selection of His Poems*, ed. Maurice Lindsay (London: Hutchinson, 1961), p.51.

デイヴィッドソンが記憶から消えないのはこの一八九〇年代の都会風バラッドの為であり、とりわけエリオットが覚えていたことが大きい。「デイヴィッドソンは立派なテーマを持っていた、そしてテーマの見事さを引き出すような表現を見いだした。もっと慣習的な詩語を使っていたらとても出せなかったような威厳をこの週三〇シリングの事務員に与えることが出来たのである。この詩でデイヴィッドソンが創造した人物は一生私から離れない、それは私にとって永遠に優れた詩なのである。」(62) デイヴィッドソンの「週三〇シリング (Thirty Bob a Week)」は攻撃的なスラングと大胆な感傷性で、キップリングの『バラック部屋のバラッド (*Barrack-room Ballads*)』(一八九二年) と、その書の背景にあるミュージック・ホール的演目からの影響をはっきり示している。

そしてしょっちゅう冷たくジメジメしている、
　私の妻はたくましい男 [＝けちん坊] の為にタオルを縫う。
そしてピラード・ホールの半分は貸に出される―
　旅行用トランク程度のサイズの三部屋が。
そしてわれわれは咳をする、妻と私、ため息を逸らそうと、
　騒がしい子供たちが寝床につく時。(63)

デイヴィッドソンの「契約」に馴染んでいる読者はこの詩に彼の何か脅迫的なテーマを見出すだろう。科学によって明らかとなる新しい秩序、現実の物質世界、ニーチェ的意志の総合的力を。

私は目覚めた、時間が来たと思って。
　私の意志を超えて他に大義があるわけじゃない。
どこにいても私は寛げた、
　なぜなら本来の自分でいようとしたから。
軟体動物でも類人猿でもどんな姿でもよい、
　私は何時も掟にそって行動した。
（デイヴィッドソン、「週三〇シリング」、九六頁）

しかしデイヴィッドソンは音色と土地言葉を巧みに扱い、これらテーマを劇的描写として機能させた。そうなることでこれらテーマは中下層階級の語り手が独学で学んだ「哲学」として働く。デイヴィッドソンが半ば憂鬱に、半ば積極的に低級のスラングと知的気取りとを幾分異様に組み合わせ（「私は冒涜的なことは言ってません、雄弁さん／ちょっとだけあなたの芸の届かない事を言っているだけです」）、そのことでこのバラッドにちょっぴり脅威の効果を与えている。デイヴィッドソンは同書の「街角のピアノへ（To the Street Piano）」の二つからなる歌の中で、大衆的と知的な文化の落ち着きの悪い相互浸透を探っている。一つ目の歌は労働者階級の女性の結婚前と後の運命を「タララブームディエィ（Ta-ra-ra-boom-de-ay）」のリズムで表し、二つ目は大衆的なワルツ「舞踏会の後（After the Ball）」の宇宙論的もしくは終末論的な意味を揶揄っている。

天空の音楽が
　天の広い部屋で止んだ後、
トランペットが鳴り響いた後、
　運命の裂け目が到来した後、
どんな恋人ももはや
　甘い伝言を送りはしないし、
閃光が暗闇を照らすことはない
　終わりの後では？(64)

このような旋律はエリオットの「荒地」の「シェイクスピア風ラグ」の前奏になっている。

(62) T.S. Eliot, "Preface" to *John Davidson: Selection*, p. xii.
(63) John Davidson, "Thirty Bob a Week," *Ballads and Songs*, p.93.
(64) John Davidson, "To the Street Piano," *Ballads and Songs*, p.102.

知的な素材とさほど混じり合っていないのは、デイヴィッドソンの『ミュージック・ホールで』（一八九一年）の六人のアーティストによって演じられる六つの演目である。デイヴィッドソンの日常語の運用がいささか心許ないにしても、様々な韻律を通じて語り手を個性化する試み、例えばスタンリー・トラフォードのつまらない四歩格「感傷的な星 (The Sentimental Star)」から「有名なカリフォルニアの漫画本（the famous California Comique)」のジュリアン・アラゴンの度を越した咆哮（「私はしなやかで、巨大だ／私は悪魔の賛歌を詠う」）まで概ね成功している。リリー・ディルの局面では、ディヴィッドソンは耳障りな民衆の声（「薄い唇？　ああ、そうさ！そして深い皺／それで御覧の様におしろいを塗っているわけ」）とベッシー・ベルウッドやマリー・ロイドのような陽気なミュージック・ホールのスターたちの性的な刺激性の両方を伝えている。

私はそれを彼らに熱くぶつける、眼差しは
　鞭の弾けるような音みたい—ああ、ひりひりくる！
そして静かな、火のような微笑、そして舞
　みなふざけた他愛もない事を指している。(65)

そしてヴェールを纏った踊り子サリーヌ・エデンの場合、デイヴィッドソンは生々しく性的な可能性が持つ共感覚的な誘惑の渦（「私の緩んだスカーフは香りで濡れ／官能的な至福の強い予兆を雨で降らす」）に加えてあのミュージック・ホールでアーサー・シモンズを魅了した無垢な審美的遊離感を表現している。

そして柔らかく、甘く、静かに、私の顔は
　まるで日焼けしない貞節さのように純粋に見える、

向きを変えて進む三拍子の歩みの時さえ。
それが圧倒的な私の謎だ。(66)

(65) John Davidson, "Lily Dale," *In a Music-Hall*, p.7.
(66) John Davidson, "Selene Eden," *In a Music-Hall*, p.11.

当時イエーツが『ボストン・パイロット(*Boston Pilot*)』の読者に語ったように、「世界と文学に対してこれほど違うモノもない。主題が同じにも拘わらず、デイヴィッドソンとアーサー・シモンズほど文体の違うケースもない」(67)。二人のうちシモンズだけミュージック・ホールを芸術の精神で扱っていると言いたかったようだ。というのもデイヴィッドソンの「プロローグ」が示唆するように、「黴臭くて暑い」と記されているグラスゴーのミュージック・ホールの経験は実際彼自身体験したことだ。シモンズの詩もデイヴィッドソンに劣らず実際の体験かもしれないが、イエーツの理解では、それらの詩がそういう大衆娯楽を採用したのも「文学という目的の為であって、もし間違っていなければ、そのきらびやかさや騒音から距離を置いて自分であり続けたミュージック・ホールの研究者」(イエーツ、「ライマーズ・クラブ」、一四四頁)のペンから生まれたものだった。イエーツは後年ある程度シモンズと親しくなったが、ここではシモンズへの誤解と同様に、労働者階級の文化にも偏った見方をしている。この点にはまた後で触れるが、今の時点で注意すべきは、デイヴィドソンのミュージック・ホール詩をイエーツは嫌悪している（「常に言葉の粗雑さが邪魔して詩を楽しめない」）にも拘わらず、踊り子を扱った彼の詩は賞賛している「心に残る素晴らしいサリーヌ・エデン」（イエーツ、「ライマーズ・クラブ」、一四五頁）点だ。

(67)　W.B. Yeats, "The Rymer's Club"[April 23, 1892], in *Letters to the New Island*, ed. Horace Reynolds (Cambridge, Mass.: Harvard University Press, 1934), p.145.

同様にその偏見にも拘わらず、イエーツは、ミュージック・ホールにデイヴィッドソンやシモンズが引き寄せられた点は、他の多くの世紀末作家や詩人（例えばジョージ・ムア、マックス・ビアボーン、ジョン・グレイ、ハーバート・ホーン、セオドール・ラティスロー、セルウィン・イメッジ [Selwyn Image]、スチュワート・ヘッドラム [Stewart Headlam]、ウイル・ローゼンスタイン [Will Rothenstein]、そしてウォルター・シッカート [Walter Sickert]）、などにも共通していて、このことがヴィクトリア朝の審美主義文化の重要な契機になっていることに気が付いていた。それが表わしていたのは単に新しい主題の追求だけでなく、

ごく最近の生活や詩の極度の洗練からの反発でもあった。教養ある人間はごく普通の男たちのごく普通の楽しみや人生の様々な粗っぽい出来事をフーフー言いながら追い求め始めた。今の典型的な若い詩人は食傷感を持った唯美主義者であって、失われた己の俗物主義を探りながら、心はありふれたも

のへの満たされない渇望で一杯なのである。自分の住む森に飽き飽きし、ビールとスキットルを恋しがるアラスターの人間なのだ。（イエーツ、「ライマーズ・クラブ」一四六頁）

この嫌味はイエーツだけでなかったし、ミュージック・ホール礼賛のうちに「オックスフォード兼コックニー」風の不一致があるのを他の同時代人も見逃さなかった。(68) 例えばダウスンはミュージック・ホールには惹かれなかったがロンドンの庶民的な生活に憧れて、ある友人にこう言っている。「私は深夜アランブラの『裏口』の外でイメッジとホーンにばったり会い、そしてどうということもないダンサー達に紹介された。こう並べると何かグロテスクなものがあった。ホーンは実に背筋を伸ばした姿勢でスラリとしてまた美しかった。イメッジはロンドンでも最高に威厳にあふれた男で、見かけは俗っぽい聖職者とボードレールの中間を行くような感じで、一八世紀風の礼儀を見せて、裏の通路でバレエの踊り子へエスコートしてもらおうと［原文のまま］待機していた、まだ……すらしてない踊り子を待って!!!［原文のまま］」（ダウスン、『手紙』、一一〇頁）。この瞬間は、もう言ってよかろうが、ライオネル・トリリングも述べたように、モダニズムを特徴づける、文化が文化に対して見せる初期の間違いない幻滅の徴候を記している。

(68)　Cuthbert Wright, "Out of Harm's Way: Some Notes of the Esthetic Movement of the 'Nineties,'" *Bookman* [New York]70(1929-30); 234-43 を見よ。

シモンズといっしょになってデイヴィッドソンがミュージック・ホールに夢中になったのは、それがヴィクトリア朝的「世間体」への攻撃になるという自分なりの感じ方からだった。もっと酒を飲ませろと叫びながら騒ぐ男女でいっぱいの、「黴臭く暑苦しい」ミュージック・ホールは若い芸術家達にとっては活力ある、禁制の、野卑な「生命」で溢れていた。彼らはそれを見本にして試したのである。マーサ・ヴィシナスも明らかにしているように、普通の労働者たちのミュージック・ホールも一八九〇年代までにはいたって上品になり、ロンドンにあるエンパイアとかアランブラのような大きなホールは紛れもなく芸術の宮殿となり、正装した名士たちの要望に応える場となっていた。[69] ジョージ・ムアは『若き青年の告白』で「ホール」の貴重な下品さを歓迎している。

イギリスには一つだけ自由な、つまり自発的で、大陸の陽気さと国民的なもの（**nationalness**〔原文のまま〕）を想起させてくれるものがある。—しかしそこには何らフランス的なものはないし、完全かつ本質的にイギリス的なものだ。それは社会の皆が楽しみ、自発的である点でエリザベス朝のイギリスの名残でもある—私が言っているのはミュージック・ホールのことだ……楽しさの何という統一感、魂の何という一体感、機知の何という共有感。皆がお互いを知り、お互いの存在を楽しんでいる。一言で言えばそこに人生がある。[70]

ムアの結論によれば、ミュージック・ホールは「別荘、巡回図書館、クラブなどへの抗議を表現していた」（ムア、『告白』、一四七頁）。つまり、世紀末の芸術的人生をかくも締め付け圧殺しているヴィクトリア朝ブルジョア階級のありとあらゆる制度のことである。シモンズは宣言した、「こういう退屈な制度の雰囲気に潜むものが、詩のような日常的な気まぐれ行為の実践を邪魔しているように見える」（シモンズ、「ヘンリーの詩」、一八八頁）。

(69) Martha Vicinus, *The Industrial Muse: A Study of Nineteenth Century British Working-Class Literature* (New York: Barnes and Noble, 1974), pp.235-85. を見よ。
(70) George Moore, *Confessions of a Young Man*, ed. Susan Dick (Montreal and London: McGill-Queen's University Press, 1972), pp.145-46.

ミュージック・ホールの方が同時代のヴィクトリア朝の演劇や文芸芸術よりも活気があるという主張は直ちに、ミュージック・ホールの演技それ自体が芸術だという主張に繋がってゆく。そしてここでデイヴィッドソンとシモンズは袂を分かつ。シモンズは、批評する側に大衆文化の審美的権利を認めるべきと迫るグレイやムアの側についた。これらの強力な支持者達は、例えばミュージック・ホールは正統なヴィクトリア朝の舞台作品にある面倒な劇場リアリズムを既に省いているのを知っていた。「本物の水を使った滝のようなものは一切ない、ロンドンの埠頭もない、やたらに豪勢な備品もない、誰かを放り入れるようなホテルの昇降機も含めて。ただあるのは通りを表わすワンシーンのみだ。ある一人の男が現れる――いいかい、本物の仕事着を纏ってではない、それらしきものを纏ってだ。そして歌う、どうやってロンドンにやって来たかを、そしていかにして盗人に

『身ぐるみはがされた』かを」(ムア、『告白』、一四七頁)。ミュージック・ホールの新会員達はアーティストたちの表現豊かなジェスチャーを褒めたたえた(「どの表情も暗示に富んでいて、じらし、魅力的で、象徴的で、まさに芸術だ」(ムア、『告白』、一四七頁)、ちょうど高尚な書き言葉の伝統の持つ押し付けがましい言葉を追い出した冴えた文句や気の利いた雑談を彼らが賞賛したように。ベッシー・ベルウッドの見事な方言の即興は「もはやうっとうしい低俗さなどではなく、芸術であり、洗練された稀有なものである……珍しく、風変わりで、倒錯している。しかしこれらこそ芸術の究極の姿であり属性ではなかったか?」(ムア、『告白』、一四六頁)。もちろんここでムアは自分と自分の読者を揶揄って、ミュージック・ホールの演技の側面の幾つかを、台頭しつつあるフランス象徴主義の美学にこっそり重ね合わせている。しかし明らかに、大衆文化が世紀末の唯美主義者達の間で人気だったのは、とりわけエリート達の解釈力でしか迫れない深遠な一面がそこにあるのを示せたからだ。

九〇年代の人間にとってミュージック・ホールはちょうどロシアのバレエが初期のネオ−ジョージアンにとってのようなものだった。……ロシアのバレエの様に、ミュージック・ホールは仲間よりもずっと上を行っていると感じる機会を与えてくれた、そして楽しい歌「葉巻は箱の上の絵では分からない」が独自の象徴性と真の内面性を有していることが分かった。ロンドンの無教養な連中が、ロシアの無教養な連中がバレエを楽しむように、自分等のミュージック・ホールを単に夜の心地良い気晴らしとして楽しんでいたのは間違いない。教養はあっても、機知の乏しい若いイギリス人がオックスフォードに入る時、謎めいた寺院に入る修練士のような初々しい情熱で震えているのを私は知っている。[71]

ミュージック・ホールの演技が真面目な芸術を表現しているとの主張は、熱烈な崇拝者としての、あるいは審美主義者としての自身の立場をより大きくすることに繋がった。審美主義者はそうして芸術の領域を拡げ、そのことで自分の特別な権威の範囲を拡げるだけでなく、しっかりと審美的許容、すなわち何が芸術であるかを決定する力を、自分の手に確保できたからである。以前は非芸術的だとかあるいは審美的に問題無いと考えられていた諸形式のうちに審美的複雑さや「困難」を見ようとするこの傾向がとりわけモダニスト的に見えたとしても、それは自分を大きく見せようとするエリートのジェスチャーでもあった。マックス・ビアボーンは、ミュージック・ホール礼賛者達の「上品な熱意」を風刺し、彼らが愚かにも下品さをその最も相応しい場から追い出していることへ警戒を促したが、それも結局無駄だった。[72]

(71) Edgar Jepson, *Memories of a Victorian* (London: Gollancz, 19333), p.230.
(72) Max Beerbohm, "The Blight on the Music Halls"[first written in the 1890s], in *More* (New York: Dodd, Mead, 1922), pp.129-36. を見よ。

同時に、ミュージック・ホール審美主義者達の間にこのような自己パロディ的衝動が存在したからといって、台頭しつつあったモダニスト審美主義へのミュージック・ホール礼賛が果たした真の意味での貢献を覆い隠すべきではない。その台頭にあって、シモンズの役割は重大だった。彼がそれを果たし得たのも主としてミュージック・ホール芸術のうちに詩的言語の新しいモデルを見出したからである。それはつまるところペイターの華麗文体と定形のない日常コトバの間で迫られる選択からの解放を意味した。デイヴィッドソンが、ミュージック・ホールの下層階級の聴衆の「本当の言葉」に一時の言語的正統性を求めたのに対して、シモンズはミュージック・ホールの身体的身振り言語に、特に踊りの言語に、新たな表現の理想を見出したのである。

フランスの象徴主義理論を踊り子のイメージに融合するに際してのシモンズの果たした役割は広く研究されてきた(73)。強調すべきはダンスに対しての反言語的な、より正しく言えば、言葉に依らない反応の特質である。彼のエッセイ「バレエとしての世界(World as Ballet)」(一八九八年)はそれを明確に表現している。ダンスにあっては「何事も述べられず、説明という無関係の目的の為に言葉が介入してこない。一つの世界が目の前で立ち上がる。その絵はそこにある間だけ継続する。そして踊り子はその身振りと共に純粋なシンボルとなり、そのひたすら美しい動きから、観念や官能性など、そこで知るべき一切を喚起する(74)」。シモンズは踊り子のような生きたシンボルについて「官能的だけでなく知的な魅力」を語るが、彼の強調の狙いは知的な審美的権威から官能的なそれへとシフトさせることであり、それはキーツが(まさにシモンズはここでキーツの「ギリシャ壺へのオード」を反響させている)預言的かつ見事な言葉で語ったのと同様である。「『美は真であり、真は美である』—それが総てだ／この世で汝が知る、また知るべきことの。」

(73) Frank Kermode, *Romantic Image* (New York: Vintage, 1957), pp.49-91, 107-18; Ian Fletcher, "Explorations and Recoveries — II: Symons, Yeats and the Demonic Dance," *London Magazine* 7 (1960): 46-60; and Jan B. Gordon, "The Dance Macabre of Arthur Symons' *London Nights*," *Victorian Poetry* 9 (1971):429-43.

(74) Arthur Symons, "The World as Ballet," in *Studies in Seven Arts* (London: Archibald Constable, 1905),p.391. 著者強調。

同様に、シモンズは芸術的パフォーマンスを理解する上での直感的洞察の重要性についても強調している。例えば『魂の冒険』（一九〇五年）の中で言っている。ピアニストのクリスチャン・トラヴェルガの演奏は聴衆に「彼ら自身の心のどこかから、彼らの血のかすかな声に乗って」語りかけるように見えた。あるいはまた同じ書に収録されている別の物語で画家のピーター・ウェイドリンは、ミュージック・ホールを自分が楽しめるのは「ぴかぴかの、偽りの、野蛮で、陶酔させる派手さと、光景総ての凶暴な野獣性、加うるに愚かな言葉に人々の顔や身振り、それに熱気と臭気そのもの、まるで人間集団の匂いを凝縮したような、いらつくような音楽、それと聴衆！」のせいだ、と言っている。(75)

(75) Arthur Symons, "Christian Trevalga," in *Spiritual Adventures* (London: Archibald Constable, 1905), p.96: "The Death of Peter Waydelin," *Spiritual Adventures*, p.160.

血を本能的、動物的に理解することへの、またダンスを「生命、自らを情熱的に維持する動物的生命」(シモンズ、「バレエとしての世界」、三八七頁) として繰り返すシモンズの強調は、表現する言語全体の可能性に対する挑戦というよりは、とりわけ言葉を使った言語への挑戦──「言葉が介入してこない」──である。はなからシモンズが本能的に分かっているように見えたのは、つまり音楽、ダンス、絵画は人間言語の代替になり得るもので、言葉に対して同等もしくはそれ以上の存在でさえある、ということだ。この自覚を彼は『魂の冒険』の芸術家的主人公達に授けている。例えば女優のエスター・カーンにとっては、「人々の身振りは……言葉よりも多くを意味した。それらは言葉が捉えられない独自の秘密の意味を持っているように見えた」(シモンズ、『魂の冒険』、五四頁)。またピアニストのクリスチャン・トラヴェルガにとって、音楽は「どんな人間の言語にも増して天使の声に近づく。しかし絵画もまた言語であり、彫刻や詩もそうである」(シモンズ、『魂の冒険』、一一一頁)。

シモンズは、このようにして同時代の言語学者や哲学者が分析的に提示したことを直感的に把握している。即ち、言葉による言語は数ある伝達記号システムのうちの一つにすぎなく、更に言えば他の伝達システムに対して本来的にというより習慣的に有利な特権を有しているということだ。例えばオックスフォードの若い哲学者R・L・ネトルシップは言った、コトバは「最も広く行き渡ったシンボルの形式だが、といって、コトバを不完全にしか使用できない人間は明確な考えを持てない、ということではない」[76]。言葉とモノの袋小路を回避する道を求めてネトルシップは言葉を「他と同じく一つの行為の形式」に帰せようとする。

私が言いたいのは、言葉は定義すれば色々な（修辞的な、詩的な、論理的な）力はあっても、それらは他の方法による働きかけ（例えば、表情、身振り、音楽、絵画等など）に準えることができる、ということです。エネルギーの物理的考え方をあらゆることに（それはまったくアリストテレス主義ではありますが）拡げ、われわれが物、性質等などと呼んでいる一切も、行為とその反応の形式であり、またそれこそが「存在」していることだ、と感じるのはとても啓発的なことです。(77)

(76) R.L. Nettleship、"Lectures on Logic," in *Philological Lectures and Remains*, ed. A.C. Bradley, 2 vols. (London: Macmillan, 1897), I: 129.

(77) Nettleship、"Extracts from Letters," in *Philological Lectures*, I:99.

シモンズとイエーツが踊り子を考える際、我々は言語の見直しと再定義を通じてこの種の同じ開放感に出会う。彼らはヴィクトリア朝特有の圧制的な「抽象」や「散漫さ」を語るとき、頭にあったのは言葉の言語 (verbal language) の行き過ぎた誇張やダラダラ続く冗漫な箇所のことだったので、ダンスの身振り言語は見事に新鮮で、直接的で、「不純物」に毒されてないように見えた。もとより踊り子を無垢であると同時に殆ど陶酔的で自慰的な自己満足的存在として描くシモンズの独特な手法もここから来ている。また彼の踊り子の詩におけるバレエの身体 (*corps de ballet*) の抑圧もそうである。「日本の踊り子 (Javanese Dancers)」（一八八九年）のような初期の詩でも、踊り子は姉妹の踊り子達と混ざり合う（「さあ列になって身体を揺らしながら、／ゆっくりと律動的に互いに溶け合い」）が、「歩道のノラ (Nora on the Pavement)」とか「メラニテ：赤い風車 (La Melinite: Moulin Rouge)」など後期の詩では踊り子は身体から離れる。「彼女は自身の楽しみの為に踊る。」この自己満足をシモンズの詩の語り手たちはエロティックと感じると言ってしまうと、それは身振り言語の持つ官能的で、本能的基盤を強調するだけになってしまう。

しかしこんな風にはっきり身振りを賛美することは下層階級の言葉よりもいっそう「素朴な」言葉を好むことを意味する。というのも、言語的サインは身体的にあからさまであるほど当事者の精神的能力のレヴェルは低いと想定されていたからである。例えばA・H・セイスは言う、「人間の格が下がれば下がるほど、コトバに重要性を与え、個々の文章の意味や指示内容を決める際の身振りの果たす役割が増してゆくのを示す証拠は多い」、と。[78] グラント・アレンのような「審美的ダーウィン主義者達」は一八九〇年代に入り、人間の創造性の根底をなすこの種の身体的、性的特性を認めるよう読者に促した。

われわれの本性のうちにあって気高く高貴なものは何であれ性的な本能から直接湧き出てくる……われわれの美的感覚の総てはそのおかげである。だから美的センスとは結局第二の性的属性でもある……美の感覚、義務の感覚もそうだし、親としての責任、父としての、母としての愛、家庭の愛情、さらに歌、踊りや装飾も、また単純な姿を纏った全き高尚な生、哀感と忠誠、一言で言えば、魂、萌芽状態の魂そのもの―すべてが直接この評価されづらい「低い」歓喜から立ち上る。[79]

(78) A.H. Sayce, "The Jelly-Fish Theory of Language," *Contemporary Review* 27 (April 1876): 718.
(79) Grant Allen, "The New Hedonism," *Fortnightly Review* 61 o.s., 55 n.s.(March 1894): 384,387.

シモンズ自身、一八九〇年代はこれらの歓喜から怯むことはなかった。踊り子にしろ「軽快な愛」にしろ、いずれも「この世の移り行く、色とりどりの、楽しむべきあらゆることの魅力を自らのうちに集約しているように見える。どれもが明日の事など考えずに、決意を眠りへと溶かし込み、喜ばしい今にゆったり身を任せるようにと促す」（シモンズ、「バレエとしての世界 (**World as Ballet**)」、三八九頁)。その官能的な魅力、そのつかの間の姿、その儚さにおいて、その低級の歓び—踊りの身振りと愛のそれ—はシモンズにとってペイターの「結語」の「真実」であったし、また「素朴な」統語法の短詩においても言葉の真実の具体化を追い求めた、ちょうどイエーツの言う、「身振りの、もしくは何かの日常的な情緒的表現の[80]」自発性を携えながら。肉体から離れた声を再び肉体化しようとした時、この言葉の身振りへの協調的な努力があったからこそ長い間イエーツはシモンズと連携出来たのである。しかしシモンズは移り行く官能性の印象へとことん身を捧げ、その程度は甚だしく、もはや止めることも出来ず、イエーツもついに自分の道を進むことになる。こうしてシモンズの詩人としての実践は、ポスト文献学の時代に書くことを自覚していた者たち、つまりペイターの『マリウス』を読みながら一方で声の為の歌 (**songs for the speaking voice**) を切望する者達の前に、今一度苦しい選択を迫ることになる。

(80) Yeats, "Art and Ideas"[1913], in *Essays and Introductions*, p.354.

第五章　イエーツと国民の書

ああ、私にさらに
薔薇の吐息が満たす小さな空間を残してほしい！
求める俗っぽい者達の声がもう耳に入らないように
……
そうして人の知らない言葉で歌ったりすることがないように。
—イエーツ、「時の十字架上の薔薇へ」

W・B・イエーツは世紀末デカダンスの最後を飾る人物として登場する。別に自分をそれらしい色彩で思い出たっぷりに描いたからではない。世紀末のエトスの影響を強く受けた現代作家は他にもいた—パウンド、エリオット、スティーブンズ (Stevens) などがまず詩人として頭に浮かぶし、小説家としてはコンラッド (Conrad)、ジョイス (Joyce)、ロレンス (Lawrence)、さらにフォークナー (Faulkner) などもいる。しかし彼らのいずれもイエーツとは違う。イエーツの場合は『帳のゆらぎ (*The Trembling of the Veil*)』（一九二二年）で、自ら「悲劇の世代 (Tragic Generation)」を華やかに追悼していて、それだけに何としても彼をこの隊列の最後に据えたくなる。今でも、よろよろと少し歩いては立ち止まりながら低い声でつぶやく難破船の生存者よろしく、いたるところで「こうしてお伝えする為に逃げだしてきたのですよ」と囁くロマン主義の生き残りとして彼を見たくなる。

しかし華やかとはいえ、イエーツの記述は栄光に彩られた回顧というだけではない。アイアン・

フレッチャーも指摘するように、文学的追想録としては際立って正確である。[1] 一九二二年にあって、失意と遊離感のなかで「悲劇の世代」の描写の陰影は増してゆく。その結果バレエの少女たちは「娼婦」となり、陽気な喝采の夕べは「浪費と失望」の夜となっても、世紀末の様々な出来事に様式と象徴を見いだそうとしたイエーツの衝動は、落ち着きの悪い時代に生きる中年男の単なる自己憐憫以上のものがある。『自伝』での、様式を求めての探求はむしろ様式と象徴を求めてイエーツ自身が世紀末に試みた探索と根っこは同じであって、それはこの世の事象の背後に隠れた潮流や反復のリズムを見つけようとする彼の持つ本質的に宗教的傾向から来ている。

（1）Ian Fletcher, "Explorations and Recoveries—II: Symons, Yeats and the Demonic Dance," *London Magazine* 6 (1960):46-47. を見よ。

特にこれはデカダンスの世紀末的考え方の誘惑的部分だった。イエーツは、他でシモンズ、ダウスンやジョンソンと共有する部分が無くとも、彼らの詩で繰り返される「終末」の感覚は彼の心を捉えたことだろう。ちょうどマラルメの緊迫感あふれる啓示の感覚、すなわち寺院の帳の周りに立ち込める不安な空気がこの考えに訴えかけたと同様に。一八九〇年代の「世紀末的、この世の終わり的な」態度のある面は、ジャーナリスティックな扇情主義やノースロップ・フライ (Northrop Frye) のいわゆる十進法的システム (decimal system of counting) への迷信と呼ぶところのものに帰せて問題なかろうが、[2] 終末論的な終わりや啓示へ寄せるイエーツの関心は徹底していて、それは実際一九世紀末の後までも続き、とても一時的な芸術的流行と見做せるものではない。かりにJ・L・ボルヘスも言ったように、「起こりえない啓示のもつこの切迫感こそが恐らく審美的な現象である」[3]なら、終わりの危機や再生へのイエーツの入れ込み方や、『クロスウェイ (*Crossways*)』(一八八九年)、『薔薇 (*The Rose*)』(一八九三年)、さらに『葦の間の風 (*The Wind Among the Reeds*)』(一八九九年)のような初期コレクションの中に表れ、『ヴィジョン (*A Vision*)』(一九二五年)において一層体系化してゆく問題の核心は、むしろ歴史も含めたあらゆるリアリティの根底に審美的経験の様式とリズムを見出そうとする願望と見るべきだろう。

(2) John Davidson, "Fin de Siècle," in *Sentences and Paragraphs* (London: Lawrence and Bullen, 1893)p.122 参照。「われわれも既に一九世紀の最後の一〇年に入っているが、世紀末というコトバが突然ある朝めざめ、そして有名になってからまだそれほど経ってはいない。……それはにわか仕立ての作家達のペンに勝ち誇った勢いを与え、ひ弱な想像力に圧制を敷き、そして既に、単なる表現で終わらせたくないというその懸命さによって、まるで事実に近いようなものへと変貌している。」

(3) J.L. Borges, *Labyrinths*, quoted in Denis Donoghue, *William Butler Yeats* (New York: Viking, 1971), p. 17.

一八九〇年代の同時代人の多くと異なり、イエーツはデカダンスというものを、審美的であれ歴史的であれ、何らかの最終的な「終わり」とみることに気乗りしなかった。それは、世紀末が彼にどんなヴィジョンも伝えることなく過ぎ去っていったとき一段と強まってきた感慨である。一九世紀審美的デカダンスの「かすかな光とかすかな色合い、そしてかすかな輪郭とかすかな力」[(4)]にも拘わらず、はたまた彼が後に紀元一世紀のローマ世界に見る倦怠と残酷な貪欲さにも拘わらず、デカダンスは通常の見かけとは違うものだった。「啓示の前の瞬間を考えるとき私はサロメのことを思う―彼女もまた繊細な色合い、あるいは濃いマホガニー色かもしれないが―ヘロデ王の前で踊り、預言者の首をさりげなくその両手に受け取るあの姿である。そして思ってしまう、われわれにデカダンスと見えるものも実際には筋骨逞しい肉体と完璧に成就した文明への賞賛ではなかったのか、と。[(5)]」実際、文化のデカダンスと見えたのは孔雀の叫びの前の小休止であり、階段を降りる足が再び昇りに転ずる時でもあった。

（4）　W. B. Yeats, "The Autumn of the Body" [1898], in *Essays and Introductions* (New York: Collier, 1968), p.191.

（5）　W. B. Yeats, "Dove or Swan," in *A Vision*, rev. [1937] (New York: Macmillan, 1956), p.273.

しかしながら、イエーツの若い頃のヴィクトリア朝文学デカダンスとの関係はかなり複雑である。デカダンスの考えが終生彼を引き付けたにせよ、文学現象としてのヴィクトリア朝デカダンスはイエーツの文学的関心が変わるたびに絶えずその訴えてくるものは揺れ動いた。一八九〇年代に入ってからも、イエーツの評価は彼の関心に応じて変化した。その関心はアイルランドへの彼の夢と大きく結びついている。イエーツがアイルランドの文学事情とイギリスのそれとを比較すると き、彼はよく英語の人工性と疲労を強調し、その文学的デカダンスを文字通り受け止めた。一方、大陸のみならずイギリスやアイルランドでも生まれつつあると彼が信じた新たな幻想的芸術の求める姿を提示しようとする時、彼は言葉遣いに慎重になり、必要以上に論争的な「デカダンス」という言葉はひっこめ、「肉体の秋」という言葉に換えた。なぜなら彼自身言うように、「芸術は来るべきものを夢見ている、と信ずるから」（イエーツ、「肉体の秋」、一九一頁）である。

こうして外側から見ると、ヴィクトリア朝の文学デカダンスはイエーツにとってアイルランド運動の確立を目指す闘いにとって便利な武器となり得た。実際、イギリスの文体とアイルランドの文体を巡っての劇的な対立の原理を提供してくれたからである。しかもこのときばかりはアイルランドに有利に働く対立だった。しかしその哲学的関心の内側を見れば、ヴィクトリア朝の文学デカダンスとは間違いなく文学芸術の言語的基盤を強調したものだったし、イエーツもその上に立って後の変革の議論を展開していたのである。文学の理想としてのペイター的、デカダンス的言語の人工性という前提は当初イエーツを反発させたが、文学デカダンスの他の側面は徐々に彼の考えにアピールしていった。例えば言葉の豊かさ、不可思議さ、独自の表現力の強調、それに学識あるエリートというペイターの考え、つまり学識ある人々を相手に書く学問の人という考え方、などである。また同様に、デカダンス的文体の形式としての「古語や隠語」は九〇年代後期のイエーツの、高貴な者にも貧しい者にも語りかけられる「貴族的で深遠なアイルランド文学」[6]を創造しようとする際の基礎となった。

（6）Yeats, a letter to John O'Leary, May 30, 1897. *The Letters of W.B. Yeats*, ed. Allan Wade (New York: Macmillan, 1955), p.286.

この意味で、一八九〇年代のイエーツの著作の大半は、書き言葉を危険なほど自律的で人工的と見做すデカダンス的意識はないかに見えるが、にも拘わらず「悪魔の書 (The Devil's Book)」（一八九二年）、「錬金術の薔薇 (Rosa Alchemica)」（一八九六年）、それに「法の碑文 (The Tables of the Law)」（一八九七年）などはその主題的中心は運命の書のようなデカダンス風のトポスを呈している。従って、世紀の転換後、「だれもが自分の竹馬から降りた」時ですら[7]、そしてイエーツが一〇年前のライマーズ・クラブの仲間同様、ペイター的文体様式から背を向け、特徴的な話す声の理想へと転換した時でさえ、文学デカダンスはなお彼の記憶の中で、彼自身の詩的芸術の理想が求めるところの「高級な話し方 (talk)」と行儀のよさの一部として名誉ある地位を留めていたのである。

（7）W.B. Yeats, "Introduction" to *The Oxford Book of Modern Verse: 1892-1935* (New York: Oxford University Press, 1836), p. xi.

イエーツの詩人としての長いキャリアはこのようにして文学デカダンスの凝った文体への反発と牽引の間で揺れ続けた。このことを意識した上で、イエーツはこれを彼の個人的な神話に組み入れようとした。そのような逸脱と変化の動きは『ホデス・カメレオンテス（*Hodos Chameliontos*）』に見られ、それは芸術家として紛らわしくもあり避けがたい道でもあった。しかしヴィクトリア朝文学史という展望に立って見るなら、このようなパターンは、世紀末の二つの理想、すなわちペイター的精緻な書き言葉の理想ともう一つ特徴的な話す声の理想の間で揺れ動く躊躇いを要約している。その中でイエーツはどちらかを捨てるのでなく両方を取り込むという願望を持ち続けた。

当初、イエーツは論争を喚起するような若々しい目的意識一杯に、「古い」イギリスと「若い」アイルランドとの対照を示しながら、文学上のデカダンスと文学上のルネサンスとの違いを強調した。「イギリスは古い国であり、劇への熱は多分もう引き潮に入っている。」「イギリスは古く、詩人たちは終盤の宴の残りカスをかき集めねばならないが、アイルランドの食卓の上はまだまだ一杯だ。」「イギリスでは時々、詩や散文のテーマはもう使い尽くされたと耳にするが、ここアイルランドでは大理石の大きな塊がまだ手付かずで残っている。(8)」同様にして、ジョン・トドハンター（**John Todhunter**）のギリシャ神話に基づいた『トロアスのヘレナ（*Helena in Troas*）』（一八八六年）と彼のアイルランド民話に基づいた詩集との間の対照は「老年と……青年」の違いになっている。

『ヘレナ』は人類と同じぐらい歳取っている。何世代も受け継がれたコトバ、考え、夢において古いものだった。考えがますます分化して複雑になり、老いた文学を特徴付けるような複雑な言葉遣いが生まれる。……文学も年月を経ると人間と自然とを分断し、自分だけの為に歌うようになる。それぞれの情熱は仲間たちから取り上げられ、単独で歌われ、そしてコスモポリタニズムが始まる。というのも、情熱はなんら国を持たないものだから。……文学は老いると間接的で複雑になり少数派のためだけの持ち物になってゆく。それを上手に読むことはヴァイオリンを弾くのと同じように難しいことだ。その為には特別な訓練が必要になる。(9)

（8）W. B. Yeats, "Mr. William Wills" [August 3, 1889], in *New Island*, p.69; "The Rhymer's Club," in *New Island*, p.148; "The Irish National Literary Society" [November 19, 1892], in *New Island*, pp.158-59.

（9）Yeats, "The Children of Lir" [February 10, 1889], in *New Island*, pp.191-92.

疲労と尚早の時代のデカダントな態度には、（イエーツ自身も知ることになる）大いなる自己嘲笑があったが、イエーツはそれに説得されることはなかった。つまり、デカダンスに見られる皮肉っぽい自己パロディ化の要素はイエーツをしていっそう英語の複雑さとコスモポリタニズムを確信させた。だからイエーツは、――「総てがラファエロ前派的」な一八九〇年代にあって、(10) ―ビアズリーの風刺的な線画を「私の愛する美が、ちょうど神秘性とひとつになるように見えた時、それを萎れさせ始めたこの新しい喜劇的息遣いを失望の気持ちで」眺めた（イエーツ『自伝』二二二―二二三頁）。同様にして、シモンズやデイヴィッドソンのミュージック・ホールにまつわる詩は彼にとって消耗したイギリスの伝統を示す見事な徴候に見えた。その伝統は、疲れきってもはや馴染みのない醜い主題を追求することでしか刷新を図れないところまで来ているように見えた。

(10)　W. B. Yeats, *The Autobiography of William Butler Yeats* (New York: Macmillan, 1965), p.76.

既に見たように、イエーツは当初シモンズのミュージック・ホールへの眼差しに伴う「学者的」姿勢にある種の心地良さを感じていた。しかしシモンズが物わかりよく楽しんでいたのはまさにホールの「きらびやかさと騒がしさ」であることを彼もすぐ理解したにちがいない。シモンズの正直だがいささか空疎なミュージック・ホールの実験は、イエーツが自伝で（「ああ、イエーツよ、私はかって蛇使いに魅了されたことはなかった」「イエーツ、『自伝』、二二四頁」）と軽く嘲ったものだが、それはシモンズの中で若い頃のメソジスト派教会からの距離感を具体化するのに必要としたしばしの「情調」と「官能性」を刺激したのである。確かに、シモンズは自分の論文「詩のデカダントな運動」を一冊の書物『文学における象徴主義運動』（一八八九年）に焼き直す頃までには、イエーツから学んでこう言っていた。「目に見える世界はもはや現実ではなく、また見えない世界ももはや夢ではない。[11]」しかし彼らが知り合ったばかりの頃、シモンズははっきりと「目に見える世界は実在する」側の人間であり、ゴーチェの引用に飽きることなく、イエーツにとってはちょうどシモンズ自身がライオネル・ジョンソンにとってそうであったように、「その通りかどうかは別にして、印象主義に囚われている」ように見えた。[12] こうしてシモンズがアイルランドのロッセス・

ポイントの外れの水辺に自身の情調と気まぐれな一連の過ぎ行くイメージを見たのに対して、イエーツはもっと永続的な何かを探し求めていた—それは彼が好んで呼んだ「不滅の情調」であり、—そして彼としては「遥か過去まで辿り、懐かしい人々の名前とはっきり顕著な姿を留める山々へつながり、ぼんやりとした感覚印象であっても自分もそこでは一人でないような、そんな象徴的言語を(13)」探していた。

(11) Arthur Symons, *The Symbolist Movement in Literature* (New York: E. P. Dutton, 1958), pp.2-3.
(12) Lionel Johnson, quoted in Katherine Tynan, "A Catholic Poet," *Dublin Review* 141 (1907):337.
(13) Yeats, "Art and Ideas," in *Essays and Introductions*, p.349.

イエーツが思うには、シモンズのように計画的な目論みに則った「近代」詩人達は「野卑な類型、シンボルで(14)」、つまり、非個人的な近代世界の乗合馬車やゆらゆらと燃えるガス灯などのイメージを利用して語ることで、自分たちの困難を一層厄介なものにしてしまった。何もそんな選択をしなくとも、詩人たちが生きているのは「目が回るぐらい激しい変化の嵐の世界であって、そこでは何一つ古くて尊いものになりえない」のだから、それだけでも大変な困難の内にある、とイエーツは考えていた。外部の陳腐な醜悪さと内側の実体の無さに囲まれて、「一つのスタンザ、一つのパラグラフに苦しみ、何日も費やし、そして多分最後におびただしいフレーズの山が残る」。朽ちない人間の情熱と信念から切り離されて、近代文学は「状況の、情熱を欠いた夢の、そして情熱を失った内省の、単なる記録へと萎んでゆく[15]」。

(14) W.B. Yeats, "Old Gaelic Love Songs" [October 1893], in *Uncollected Prose*, ed. John P. Frayne, 2 vols.(New York: Columbia University Press, 1907), 1:295.

(15) Yeats, "The Celtic Element in Literature" [1897], in *Essays and Introductions*, p.185.

彼のラファエル前派主義と確固たる文学ナショナリズムを考慮に入れるなら、イエーツがアイルランドの過去に目を向け、そこに「宇宙の創造的力」、即ち不滅の情調との純粋な交感へと自らを誘う可能性を見たのは当然だった。「人は手袋をつけて宇宙に手を延ばせるだけだ。その手袋とは自分の国であり、それはささやかとはいえ人が知りうる唯一のものだ[16]。」そして遠いアイルランドのケルトの昔に、詩人と外界との調和のとれた相互依存を感じ取った。それは、後に彼が「存在の統一性」(Unity of Being) と呼び、様々な仕方で一八世紀のアイルランドやビザンチウムに重ね合わせたものである。ケルトの昔では、詩人や情熱的な語り部は周りの世界からもまた自身の情熱からも疎外されていなかった。「百姓は戸口に立って恋人と自分の悲しみについて考えるだけでよかった。そして周りの場面から、また生活のありふれた出来事から類型や象徴を引き出し、そして機会に恵まれたら、貧しいが誇り高い世代の為に自分が詩を作って残したことを眺めるだけでよかった」(イエーツ、「ゲーリック的恋歌 (Gaelic Love Songs)」、二九五頁)。

(16) Yeats, "Irish National Literature—III: Contemporary Irish Poets"[September, 1895], in *Uncollected Prose*, I:380; "The Poet of Ballyshannon"[September 2, 1888], in *New Ireland*, p.174.

イエーツ初期のアイルランド民謡風バラッドの実験や、特に「イニスフリーの孤島(The Lake Isle of Innisfree)」（一八九〇年）のようなアイルランド抒情詩は、コリン・マイアーが言うように、文学ナショナリズムのうちでも意識的に「大衆性」を狙ったものに属する。それによってイエーツはトマス・デイヴィス(Thomas Davis)のような「若いアイルランド」詩人の騒々しい修辞的な愛国主義を避ける狙いがあったが、同時にデイヴィスの幅広い読者も念頭にあった。この野心をイエーツは「イニスフリー」と「柳の園に来て(Down by the Salley Garden)」（一八八九年）で完全に実現した。これはマイアーも言うように「たちまち彼の全作品の中で最もよく知られた作品となり、今なおそうである。特に後者は、時々『匿名の作者』という最大の名誉を与えられている」[17]。

(17) Colin Meir, *The Ballads and Songs of W.B. Yeats* (London and Basingstoke: Macmillan, 1975), p.23. イエーツの文体的発展についての私の説明はマイアーの見事な言語分析に従っている。

しかし一八九〇年代の一〇年間が進むにつれて、イエーツは純粋に大衆的な詩的言語からは逸れていった。一つには、国民文学への青年アイルランド党的見解の信奉者達との軋轢があって、うわべだけで中身のない大衆的な詩的形式からは距離をおき、お決まりの「安ピカもの」の断片が貼りついた調子よいへぼ詩からも離れていった。また魂の美の理想へのイエーツの献身は、ちょうどその美しさのヴィジョンを得るために九〇年代に彼が追求したオカルト研究の様に、誰もが近づき易いような詩的用語から彼自身を遠ざけた。オカルトの伝統の影響下では、幻視体験の無限さと表現不能性を必然的に強調するようになり、イエーツはケルト的なものを薔薇色のレンズを通して感知しようとする傾向があった。またゲール語の知識が充分でなかったので、形式的あるいは言葉上の個別の特質というよりは当時彼が翻訳で読んだゲール文学の一般化された主題にだけ反応した、ちょうど彼がJ・J・カラナン(Callanan)のゲール語翻訳を説明した際、「ゲール文学の計り知れない夢[18]」に拘ってみせたように。全く同様にして、イエーツが現代詩人達相手に「混成の知識や無関係な分析を詩から除くように」勧めたときも（大いなるエメラルド板の文句を引き合いに出しながら）言った、それによって詩人は「自分の詩というちっぽけな儀式を自然の大いなる儀式に似せ、神秘的で計り知れないものにできる[19]」と。

(18) Yeats, "Irish National Literature—I: From Callanan to Carleton"[July 1895], in *Uncollected Prose*, I: 362.

(19) Yeats, "The Return of Ulysses"[1896], in *Essays and Introductions*, pp.201-202. 強調筆者

大衆的様式から孤高の詩人への道という考え方の移行は、勿論イエーツが象徴主義やデカダント

な作品に接することで加速していった。彼が初めてアイルランドの読者にケルトの伝説や物語に親しむように促した時も、ただ「心で」読めばよいのであり、「学者的正確さ」は必要ないと言いながら、「そこの詩や劇や物語の珍しくて風変わりなもの」について読者に考えすぎないよう促した。[20]しかしイエーツが象徴主義とデカダンスの影響を受けるようになった時、彼は珍妙で風変わりなものへ一層反応するようになり、またペイター的学識の理想にも誘われて、学問と「座職的苦役」(**sedentary toil**)の特権的成果をもっと評価するようになる。

(20)　**Yeats, "Ireland Heroic Age" [May 17, 1890], in *New Island*, p.107.** イエーツがこの当時まだペイター的「学識」を信用していなかったことは、イエーツがトドハンターの『トロアのヘレン』を「無国籍的」芸術作品として非難した際（**Yeats, "The Children of Lir," p.175**）、ペイターお得意の「学識ある者達への学者の訴え」に言及している点からも察せられる。

確かにイエーツは本人が言うところの「学者的固執」を以前はうさんくさく思っていた。一例を挙げれば、同郷のエドワード・ダウデンの緻密で「堅苦しい」シェイクスピア研究や他の英文学の主な関係者達を、自分の嫌いな退屈で情熱を欠いた無国籍主義といっしょに扱った。しかし彼がダウスン、ホーン、さらにジョンソンなどのライマーズ・クラブの仲間達と付き合うようになると、イエーツはペイターの「学識ある者達を相手に書く学問の人」の理想が生々しく、説得的な形を取ってくるのが理解できた。後に賛辞に満ちた言葉を駆使しながら、イエーツはそのような者達は

「過渡期の典型で、まさに先輩たちが無頓着かつ大掛かりにしたことを知識と繊細な趣味の成果としてやって見せる」（イエーツ、『自伝』、一一三頁）、と言う。特にライオネル・ジョンソンとの交流でイエーツはワイルドとも共有する「中途半端に文明化した」血の罪を感じるようになる。しかしイエーツは世紀末の只中にあってさえ、ダウスンやジョンソンのようなオックスフォード出身者も、ホーンのような大学を出ていないイギリス人も、自らの内側から「あらゆる種類の成熟した伝統―つまり感情の伝統、思想の伝統、表現の伝統―を創造していることを」（イエーツ、「アイルランド国民文学―I(Irish National Literature-I)」、一〇五頁）認識していた。それぞれどんな自己不信の発作を芸術家として経験しようとも、そのような者たちは決して自分等の文化の未熟さや追放感などに悩むことはない、とイエーツは信じた。

彼らは書き、塗り、考え、感じ、そして信じている、自分たちがそうするのは他でもなく自分たちの趣向を満足させる為だと。一方で、実際に彼らは何世紀もわたって蓄積してきた決まりや勘のようなものに従っている。彼らの人生のワインは古いセラーの中で熟成し、ワイングラスに彼らはルビーのような光沢を見る。アイルランドのような新しい国では―また実際英語を話す国としてのアイルランドは新しいわけだが―われわれは絶えずわれわれの周りの伝統の未熟さによってこの長い熟成の時間というものを想起させられる。例えば、もしわれわれが物書きであれば、書くことを身に着けるのにイギリス人よりも長い時間を要するし、また国民の特性を表現しようと決意を堅くするほど、あるいはわれわれの新しいワインを古いボトルに入れる困難さを理解すればするほど、取るに足らない問題、

筋の通らない事、つまらないこととの闘いは延々と続くことになる。（イエーツ、「アイルランド国民文学－I」、一〇五頁）

イエーツの姿勢における学識へのシフトは明白であろう。イギリスの「殆ど終わりかけた宴」への若い頃の愛国的で原初的な嫌悪感はもはや嫉妬心に近いものになっていた。それでも、伝統が消耗した時代の終わりに創作活動に関わるイギリスの作家達が、ともかくも書くには学識を必要とするのはその通りだとイエーツは分かっていた。というのも「チョーサーやシェイクスピアの言葉、その縦糸は現場や市場から調達した新鮮なもので―その場合もし横糸が学識だとすればだが―そういう言葉の代わりに彼の時代は様々な抽象で消耗したコトバを提供した。それはゆっくりと学識を込めて書いたときにだけ十分な活力を回復するようなコトバだった」（イエーツ、『自伝』、九五頁）。しかし彼は今やアイルランドのような「若い」国の作家達も、伝統の無いところでは自由に創作できないのを分かっていた。実際、彼らが伝統から自由である点こそが力を奪う点だった。「大した知識も力もない若いイギリス人でも技術と趣味を磨けば大学卒業前に何か書けるだろうが、知識や力がずっとあってもアイルランド人の場合はせいぜい頑張ったところでちっぽけなものと記憶に残るもの、まとまりのないものと美しいもの、ありふれたものと簡素なものをひっくるめて一山にして積み上げるだけだ」（イエーツ、「国民文学－I」、一〇五頁）。若いアイルランド人や彼らの後継者等によって大急ぎで仕上げられた騒々しい、事実上政治的な用語を除けば、英語の中にはアイルランド文学の伝統はない。せいぜいあるとしたらダグラス・ハイド (Douglas Hyde) によるゲール語世界からの翻訳（一八九三年）に多少良いものがある程度だ。悪くすれば、机の前に座って苦役の呪いを受けるだけのでっちあげになってしまう。このダウスンやジョンソンの学者風美徳はイエーツにとって創作技法上のたゆまぬ苦行と同義語になった。

と同時にイエーツは読み手の、とりわけ「大衆」の中の読み手の希望を無視するのは気がひけた。彼の読み手への不安はその『薔薇』にもっとも顕著に現れる。それは彼が、自分は「人々の知らない言葉で歌うかもしれぬ」[21]と心配する時もそうだし、「デイヴィス、マンガン、ファーガスン」といった大衆的な伝統詩人の列に自身の名前を加える際、殆ど不平がこぼれ出る時もそうである。

〈知ってほしい、私もあの仲間達の
真の兄弟に数えられるだろうことを
アイルランドのいかれたバラッドや物語やランや歌を
魅力的にするために歌ったあの仲間達の。
決して彼らに劣る訳ではない、
だって赤いバラで縁取られた彼女の裾は、
その歴史は遡ること神様が天使をお造りになる前だが、
書かれた頁のいたるところを引きずっている。〉

（イエーツ、「来るべき時代のアイルランドに寄せて
(To Ireland in the Coming Times)」、一三七－一三八頁）

自分の「書かれた頁」を昔のさほど苦労を要しなかった歌やバラッドに対して正当化してみせるイエーツの苦労はここでは並大抵でない。イエーツはロマン主義者がよく得意そうに見せる、己の尊い不滅の魂という考えに逃げ込むことは避けてきた—ただその手法は彼が後に『葦の間の風』で見事にやっていて、例えば誇らしげに、また大げさにこんな風に言っている。「しかしこの歌を偉大な者達とそのプライドの横に並べてみるがいい／私は口一杯分の大気でそれを生みだした／彼らの子孫達に言わせよう、彼らは嘘をついてきたと」（イエーツ、「彼は自分の愛するものを罵る連中のことを考える (He thinks of those who have Spoken Evil of his Beloved)」、一六六頁）。

(21)　W.B. Yeats "To the rose upon the Rood of Time," *The Variorum Edition of the Poems of W.B. Yeats*, ed. Peter Allt and Russell K. Alspach (New York; Macmillan,1957), p.101. これ以降のイエーツの詩からの引用はこのエディションによる。

イエーツは自分の読者へのこの不安を読者の再編という仕方で解消しようとした。つまり「大衆」を再定義して、詩に安ピカの虚飾やガンガン響くような調子を求める商業主義に染まった俗物的中間層をそこから排除した。彼はこれに取りくんだ主要なエッセイ「『大衆詩』とは何か」（一九〇一年）で、アイルランドの昔の魅力に訴えている。あの時代は詩の読み手が身分の高い者も百姓も、高貴な者も乞食同然の者もいっしょで、それでいてなお（イエーツも少し後に言うことになるが）「あの騒々しい連中／銀行家や校長や聖職者がつくる／世間が受難者達と呼ぶあの口煩い連中」

(イエーツ、「アダムの呪い(Adam's Curse)」、二一五頁)によって分裂してはいなかった。

まったく、確かなのは会計の連中が、育ちも家柄も無い状態で新しい階級と新しい芸術を創り、この新しく創った芸術と階級を掘っ立て小屋と城の中間に、また掘っ立て小屋と修道院の間に置く前は、人々の芸術は芸術家連中のそれと密に混じり合っていた。ちょうど人々のコトバが律動的な動き、慣用語、遥かなる連想をもたらす語に歓喜し、それでいて詩人達の変わらぬコトバと一つであったように。[22]

(22) Yeats, "What is Popular Poetry?" in *Essays and Introductions*, pp.10-11.

さらにイエーツは、一八九〇年代に入って今一度芸術家グループの芸術と大衆のそれとが互いに近づきつつあることを本能的に感じ取っていた。なぜなら彼は、象徴主義者達やデカダントな作家達の想像世界ともう一方の文字を知らないアイルランドの田舎の人々のそれとの間に深い類似性を見出すことが出来たから。どちらも風変わりなもの、「半ば秘密を自分達だけに隠しておく」遥かな連想や韻文に溢れた言葉への歓びを共有していた(イエーツ、「大衆詩」、一〇頁)。このことから、イエーツは良い詩の種類とはただ一つだと結論づける。「書き言葉を前提とする芸術家仲間の詩は、無文字の伝統をあたりまえとする大衆の真の詩と異なりはしない。共に風変わりで朦朧とし、理解する力のない連中にとっては実感のないものだ」(イエーツ、「大衆詩」、八頁)。これは「当の事柄に知識を持ち合わせた」人々というペイターのあの理想、審美的に力量を備えた少数者というあの理想の反響でもある。

実際、「妖精の国を夢見た男(The Man Who Dreamed of Fairy Land)」とか、とりわけ「彷徨えるエンガスの歌(The Song of the Wandering Aengus)」のような詩において、イエーツ自身詩人仲間にも田舎の人々にも等しく近づき易い、新しい種類の「大衆」詩に到達している。「月の銀色の林檎、／太陽の黄金の林檎」(「彷徨えるエンガス」、一五〇頁)のような秘儀的なイメージは知る人にとっては特別な知の光で輝いて見えるかもしれないが、そのかすかな美は特別でない普通の人達に閉ざされているわけでもない—これは古語や隠語のような多様な要素を破綻なく結びつけるペイター言うところの華麗文体の一つの姿を表現したものと言ってよい。詩人仲間や田舎の人々の為に一つの文化を夢見たが果たせず、彼自身もその失敗を認識したずっと後になってさえ、イエーツはこの当初の「気高き者達と乞食同然の者達の夢」(イエーツ、「市庁舎再訪(The Municipal Gallery Revisited)」、六〇三頁)に立ち帰り、美的デカダンスと自覚のない百姓の生活の間に存在すると以前見ていたあの想像的共感をなお確信しているかにみえた。

一人のアラン島の住民がルクセンブルグ美術館に間違って紛れ込み、印象派や後期印象派の前で困惑した気持ちになり、しかしモローの「ジェイソン」の所に居残って驚きを押し殺しながらその入念な背景を詳しく見ると、そこには実に多くの貴金属が、多くの彫り込まれた宝石やブロンズがある、そんな光景を想像してしまう。自身のアラン島の歌で彼は自分の愛人に約束しなかっただろうか、「黄金と銀のマストをつけた船、魚の皮で出来た手袋、鳥の皮で出来た靴、そしてアイルランドの最高級のシルクで出来たスーツを」(イエーツ、『自伝』、二一五頁)。

古代ケルトの伝説に(従って、不滅の情調に)軸足を据えながら、この貴族趣味的でなお秘儀的でもある文学は深いところで書物と歌とを調和させていた。しかしその情調は「その表現の為の微妙な、適切な言葉、あるいは細かい、多様な知識」(イエーツ、「アイルランド国民文学―I」、一〇六頁)を要求した。イエーツは幻視体験を書いた自らの一節の中でこの「神秘的な言葉」を理解していた。[23] イエーツの信じるところでは、それは「ペイターの宝石のようなパラグラフ」[24]でも表明されたものだし、同じく「ドイツはワグナーの象徴主義的運動で、またイギリスではラファエロ前派や、フランスではヴィリエ・ド・リラダン (Villiers de L'Isle-Adam) やマラルメ、ベルギーではメーテルリンク (Maeterlinck)、そしてイプセン (Ibsen) やダヌンチオ (D'Annunzio) で完成した」(イエーツ、「ケルト的要素 (Celtic Element)」、一八七頁) かすかな光と輪郭において表明されたものだ。なぜなら象徴主義運動にも、またペイターにおいてさえ、イエーツは自身のケルト信仰への回帰と同じく、「伝説の原泉」への回帰をそこに認識したからである。

(23) Yeats, "Notes to *The Wind Among the Reeds*"[1908], in *Variorum Poems*, p.800:「私は覚醒している時、しかし眠っている時の方が多いが、時々幻視体験をした。夢とは随分違った状態で、それらのイメージは独立した生命の様子を帯びて見え、謎めいた言葉の一部となった。それは何時も私に何か不思議なことを教えてくれるように思えた。」ハリエニシダの枝を除けば、このイエーツの経験は『夢の丘』のルシアン・テイラーのそれに比べても良い。

(24) Yeats, "A Ballad Singer"[September 12, 1892], in *New Island*, p.158. ここで指摘に値するのは、ペイターの『マリウス』体験を描いたイエーツの記述は、その夢幻的雰囲気と光と影のイメージにおいて、第五章で二人の若者がアプレイウスの「黄金の書」を読む場面を反映している点だ。

ディアドラやクールハンの情熱的な物語の中に「ヨーロッパのどこにも劣らない豊な源泉があることを」（イエーツ、「ケルト的要素」、一八六頁）イエーツは確信していた。それはいたって馴染みが薄い分だけ新鮮さと活力に溢れて見え、それでいて常に世界精神たるべき想像世界の巨大な貯蔵庫の一部でもある。このように自身の詩をケルト伝説に集中することはイエーツにとって単にアイルランドの作家達の為に利用し甲斐のある過去を作りあげるだけの話でなく、（ペイターのフレイヴィアンのように）世界経験を豊かに湛えた壮大な体系に参加する一つの方法であり、簡単に言えば、英語話者としてのアイルランド人であることの不毛さを克服する手立てでもあった。

一つの壮大な組織もしくは機構といった、何らかの体系的な組織に自分が属しているという感覚だけで、拡がりゆく大いなる経験の力を感じられる。つまり、小さな組織集団から抜け出てカトリック教会との繋がりを許された時に人々が感じてきたような、あるいは昔のローマ市民が感じたようなものだ。それは想像するに、広く使われているコトバを自分のものとし、ともに暮らす人々のコトバでもある偉大な文学とともにあるような感じかもしれない。(25)

彼の過敏なアイルランドの民族的プライドゆえに、英語という言語がイエーツにとってそうなり得なかった役割を、様々な伝説の源泉が代りに果たしてくれたのである—その壮大な組織という役割を。個人の主観的な世界への逃避などでは決してなく、ケルトの伝説や魔術的伝承はそのような世界からの解放をイエーツにもたらした。だから彼は、ライマーズ・クラブの仲間のシモンズやダウスンなどとは違って、感覚の朦朧とした印象群にあって孤独な存在ではなく、だから「すべてを私的な個人の思想から造りだす」（イエーツ、『自伝』、二〇九頁）必要もなかったのかもしれない。

(25) Walter Pater, *Marius the Epicurean: His Sensations and Ideas*, 2vols.(London: Macmillan, 1914), 2:26.

『葦間の風』のイメージと夢を織りなすこの新しい神秘的な言葉は、彼が再編した「大衆の」読者のある者達を当惑させるかに見えた。しかしイエーツは次のように考えて自分を慰めた。「カトリック教会はミサがラテン語で執り行なわれるからといってそれだけ大衆の教会から距離があるわけではない。芸術も同じで、大衆の言葉で語られないからといってその分大衆の芸術から遠いとは限らない。[26]」しかし、昔に比べて自国語でミサがなされる時代では明白なように、このような比喩を使うことは「人々の知らないコトバで歌う」ことをやむなく認めているに等しく—昔自分の詩が農村で働く人々によって歌われることを希望した詩人にとっては苦々しい告白である。貴族的で秘儀的な文学に潜む様々な困難についてのイエーツの想いは彼を苦しめ続けた。苦労しながらそのような文学を生みだそうとしていた時ですらそうだ。

(26) Yeats, "Ireland and the Arts"[1901], in *Essays and Introductions*, p.207.

イエーツの不安は色々な物語を集めた『秘密の薔薇（*The Secret Rose*）』なるタイトルを持つ作品のうちに運命の書というトポスの特殊な表現を見出す。そこでは秘密の、もしくは禁じられた知識で精緻に織りなされた書物が小心者の語り手を誘惑し、語り手は青ざめたキリスト教の正統性と炎のように赤い神秘的体験の間で揺れ動くことになる。例えば最初の物語「錬金術の薔薇」では、運命の書は文字通り入信のテキストである。つまり語り手が錬金術の薔薇教団（the Order of the Alchemical Rose）へ入会する前に読まされる書なのである。「不思議な姿に細工された青銅の箱」に収まり、その書は「『太陽の輝き（*the Splendor Solis*）』に倣って象徴的な絵や彩色で飾られ[27]」、デザインはイエーツが以前『秘密の薔薇』の実際の表紙の上に再現して見せたものである。ウィリアム・H・オドネルも言っているように、そのような書は贅沢に装飾されたオカルトの伝統の書であり、特にグリモワールすなわち魔術師の手引きのようなものだ。しかし文体的に見れば、物語の中の運命の書も物語そのものも、共にペイターやワイルドの綿密に仕上げられた人工的散文の伝統から来ていることをはっきり示している[28]。

(27) W.B.Yeats, "Rosa Alchemica," in *The Secret Rose, Stories by W.B. Yeats: A Variorum Edition*, ed. Phillip L. Marcus, Warwick Gould, and Michael J. Sidnell (Ithaca and London: Cornell University Press, 1980), p.141. この物語と "The Tables of the Law" や "The Adoration of the Magi" への以下の言及は総てこの版による。

(28) William H. O'Donnell, *A Guide to the Prose Fiction of W.B. Yeats* (Ann Arbor: UMI Research Press, 1983), p.90. ワイルドの批評エッセイの凝った文章のイエーツへの影響については「錬金術の薔薇」、一三三頁参照。「想像力の世界や洗練された理解に身を置けば置くほど、より多くの神々と出会い、そして言葉を交わしながら、あのロンセヴァールの谷で肉体の意志と喜びの最後のトランペットを奏でたロランド、神々の消滅を見てため息をもらしたハムレット、さらには神々を求めて世界を隈なく駆け巡り、ついにそれを成し得なかったファウスト等の影響下に身を置くことになる。」同じく Oscar Wilde, "The Critic as Artist"[1890,1891], in *The Artist as Critic: Critical Writings of Oscar Wilde*, ed. Richard Ellmann (New York: Random House, 1968), pp. 383-84 参照。「われわれはアベラールの頭巾の下で愛の秘密を囁き、ヴィヨンの汚れた衣装の下で自らの恥辱を歌にした。われわれはシェリーの眼を通して夜明けを見ることが出来、エンディミオンと共に彷徨うとき月はわが青春に恋心を抱く。われわれの苦悩はアティスのそれであり、弱々しい怒りと気高き悲しみはデーン人のそれである。」更にマイケル・フィクスラー (Michael Fixler) は "The Affinities between J.K.Huysmans and the 'Rosicrucian Stories' of E.B. Yeats, " *PMLA* 74 (1959): 464-69 でユイスマンスのイエーツへの影響を論じている。そしてF・C・マックグラス (MacGrath) は "'Rosa Alchemic': Pater Scrutinized and Alchemized," *Yeats-Eliot Review 5* (1978):13-20. でペイターの重要性を力説している。

イエーツの運命の書のトポスの扱い方が示唆するのは、運命の書が通常体現している言葉の独立した造形力とは、例えばワイルドやマラルメにおけるような、特に言語上のものではないということである。確かにイエーツは（シモンズの翻訳のお陰で）「詩の危機」の中の「宝石を覆う実際の火の航跡のように、相互に反射し合いながら光を受けとめる」（イエーツ、「肉体の秋」、一九三頁）言葉についてのマラルメの有名な「演出的」記述に引き寄せられた。しかしイエーツはそのような手の込んだ言葉はそれ自体が一つの力を持つというより、むしろ不滅の情調のあるものに呼びかけ、降臨させ、そしてそこを満たすように働きかける美しい形式と見做したのである。かってある情調がエドガー・アラン・ポーのワインカップを満たしたのと同じように。その情調は、

> フランスに渡りボードレールをとらえ、さらにボードレールから今度はイギリスのラファエル前派へと向かい、そしてまたフランスへ戻り、今も世界を彷徨いながら勢を増し、その時が来るのを待つ。その時には恐らく単独で、あるいは他の情調とともに、新たな偉大なる宗教を習得し、沸き上がる灰色のうねりの中に留まる熱狂的な闘争を目覚めさせ、その時にはワインカップも忘れてしまう。（イエーツ、「錬金術の薔薇」、一四三n・一四四n・頁）

そのような降下線を辿りながらイエーツは暗に自分の書いたものをその最後に位置づける。なぜなら彼の散文のスタイルは、眠気を誘う韻律と背骨のないような同格構造を伴いつつも、あの「美しい姿、いわば存在の内から震え出るような姿」（イエーツ、「錬金術の薔薇」、一四三頁）になるのを求め、またポー、ボードレール、ロセッティ、スウィンバーン、ペイター、マラルメ等の情調を誘い込み、吹き上がる灰色の終末論のうねりを拡大させる。文学とは、イエーツによれば、「一つの情調、情調の集合の周りに造られるものだ、ちょうど肉体が目に見えない魂の周りに造られるように」[29]。しかし美しい情調を引き寄せるには、文学やその文体は殆ど定形の無い、「肉体から離れた」姿を持つ必要がある、美しい情調それ自体と同様に。

(29)　Yeats, "The Moods"[1895], in *Essays and Introductions*, p.195.

「錬金術の薔薇」における運命の書の文体は、はっきりと「錬金術の薔薇」そのものの文体なので、その物語も運命の書として機能するよう表向き意図されている—即ち、その物質主義と懐疑主義の時代にとって「運命」的という意味である。しかし最終的には手ほどきのマニュアルとしての、また「錬金術の薔薇」それ自体としての終末論的な「運命性」は疑問視される。というのもイエーツの書は新しい歴史の局面への手ほどきにならなかったし、イエーツの物語の内で運命の書も語り手に手ほどきを施さない。どうやら手ほどきのマニュアルは怒った漁師たちが錬金術の薔薇の寺院を襲撃する際に破壊されてしまうらしい。半端に手ほどきを受けた語り手はその手ほどきの最中に自分の肉体を不死の力に委ねることを本能的に拒み、その百姓達から逃れ、後に幾分狂信性の低いキリスト信仰を手にする。物語の終わり頃には語り手はもう幻視的終末を望むことなく、ただ「平安」だけを願う。不滅の情調の経験を示す唯一の外的証拠は彼の文体である。彼の書いたものは「大衆性が失われ、いっそう分かりづらくなってゆく」（イエーツ、「錬金術の薔薇」、一二六頁）。

イエーツは神秘的傾倒からの同様の退却を次の物語「法の碑文 (The Tables of the Law)」でも辿っている。そこでオウエン・アハーンは語り手に素晴らしい宝物、つまり唯一残存するフローラのヨァヒムの「秘密の書」である『福音書的永遠における自由 (*Liber inducens in Evangelium aeternum*)』を見せる。ベンヴェヌート・チェルリーニの手になる青銅の小箱の中に収められ、表紙は豪華に銀細工が施され、中の頁はルネサンスの職人によって金メッキと彩色が加えられた「この恐るべき書……この驚くべき書」は倒錯したもう一つの聖書である。とりわけそれは道徳律廃棄論にとっての福音書であり、その一部は書き改めた十戒に捧げられ、また別の一部は人間の規則への地誌的かつ道徳的な比較検討に充てられている。語り手は、その説得力のない「陳腐な」議論の為に、運命の書に沿って秘密の信奉者を獲得しようとするアハーンを止めさせることも出来ず、自分の友人とも一〇年来会わずじまいである。会った時も、そこに見るのは荒廃した人間であり、「永遠に治癒することのない頼病」（イエーツ、「法の碑文」、一六三頁）に侵された姿である。アハーンは通常のキリスト教信仰にも戻れないし神秘的歓喜に近づくことも出来ない。物語の最後で語り手はアハーンの周りを、アハーン自身も知らない、この世ならぬ人達が篝火を持って取り囲み、悲しそうに身を屈めているのを見る。このことで語り手もまた二つの世界の間にいることを確認させられる。しかしその者達が語り手の方に振り向き、まるで「自分が大事にしている総てのもの、自分を霊的で社会的な秩序に結び付けている一切のものを焼き払うかのようにその篝火を投げつけてきたとき」（イエーツ、「法の碑文」、一六四頁）、語り手は逃げ出す。

最初の二つの物語で描かれたような神秘的世界からの撤退は程度を増し、三つ目の物語「マギの賞賛（The Adoration of the Magi）」においても続く。ここでイエーツの語り手は自分の経験について語るのではなく、またこれまで観察してきた知人の誰かについて語るでもない。代わりに彼は「数年」という距離を隔てて、見知らぬ人達から聞かされた話をする。その見知らぬ人達とはアイルランドの田舎の男達三人で、新たな神の化身の誕生を目撃したと主張する。同様にして不死の力自体も距離を置いて対象化される。つまり、「錬金術の薔薇」で語り手はこの世ならぬ威厳に満ちた一人の女性と踊り、「法の碑文」では、紫の服をまとった不死の存在の輪を「見た、もしくは見たと思う」。しかし、「マギの賞賛」では語り手自身は神秘的な世界は決して見ることなく、ただその三人の男達の経験を間接的に語るだけである—そして彼らの経験すら幻視的というより概ね聴覚的である。

幻視体験からのこの持続的な撤退は文体的には『秘密の薔薇』で表現されている。一連の物語は徐々に短めになっているし、物語では凝った文体も少しずつ影を潜めている。こうして贅沢なほど律動的で色彩鮮やかな「錬金術の薔薇」は比喩的性格の少ない「法の碑文」へと席を譲る。例えば、「私はありとあらゆる神々を自分の周りに集めた、そのどれも信じていなかったから。またあらゆる快楽を体験した、どれも本気にならずに、距離をおき、独りで、しっかりと、磨かれた鋼鉄の鏡のようにして」（イエーツ、「錬金術の薔薇」、一二七‐一二八頁）、とあるが、それは「彼には半ば修道士、半ば運命の戦士のようなところがあった。時に行動を夢に、また夢を行動に変える必要があった。そしてこの場合その世界にはなんの秩序も、最終的な到達点、満足感もない」（イエーツ、「法の碑文」、一五一頁）となる。そして今度これらは一層簡素で、もっと口語的な「マギの賞賛」の散文へと移ってゆく。「彼らは大きなコートを脱ぎ、両手を揉みながら火の上に身を屈めた。その時の彼らの身なりはわれわれの時代の田舎のものが大半だが、同時になんとなく、少しばかり上品な時代の町の生活も感じさせた」（イエーツ、「賞賛」、一六五頁）。

このように、これら三つの物語はイエーツの散文での実験の失敗例として普通に読むやり方より一つのまとまりとして読んだ方が有益だが、そこでは神秘的な力の衰退が演じられている。三つ目の物語が登場するまでは、不滅の情調の為の形式や媒体となる筈の運命の書は存在しなくなるだけでなく、語り手は今や書き言葉を不滅の情調への効果的な遮蔽物もしくはそれを防ぐ防御柵と見なしている。つまり不滅の情調とは、今や彼が言うところの「寺院の帳の不安」（イエーツ、「賞賛」、一六五頁）からくる恐ろしい幻覚なのだ。「誠意を込めて注意深く英語で書けば、危険が減少しないような面倒な観念など存在しないと私は思うようになった。」この様なスタイルで表現される思想は語り手の経験に基づく決断であって、つまり「手の込んだ傲慢な生き方」はもう止めにして、「大多数の祈りや悲しみの中に自分を置く」（イエーツ、「賞賛」、一七一‐七二頁）という決断を文学的に表したものである。祈りを捧げるのも、「ちっぽけな教会で、そこでは膝を折ると装飾帯のある他人のコートが身体にあたり」（イエーツ、「賞賛」、一七二頁）、その祈りは「自分のような悩みを抱えた」百姓の為にずっと昔に捧げられた祈りであり、つまりゲール語からの翻訳詩である。

イエーツの『秘密の薔薇』の一連の物語の中の主題および文体の変化は、このように彼の詩のよく知られた文体上の変化を予告していて、それは世紀末の後の『七つの森 (In the Seven Woods)』（一九〇三年）の出版とともに顕著になってゆく。世紀の転換点前後にあって、イエーツは『秘密の薔薇』の散文の語り手と同様に緻密な文体から背をむけた。それは、「われわれの多くが九〇年代に弄んだあの人工的で、精緻な英語」であり、後にイエーツ自身「あのとてつもない文体／自分がペイターから学んだ[30]」と振り返っている。彼はアイルランドの百姓の話す声、つまり「あの［オーガスタ・グレゴリーが］地元ゴールウェイの農民から学んだ素朴な英語」（イエーツ、「一九二五年ノート」、一七三頁）へと戻った。イエーツの文体の変貌は批評家達がこれまで熱心に検討してきたので、私はここで二点だけ触れておきたい。まず一つ目は、イエーツの声への回帰はペイターの追随者たちが九〇年代に始めたペイター的華麗文体への遅まきながらの反応である、ということ。二つ目として、その声への回帰は、侵食的で強圧的な外からの文化に対するロマン主義的民族解放運動の一部であった点が大きかった為、ワイルドやライマーズ・クラブの詩人達の反ペイター的反応よりもとりわけ言語上の側面が強かったということである。

（30）Yeats, "Notes to The Secret Rose"[1925], in *Victorian Stories*, p.173; "The Phases of the Moon," *Variorum Poems*, p.373.

一つ目は殆ど細かい説明を要さない。ちょうど同世代の連中が一八世紀を懐かしがるのを一八九〇年代のイエーツは嫌いつつ、何年か後に彼自身もそれに合わせていった様に、[31]ペイターの文体上の理想主義もしくはその書き言葉への彼の反発も、同時代の仲間がペイターの死んだ言語に背を向けて何年もしてから、その拒絶の文章や言葉に追従する格好となった。その結果、例えばJ・M・シングの初期の作品をペイター的として暗に批判する。その誤りは「病的」であり、「あまりに表現の方法、人生の様々な見方に拘ることであり、人生からというより文学から、鏡と鏡が反射したイメージから出てきた[32]」結果である。また同様にジョージ・ラッセル（Æ）を九〇年代の「死語」を書いているとして批判する。文体に拘った若い頃の自分から見事に、しかし厳しく距離を置きながら、イエーツは明言した、ラッセルは『夢』を書いている、他の連中は『様々な夢』を書いているのに。これは恐らくロマン主義運動が最終段階に入った時、ウィリアム・シャープから継承してラッセルと私が共に使った手だ。ルネサンスのプラトン主義は詩語においては既に退潮し、ある特定の言葉やフレーズがまるでプラトン的イデアのように孤立して残った[33]」。プラトニズムを参照すればはっきりするが、Æやウィリアム・シャープの背後にはペイターの文体的影響があって、『享楽主義者マリウス』の「黄金の文章」や「宝石のようなパラグラフ」は「魂はわれわれの外と内のいたるところにあるとするプラトンの理論」（イエーツ、「バラッド・シンガー（**A Ballad Singer**）」、一三七、八頁）」をはっきり表しているし、また実際、文体そのものから、心に残る、消えることのない何かを創造しようとした。

(31) Linda Dowling, "The Aesthetes and the Eighteenth Century," *Victorian Studies* 20 (1977):357-58, 375-76. を見よ。
(32) Yeats, "Preface to the First Edition of The Well of the Saints"[1905], in *Essays and Introductions*, p.298.
(33) Yeats, "My Friend's Book"[1932], in *Essays and Introductions*, p.415.

世紀の転換点で総てが変わった、あるいは少なくともそのようにイエーツは書こうとしたし、またそのことを忘れまいとした。グレゴリー夫人との交友や、舞台演出の為の芝居を書くことや、ニーチェの読書体験や、新たな「客観的」時代が始まったというつかの間の確信や、あるいはまたモード・ゴンの結婚などに、彼の文体上の変化の動機を我々は求めたくなるかもしれない。しかし伝記上の理由や芸術的原因が何であれ、コリン・マイアーが言うように、その変化は新たな出発というより回帰と見た方が真っ当である。

不思議で神秘的な美的特質を、言ってみれば心の微妙な証拠を追い求めながら、イエーツは一時ゲール的な伝統のある要素を誇張し、その事実に沿ったリアリズム的側面は無視する方に向かった。彼がハイドの使用するアイルランド英語的な統語法と用語の幾つかの面を再認識し、その具体性を、その抽象性の無さを、その「生きたコトバ」を褒め称えるのは一九〇〇年以降になってからだ。そうする中で彼は自分が本来受け継いできたものの性格をより明晰に理解し、今一度簡素で直接的なものに出

発点を置くという美的立場を明らかにする。（マイアー、『バラッドと歌』、三六頁）

「錬金術の薔薇」の語り手の様に、イエーツは九〇年代後半のある時期普通の人々から離れるが、また戻って彼らの中で生きることになる。「神秘的で測りがたい」、「大衆性が無くて分かりづらい」のを望む文学芸術家への彼の若い頃の願望は、芸術家の転換点たる『ホドス・カメレオントゥス』ではせいぜいのところ紛らわしい選択として描かれている。「文学の前には二つの道がある―上に向かってベルハーレン（Verhaeren）、マラルメ、メーテルリンク等の様に絶えず洗練さを磨いてゆく道と……もう一つは下に向かって、再び総てが簡素化され強固になるまで心をしっかり持って進む道と。[34]」

(34) Yeats, "Discoveries: Personality and the Intellectual Essences"[1906], in *Essays and Introductions*, pp.266-67.

しかし、「殆ど非肉体化したエクスタシー」（イエーツ、「肉体の秋」、一九四頁）の探索に勤しんだ世紀末の神秘的言語は、ただの「現代詩の常套的な文句になってわれわれを疲れさせ始め」（イエーツ、「聖者の泉（Well of the Saints）」、二九八頁）るのがせいぜいで、あるいは（例えば「夢」とか「薔薇」のような）殆ど非個性的な抽象言語になり、最終的に本来はそれと戦う為につくられた筈の、つまり「商売や、議会や、寮生活の学校や、せわしない鉄道旅行などの様々な必要事に係わる退屈な言葉」（イエーツ、「聖者の泉」、三〇一頁）そのものになってしまった。高貴な者達や貧乏人両方の為にじっくり学識を動員して書くことで神秘的な言葉を創造しようとした試みは、こうして世紀も改まってしまえば、結果として深遠で貴族的だが、なかなか理解も困難で口にもされないような言葉になる。「われわれは、文学が記録されたコトバにすぎないのを忘れ始め、注意して書く時ですら、およそ口には出ないような凝った言葉で書き始める。[35]」

(35)　W.B. Yeats, "The Irish Dramatic Movement: Samhain 1902," in *Explorations* (New York: Macmillan, 1962), p.95.

新しい世紀が来てイエーツが簡素さと堅固さの二番目の道を選択しはじめた時、彼は「新聞などの決まり文句を拒否し、あるいはそんな下品な言葉など聞いたこともないような人々の」口語表現(spoken idiom)の大切さを主張した。彼の新しい道はもはやアラン島の風変わりな想像世界へ導くことはなかったが、都市の労働者的言葉へと誘うこともなかった。代わって彼を「下に向かって」、即ちアイルランドの農民の普段のコトバへ、アイルランドの土地そのものへと導いていった。

ジョン・シング、そして私とオーガスタ・グレゴリーは考えた
われわれのした一切のこと、われわれが言ったり歌ったりした総ては、
大地との接触から生まれなければならない、その接触あってこそ

あらゆるものがアンタイオスのように強靭になった。

現代にあってわれわれ三人だけが再びすべてをその試金石（sole test）に委ねた。

（イエーツ、「市庁舎再訪」、六〇三頁）


ソイル／ソウル（soil/sole）の音の遊びは、もちろんイエーツ達が話される語（spoken word）のうちに発見した新しい重要性を強調している。アイルランド語方言を音声的に再現しようとする若い頃の自身の実験（例えば、「私は世界の上で移り行く悲しいドラマを見た、それは夜の眠りのような言葉、その泡を小杯で取り除き、兜の面頬を身体とした。そう私にさせたのもあなたの私への愛に対する私の想いだ、オーウェン」［"I saw the sorrowful dhrames o' the world dhriftin' above it, like a say as it slept in the night, and I skimmed the foam o' them with a noggin, and made mesel' a body, and it was love for your love o'me that made me do it, Owen."[36]］）に満足できず、また恐らくウィリアム・シャープの「田舎臭い」方言に向けられた嫌味（「果たしてこれがロマンスの未来のルネサンスを担う共通言語となるのか問わずにいられない。われわれは皆スコットランド語を話すことになるのか、そして月を『ミューン』（mune）と、心を『サウル』（saul）と言うのか[37]」）も念頭において、イエーツは代わりに話し言葉の文学的モデルを探して「ゲール語由来のコトバの言い回し」（イエーツ、「サムヘイン：一九〇二」、九四頁）へと、要するにダグラス・ハイドやグレゴリー夫人によって創出された非音声表記的なアイルランド英語方言へと向かう。

(36) Yeats, "The Devil's Book"[1892], in *Variorum Stories*, p.193.

(37) Arthur Galton, "An Examination; of Certain Schools and Tendencies, in Contemporary Literature: Suggested by the Title to a Volume of Modern Poems [i.e. *Sharp's Romantic Ballads* and *Poems of Phantasy*]; and by the Theories Propounded in the Introduction to Them," *Century Guild Hobby Horse* 4(1889):101:「シャープ氏の言葉は古臭く、田舎くさい。低地地方のスコットランド語が大量に混じっている。」Wilde, "A Note on Some Modern Poets," in Ellmann, p.99.

イエーツのアイルランド英語方言からの影響は用語選択よりも統語面である。「私は、ワーズワースが考えたような広く使われた言葉ではなく、力強く情熱的な統語を追求する。[38]」コリン・マイアーの説によれば、イエーツは最初アイルランド英語の統語がどのようにより具体的な文体を、またより「肉体化した」詩的ありようと個性を生み出せるか分からなかった。[39] しかしイエーツはそれが可能な事ははっきり分かっていた。彼の「情熱的な統語」の強調は衰えなかった。アイルランド英語方言へのイエーツの言語上の理解は本質的に直感的なものだったが、彼のそれへの弁護は激しく論争的だった—ある面一九世紀初頭にフランス語の国際的ヘゲモニーに抗してドイツ語の要求を前面に出した科学的言語学研究の立役者たちの民族主義的精神に突き動かされ、はたまた近代の記述主義言語学者たちを刺激した言語的反記述主義精神も併せ持ちながら。[40] アイルランド英語方言の諸要素をイエーツは研究し利用した。そのことで、彼の言葉は文学的ロンドンの「ど真ん中」にいる言葉の番人たちが長く警戒の目を向けていた周辺地帯の声—つまりメリオネス (Merioneth) に始まり、リフィー (Liffey) 一帯、デイー (Dee) 一帯[41]など、周辺領域を構成する声―の一つとなってしまった。イエーツの風変わりな統語法は、二〇世紀の文学と言語の歴史をそれ以後特徴づけることになる英語書記方言に向けられた「田舎の」、かつ植民地の方言による内部破裂の前触れとなった。[42]

(38) Yeats, "A General Introduction for my Work" [1937], in *Essays and Introductions*, pp.521-22.

(39) 標準的な英語の場合よりもそれは名詞により強調をおくことで成り立つ。Meir, *Ballads and Songs*, pp.65-90. を見よ。また Yeats, "General Introduction," p.515 を参照。「ゲール語は抽象化できない。」イエーツがゲール語で書かない理由については、"General Introduction," p.520 :「私は今のインドの作家達に忘れないで欲しいとお願いした、何人も母語 (mother tongue) でなければ音楽性と活力を込めて考えたり書いたり出来るものではない、と。……インド人が英語で書けないのと同様私もゲール語では書けなかったろう。ゲール語は私の国語 (national language) ではあるが母語ではないのだ。」

(40) Yeats, "Samhain:1902," p.94. 参照。「相当な思考力を持ったアイルランドの作家でさえ、標準英語となれば学校の先生の言う正確さ程度しか持ち合わせていないようだ。」

(41) Grant Allen, "Letters in Philistia," *Fortnightly Review* 55 o.s., 49 n.s.(June 1891): 957. 参照。「ロンドンとイギリスだけではもう全イギリス世界を形成できない。コネマラ (Connemara) やドネガル (Donegal)、カイスネス (Caithness) やルイス一族 (the Lewis)、グラモーガン (Glamorgan) やメリオネスは、われわれの複雑な国家議会で聴いてもらう権利を主張出来るだけの気高さを持ち合わせている。」

（42）イエーツの非標準的な英語統語法については、John Holloway, "Style and World in 'The Tower,'" in *An Honoured Guest: New Essays on W.B. Yeats*, ed. Denis Donoghue and J.R. Mulryne (New York: St. Martin's, 1966), pp.88-105. 二〇世紀においての周辺方言による英語の強化と活性化については、George Steiner, "Linguistics and Poetics," in *Extra-territorial: Papers on Literature and the Language Revolution* (London: Faber and Faber, 1972), pp.149-50:「言語のエントロピーという極めてやっかいな問題がある……ヘブライ語と中国語を唯一の例外として、言語には放蕩にも似た成長期，自信に満ちた成熟期、徐々に下降する衰退期という生命のサイクルがあるのではないか？　二〇世紀の英文学がＤ・Ｈ・ロレンスを除いて大半がアメリカおよびアイルランドの詩人、小説家、戯曲家であり、随筆家も、経済、政治、社会、言語を扱う連中はみなそうだ、という事実の背景にはこの重大な要素がないか？　端から見ていると、アメリカ英語の持つ殆どエリザベス朝的な強欲さと熱心さに比べると今日話され書かれている英語はもう衰弱した言語であり、息切れしたような言葉を世界に発信しているのは殆ど否定しがたい結論だろう。どっちが原因で、どっちが結果なのか？……疑問そのものが大変重要だ。文化も社会も言語の使用が衰退するとき終焉を迎えるのかもしれない。」

ここからまた英語世界との不愉快な言語的、文学的比較という初期の民族主義的戦略へとイエーツは戻ってゆく。イエーツによればアイルランドにおけるゲール語の復活は単なる愛国的な好古主義ではない。そうではなく、「いわゆるもっと絵画的な生き方、すなわちごく普通の人でも想像的芸術に参加できるような生き方を取り戻す」気高い試みなのである。要するに、「よりイギリス的でない」生き方のことだ。[43] ここで再び、我々は「一杯になった食卓」、アイルランドの「まだ手の付けられていない大理石の塊」について聞くこととなる。「アイルランドの想像力はチョーサーが生まれる前の頃に全盛期に達し、ギリシャやローマ以来最も美しい文学を創り上げた。一方、英文学はギリシャを除けば最高のものだが、いまだ少数者の文学である」（イエーツ、「生きた声」、四七四頁）。一六世紀イギリスの民衆の想像力がまだ充分でなかった（「ロビン・フッドを巡る幾つかのバラッドを除いて」）ころに、「自然の歴史と古典の神話が混ざった」人工的で無国籍的な華麗文体 (**Euphuism**) が出てきた。[44] そして上流階級的で、異種混成的な華麗文体のある種の形がそれ以来英文学の言葉となってきた。しかし「どれほど［華麗文体が］コトバの簡素さと統一性を傷つけてきたことか！」シェイクスピアでさえ「多くの土地で紡がれた」（イエーツ、「ストラトフォード・オン・エイボン」、一〇九頁）言葉の織物を駆使して、創造力の貧困が蔓延する時代を生きた。そこでは「孤高の偉人達があらゆる人々の間で一度噴き出た火を自分たちに集めていたのである」（イエーツ、「ストラトフォード・オン・エイボン」、一一〇頁）。そしてシェイクスピアの詩人としての栄光が維持されたのもひとえに「狭い階層」に依ることを思えば、貧しいゲール語の詩人もシェイクスピアがストラトフォードの人々に残したよりも「ずっと気高い記憶を近隣の人々の間に残している」。

(43) W. B. Yeats, "Literature and the Living Voice," *Contemporary Review* 90 (1906) :474.
(44) Yeats, "At Stratford -on-Avon"[1901], in *Essays and Introductions*, p.110. 華麗文体へのイエーツの批判にも拘わらず、ペイターの用語 ("web," "fire") や考え方の面での影響ははっきり認められる。Leonard P. Nathan, "W.B. Yeats's Experiments with an Influence," *Victorian Studies* 6(1962-63): 66-74. を見よ。

イエーツの英文学史の読み方は風変わりに見えるが、シェイクスピアの「狭い範囲の」名声という説明は興味深い。

わずかの偶然的な例外を除いて、優れた英語の書き手は狭い範囲の教養ある階層の為に書いてきた。そしてこれこそが理由ではないのか？　アイルランドの詩と物語は口承の為、あるいは歌う為に創られ、一方、英文学は、今ある偉大な文学の中に新参者という立場で唯一含まれるのだが、ひとえに印刷活字の中で自身を形成してきた。（イエーツ、「生きた声」、四七四頁）

ここでは、もしかして「印刷術の導入、それと中下層階級の間に読書習慣が決定的に拡がったこと」についてのワイルドの発言が頭にあるのかもしれない。しかしそれは実に有益な説明で、イエーツはそこに自分のお得意なテーマの幾つかをかき集める。つまり機械装置にもっぱら依存する英語、書物から得られる知識ばかりにつまらない忠誠を捧げ、その想像力たるや厚かましいぐらい成金的（「新参者」）なこと、そして他方、詩にとっては話される語や、「個性、つまり人々の口からの息」（イエーツ、「サムハイン：一九〇二」、九五頁）が肝心であり、また文学にはっきりと感じられる国民性の意味、さらにはアイルランド国民（「貴族的世界に属することは、小さな水たまりみたいなものですぐに干上がる。国民あってこそ大きな川である」）の取柄とも言うべき想像的活力の重要性、である。[45]

（45） Yeats, "The Galway Plains"[1903], in *Essays and Introductions*, p.214.

新しい世紀の最初の数年間、イエーツは自分の信念を実践に移すことに取り掛かる—アベー座という舞台で、あるいはまた友人フローレンス・ファー (Florence Farr) がイエーツの詩を詠うとき手にする不思議な弦楽器ソルタリーを使って。ロナルド・シューカットは分かり易くそれを語っている。「イエーツに付きまとった口承文化再生の夢は、西部アイルランドに連綿と続くいわゆる『田舎家の文化』に触発されてもいるが、彼呼ぶところのアーノルドの『学識の文化』、言ってみればアイルランドには不可能な文化と対峙する中で意識して表現されたものだ。[46]」もちろん若い時にアーノルド的イエーツは存在した。一八九二年に若い彼は、「大きく、華麗で新しい」アイルランド国立図書館のテーブルからアメリカの読者に向けてこう抗議の声を投げかけている。「どこを見ても人々は物質的糧を運んでくれる物ばかりを研究している。しかし偉大な文学から得られるはずの想像世界の、心の糧を探し求める人はいない」（イエーツ、「アイルランド文芸教会 (Irish

Literary Society)」、一五四–一五五頁）。しかしこのアーノルド的イエーツは一五年後には消えていた。更にまた数年すると、文化的に具体化されたイエーツ的理想—「懸命に馬を乗りまわす田舎の郷士」（イエーツ、「ベン・バルベンの下で（Under Ben Bulben）」、六三九頁）—はアーノルドの鈍感な「野蛮人（Barbarians）」と容易に間違われかねない程だ。

（46） Ronald Schuchard, "The Minstrel in the Theatre: Arnold, Chaucer and Yeats's New Spiritual Democracy" in *Yeats Annual*, No.2, ed. Richard J. Finneran (London: Macmillan, 1983), p.4.

アーノルド的教養への道、つまり「これまで考えられ語られてきた最高のもの」への道は書物を通してであった。「教養とは読書である」、そう彼は言っていた[47]。しかし書物とは、今やイエーツも感じていたように、アイルランドに望むべき理想的な文化には有害なものだった。彼は口承的な、連帯的な文化を求めた。他方、書物は黙って目に訴え、読者を仲間から、さらに己の思考からも分断する。

本一冊持って部屋の隅に行けば、人生の多くを知識の為に明け渡すことになる、つまり命と力強さを与えてくれる通常の行動の多くを、である。自身の手仕事を投げやり、友人に背を向け、そして書物が仮に良いものだとしても、自分のかすかな心の迷いと動揺の総てを、苦労して沈黙と静寂に押し込むことになる[48]。

さらに、はなからイエーツも知っていたように、「アイルランドは……読書する国ではない」（イエーツ、「アイルランド文芸協会（Irish Literary Society）」、一五五頁）し、国民は「本を読むにはいつもそわそわして社交的すぎる」（イエーツ、「生きた声」、四七六頁）。ここからまた「かつて謡っては聞いた古い世界」と「読んで書く」（イエーツ、「生きた声」、四七四頁）新しい世界との対立がアイルランドとイギリスの対立に重なる。「活字と紙への過剰な愛」には何か非アイルランド的で、よそよそしくて不自然なものがある。それは「お産中の女が青い林檎を欲しがるような」（イエーツ、「生きた声」、四七五頁）、何かひねくれた感じがある。まるでイエーツは、イギリスの公立小学校の教科書や下層階級の安いスリラーものから新しい運命の書物を作り上げようとしているかのようだ。彼は書物がデカダントなもので、目移りして気の定まらない指からすり落ちる使い古した玩具のようなものと見ている。「印刷がいつまでも勝者であるか私には確信はない。変化は思いもよらぬほど速く……［それがどんな風に来るか］自分には分からないが、それが来るのは間違いない」（イエーツ、「生きた声」、四七四－七五頁）。

(47) Matthew Arnold, "Preface to the First Edition of *Literature and Dogma*," in *Complete Prose Works*, ed. R.H. Super, 11 vols. (Ann Arbor: University of Michigan Press, 1960-77), 7:162.

(48) Yeats, "Living Voice," p.475. 過剰な読書を通しての想像力の断片化と麻痺というテーマは後期の詩でも続く。「私が求めるのはイメージだ、本ではない。／書いたもので最も賢明な人たちが持ち合わせているのは暗い、ぼーとした心だけだ」（イエーツ、「私は汝の主人だ」、三七〇頁）。

「書物で溢れた部屋に上って待つがいい、／ただ膝の上にいっさい本は載せずに……」（イエーツ、「ドロシー・ウェルズリーに(To Dorothy Wellesley)」、五七九頁）。Donoghue, *Yeats*, p.18参照。「アイルランドは基本的なアートは修辞学であって、力の拠り所は声だ。アイルランドの歴史は書物ではなくコトバで説明される……またこの点で身振りに求められる重要性というものが生れる……書が認められるとするなら、それは『コトバを書きつけたものでなければならない／高尚な笑いと、愛嬌と屈託のなさが入り混じったコトバを』[Yeats, 'Upon a House Saken by the Land Agitation,' p.264]。」

実際、イエーツは一九〇六年に既に変化を聞いていた。昔のミュージック・ホールの旋律が、ゴールウェイや他の西部アイルランドの町々に「まるで機械のようなはっきりと非個人的なリズムで」（イエーツ、「生きた声」、四七三頁）浸透してきたのである。ミュージック・ホールの旋律に倣ってボードヴィル、映画、ラジオ、テレビなど、更なる雫が「俗悪な現代の波」（イエーツ、「彫像(Statues)」、六一一頁）に乗ってやってきた。既にミュージシャンが訳もなく母音を延すのを、また歌手の「ルウウウウブ」("lo-o-o-o-o-ve")と声を出すのを聞いたが、これは「現代の国々に言語の退化をもたらす原因」（イエーツ、「生きた声」、四八一頁）の一つであり、―シェイクスピア的ラグであって、「あまりに崩れ、柔かくて、唾が混じって、もはや語ではないような」語で満ち溢れている。(49)

(49)　Yeats, "Discoveries: The Musician and the Orator"[1906], in *Essays and Introductions*, p.268.

しかしある意味イエーツは極めて恬淡であり陽気だった。「世界を変える多くの事柄、欲望、力、もしくは道具のなかで芸術家はそのうちほんの二つ，三つしか理解できない。だから自分の技術の外の複雑なものに悩まされることが少なければ少ないほど、より多くを自分の技術の中に収めることができ、自分の手も頭も機敏にすばしこくなってゆく（イエーツ、「生きた声」、四七五頁）。後に、『幻想録』の複雑に軋む旋回音によってそのような変革の未来と過去が体系化されることになる。しかし一九〇六年にあってすら、イエーツがイギリス的書物崇拝と愛書家精神の豪華なイコンでもあるウィリアム・モリスのケルムスコット版チョーサーをアイルランドの為に望んだ新たな口承文化の主要シンボルに転換できたのは、―それはイエーツの高邁な想像力を示すものでもあり、あるいはまた誤りを示す不都合な証拠を前にしての鈍感さを示すものなのかもしれない。

どの芸術も、人生を新たに復活させる必要があると見える時、人間の生と本能に近い時代に立ち会えるところまで遡る。それは多くの機械的に特殊化したものや伝統をその周りに集めた頃より前の時代だ。……例えば、ウィリアム・モリスは初期の印刷を研究した、つまり新鮮な目で、余裕を持って、また商業やら習慣などの様々な拘束など気にせず、自らの工芸に接していた時代に造られた活字フォントを研究した。そしてそんなとき彼は真に新しい彼自身の精神を湛えた活字を造ったのだ。実際、活字の起源、いわばその育ちの良さを想起させるものだが。（イエーツ、「生きた声」、四七七頁）

モリスは時代を遡ることで、書物の前の時代、人々が本を読みだす前の時代を思い起こさせることで書物を新たなものに再創造した。それは「耳や舌がまだ繊細で、ささやかな節回しを語にするだけで互いが楽しめた時代だった」。またイエーツは、互いが通じ合える口承文化を熱烈に求めつつも、英文学の礎となる「至高の書物」―つまりジェイムズ王聖書―がひとつの書物であるという事実を無視し、それをただ単に自身の「生きたコトバ」の理想のもう一つの実例として説明できた。

われわれは生きたコトバの上に優れた文学を打ち立てなければならない。イギリスの文人たちは自らのそれを英語聖書の上に築いた、そこでは宗教思想はそれなりの生きたコトバを手にしている。私の記憶が正しければ、ブレイクはそれを二度そっくり写している。そしてこれは覚えているが、彼が年取ってから新たに装飾を加えて写した聖書があって、その金銀で彩色された数頁を私は一度見ている。バイロンは文体の参考の為にそれを読んだが、さして意味はなかったと思う。そしてラスキンもそれにかなり入れ込んだ。実に、イギリスの子供たちの生活に大きな影響を与えるような本の形跡はあちこちに見出せる。アイルランドで使われている翻訳は同様の文語的美しさは無いが、もしわれわれがそれと同じものを望むなら、貧しい人々の表現のうちにそれを見出さねばならぬ。それは同じ語彙であっても、多くはゲール語からの言い回しの混じったものだ。（イエーツ、「サムハイン」、九四頁）

アイルランドの為の唯一の書物とはもう単なる書物ではない、すなわち「国民の書」（イエーツ、「クールの荘園とバリリー、一九三一年 (Cool Park and Ballylee, 1931)」、四九二頁）になるべきものだった。

新しい口承の共同体文化をボーニーン・ジャケット（bawneen jackets）やソルタリーから、さらに「このコトバの演劇」から造るのに失敗して、―この失敗の明らかな象徴としては一九〇七年のアベー座でのシングの「西国のプレイボーイ（Playboy of the Western World）」に対しての暴動騒ぎがある―イエーツは向きを転換する『ホドス・カメリオントス』に倣い、改めて貴族的な理想に立ち返った。そしてその強靭な、情熱的な統語法にも拘わらず、また詩とは「一般のコトバのリズムを入念に仕上げたもの」（イエーツ、「現代詩」、五〇八頁）という主張にも拘わらず、彼の後期の詩はおよそ一般読者の歓心を得ようとしていない。

いや！ピタゴラスより偉大だ。この男たちは
木槌やノミで、生身の肉体としか見えない
計算を造りあげ、アジア的で曖昧な茫漠さの
一切を抑え込んだのだから。
サラミスの荒波に浮かぶ
艦隊の櫂が抑えたのではない。(50)

この「彫像」からの数行は、九〇年代の古い意味で「神秘的で測りがたい」のではない。語の複雑な現代的な意味で「難しい」ということだ。読みながら、アイルランドの百姓は面食らって、魚皮の手袋を謡った自分の古い歌を思い出しても多分殆ど理解の助けにはならないだろう。しかし晩年

に向けてイエーツが詩の読み手についてより排他的な考えに戻ったとき、もちろんかって九〇年代に弄んだあの人工的で凝った英語へと帰ったわけではない。「洗練された言葉なしに文学はありえない」（イエーツ、「生きた声」、四七七頁）はなお真実だが、彼はその後学んでいた。つまり、「前向きな人間が話している」印象を出すためには「ある種の退屈で鈍い言葉も必要である」（イエーツ、『自伝』、二九一頁）。彼がペイターから学んだとてつもない文体は後期の作品にわずかに痕跡を残している。詩の中の「生身の肉体」(casual flesh)、「アジア的で曖昧な茫漠さ」(All Asiatic vague immensities) などの豪華な類音の瞬間のうちに、そしてもちろん、『自伝』の中の華やかな時代のうちに。

(50) Yeats, "The Statues," p.61. 敵を撥ね付ける想像的文化が実際に持つパワーへのイエーツの理解は、「文明」は「艦隊や兵隊や財源などよりも国家の防御的かつ攻撃的な力の根底を形成する」というコールリッジの信念を想起させる。S.T. Coleridge, *On the Constitution of Church and State*, ed. John Colmer, in *The Collected Works of Samuel Taylor Coleridge*, ed. Kathleen Coburn, 16 vols. (Princeton: Princeton University Press, 1976), 10:43.

ペイターの信奉者達、とりわけ「悲劇の世代」の詩人ジョンソンやダウスンは、ハロルド・ブルームも言ったように、後期イエーツにとって、「実際の仕事の上でというより、むしろ生き方のスタイルとして、詩人の構えとして[51]」重要だった。実際、イエーツは詩人の高邁な使命と貴い犠牲について考えるとき、いつも次のように二人を痩せて泥酔した亡霊として出してくる。

〈きみらは若くして死に向かい合わねばならなかったが―
酒のせいか、女のせいか、それとも何か呪いのせいか―
でも財布の中味を重くするために
しょうもない詩を書いたことは一切ない。
多くの味方を集めようとして、大義に
尽くせと声を張り上げることもなかった。きみらは
いっそう厳格な詩の女神の掟を守り、
悔いることなく自身の死に向かい合い、
それだからこそ、権利をかち得た―なかでも
ダウスンとジョンソンを私はもっとも賞賛する―
世間に忘れられた者たちと共にあって、その
誇らしくたじろがぬ眼ざしに倣う権利を手にした。〉
（イエーツ、「灰色の岩」、二七三頁）

しかしイエーツが「チェシャー・チーズの仲間達（**Companions of the Cheshire Cheese**）」を非難せず、「もうテーブルを仕切るオスカーはいない」（イエーツ、「政治家の休暇（**The Statesman's Holiday**）」六二六頁）時代のぞんざいさを攻撃しないときでも、入念な人工的言語というデカダン

トな理想は行使していると見て良い。というのも「高足」(stilts)は一九〇〇年には誰もが降り始め、この年はもう一方の世紀末的気取りとも言うべきアブサン、狂気、自殺などから皆が足を洗った年でもある。この高足は竹馬や梯子や長い脚など—上昇と視覚の人為的な構造物—と同起源だが、イエーツはそれを最後の幾つかの詩で繰り返し試そうとする。システィーナ礼拝堂の天井の下の高い足場の上でミケランジェロは「流れの上をゆく長足の蝿のように／彼の心は沈黙のなかを行く」。またマラキの高足-ジャックさん、「木のつま先立のお父さんの長い脚」はまだ闊歩している、歩幅は少し短いが(「自分の曽爺さんの脚が二〇フィートあり、／自分はたった一五フィートで、現代で誰もさらに高みを行かないとしたらどうする」)。そして「サーカスの動物たちは逃げた」の語り手は、梯子もなく落胆し、以前自分もその一員だった「高足に乗った少年たち」の思い出の他は何もない[52]。

(51) Harold Bloom, *Yeats* (London and Oxford: Oxford University Press,1970), p.28.

(52) Yeats, "Long-Legged Fly," p.618; "High Talk," pp.622-23; "The Circus Animals' Desertion," p.629.

世紀末の文学デカダンスの手の込んだ言葉は大げさだった。そして世紀が変わるときイエーツはマラキ爺さんのように自分の足取りを修正すべく滑らかに彫り直す必要があった。しかし「衰退し、下降してゆくこの汚れた世界」の真のデカダンスが一九三〇年代に入って周りに立ち込めてきた時、イエーツは文学デカダンスの高貴な様式を思い出し、かつてコトバを満たしていたのを耳で聞いた、あの「美しい崇高なもの」へ何度も立ち返る。「テーブルの間で姿勢を維持しているスタンディッシュ・オグラディ／酔っぱらった聴衆に向かって高級なたわごとを話しかける」、「普通の分かるような声ではなく／ただ『おお、海水に飢えた、腹をすかした海よ』」と声をあげる狂気の少女[53]―それは語り手の声が印刷の頁に向けて高い志をぶつけようとする時の怒りと狂気の壮大なアラベスクだ。総ての梯子が並ぶ所に身を置くのを恐れながら、なにか高尚な話の欠けた詩を想像することも叶わず、結局イエーツは自分なりのデカダントな竹馬にしがみつく。現代でさらなる高みを行くものはいない。

(53) Yeats, "A Bronze Head," p.619; "Beautiful Lofty Things," p.577; "A Crazed Girl," p.578.

訳者あとがき

本書は Linda C. Dowling, *Language and Decadence in the Victorian Fin de Siècle* (Princeton University Press,1986) の全訳である。もう三〇年程前に出版されたものである。文字通り「言語」と「デカダンス」を扱っている。ただ本書では「デカダンス」の定義自体にはさほど深入りしている印象はない。従来の典型的な「デカダンス」の見方を、それはそれとしてある程度評価した上で、角度を変えて、世紀末と言われる時代の文学的デカダンスの背景にその時代の言語意識もしくは言語思想の展開を重ね合わせて見ようというものだ。本来〈文学〉と名がつけば何であれ、言葉の上に成り立つアートなわけだから、作品を語ろうとすれば言葉の様々な面への分析は当然だし、また普段我々もそうしている。なら少しマクロ的に時代の言語思想や言語意識が注目され、そこに文学の傾向、潮流との間に何らかの関係、相互作用が検討されて良いようにも思えるが、案外そうはならず、あるいは意識はされてもそれほど真剣に取り上げられないできた感もある。ヴィクトリア朝の特に中後期は、他の様々な分野と並んで英語の歴史でも、また言語思想史的にも新しいうねりが押し寄せた時代だった点も考えるならこの視点の意味は小さくない筈である。実際、言語学分野で一九世紀を取り上げるような解説、研究ならまず例外なくそのような動き—つまりここで相当な意気込みで扱われているロマン主義的文献学、比較・歴史言語学、新文法学派、そしてソシュールの言語学へと続く流れ—を辿りながら語られるのがごく普通だからである。ヴィクトリア朝の文学の言語使用と並行する形で唱えられた顕著な言語思想の流れとはいかなるもので、その盛衰はどうで、またあったとすればどのような影響を文学言語にもたらしたと言えるのか。本書はそのような問題意義を滲ませながらヴィクトリア朝の「世紀末」を考えようとするものだ。

「序」におおまかな見取り図もあるが、本書の内容は大きく三つの山からなる。一つ目は第一章および第二章で、一口で言ってロマン主義的言語思想のイギリスへの導入とそれが辿った軌跡ということになる。ドイツ側からは幾人かの著名な思想家、文献学者達の名前が出てくるが、それを受けてのイギリス側はコールリッジやその後継者達の活躍である。この部分を一つ目の山とするなら、二つ目はヴィクトリア朝後期の作家ウオルター・ペイターである。いわば、本書の主役的存在であり、第三章のかなりの部分が彼の検討に充てられている。そして最後が、第四章及び第五章だが、その先輩ペイターを見据えながら、彼の文体的実践への共感と反発の中で揺れ動く九〇年代の詩人たちの姿を追っている。以下それらを多少書評風なタッチで振り返り、「訳者あとがき」としたい。

コールリッジは、一七九八年から翌年にかけてドイツに遊学するが、その当初の研究の狙いはカント哲学と自然哲学だった。しかし彼はそこで様々な人脈を通じて知見を広める。本書にもあるようにコールリッジが影響を受けたのは当時ドイツの「古代学」の第一人者たるC・G・ハイネである。ハイネはゲッチンゲン大学の学者で、その思想にはヘルダー、シュレーゲルなどのロマン主義的思想家達の影響が色濃く刻みこまれていた。この交流を通じてドイツのロマン主義的言語観がコールリッジを通じてイギリスに持ち込まれることになる。この話自体は良く知られた事実でもあるが、この言ってみれば言語イコール国民の精神という考え方、つまり言語とは民族の心の声が外に向かって表出されたものであり、そしてその言語はその国民の精神の発達度合いを映し出す、という有機的で精神主義的な言語観、―このロマン主義的な言語思想がイギリスの土壌に移され、ある意味ヴィクトリア朝の帝国主義的理想主義を文化面、精神面で支える大きな柱となる、と筆者は論じてゆく。その結果としてヴィクトリア朝という壮大な覇権的文明を英語という言語の帝国として捉え、さらにこれまで連綿と続いてきた英文学のトータルな伝統（シェイクスピア、ミルトン、ジェイムズ英訳聖書）をその帝国主義的理念の象徴として重ね合わすことが可能となり、その文明観は広く国民の意識に浸透していった。この〈文学＝文明を体現する支柱〉という見方は本書の議論の流れとしては欠かせない前提となっている。

> カーライルもまたシラーに倣って、文学とは人間の中にある精神的なものの「娘」であると同時に「乳母」であると宣言し、一方『エディンバラ・レヴュー』への寄稿者達は文学を「知識の倉庫であると同時に護り手」であり、「国民の性格を示す指標であり学校である」とした。[32] 文学が文明に対して持つ結果としての表現とそれを形成するものとしての二重機能の強調こそ、われわれが典型的なヴィクトリア朝的と見做してよいものなのだ。（第一章）

このように文学の伝統と国民の精神の一体化を言語の内に求めていこうとする時、「書記言語」が文化と教育において大きな比重を占めてゆくのもある面理解出来る。詩的言語を巡ってワーズワースとの論争でコールリッジが唱えた有名な共通語（リンガ・コミューニス）という書記言語の概念はまさにそれだ。これはワーズワースが一八世紀の文学上の慣習を否定し、普通の農民のコトバをモデルとして推奨したのに対して、そのような話しコトバのもつ不安定性に反発しながらコールリッジが書き言葉の普遍性を強調した際に広められた概念である。これはまた後のヴィクトリア朝世紀末の文学言語にまつわる書き言葉と話しコトバという対立軸を先取りしたものでもあった、とダウリングは言う。ロマン主義言語観が導入された当初は文字か声か、どちらが優先かというような意識は顕在化してはいなかった。とはいえはっきり書き言葉としての文学言語と文明とを一体視する動きの端緒となった点でコールリッジの存在は大きかったということになる。ロマン主義的言語観で名前が挙がるのは、ヘルダーやフンボルト、シュレーゲル、シラーというドイツ側の思想家、学者達だが、そのような精神風土的土壌はドイツに伝統的に存在するようで、それ自体興味深いテーマでもある。ちなみにこのロマン主義的言語思想をイギリスに持ち帰ったコールリッジの思想を引き継いだ英国側の学者、思想家としては、ケンブリッジのチャールズ・ヘア (Charles Hare) やその弟子F・D・モーリス (Maurice) の面々の名が挙がっているが、彼等の活躍ぶりについてはマックス・ミューラーの説明を挟みながら本書の第二章で詳述されている。

しかし、文学言語を支え、そのことで大いなるヴィクトリア朝文明の世界観の安定に手を貸すかにみえた有機的ロマン主義的言語観も、その裡に一つの対抗的な言語意識の芽を潜ませていた、というのが著者が力説する方向性である。どういうことかと言えば、同じくヘルダーやフンボルトの流れを汲む一派でもある比較文献学者のボップやグリムは確かにロマン主義的精神の伝統を背負いながらも、その活動において仕事のアクセントは微妙に違った側面を持つ。つまり良く知られた歴史的事実だが、彼らは言語の起源を探るにあたり、それを時代的に遡って言語間の関係のうちに問う。その際、言語間の繋がりの如何を説明する為の拠り所としたのは具体的には「声」「音声」の法則だった。その「音」という客観性が、彼らの文献学により「科学的」性格を与え、徐々にではあるが、ヴィクトリア朝の文献学も言語研究の拠り処をこのようなボップ、グリムなどの新しい比較文献学が主導した音の側面の強調へシフトしてゆく。「声」とはフィジカルなものである。第一章でジョン・ロック、モンボド卿、ホーン・トゥックの言語観のうちには勿論のこと、ロマン主義的言語思想の立役者ともいえるヘルダーの『言語起源論』にすら見え隠れする物質主義的感覚が織りなす言語意識の糸がこの点でも見逃せない、と著者は注意を促している。そしてこのドイツ由来の新しい比較文献学の時流に乗って一世を風靡したのが、『言語科学講義』で知られる比較文献学者でオックスフォード大学教授のマックス・ミューラーだった。少なくとも彼は言語の基本を「音声」に置くことで当初〈新しさ〉を演出しながら、また時代の科学技術や唯物主義に対抗する新しい言語観を印象付けるのに成功し、知識層の間に広く期待と合わせて共感を得る。しかし、なお付きまとうその観念論的、形而上学的側面の為に新しい世代の言語学者からは反発を買い、じわじわと批判の矢面に立たされ、ついにはホイットニー、スウィートなど後続の新しい言語学者から厳しい攻撃を受け、結局はフェイドアウトしてゆく。ミューラーがヴィクトリア朝後期の文化人達の間で大きな反響を呼び起こしてゆく過程と、それに続く批判の流れについては、彼の演出的人物像に迫るその筆致とも相まって、第二章でも読み応えのある部分になっている。時代の要請に応えるかに見えたミューラーの『講義』も、言語学的に見ればまだ疑似科学的範疇に留まっていたということとだろうか。とまれ新しい文献学の波はミューラーの不徹底さを暴き、それを退けることで確かな地歩を固めてゆく。「音声」に座標軸を移すこの新しい科学的言語研究が潮流を形成してゆく時、言語音声の持つ「無例外性」が標榜され、言語の相対性、つまり言語の民主主義というべきものが主張され始める。つまり言葉の「音声」が主役として言語学の表舞台に出てくるということは、文学言語の担い手とも言うべき書記言語の権威の失墜につながってゆく、ということになる。そして崇高なる文学言語の土台がこうして揺らぐということは、そのような文学が支えてきた偉大な文明の根底も怪しくなる、というのが著者の描く大まかな絵である。そしてそのような新しい言語観の動向を眺めながらペイターが自身の文体をどう意味付けようとしたのかを論じたのが次の第三章になる。

「言語を芸術媒体とするペイターの見解の全体像を把握するには、同時代の言語科学革命への彼の親しみ具合、また科学がその解明を目標として手掛けてきた複雑な言語的リアリティへの習熟度合を知る必要がある」、とダウリングは作家としてのペイターの意識を当時の科学や言語学の動きと結び付けながら、更にこう付け加える。

恐らく、『ルネサンス』の「結語」が魂を失った快楽主義のように見え、ヴィクトリア朝の読者を憤慨させ、彼らの間に強烈な反発を引き起こしたせいもあり、また彼が、単なる個のエクスタシーの倫理では次第に増す複雑な知的展望に成熟した表現を与えることは無理と見たせいもあってか、ペイターはその後自分の立場を公然と表明することは止めて、代わりに書き方でそれを具体化しようとする。

（第三章）

ペイターは自分の立場を「書き方」によってしか表現し得ない、とダウリングは続ける。もちろん「文体」のことである。その文体とは、『享楽主義者マリウス』の文脈では「華麗文体（Euphuism）」であるし、「文体論」では「折衷主義（eclecticism）」なのだが、そのどちらもペイターの手にかかると完全な学者風「書き言葉」になっていて、著者は、その抵抗感ある文体の視覚的、建築的構造のしくみを徹底的に分析する。ここも著者の意気込みの感じられる箇所である。ヴィクトリア朝全体を支配した書記言語優勢のすう勢についてはダウリング自身も述べている。「ヴィクトリア朝の文明を取り巻く新しい諸条件が単に書記言語を必要としたというだけの話ではない。むしろカーライルが理解したように、書記言語は文明を取り巻く条件そのものだったのである。それは既に消えた先行文明の今に残った瞬間を表現していたし、また書くことの可能性が歴史性を可能とし、それと併せて一九世紀の文明の歴史主義的な考えを可能としたからである。ヴィクトリア朝の人々は文明のどんな考え方も書記言語を前提とすることを既に知っていた。文明に対するこの書くということの暗黙の優位性があって、ヴィクトリア朝の話しコトバに対する書記言語の特別扱いが決定的になるのである。」（第一章）もしそうなら、既に見たこの「書くことの暗黙の優位性」がぐらつき始める一九世紀終盤の段階でペイターが説いて見せた文語的「華麗文体」とは、かなり戦略的性格の強いものだったことになる。ダウリングに倣って言い換えれば、これまでの文学における「書記言語」の伝統が危機に瀕しつつあるなか、ペイターは時代の歴史主義に忠誠を守り、新しい言語意識の流れに抗して、あるいはそれを逆手に取って、文学における書記言語の可能性を探り続けた、ということなのか。ただその〈背景〉に迫る筆致はやや淡白なようにも感じた。文体の個々の分析は納得させられる部分が多いが、なぜペイターがここまで書記言語に拘り続けたのか、その〈精神〉に分け入ろうとする目はさほど熱っぽくない。無い物ねだりかもしれないが、ペイターの言語観の背景にある彼の個性、あるいは世界観にどう繋がるのかもっと聞きたいと思った。また、それを踏まえての話になるが、言葉とは過去の精神の多くの糸を幾重にも縫い込んだタペストリーであり、また世界を覆うエネルギーを様々な形で集約し、閉じ込めた器（receptacle）のように見做すペイターの考え方は、書き言葉に軸足を置いた文体意識抜きには成立し得ないものなのか、――私自身も頭を巡らしながら読んだ箇所である。

いずれにせよ、このペイターの解説部分も含めて総ては、著者が「序」でも触れていたように、文化のデカダンスとは結局言語上のデカダンスに他ならなかったという大きな仮説を構成する一部に他ならない。ダウリングはくどい程これを繰り返している。「文学文化の自信喪失への過程には新しい言語学の有無を言わせぬ展開が果した決定的な影響がある。文学言語が外に向けての権威あるコトバであることを止め、イギリス的価値を体現するものとしての偉大な文学的伝統も覆され、はたまた英文研究のあたらしい学派も潤いのない文献学的方法によって汚染されるにいたって、文化の守護者たちもこの文化的衰退を止めようにも一体どんな希望を持ってよいやら分からなかった。」（第三章）このように言語学思想の潮流の変化を「決定的」なものとして捉え、それがもたらしたショックと、それを前に右往左往して士気喪失に陥る「文学の守護者たち」の姿をやや前景化してゆく。だから、その新たな比較文献学の隆盛を語る中で強調されるのは〈新しい言語観の到来＝文学の降格＝文明の衰退の証左〉という筋書きであり、そこで最初に来るのが「新しい言語観の到来」であって、その意味で最終的にこの時代のデカダンスとは結局言語のデカダンスだった、という図式をやや強引にまとめようとする。世紀末のデカダンスに言語思想、言語意識の角度から迫る以上、著者もそこまで話を持って行きたかったのかもしれない。しかし多少気になった。

少し戻るが、ミューラーの「講義」は、そこに含まれるテーゼ、すなわち〈基本は声だ〉という新しい流れに沿った見解を提示しながら、それでいてその中身を言語学的に突き詰めることなく、その不徹底さ故に新しく続く比較文献学者達の評価を得られなかった点は触れたが、それに比べて創作に携わる文人たちの言葉の意識は学者達の言語理論に実際どの程度左右されるものなのか、さほどはっきり伝わってこない。もちろん影響が全くないことはないだろう。ジョージ・エリオット、ワイルド、ニューマンなど何人かの作家の反応も挙がっていた。現にダウリングも指摘するように、ペイターの「文体論」にはミューラーからの表現とおぼしき痕跡が多々見られる。ただペイターにしても、その中身は、反発でもなければ強い賛同でもなさそうで、最新の言語学の学問的成果に興味深く耳を傾けるというレヴェルから遠くないように見える。これは結局のところ言語に係わる学者、思想家達の掲げる言語思想、言語観の考え方は考え方として、それが言葉を道具にして創作に携わるその時代の文人・詩人達の言語意識とそのままシンクロナイズするわけではなく、言語科学の成果が創作という活動に及ぼす程度は実に様々であることを示唆していないか。新しい比較文献学研究の抬頭によって従来のロマン主義的文献学の権威が次第に勢いを失い、それが言語の自立性という幻を生み、その結果として「言葉のデカダンス」が文学言語に及び、結局それがトータルな意味での文明上の「デカダンス」へのきっかけとなる、という筋の立て方が少々直接的過ぎるように感じられた。創作としての文学とは、多分に社会的係わりの中で様々な夾雑物を含むものだろう。多少乱暴な言い換えになるが、文化が崩れ、その結果言語の崩れがもたらされたのか、それとも言語の崩れがあってそれによって文化の崩れが将来されたのか、もしそんな置き換えに繋がる話なら、それほど意味のあることなのか、とも思う。どちらもが互いにその根拠の一部を相手に与えながら、互いに手を取り合って、殆ど同時発生的にそのような状況が生まれていくのがこういう文化現象の実際の姿であろう。著者はここでやや図式化の衝動に捕われていないか。補足の意味の例として第二章で取り上げているローマ帝国の衰亡と当時の後期ラテン語の「崩れ」の関係を語るなかで引用されているモンテスキューやコールリッジの発言を参考にしても、そのような印象を抑えるのは難しい。両人ともローマ帝国の文明的衰退と言語の凋落をどちらがより主導的かの関係ではなく、帝国の拡大、膨張に伴う一つの現象として見ているのは疑いないからである。

こう言ってしまうと何か本書の基本的価値を否定するように聞こえるかもしれない、しかしそんなことはない。いま述べたような図式化への意志は見えても、読み進みながら、各のテーマごとの議論は、教えられるところが多かった。ドイツ由来のロマン主義的言語観がヴィクトリア朝という時代に浸透してゆく経緯について、「書記言語」と「口語コトバ」という対立軸に注意を向けながらイギリス的文脈に置き直し、またそれを一八世紀の経験主義的な言語思想から続く物質主義の糸とも縒り合わせながら、当時のイギリス側の遅れた文献学の研究環境をドイツのそれと比較しつつ描いてゆく辺りは、全体としてルポルタージュ風な調子も加味されていて興味深い。関連する文脈で、ワーズワースの『墓碑銘論』の内にジョン・ロックの系列にも重なるような〈言葉＝物〉的な言語感覚も見えてくる、という挿話的な解説も後の章で扱われるペイターの言語意識に潜む「物質主義」を考える上で示唆するところは大きい。この「物質主義」は、あるいはペイターの印刷活字への拘りにも流れこんでいるのかもしれない。言葉というものが単純な理解で整理できない側面を持つことをあらためて教えてくれる部分だ。こういう言語観の歴史を文人、詩人まで拡げて扱うやり方はそもそも言語学プロパーの研究にはなかなか期待できない。ケンブリッジやオックスフォードの言語学に係わる学者の他に、それを身近に経験した同時代の教育者、雑誌編集者、宗教関係者等の発言の具体例にも広く目配りすることで時代の雰囲気が彷彿としてくる。重要な存在と位置づけられている割にはペイターの部分は量的にやや物足りないようにも感じたが、それは続く四章、五章で九〇年代の詩人たちの仕事を具体的に扱う中でかなり補われている感がある。この書の本領は第三章から五章にかけて展開されるペイター含めた詩人、作家達の作品分析にこそあるのかもしれない。「ペイターを最も敬う追従者、ライオネル・ジョンソンやアーネスト・ダウスンでさえワイルドやビアボーンとは違って、ペイターをパロディ化するのは避けたものの、禁欲的な華麗文体の継承と声への回帰という願望の二つを調停しようとしながら、相反する義務の板挟みという強い感情に捕われた。」（四章）ペイターを徹底的な〈書き言葉〉推進論者と見做したうえで、ワイルド、ビアズレー、マッケン、シモンズ、ムア、ジョンソン、ダウスン、イエーツという面々の言葉の探求を追ってゆく著者の眼差しの背後には絶えずペイターの審美主義的書記言語の理想が控えていて、そこに向けられる目は個々の詩人達を取り巻く環境、そこから実践される言葉と詩の関係へと向かい、その際何度もペイターへと立ち返ることで、それがペイターを見るわれわれの側の理解を補う。シモンズ、ワイルドの部分はとりわけ力が入っているようだ。ワイルドは、「声に回帰しつつペイターを受け入れようとする世紀末的試みをある極端な形で示している」（四章）点を説く箇所は納得出来るし、書記言語と口語コトバの二つの流れの間で揺れ動いたイエーツを扱った最後の章は結論部に相応しい。「アイルランド」というナショナリズムの物差しを交えて語ることで、時代が要請する言葉の理想に込めたその矛盾に満ちたイエーツの心情が丁寧に語られた一章である。

　著者のリンダ・ダウリングにはヴィクトリア朝世紀末を主たるテーマとした幾つかの著作がある。本書以外の主なものを挙げておく。

● Aestheticism and Decadence: A Selective Annotated Bibliography (1977)
● Walter Pater and Archaeology: the reconciliation with earth (1988)
● Hellenism and Homosexuality in Victorian Oxford (1994)
● The Decadent and the New Woman in the 1890s (1996)
● The Vulgarization of Art: The Victorians and Aesthetic Democracy (1996)
● Charles Eliot Norton: The Art of Reform in Nineteenth-Century America (2008)

<ナ>

＜タ＞

<カ>

索　引

ヴィクトリア朝世紀末の
言語とデカダンス

2019年3月5日 印 刷　2019年3月20日 発 行

著 者©リンダ・ダウリング

訳 者©森 岡 伸

発行者 佐 々 木 元

制作・発行所 株式会社 英 宝 社

〒101-0032 東京都千代田区岩本町 2-7-7
Tel〔03〕(5833) 5870 Fax〔03〕(5833) 5872

ISBN978-4-269-82052-4 C1098
［組版・印刷・製本：日本ハイコム株式会社］